Ueberreuter Großdruck

Minette Walters

# Im Eishaus

Aus dem Englischen übertragen von
Mechtild Sandberg-Ciletti

UEBERREUTER

ISBN 3-8000-9221-2
ISBN 978-3-8000-9221-5

Titel der Originalausgabe: The Icehouse
Originalverlag: Macmillan, London

Umschlaggestaltung von Agentur C21 unter Verwendung eines Fotos von Jupiterimages
Druck: Druckerei Theiss GmbH, A-9431 St. Stefan i. L.
Gedruckt auf Salzer EOS 1,3 x Vol., naturweiß, 80g
1 3 5 7 6 4 2

www.ueberreuter-grossdruck.com
www.ueberreuter.at

*Für Alec*

Revenge is a kind of wild justice,
which the more man's nature runs to
the more ought law to weed it out.

FRANCIS BACON

O wad some Pow'r the giftie gie us
To see oursels as other see us!
It wad frae mony a blunder free us,
And foolish notion.

ROBERT BURNS, To a Louse

## *Southern Evening Herald – 23. März*

*Wachsende Besorgnis der Polizei*

Die intensive Suche nach dem verschwundenen David Maybury blieb bis heute ohne Erfolg. Die Polizei äußerte jetzt ernste Besorgnis um das Wohlergehen des Geschäftsmanns. ›Seit seinem Verschwinden sind zehn Tage vergangen‹, sagte Inspector Walsh, der leitende Beamte, ›und wir können die Möglichkeit eines Verbrechens nicht mehr ausschließen.« Die Bemühungen der Polizei konzentrieren sich derzeit auf eine gründliche Durchsuchung des Gutsbesitzes Streech Grange und der umliegenden Ländereien. Keine der zahlreichen Aussagen von Personen, die den Vermißten gesehen haben wollen, konnte bisher bestätigt werden. David Maybury, 44, trug am Abend seines Verschwindens einen anthrazitgrauen Nadelstreifenanzug. Er ist 1,75 m groß, schlank und hat dunkles Haar und dunkle Augen.

## *Sun – 15. April*

*Ein kühles Grab?*

Mrs. Phoebe Maybury, 27, die schöne rothaarige Ehefrau des verschwundenen Geschäftsmanns

David Maybury, konnte nur zornig zusehen, wie die Polizei auf der Suche nach ihrem Ehemann ihren Garten in einen Acker verwandelte. Mrs. Maybury, selbst eine leidenschaftliche Gärtnerin, sagte: ›Dieses Haus ist seit Jahren im Besitz meiner Familie, und der Garten ist ein Werk mehrerer Generationen. Es steht der Polizei nicht zu, ihn zu zerstören.‹ Aus zuverlässiger Quelle war zu erfahren, daß David Maybury, 44, sich vor seinem Verschwinden in finanziellen Schwierigkeiten befand. Sein Weingroßhandel, den er mit dem Kapital und im Haus seiner Frau betrieb, war praktisch bankrott. Freunde berichten von ständigen Auseinandersetzungen zwischen den Ehepartnern. Die Polizei geht davon aus, daß der Vermißte das Opfer eines Verbrechens wurde.

## *Daily Telegraph – 9. August*

*Polizeiliches Ermittlungsteam aufgelöst*
Die Polizei steht nach eigenen Angaben bezüglich des Verschwindens des im Hampshire wohnhaften Geschäftsmanns David Maybury vor einem Rätsel. Trotz langwieriger und gründlicher Nachforschungen konnte keine Spur von Maybury gefunden werden, und das Ermittlungsteam wird

jetzt aufgelöst. Die Akte wird, wie ein Polizeisprecher mitteilte, nicht geschlossen werden, doch es herrscht wenig Zuversicht, daß das Geheimnis je geklärt werden wird. ›Die Öffentlichkeit hat uns sehr geholfen‹, sagte der Sprecher. ›Wir haben eine klare Vorstellung von den Geschehnissen in der Nacht von Mayburys Verschwinden, aber solange keine Leiche gefunden wird, können wir kaum noch etwas tun.‹

# 1

»Schaut doch mal, Fred Phillips *rennt!*« Anne Cattrells Bemerkung platzte in die Stille des Augustnachmittags wie der Furz in die Teegesellschaft der Pastorsgattin.

Erstaunt sahen ihre beiden Freundinnen auf, Diana von ihrem Skizzenblock, Phoebe von ihrem Gartenbuch, und kniffen beim plötzlichen Blickwechsel vom Papier ins blendende Sonnenlicht die tränenden Augen zusammen. Seit etwa einer Stunde hatten sie zufrieden auf der Terrasse ihres Hauses rund um einen schmiedeeisernen Tisch gesessen, auf dem neben den Überresten des geruhsam genossenen Tees Dinge lagen, die zu ihrem täglichen Handwerkszeug gehörten: eine Gartenschere, ein aufgeklappter Malkasten, Manuskriptseiten, eine davon dort, wo Anne gedankenlos die Tasse abgestellt hatte, mit einem kreisrunden Teefleck.

Im flammenden Glanz ihres lockigen roten Haars saß Phoebe, die Füße adrett unter sich gekreuzt, auf einem geradlehnigen Stuhl. Sie hatte ihre Haltung kaum verändert, seit sie eine halbe Stunde zuvor ihren Tee ausgetrunken und sich mit schlechtem Gewissen in ihr Buch vergraben hatte, anstatt ins Gewächshaus zurückzukehren, um einen Großauftrag über fünfhundert Geranienstecklinge zum Versand fertigzumachen. Diana lag eingeölt in einem Liegestuhl. Ihr weiter Faltenrock fiel über die Seiten der Liege auf die Steinplatten hinunter. Mit einer feingliedrigen Hand kraulte sie den Bauch des Labradors, der sich neben ihr ausgestreckt hatte, mit der anderen kritzelte sie Kringel auf den Rand ihres Skizzenblatts, das eigentlich mit Entwürfen für die Innenausstattung eines Landhauses in Fowey hätte gefüllt werden sollen. Anne, die zwischen kurzen Nickerchen krampfhaft versucht hatte, sich eintausend Wörter über ›Der vaginale Orgasmus – Tatsache oder Erfindung‹ für eine obskure Zeitschrift abzuringen, saß, das Kinn in die Hände gestützt, am Tisch und genoß mit dunklen Augen den Ausblick auf den kunstvoll gestalteten Garten.

Phoebe sah sie kurz an und drehte dann den Kopf, um mit den Augen über die Ränder ihrer Brille hinweg ihrem Blick zu folgen. »Du meine Güte!« rief sie.

Ihr Gärtner, ein Mann von massigen Proportionen, rannte, nackt bis zur Taille, schwerfällig über das Gras, und sein Bauch schwabbelte dabei über den Hosenbund wie eine gewaltige Flutwelle. Der nackte Oberkörper war schon erstaunlich genug, denn Fred hatte sehr strenge Ansichten über seine Stellung in Streech Grange. Dazu gehörte unter anderem, daß Phoebe warnend zu pfeifen hatte, wenn sie in den Garten kam, damit er seine Blößen bedecken konnte, mochte es auch noch so heiß sein.

»Vielleicht hat er im Lotto gewonnen«, meinte Diana, allerdings ohne Überzeugung, während die drei Frauen seinen rasch langsamer werdenden Sprint beobachteten.

»Höchst unwahrscheinlich«, widersprach Anne und schob ihren Stuhl vom Tisch weg. »Die Trägheit von Freds Massen braucht schon einen kräftigeren Anstoß als schnöden Mammon, um in derart wilde Bewegung zu geraten.«

Schweigend beobachteten sie ihn auf dem letzten Stück seines Wegs. Als er die Terrasse erreichte, kroch er nur noch. Einen Moment hielt er inne, stützte sich mit einer Hand schwer auf die niedrige Terrassenmauer und verschnaufte. Sein verwittertes braunes Gesicht hatte einen grauen Schimmer, sein Atem rasselte. Besorgt bedeutete Phoebe Diana, ihm einen freien Stuhl entgegenzuschieben, und stand selbst auf, um Fred beim Arm zu nehmen und auf den Stuhl zu helfen.

»Was ist denn passiert?« fragte sie ein wenig erschrocken.

»Oh, es ist schrecklich, Madam.« Er war kaum fähig zu sprechen. Der Schweiß rann in Strömen über seine schwammigen braungebrannten Brüste, die so weich und rund wie die einer Frau waren, und der Geruch, der von ihm ausging, überlagerte beißend den süßen Duft der Rosen, die in Beeten am Rand der Terrasse standen. In tiefer Verlegenheit über seine Ausdünstung und seine Nacktheit rang er die Hände. »Entschuldigen Sie vielmals, Madam.«

Diana schwang die Beine vom Liegestuhl und setzte sich auf. Sie nahm eine Decke, die über der Lehne ihres Stuhls hing, und legte sie ihm um die nackten Schultern. »Nach so einem Lauf sollten Sie sich warm halten, Fred.«

Er zog die Decke um sich und nickte dankbar.

»Was ist passiert, Fred?« fragte Phoebe wieder.

»Ich weiß nicht recht, wie ich's sagen soll« – sie glaubte, Mitleid in seinem Blick zu erkennen –, »aber es muß gesagt werden.«

»Dann sagen Sie es mir«, drängte sie vorsichtig. »So schlimm wird es schon nicht sein.« Sie warf einen Blick zu Benson hinunter, dem goldenen Labrador, der immer noch behaglich neben Dianas Liegestuhl lag. »Ist Hedges etwas passiert?«

Er schob seine rauhe, schmutzverkrustete Hand unter den Falten der Decke hervor, nahm mit einer Vertraulichkeit, die gänzlich ungewöhnlich war, ihre Hand und drückte sie sachte. Die Geste war so flüchtig, wie sie unerwartet war. »Im alten Eishaus liegt eine Leiche, Madam.«

Einen Moment war es ganz still. »Eine Leiche?« wiederholte Phoebe. »Was für eine Leiche?« Ihre Stimme war ruhig und emotionslos.

Anne warf einen raschen Blick auf sie. Es gab Momente, da erschreckte sie die Gelassenheit der Freundin.

»Um ehrlich zu sein, Madam, ich hab sie mir nicht näher angeschaut. Es war ein ziemlicher Schreck.« Er starrte bedrückt auf seine Füße hinunter. »Ich bin praktisch drüber gestolpert, bevor ich sie gesehen hab. Hinterher hat's ein bißchen gestunken.« Alle blickten fasziniert auf seine Gartenstiefel, und er zog sie, seine impulsive Bemerkung bedauernd, hastig unter die Decke. »Keine Sorge, Madam«, sagte er. »Ich hab sie gleich im Gras abgewischt.«

Tasse und Untertasse in Phoebes Hand klirrten, und sie stellte beide vorsichtig auf den Tisch neben ihre Gartenschere. »Aber natürlich, Fred.

Das war aufmerksam von Ihnen. Möchten Sie eine Tasse Tee? Ein Stück Kuchen vielleicht?« fragte sie.

»Nein, danke, Madam.«

Diana mußte einen furchtbaren Lachreiz unterdrücken und wandte sich ab. Nur Phoebe, dachte sie, bringt es fertig, unter solchen Umständen Tee und Kuchen anzubieten. In gewisser Weise war es bewundernswert, denn zweifellos trafen Freds erschreckende Worte sie härter als jeden von ihnen.

Anne wühlte unter ihren Papieren nach ihren Zigaretten. Mit einer fahrigen Bewegung öffnete sie die Schachtel und hielt sie Fred hin. Er bat Phoebe mit den Augen um Erlaubnis, obwohl das gar nicht nötig gewesen wäre, und sie nickte.

»Vielen Dank, Miss Cattrell. Ich bin noch ganz geschockt.«

Anne gab ihm Feuer und hielt ihm die Hand. »Stellen wir erst einmal eines klar, Fred«, sagte sie und sah ihn mit ihren dunklen Augen forschend an. »Es ist eine menschliche Leiche. Ist das richtig?«

»Das ist richtig, Miss Cattrell.«

»Wissen Sie, wer es ist?«

»Nein, kann ich nicht behaupten, Miss«, antwortete er widerstrebend. »Und ich denke, es wird auch sonst niemand wissen.« Er nahm einen tiefen

Zug an seiner Zigarette und schauderte. »Um's ganz deutlich zu sagen, soweit ich gesehen habe, ist nicht viel von der Leiche übrig. Sie muß schon seit einer ganzen Weile da liegen.«

Die drei Frauen starrten ihn entsetzt an. »Aber sie ist doch sicher bekleidet, Fred?« fragte Diana nervös. »Sie müssen wenigstens wissen, ob es ein Mann oder eine Frau ist.«

»Ich hab keine Kleider gesehen, Mrs. Goode.«

»Am besten zeigen Sie es mir.« Mit plötzlicher Entschlossenheit stand Phoebe auf.

Fred kam stolpernd auf die Beine. »Ach, nein, Madam. Sie sollten sich das nicht anschauen. Ich möchte Sie da nicht hinbringen.«

»Dann gehe ich eben allein.« Sie lächelte unvermittelt und legte ihm die Hand auf den Arm. »Ich muß es mir anschauen. Das verstehen Sie doch, Fred?«

Er drückte seine Zigarette aus und zog die Dekke fester um die Schultern. »Wenn Sie es unbedingt wollen, dann komme ich lieber mit. Allein sollten Sie da nicht hingehen.«

»Danke.« Sie wandte sich Diana zu. »Würdest du inzwischen die Polizei anrufen?«

»Natürlich.«

Anne stieß ihren Stuhl zurück. »Ich komme auch mit«, sagte sie zu Phoebe. Ehe sie den anderen über den Rasen folgte, rief sie Diana nach: »Stell schon mal den Brandy bereit. Ich brauche danach bestimmt einen.«

Zu einem nervösen Häuflein zusammengedrängt, blieben sie wenige Meter vor dem Eingang zum Eishaus stehen. Es war ein ungewöhnlicher Bau, den man im achtzehnten Jahrhundert errichtet hatte und der wie ein kleiner Erdhügel aussah. Seine Funktion als Eislager hatte er vor Jahren mit der Ankunft eines Kühlschranks verloren und war der Natur überlassen worden. Ein Wald von Nesseln umgab sein Fundament und verschmolz den künstlich aufgeworfenen Hügel mit der ebenen Erde. Der einzige Zugang, eine breite, niedrige Tür, befand sich am Ende eines überwucherten Fußwegs. Die Tür selbst war längst hinter dichtem Gestrüpp verschwunden, das wie ein dorniger Vorhang von oben herabfiel und von unten in die Höhe strebte. Sie war jetzt nur deshalb zu sehen, weil Fred den Vorhang niedergerissen und in den Boden getrampelt hatte, um sie zu erreichen.

Eine brennende Taschenlampe lag verloren auf dem Boden zu ihren Füßen. Phoebe hob sie auf. »Warum sind Sie überhaupt hineingegangen?« fragte sie Fred. »Wir haben es doch seit Jahren nicht mehr benützt.«

Er zog ein Gesicht. »Ich wollte weiß Gott, ich hätte es nicht getan, Madam. Was ich nicht weiß, macht mich nicht heiß, sag ich immer. Ich wollte die Mauer vom Küchengarten reparieren. Sie wissen schon, da, wo sie letzte Woche eingebrochen ist. Die meisten Ziegel waren nicht mehr zu gebrauchen – kein Wunder, daß die Mauer zusammengebrochen ist. Das war ja nur noch Staub. Na ja, und da sind mir die Ziegel eingefallen, die wir vor ein paar Jahren hier gelagert haben, als wir das Klohäuschen abgerissen haben. Sie haben damals gesagt: ›Heben Sie die guten auf, Fred, man weiß nie, wann man sie gebrauchen kann …‹«

»Ich erinnere mich.«

»Ja, die wollte ich für die Mauer holen.«

»Ah ja. Und das Gestrüpp mußten Sie wegschneiden?«

Er nickte. »Ich habe die Tür gar nicht sehen können, weil sie ganz zugewachsen war.« Er wies auf eine Sichel, die neben dem Eishaus lag. »Die hab ich genommen. Und den Rest hab ich mit den Stiefeln erledigt.«

»Kommt«, sagte Anne plötzlich. »Bringen wir's hinter uns. Langes Drumherumreden macht es auch nicht leichter.«

»Ja«, sagte Phoebe. »Läßt sich die Tür noch weiter öffnen, Fred?«

»O ja, Madam. Ich hatte sie ganz aufgemacht, ehe ich über das Ding gestolpert bin, das da drinnen liegt. Als ich dann gegangen bin, hab ich sie so weit wie möglich zugezogen, für den Fall, daß jemand vorbeikommen sollte.« Er starrte die Tür mit zusammengekniffenen Augen an. »Ich hab den Eindruck, sie steht jetzt weiter offen als vorhin.«

Widerstrebend ging er auf das Eishaus zu und trat plötzlich mit dem Fuß gegen die Tür. Sie öffnete sich quietschend. Phoebe ging in die Hokke und leuchtete mit der Taschenlampe ins Innere. Warmes gelbes Licht erhellte das Dunkel. Es war weniger der Anblick der schwarzen, augenlosen Leiche, bei dem sich ihr der Magen umdrehte, als vielmehr der Anblick von Hedges, der sich in den verwesenden Resten der Gedärme wälzte. Mit eingekniffenem Schwanz kam er heraus, streckte sich, den Kopf zwischen den Vorderpfoten, im Gras aus und sah zu, wie sie sich übergab.

# 2

Hitzeglühend stand das Gebäude der Polizeidienststelle Silverborne, ein Triumph der Moderne aus Chrom und Glas mit versiegelten Fenstern und getönten Scheiben, zwischen seinen konservativen Nachbarn. Drinnen hatte die Klimaanlage wieder einmal ihren Geist aufgegeben, und so wie Stunde um Stunde die Temperatur anstieg, erhitzten sich die Gemüter der Beamten. Zunehmend gereizt, begannen sie, wie kleine Kinder miteinander zu streiten. Wer konnte, machte sich davon; die, die bleiben mußten, bewachten eifersüchtig ihre elektrischen Ventilatoren und sehnten das Ende ihrer Schicht herbei. Chief Inspector Walsh, der schwitzend in seinem Büro saß, erreichte der Befehl, mit einem Team von Leuten nach Streech Grange hinauszufahren, wie ein willkommener Hauch frischer Luft. Vergnügt vor sich hin pfeifend, machte er sich auf den Weg zum Dienstraum. Für Sergeant McLoughlin jedoch, der ihn begleiten sollte, brachte die Erkenntnis, daß er nun auf das kühle Bier verzichten mußte, das er sich versprochen hatte, sobald die Pubs aufmachten, das Faß zum Überlaufen.

Diana hörte die ankommenden Autos vor den anderen. Sie trank ihren Brandy aus und stellte das Glas auf das Sideboard. »Sie kommen, Kinder.«

Phoebe ging zum Kaminsims hinüber. Ihr Gesicht wirkte unter dem leuchtenden roten Haar unnatürlich weiß. Sie war eine große Frau, selten sah man sie in etwas anderem als karierten Hemden und alten Levis. Zurück aus dem Eishaus, hatte sie sich umgezogen und ein langärmeliges, hochgeschlossenes Seidenkleid angelegt. Sie paßte in dieses elegante, ganz in Pastellfarben gehaltene Zimmer mit den schweren Samtvorhängen, aber Anne erschien sie wie eine Fremde. Mit einem distanzierten Lächeln sagte sie zu ihren beiden Freundinnen: »Es tut mir wirklich schrecklich leid.«

Anne rauchte wie immer eine nach der anderen. Sie blies eine graue Rauchfahne in die Luft über dem Sofa, auf dem sie mit zurückgelegtem Kopf saß. »Ach, hör doch auf«, sagte sie beinahe grob. »Kein Mensch wird dich dafür verantwortlich machen, daß irgend so ein Idiot sich ausgerechnet dein Grundstück zum Sterben auserkoren hat. Es gibt bestimmt eine ganz einfache Erklärung: Es ist ein Landstreicher, der da untergeschlüpft ist und einen Herzinfarkt bekommen hat.«

»Genau«, bestätigte Diana und ging zum Sofa. »Kann ich eine Zigarette von dir haben? Ich halte die Spannung kaum aus.«

Anne reichte ihr die Packung. »Du auch, Phoebe?«

Phoebe schüttelte den Kopf und hob zerstreut den Saum ihres Kleides bis zur Hüfte, um ihre Brillengläser zu putzen. Anne fand die Unbekümmertheit der Geste beruhigend.

»Wenn du so weitermachst, wird bald kein Glas mehr übrig sein«, meinte sie nachsichtig.

Seufzend ließ Phoebe ihren Rock fallen und setzte die Brille wieder auf. »Nackte Landstreicher, die in fremden Häusern Herzattacken haben, gibt es nicht«, sagte sie.

Die Türglocke läutete. Sie hörten Molly Phillips, Freds Frau, zur Tür gehen, und ohne ein Wort, vielmehr ganz instinktiv, stellten sich Anne und Diana rechts und links von Phoebe vor den Kamin. Als die Tür geöffnet wurde, schoß Diana der Gedanke durch den Kopf, daß das vielleicht nicht sonderlich klug gewesen war. Für die Polizei, fürchtete sie, würde es nicht so aussehen, als wollten sie ihr Rückhalt geben, wie es ihre Absicht war, sondern als wollten sie sie beschützen.

Molly führte zwei Männer herein. »Chief Inspector Walsh und Sergeant McLoughlin, Madam. Draußen sind noch mehr Polizisten. Soll ich Fred sagen, er soll auf sie aufpassen?«

»Nein, nein, ist schon gut, Molly. Sie werden schon wissen, was sich gehört.«

»Wenn Sie meinen, Madam. Aber ich wäre da nicht so sicher. Sie haben mit ihren Riesenstiefeln den ganzen Kies aufgewühlt, den Fred erst heute morgen gerecht hat.« Sie warf den beiden Männern einen vorwurfsvollen Blick zu.

»Danke, Molly. Vielleicht können Sie für alle eine große Kanne Tee kochen. Da hätte sicher niemand etwas dagegen.«

»In Ordnung, Madam.« Die Haushälterin schloß die Tür hinter sich und ging durch die Halle zur Küche davon.

George Walsh lauschte, bis die Schritte verklungen waren, dann ging er auf Phoebe zu und reichte ihr die Hand. Er war ein dünner, gebeugter Mann mit einer merkwürdigen Angewohnheit, den Kopf ruckartig von einer Seite zur anderen zu werfen, als litte er an der Parkinsonschen Krankheit. Es verlieh ihm einen Anschein von Verletzlichkeit, der trog.

»Guten Tag, Mrs. Maybury. Sie werden sich erinnern, wir kennen uns von früher.« Er jedenfalls erinnerte sich ihrer mit aller Lebhaftigkeit. Sie hatte genau an derselben Stelle gestanden wie heute. Zehn Jahre, und sie hatte sich kaum verändert, immer noch die Gutsherrin, unzugänglich und distanziert im sicheren Bewußtsein ihrer Stellung. Es war, als hätte das Drama damals überhaupt nicht stattgefunden. In dem glatten Gesicht, das ihn jetzt lächelnd ansah, hatte es jedenfalls keine Spuren hinterlassen. Eine unnatürliche Ruhe ging davon aus. Im Dorf nannte man sie die Hexe, und er konnte sich vorstellen, warum.

Phoebe reichte ihm die Hand. »O ja, ich erinnere mich. Es war Ihr erster großer Fall.« Ihre Stimme war dunkel, angenehm. »Sie waren gerade zum Inspector befördert worden, nicht wahr? Ich glaube, Sie kennen meine Freundinnen, Miss Cattrell und Mrs. Goode, noch nicht.« Sie deutete auf Anne und Diana, die Walsh ihrerseits mit Händedruck begrüßten. »Sie wohnen jetzt hier.«

Walsh musterte die beiden Frauen mit Interesse. »Dauernd?« fragte er.

»Die meiste Zeit«, antwortete Diana. »Wenn wir nicht gerade beruflich unterwegs sind. Wir sind beide freiberuflich tätig. Ich bin Innenarchitektin, Miss Cattrell ist Journalistin.«

Walsh nickte, doch Anne sah, daß Diana ihm nichts verraten hatte, was er nicht schon wußte.

»Ich beneide Sie.« Das entsprach der Wahrheit. Er begehrte Streech Grange, seit er es zum erstenmal gesehen hatte.

Phoebe reichte dem anderen Mann die Hand. »Guten Tag, Sergeant McLoughlin. Darf ich Sie mit Mrs. Goode und Miss Cattrell bekannt machen.«

Er war Mitte Dreißig, im gleichen Alter wie die Frauen, ein dunkler, grüblerisch wirkender Mann mit kalten Augen. Er betrachtete Phoebe und ihre Freundinnen mit kühler Geringschätzung und gab ihnen kurz und achtlos die Hand, sichtlich nur, um die Form zu wahren. Seine völlig unbegründete Abneigung traf sie wie ein Schlag ins Gesicht.

Zur Bestürzung ihrer Freundinnen, die das Knistern ihres Zorns spürten, nahm Anne den Fehdehandschuh sofort ohne Überlegung auf. »Du meine Güte, Sergeant, was hat man Ihnen denn über uns erzählt, hm?« Sie zog spöttisch eine Braue hoch und wischte sich dann die Hand demonstrativ an ihrer Jeans ab. »Da Sie ja kaum den Kinderschuhen entwachsen sind, werden Sie wohl nicht dabeigewesen sein, als das Gut das letzte Mal im Brennpunkt polizeilicher Aufmerksamkeit stand. Hm, lassen Sie mich raten. Unser Ruf ist uns offenbar vorausgeeilt. Welche unserer vielbeklatschten Aktivitäten stört Sie denn am meisten? Kindesmißhandlung, Hexerei oder Homosexualität?« Mit verächtlichem Blick musterte sie ihn. »Die Homosexualität«, murmelte sie. »Ja, natürlich, die finden Sie am bedrohlichsten, aber es ist ja auch das einzige, was der Wahrheit entspricht, richtig?«

McLoughlin, von der Hitze des Tages schon in Wallung, wäre beinahe explodiert. Er atmete tief durch. »Ich habe nichts gegen Lesben, Miss Cattrell«, versetzte er beherrscht. »Aber ich möchte auch keine geschenkt haben.«

Diana drückte ihre Zigarette heftiger als nötig aus. »Bring den armen Mann doch nicht so durcheinander, Anne«, sagte sie trocken. »Er wird einen klaren Kopf brauchen, um mit der Bescherung im Eishaus fertig zu werden.«

Steif setzte sich Phoebe in den nächsten Sessel und bedeutete den anderen, ebenfalls Platz zu nehmen. Walsh ließ sich ihr gegenüber nieder, Anne und Diana setzten sich aufs Sofa, und McLoughlin blieb nur ein zierlicher Hocker mit Gobelinbezug. Das Unbehagen, mit dem er sich vorsichtig darauf niederließ und die langen Beine übereinanderschlug, war für alle sichtbar.

»Passen Sie auf, daß Sie den nicht kaputtmachen, Sergeant«, blaffte Walsh. »Ich kann Ungeschicklichkeit nicht ausstehen. Also, Mrs. Maybury, vielleicht würden Sie uns jetzt sagen, warum Sie uns kommen ließen.«

»Ich dachte, das hätte Mrs. Goode Ihnen am Telefon erklärt.«

Er zog einen Zettel aus seiner Tasche. »›Leiche im Eishaus, Streech Grange. Wurde aufgefunden um 16 Uhr 35.‹ Keine sehr aufschlußreiche Erklärung, meinen Sie nicht? Erzählen Sie, was los war.«

»Im Grunde ist das schon alles. Fred Phillips, mein Gärtner, hat die Leiche ungefähr zur angegebenen Zeit gefunden und uns Bescheid gesagt. Mrs. Goode hat Sie angerufen, während Fred mit Miss Cattrell und mir zum Eishaus gegangen ist.«

»Sie haben die Leiche gesehen?«

»Ja.«

»Wer ist es? Wissen Sie das?«

»Nein. Die Leiche ist völlig unkenntlich.«

Mit einer fahrigen Bewegung zündete sich Anne eine neue Zigarette an. »Sie ist verwest, Inspector, völlig schwarz, scheußlich anzusehen. Kein Mensch kann erkennen, wer das einmal war.« Sie sprach ungeduldig und kurz.

Walsh nickte. »Ich verstehe. Hat Ihr Gärtner Sie gebeten, sich die Leiche anzusehen?«

Phoebe schüttelte den Kopf. »Im Gegenteil. Er

wollte es auf keinen Fall. Aber ich habe darauf bestanden.«

»Warum?«

Sie zuckte die Achseln. »Neugier wahrscheinlich. Hätten Sie nicht nachgesehen?«

Er schwieg einen Moment. »Und – ist es Ihr Mann, Mrs. Maybury?«

»Ich sagte Ihnen schon, die Leiche ist unkenntlich.«

»Haben Sie darauf bestanden, sich die Leiche anzusehen, weil Sie glaubten, es könnte Ihr Mann sein?«

»Natürlich. Aber inzwischen ist mir klargeworden, daß das ausgeschlossen ist.«

»Wieso?«

»Fred hat mich daran erinnert, daß wir vor ungefähr sechs Jahren Ziegel im Eishaus gelagert haben, nachdem wir ein altes Nebengebäude abgerissen hatten. Und da war David schon vier Jahre weg.«

»Seine Leiche wurde nie gefunden. Wir haben nie eine Spur von ihm entdeckt«, sagte Walsh. »Vielleicht ist er zurückgekommen.«

Diana lachte nervös. »Er konnte nicht zurückkommen, Inspector. Er ist tot. Ermordet.«

»Woher wissen Sie das, Mrs. Goode?«

»Weil er sonst schon längst wieder hier aufgetaucht wäre. David hat immer gewußt, wo es etwas für ihn zu holen gab.«

Walsh schlug die Beine übereinander und lächelte. »Der Fall ist noch nicht abgeschlossen. Wir konnten nie beweisen, daß er ermordet wurde.«

Dianas Gesicht war plötzlich ärgerlich. »Weil Sie alle Ihre Energien darauf konzentriert haben, Mrs. Maybury den Mord anzuhängen. Und als Sie ihr nichts nachweisen konnten, haben Sie aufgegeben. Es ist Ihnen nicht eingefallen, mich nach einer Liste von Verdächtigen zu fragen. Ich hätte Ihnen hundert Namen geben können. Und Anne hätte Ihnen noch einmal hundert nennen können. David Maybury war das gemeinste Schwein, das es je gegeben hat. Er hat den Tod verdient.« Sie hatte Angst, zu drastisch geworden zu sein, und warf einen kurzen Blick auf Phoebe. »Entschuldige, Phoebe, aber wenn vor zehn Jahren mehr Leute so deutlich gewesen wären, hättest du nicht so viele Scherereien gehabt.«

Anne nickte zustimmend. »Wenn Sie glauben, das Ding da draußen sei David Maybury, verschwenden Sie nur Ihre Zeit.« Sie stand auf und ging zu Phoebe hinüber, um sich auf die Armlehne ihres Sessels zu setzen. »Zu Ihrer Information, Inspector, Diana und ich haben dabei geholfen, das Gerümpel aus dem Eishaus zu entfernen, bevor Fred die Ziegel darin lagerte. Vor sechs Jahren waren da keine Leichen. Stimmt's, Di?«

Mit amüsierter Miene neigte Diana den Kopf. »Es wäre sowieso sinnlos gewesen, dort nach ihm zu suchen. Er liegt irgendwo auf dem Meeresgrund. Wahrscheinlich ist er längst von Krebsen und Hummern aufgefressen worden.« Sie sah McLoughlin an. »Essen Sie gern Krebse, Sergeant?«

Walsh griff ein, ehe McLoughlin etwas sagen konnte. »Wir haben alle Personen überprüft, mit denen Mr. Maybury je zu tun hatte. Es ergaben sich keinerlei Hinweise dafür, daß eine von ihnen in sein Verschwinden verwickelt war.«

Anne warf ihre Zigarette in den Kamin. »Blödsinn!« sagte sie liebenswürdig. »Mich haben Sie nie verhört, und in meiner Verdächtigenliste hätte ich selbst unter den ersten zehn rangiert.«

»Sie täuschen sich, Miss Cattrell.« Walsh war die Ruhe selbst. »Wir haben Sie überprüft. Zur Zeit von Mr. Mayburys Verschwinden, eigentlich während der ganzen Zeit unserer Ermittlungen, haben Sie mit Ihren Genossinnen auf dem Greenham Common kampiert. Unter den Augen der Wachposten des amerikanischen Luftwaffenstützpunktes, der Polizei von Newbury und diverser Fernsehteams. Ein besseres Alibi gibt es kaum.«

»Sie haben recht. Das hatte ich vergessen. Eins zu null für Sie, Inspector.« Sie lachte. »Ich habe damals für einen Artikel für eines der Sonntagsmagazine recherchiert.« Aus dem Augenwinkel sah sie, wie McLoughlin seinen Mund mißbilligend zu einem schmalen Strich zusammenkniff. »Aber es hat eine Menge Spaß gemacht«, sagte sie mit träumerischer Stimme. »Das Camp war das Beste, was mir je passiert ist.«

Stirnrunzelnd legte Phoebe ihr die Hand auf den Arm, um sie zu bremsen, und stand auf. »Das ist doch alles belanglos. Solange Sie die Leiche nicht gesehen haben, ist cs sinnlos, darüber zu spekulieren, ob es sich um David handelt, meinen Sie nicht? Wenn Sie mir folgen würden, meine Herren, dann zeige ich Ihnen, wo es ist.«

»Laß das doch Fred machen«, protestierte Diana.

»Nein. Er hat für heute genug Aufregung gehabt. Ich schaffe das schon. Könntest du dafür sorgen, daß Molly den Tee macht?«

Sie öffnete die Glastür zur Terrasse und ging den beiden Männern voran. Benson und Hedges sprangen von den sonnenwarmen Steinplatten auf und stupsten ihr schnüffelnd die Schnauzen in die

Hand. Hedges' Fell war noch flauschig vom Bad. Sie blieb einen Moment stehen, um seinen Kopf zu streicheln. »Eines sollte ich Ihnen vielleicht sagen, Inspector«, begann sie.

Anne, die die drei vom Wohnzimmer aus beobachtete, lachte. »Phoebe erzählt ihnen gerade von Hedges' üblem Streich, und der Sergeant ist ganz grün im Gesicht.«

Diana stand vom Sofa auf und ging zu ihr. »Unterschätz ihn nicht, Anne«, sagte sie. »Manchmal bist du wirklich unüberlegt. Warum mußt du die Leute immer in Rage bringen?«

»Das tu ich doch gar nicht. Ich lehne es lediglich ab, mich ihren kleinlichen Konventionen zu unterwerfen. Wenn sie das in Rage bringt, ist es ihr Problem. Ich habe meine Prinzipien, und von faulen Kompromissen halte ich nichts.«

»Das ist ja ganz in Ordnung, aber du brauchst ja nicht gleich mit der Tür ins Haus fallen. Ein bißchen Fingerspitzengefühl ist manchmal ganz angebracht. Wir haben immerhin eine Leiche hier. Oder hattest du das vergessen?« Ihre Stimme klang eher besorgt als ironisch.

Anne wandte sich vom Fenster ab. »Wahrscheinlich hast du recht«, stimmte sie kleinlaut zu.

»Also, willst du ein bißchen zurückhaltender sein?«

»Ja, in Ordnung, ich werde mich zurückhalten.«

Diana zog die Augenbrauen zusammen. »Ich wollte, ich könnte dich verstehen. Aber das ist mir leider nie gelungen.«

Warme Zuneigung stieg in Anne auf, als sie das beunruhigte Gesicht der Freundin musterte. Arme Di, dachte sie. Wie zuwider ihr das alles ist. Sie hätte nie nach Streech kommen sollen. Sie gehörte in einen Elfenbeinturm, wo Besucher genauestens überprüft wurden und Unerfreuliches nicht vorkam. »Du hast keine Schwierigkeiten, mich zu verstehen«, meinte sie leichthin, »du hast Schwierigkeiten, mir zuzustimmen. Meine kleinen Meutereien verletzen dein Feingefühl.«

Diana war schon auf dem Weg zur Tür. »Apropos – wenn du das nächste Mal möchtest, daß ich für dich lüge, dann warne mich doch bitte vorher. Ich habe meine Gesichtsmuskeln nicht so gut unter Kontrolle wie du.«

»Unsinn.« Anne ließ sich in einen Sessel fallen. »Du bist die gerissenste Lügnerin, die ich kenne.«

Diana blieb stehen. »Warum sagst du das?« fragte sie scharf.

»Weil ich dabei war«, erwiderte Anne neckend, »als du Lady Weevil weisgemacht hast, daß ihre Farbauswahl für ihren Salon höchst kultiviert sei.

Wer das fertigbringt, ohne eine Miene zu verziehen, muß seine Gesichtsmuskeln phantastisch unter Kontrolle haben.«

»Lady Keevil«, verbesserte Diana lächelnd. »Ich hätte dich nicht mitnehmen sollen. Der Vertrag war ein Vermögen wert.«

Anne zeigte keine Reue. »Du kannst mir doch keinen Vorwurf daraus machen, daß ich ihren Namen falsch verstanden habe. Jedes Wort von ihr klang ja wie durch einen nassen Lappen gedrückt. Und überhaupt hab ich dir einen Gefallen getan. Kirschrote Teppiche und apfelgrüne Gardinen – du lieber Gott! Denk an deinen Ruf.«

»Ihr Vater hatte einen Obstgroßhandel.«

»So eine Überraschung«, sagte Anne trocken.

# 3

Im Eishaus unterdrückte Chief Inspector Walsh eisern ein leichtes Flattern seines Magens. Sergeant McLoughlin zeigte weniger Selbstbeherrschung. Er rannte hinaus und übergab sich in die Brennesseln. Da er nicht wissen konnte, ob Phoebe Maybury dafür Verständnis gehabt hätte, war er froh, daß sie zum Haus zurückgekehrt war und ihn nicht sehen konnte.

»Nicht sehr appetitlich, was?« bemerkte Walsh, als McLoughlin zurückkam. »Passen Sie auf, wo Sie hintreten. Das Zeug liegt überall herum. War wahrscheinlich der Hund.«

McLoughlin preßte sich ein Taschentuch vor den Mund und würgte. Er roch durchdringend nach Bier, und der Inspector musterte ihn ungnädig. Selbst ein wetterwendischer Mensch, fand er Launenhaftigkeit bei anderen unerträglich. Er kannte McLoughlin so gut wie jeden der Männer, mit denen er zusammenarbeitete, hielt ihn für einen gewissenhaften Arbeiter, ehrlich, intelligent, zuverlässig. Er mochte ihn sogar – er war einer der wenigen, die mit Walshs berüchtigten Stimmungsschwankungen umzugehen wußten –, aber McLoughlins Schwächen zu sehen, offenbart wie finstere kleine Geheimnisse, irritierte ihn. »Was, zum Teufel, ist los mit Ihnen?« fragte er scharf. »Vor fünf Minuten konnten Sie nicht einmal höflich sein, und jetzt sind Sie empfindlich wie ein kleines Kind.«

»Nichts, Sir.«

»Nichts, Sir«, äffte Walsh ihn aufgebracht nach. Er hätte noch mehr gesagt, aber McLoughlin wirkte so zornig, daß er es sich verkniff. Seufzend nahm er ihn beim Arm und schob ihn hinaus. »Holen Sie mir einen Fotografen und ein paar anständige Lampen. Hier sieht man ja überhaupt nichts. Und sagen Sie Dr. Webster, er soll so schnell wie möglich herkommen. Ich habe ihm eine Nachricht hinterlassen. Er müßte also inzwischen auf der Dienststelle sein.« Halb verlegen tätschelte er McLoughlin den Arm, vielleicht weil ihm eingefallen war, daß der Sergeant ihm häufiger beizustehen als in den Rücken zu fallen pflegte. »Falls es ein Trost ist, Andy, ich habe auch noch nie so etwas Scheußliches gesehen.«

Während McLoughlin erleichtert zum Haus zurückeilte, zog Walsh eine Pfeife heraus, stopfte sie und zündete sie gedankenvoll an. Danach begann er mit aller Sorgfalt, den Boden und das Brombeergebüsch an der Tür und an den Seiten des Fußwegs zu untersuchen. Der Boden verriet ihm wenig. Der Sommer war ungewöhnlich heiß gewesen, und nach vier Wochen beinahe dauernden Sonnenscheins war die Erde völlig ausgetrocknet. Nur im niedergetretenen Gras und Unkraut rund um das Gestrüpp waren Fußspuren zu erkennen, wahrscheinlich die des Gärtners. Frühere Spuren, wenn überhaupt welche dagewesen waren, waren längst ausgelöscht. Das Gebüsch selbst würde sich vielleicht als interessanter erweisen. Wenn es wirklich keinen anderen Zugang zum Eishaus gab, so mußte der Mensch, dessen Überreste sie drinnen gefunden hatten, irgendwann, sei es tot oder lebendig, diese Dornenhecke überwunden haben. Die Frage war, wann. Wie lang lag diese Leiche schon dort drinnen?

Langsam ging er um den Erdhügel herum. Es wäre natürlich einfacher gewesen, sich im Inneren des Baus zu vergewissern, daß es keinen anderen Zugang gab. Er entschuldigte sein Widerstreben, das zu tun, mit der Begründung, eventuell vorhandene Spuren nicht verwischen zu wollen, wußte jedoch, daß das nur ein Vorwand war. Die schaurige Gruft hatte nichts Verlockendes für einen Mann allein, nicht einmal für einen Polizeibeamten, der die Wahrheit aufdecken wollte.

Eine ganze Weile konzentrierte er seine Untersuchungen auf den Boden unter einem verwilderten Lorbeer hinter dem Eishaus und stocherte mit einem Bambusstecken, den er gefunden hatte, in dem vermoderten Laub herum, das sich dort angesammelt hatte. Er stieß nur auf festes Backsteingemäuer, das stabil genug wirkte, um über weitere zweihundert Jahre den Angriffen des Wurzelwerks standzuhalten. Damals, dachte er, haben sie noch für die Ewigkeit gebaut.

Einen Moment lang hockte er sich nieder und paffte nachdenklich an seiner Pfeife, dann nahm er die Suche wieder auf. In kurzen Abständen stieß er seinen Stock in die Nesseln unter dem Dach des Eishauses, entdeckte aber keine offenkundigen Schwachstellen. Er kehrte zur Tür zurück, um das Gestrüpp genauer zu untersuchen.

Er war kein Gärtner, er überließ die Pflege ihres kleinen Innenhofs, in dem alles säuberlich in Töpfen wuchs, seiner Frau, aber selbst sein ungeübtes Auge sah, daß die Brombeeren hier schon seit Jahren ungehindert gewuchert haben mußten. Er betrachtete nachdenklich die Erd- und Grasklumpen über der Tür, wo büschelweise Wurzeln herausgerissen worden waren, und kauerte sich dann, vorsichtig das niedergetretene Gras meidend, dort nieder, wo das Gestrüpp niedergemäht und flachgetrampelt worden war. Die Bruchstellen der Ranken waren grün, die meisten Früchte noch nicht reif, doch hier und dort glänzte schwarz und saftig eine frühe Brombeere im Laub. Mit seinem Stock hob er vorsichtig das niedergedrückte Geflecht von Ranken und Blättern an, das ihm am nächsten war, und blickte darunter.

»Was gefunden, Sir?« McLoughlin war zurück.

»Schauen Sie mal hier, und sagen Sie mir, was Sie sehen.«

McLoughlin kniete gehorsam neben seinem Chef nieder und richtete seinen Blick auf die Stelle, die Walsh ihm anzeigte. »Was suchen wir denn?«

»Zweige mit alten Bruchstellen. Es ist doch anzunehmen, daß unser Freund da drinnen nicht im Hochsprung über das Gestrüpp hier hinweggesetzt hat.«

McLoughlin schüttelte den Kopf. »Dafür müßten wir die Sträucher Stück für Stück auseinandernehmen, und ich bezweifle, daß wir selbst dann etwas finden würden. Sieht aus, als ob einer mit der Dampfwalze darübergefahren ist.«

»Interessant, nicht wahr?« Walsh stand auf. »Haben Sie Webster erreicht?«

»Er müßte in zehn Minuten hier sein. Ich habe den anderen gesagt, sie sollen auf ihn warten. Nick Robinson hat die Scheinwerfer und die Kamera schon bereitgestellt. Der Gärtner bringt sie hierher, sobald Webster kommt. Außer Williams, dem hab ich gesagt, er soll im Haus bleiben, die Leute vernehmen und die Augen offenhalten. Er ist ein aufgeweckter Bursche. Wenn es da etwas zu entdecken gibt, entgeht es ihm bestimmt nicht.«

»Gut.« Walsh ging ein paar Meter zurück und setzte sich ins Gras. »Wir warten. Solange die Aufnahmen nicht gemacht sind, können wir nichts tun.« Er blies eine Rauchwolke aus dem Mundwinkel und blinzelte McLoughlin durch graue Schleier an. »Was tut eine nackte Leiche in Mrs. Mayburys Eishaus, Sergeant? Und was oder vielleicht wer hat sich an ihr gütlich getan?«

Stöhnend suchte McLoughlin nach seinem Taschentuch.

Constable Williams hatte Phoebe Maybury, Diana Goode und Anne Cattrell vernommen und war jetzt bei Molly Phillips in der Küche. Aus irgendeinem Grund, den er nicht verstand, sperrte sie sich absichtlich seinen Fragen, und er dachte verärgert, daß seine Kollegen es wirklich verstanden, sich die einfachen Jobs herauszupicken. Mit kaum verhohlener Genugtuung waren sie mit Fred Phillips und den Neuankömmlingen durch den Garten abgezogen. Williams, der Andy McLoughlins Gesicht bei der Rückkehr aus dem Eishaus gesehen hatte, hätte zu gern gewußt, was es da unten gab. McLoughlin hatte Nerven wie Drahtseile, und er hatte ausgesehen, als sei ihm speiübel.

Widerstrebend wandte sich Constable Williams wieder seiner unerfreulichen Aufgabe zu. »Sie hörten also von der Leiche erst, als Mrs. Goode hereinkam, um zu telefonieren?«

»Und wenn?«

Er sah sie gereizt an. »Beantworten Sie Fragen immer mit Gegenfragen?«

»Kann schon sein. Das ist meine Sache.«

Er war noch ein halbes Kind, einer von der Sorte, von denen die Leute nach einem kurzen Blick sagten: Die Polizisten werden auch immer jünger. Er versuchte es auf die schmeichlerische Tour, das hatte früher schon gewirkt. »Schauen Sie, Ma –«

»Unterstehen Sie sich, mich ›Ma‹ zu nennen«, fuhr sie ihn aufgebracht an. »Sie sind nicht mein Sohn. Ich hab keine Kinder.« Sie drehte ihm den Rücken zu und schnippelte Karotten in einen Topf. »Sie sollten sich schämen! Was würde denn Ihre Mutter dazu sagen? Die können Sie Ma nennen, sonst niemanden.«

Frustrierte alte Kuh, dachte er. Er starrte auf die

schmalen, hängenden Schultern und sagte sich, ihr Problem sei wahrscheinlich, daß ihr Alter sie nie richtig an die Kandare genommen hatte. »Ich weiß nicht mal, wer sie ist.«

Sie hielt für einen Moment mit erhobenem Messer inne, dann schnippelte sie weiter. Sie sagte nichts.

Williams versuchte es noch einmal. »Mrs. Phillips, ich möchte doch nur ein paar Einzelheiten darüber wissen, wie das war, als die Leiche gefunden wurde. Mrs. Goode hat mir gesagt, daß sie ins Haus gegangen ist, um uns anzurufen. Sie sagte, Sie seien in der Halle gewesen, als sie den Anruf machte, und daß sie dann in den Keller gegangen sei, um eine Flasche Brandy zu holen, weil drinnen im Sideboard keiner mehr war. Ist das richtig?«

»Wenn Mrs. Goode das sagt, wird's schon so gewesen sein. Sie brauchen nicht hier hinter ihrem Rücken bei mir auf den Busch zu klopfen, um rauszukriegen, ob sie gelogen hat.«

Er warf ihr einen scharfen Blick zu. »Hat sie gelogen?«

»Unsinn. Natürlich nicht!«

»Was soll dann die Geheimnistuerei?« fragte er erbost. »Warum antworten Sie mir nicht auf meine Fragen?«

Sie fuhr zornig herum. »Diesen Ton verbitte ich mir. Ich weiß, was Sie für einer sind. Es fällt mir nicht ein, mich von Ihnen einschüchtern zu lassen.« Sie riß die Teetasse weg, die vor ihm auf dem Tisch stand, und knallte sie in die Spüle. Er hätte schwören können, daß ihre Augen feucht waren.

Der Polizeifotograf trat aus der Tür und hängte sich die Kamera um den Hals. »Fertig, Sir«, sagte er zu Walsh.

Walsh legte ihm die Hand auf die Schulter. »Gut. Dann fahren Sie gleich zur Dienststelle und sehen Sie zu, daß der Film entwickelt wird.« Er wandte sich dem Pathologen zu. »Gehen wir hinein, Webster?«

Dr. Webster lächelte resigniert. »Habe ich denn eine Wahl?«

»Nach Ihnen«, sagte Walsh boshaft.

Der Innenraum war jetzt mit Scheinwerfern ausgeleuchtet. Jedes Detail trat scharf und klar hervor, kein Schatten dämpfte den gruseligen Anblick. Walsh sah nüchtern auf die Leiche hinunter. Es ist schon wahr, dachte er, daß ständiger Umgang mit Gewalt den Menschen abstumpft. Er konnte sich kaum noch daran erinnern, wie ihn solche Anblicke früher erschreckt hatten, allerdings hatte das vielleicht mit der Helligkeit zu tun. Als Kind hatte er die Dunkelheit gefürchtet, in jeder Ecke seines Kinderzimmers monströse Ausgeburten seiner Phantasie lauern sehen. Sein Vater, in jeder anderen Hinsicht ein verständnisvoller Mann, doch von der Angst geplagt, ein verzärteltes Bürschchen großzuziehen, war hart geblieben und hatte sich dem unterdrückten Weinen aus dem Kinderzimmer, aus dem alle Glühbirnen entfernt worden waren, verschlossen.

»Du lieber Gott«, sagte Webster, während er sich mit unverhohlenem Abscheu im Eishaus umsah. Vorsichtig suchte er sich einen Weg zur Mitte des Baus, um sich den Kopf der Leiche anzusehen. »Du lieber Gott«, sagte er wieder.

Der Kopf, der an schwarz verfärbten Sehnen noch am Oberkörper hing, war in eine Lücke in der obersten Reihe eines sauber aufgeschichteten Stapels von Ziegelsteinen gepreßt. Stumpfes graues Haar, lang genug, um das einer Frau sein zu können, quoll aus der Lücke. Leere Augenhöhlen, unter denen die Knochen zu sehen waren, und bloßgelegte Ober- und Unterkieferknochen hoben sich weiß von der geschwärzten Gesichtsmuskulatur ab. Der Brustkorb, an den Ziegelsteinstapel gelehnt, sah aus wie von geübter Hand filetiert. Der Unterleib winkelte sich unnatürlich vom Oberkörper ab, in einer Stellung, die kein Lebender, und wäre er auch noch so gelenkig gewesen, hätte einnehmen können. Die Gedärme waren praktisch nicht mehr vorhanden, wenn auch Fetzen von ihnen verstreut herumlagen, wie um zu bezeugen, daß sie einmal existiert hatten. Genitalien waren keine zu sehen. Auf einem niedrigen Ziegelstapel, gut einen Meter vom Körper entfernt, lag der linke Unterarm bar allen Fleisches. Nur einige Sehnen waren geblieben, die zeigten, daß er aus dem Ellenbogen herausgerissen worden war. Der rechte Arm, eng an den Torso gedrückt, war schwarz verfärbt wie der Kopf, hier und dort, wo Knochen hindurchschimmerten, mit weißen Stellen. Von den Beinen waren nur die Waden und die Füße auf den ersten Blick erkennbar, aber sie lagen weit auseinander, wie in grausamer Nachahmung eines Spagats, und waren so verdreht, daß die Fußsohlen zur Decke des Eishauses gekehrt waren. Von den Oberschenkeln waren nur noch gesplitterte Knochen vorhanden.

»Nun?« fragte Walsh, nachdem der Pathologe die Raumtemperatur gemessen und eine Skizze von der Lage der Leiche gemacht hatte.

»Was wollen Sie wissen?«

»Mann oder Frau?«

Webster deutete zu den Füßen. »Der Größe nach ein Mann, würde ich sagen. Aber sicher können wir natürlich erst sein, wenn wir die nötigen Untersuchungen vorgenommen haben. Wenn es kein Mann ist, dann war es eine große Frau, eine sehr männliche Frau.«

»Das Haar ist lang für einen Mann. Es sei denn, es ist nach dem Tod weitergewachsen.«

»Wo leben Sie denn, George? Selbst wenn es bis zur Taille reichte, würde es nichts über das Geschlecht aussagen. Haarwuchs nach dem Tod ist übrigens minimal. Nein«, meinte Webster, »alles in allem würde ich sagen, wir haben es mit einem Mann zu tun.«

»Und das Alter?«

»Keine Ahnung, außer daß er wahrscheinlich über einundzwanzig war, und selbst das ist nicht sicher. Manche Leuten werden schon in früher Jugend grau. Ich muß den Schädel röntgen, um festzustellen, wie weit die Verknöcherung der Nähte fortgeschritten ist.«

»Wie lange ist er tot?«

Webster schob die Lippen vor. »Das festzustellen, wird verflixt schwierig werden. Der Gärtner hat mir gesagt, daß es ein bißchen streng gerochen hat, als er in die Bescherung hineingetreten ist. Das würde darauf hinweisen, daß der Tod vor noch nicht allzu langer Zeit eingetreten ist.« Er kaute einen Moment lang nachdenklich auf der Unterlippe, dann schüttelte er den Kopf und begann den Boden zu untersuchen. Mit einem Spachtel löste er etwas von der dunklen Masse nahe der Tür und roch daran. »Kot«, erklärte er. »Ziemlich frisch, wahrscheinlich von einem Tier. Sie sollten einen Abdruck machen, um zu sehen, ob sich ein Stiefelabdruck von Fred zeigt. Ja, wie lange mag er tot sein?« Er fröstelte plötzlich. »Das hier ist ein Eishaus. Hier drinnen ist es um einige Grad kühler als draußen. Keine Larven, soweit zu sehen ist. Also keine Fleischfliegen. Sonst wäre noch weniger von dem Kadaver übrig. Offen gesagt, George, ich habe keine Ahnung, wie lange sich totes Fleisch bei dieser Temperatur halten würde. Außerdem ist der Verwesungsprozeß durch die Wunden, die die Tiere gerissen haben, beschleunigt worden. Es können Wochen sein, aber auch Monate. Ich weiß es einfach nicht. Da muß ich mir erst fachmännischen Rat holen.«

»Jahre?«

»Nein«, antwortete Webster entschieden. »Dann hätten wir ein Skelett vor uns.«

»Angenommen, er war gefroren, als er hierhergebracht wurde. Würde das einen Unterschied machen?«

Webster prustete. »Sie meinen gefroren wie Fischstäbchen?« Walsh nickte. »Also, das geht wirklich nicht, George! Um einen Menschen von dieser Größe einzufrieren, braucht man einen Gefrierschrank wie ein Metzger. Und wie soll man ihn hierhertransportiert haben? Warum sollte man ihn überhaupt einfrieren?« Webster runzelte die Stirn. »Es würde für Ihre Ermittlungen kaum einen Unterschied machen. Gefrorenes hält sich in einem Eishaus nur, wenn es voller Eis ist. Ein eingefrorener Mensch würde hier so schnell auftauen wie eine Pute in der Speisekammer. Nein, das kommt sicher nicht in Frage.«

Walsh blickte nachdenklich auf den abgetrennten Arm. »Wirklich nicht? Es sind schon verrücktere Dinge vorgekommen. Vielleicht war er zehn Jahre lang eingefroren und ist kürzlich hier abgeladen worden, weil man wollte, daß er gefunden wird.«

Webster pfiff einmal kurz. »David Maybury?«

»Es ist eine Möglichkeit.« Walsh ging in die Knie und deutete auf die zerfetzte Hand. »Was halten Sie davon? Sieht mir aus, als fehlten der Ring- und der kleine Finger.«

Webster hockte sich neben ihn. »Schwer zu sagen«, meinte er skeptisch. »Von der Hand ist ja fast nichts übrig.« Er blickte zu Boden. »Sie müssen hier sehr sorgfältig fegen lassen, damit nichts übersehen wird. Merkwürdig ist es auf jeden Fall. Könnte natürlich auch Zufall sein.«

Walsh richtete sich auf. »An Zufälle glaube ich nicht. Können Sie sagen, woran er gestorben ist?«

»Ich kann vorläufig nur vermuten, George. Massive Blutungen aus einer oder mehreren Wunden im Unterleib.«

Walsh sah ihn überrascht an. »Sie scheinen sehr sicher zu sein.«

»Es ist nur eine Vermutung. Um es mit Sicherheit sagen zu können, müßten wir seine Kleider haben. Aber sehen Sie ihn sich an. Der ganze Unterkörper bis zu den Knien ist aufgefressen worden. Stellen Sie ihn sich vor, wie er dasitzt, die Beine vor sich ausgestreckt, und das Blut strömt ihm aus dem Bauch. Es würde genau über die Körperteile fließen, die gefressen worden sind.«

Walsh fühlte sich plötzlich flau. »Sie meinen, er ist bei lebendigem Leib gefressen worden?«

»Nun kriegen Sie mal nicht gleich Alpträume, George. Wenn er am Leben war, dann war er im Koma und hat nichts davon gemerkt, sonst hätte er die Biester vertrieben. Ist doch klar. Wenn er allerdings langsam auftaute«, fuhr er nachdenklich fort, »hätten Blut und Wasser sich verflüssigt, und das Resultat wäre das gleiche gewesen.«

Walsh zündete umständlich seine Pfeife wieder an und paffte aus dem Mundwinkel dicke blaue Rauchwolken in die Luft. Websters Bemerkung über den strengen Geruch hatte ihn auf einen unterschwelligen Gestank aufmerksam gemacht, den er vorher nicht wahrgenommen hatte. Schweigend sah er eine Weile zu, wie der Arzt eingehend Kopf und Brustkorb des Toten untersuchte und einige Messungen vornahm. »Und was für Tiere können das gewesen sein? Ratten?«

»Schwer zu sagen.« Webster betrachtete aufmerksam eine der Augenhöhlen, ehe er auf die gebrochenen Oberschenkelknochen hinwies. »Ein Tier mit kräftigem Kiefer, würde ich vermuten. Eines ist sicher, zwei von den Biestern haben sich um die Beute gestritten. Schauen Sie, wie die Beine liegen, und der Arm da, der am Ellbogen herausgerissen ist. Die haben hier ein regelrechtes Tauziehen veranstaltet.« Wieder schob er die Lippen vor. »Dachse vielleicht. Eher Hunde.«

Walsh fielen die hellen Labradorhunde ein, die auf den warmen Steinplatten gelegen hatten, und er erinnerte sich, wie einer von ihnen seine offene Hand beschnuppert hatte. Abrupt wischte er sich die Hand an seiner Hose ab. »Ihre Überlegungen, warum die Tiere sich über Unterleib und Oberschenkel hergemacht haben, leuchten mir ein«, sagte er, während er rücksichtslos die Luft verqualmte. »Aber den Oberkörper haben sie sich auch ganz schön vorgenommen. Wie kommt das? Ist das normal?«

Webster richtete sich auf und wischte sich die Stirn mit dem Hemdsärmel. »Weiß der Himmel, George. So ziemlich das einzige, was ich mit Sicherheit sagen kann, ist, daß diese ganze Sache völlig aus dem Rahmen fällt. Ich würde vermuten, daß der arme Kerl die linke Hand auf den Bauch gedrückt hielt, um das Blut zurückzuhalten oder auch die herausquellenden Gedärme – was Ihnen lieber ist –, und dann getan hat, was ich eben getan habe: Er hat sich den Schweiß vom Gesicht gewischt und dabei das Blut verschmiert. Das hätte die Ratten oder was sonst für Tiere zu seinem linken Arm und seinem Oberkörper gelockt.«

»Sie sagten, er sei im Koma gewesen.« Walshs Ton war vorwurfsvoll.

»Vielleicht ja, vielleicht nein. Woher, zum Teufel, soll ich es wissen? Im übrigen bewegen sich Menschen auch, wenn sie im Koma sind.«

Walsh nahm seine Pfeife aus dem Mund und deutete mit dem Stiel auf den Brustkorb des Toten. »Soll ich Ihnen sagen, woran mich das erinnert?«

»Bitte.«

»An das Knochengerüst einer Lammbrust,

nachdem meine Frau mit einem scharfen Messer das Fleisch abgeschabt hat.«

Webster seufzte müde. »Ich weiß. Ich hoffe, der Schein trügt. Wenn nicht – tja, ich brauche Ihnen nicht zu sagen, was es bedeutet.«

»Die Dorfbewohner behaupten, die Frauen hier seien Hexen.«

Webster zog seine Handschuhe aus. »Verschwinden wir hier – es sei denn, Sie wollen noch etwas von mir wissen. Ich persönlich denke, ich werde mehr feststellen können, wenn ich ihn auf dem Tisch vor mir liegen habe.«

»Nur eines noch. Glauben Sie, er hat sich die Unterleibsverletzung hier oder woanders zugezogen?«

Webster nahm seinen Koffer und ging nach draußen. »Keine Ahnung, George. Ich bin nur überzeugt, daß er am Leben war, als er hier ankam. Ob er da bereits blutete oder nicht, kann ich nicht sagen.« Vor der Tür blieb er stehen. »Es sei denn, Ihre Gefriertheorie trifft zu. Dann dürfte er schon mausetot gewesen sein.«

# 4

Drei Stunden später, nachdem unter Dr. Websters Aufsicht die Überreste mit äußerster Behutsamkeit entfernt worden waren und eine gewissenhafte Untersuchung des Eishauses nicht mehr erbracht hatte als einen Haufen welken Farn in einer Ecke, wurde die Tür versiegelt, und Walsh und McLoughlin kehrten ins Gutshaus zurück. Phoebe bot ihnen die Bibliothek als Arbeitszimmer an und überließ sie mit einem bemerkenswerten Mangel an Interesse ihren Beratungen.

Ein Team von Polizeibeamten blieb zurück, um das Gebiet um das Eishaus in sich ausdehnenden Kreisen zu durchkämmen. Walsh hielt es im stillen für Zeitverschwendung – wenn zwischen der Ankunft und der Entdeckung des Toten zuviel Zeit verstrichen war, würde das umliegende Terrain ihnen nichts mehr verraten. Doch Routinearbeit hatte schon oft unerwartete Ergebnisse hervorgebracht, und jetzt warteten diverse Proben aus dem Eishaus auf den Versand ins gerichtsmedizinische Institut: Ziegelstaub, kleine Fellbüschel, etwas verfärbter Staub vom Boden und die zersplitterten Überreste eines Knochens, eines Lammknochens, wie Dr. Webster erklärt hatte, den McLoughlin im Gebüsch vor der Tür gefunden hatte. Der junge Constable Williams, der immer noch nicht genau wußte, was im Eishaus eigentlich passiert war, wurde in die Bibliothek zitiert.

Als er eintrat, sah er Walsh und McLoughlin nebeneinander hinter einem Mahagonischreibtisch von gewaltigen Ausmaßen sitzen. Vor sich hatten sie fächerförmig die Fotografien ausgebreitet, die mit Tempo entwickelt worden waren. Eine altmodische Schreibtischlampe mit grünem Schirm spendete das einzige Licht in dem sich rasch verdunkelnden Raum, und als Williams eintrat, schob Walsh den Schwenkarm der Lampe zur Seite, um ihren hellen Schein zu dämpfen. Während der junge Constable seine kleine Sammlung Aussagen vortrug, beobachtete er mit halbem Blick McLoughlins Gesicht, in dem die karge Beleuchtung die tiefen Furchen heraushob. Lieber Himmel, der Kerl sah wirklich mies aus. Er hätte gern gewußt, ob die Gerüchte stimmten, die er gehört hatte.

»Die Aussagen über das Auffinden der Leiche stimmen alle überein, Sir. Nichts Verdächtiges in dieser Richtung.« Er grinste plötzlich selbstzufrieden. »Aber ich glaube, ich habe in einer anderen Richtung eine Spur.«

»Ah ja?«

»Ja, Sir. Ich wette, Mr. und Mrs. Phillips haben gesessen, ehe sie hier angefangen haben.« Er warf einen Blick auf seine sauberen Notizen. »Mrs. Phillips hat sich sehr sonderbar benommen. Sie wollte meine Fragen nicht beantworten und hat mich dauernd beschuldigt, ich würde sie einschüchtern, obwohl ich das überhaupt nicht getan habe. Schließlich hab ich gesagt, ich würde mit Mrs. Maybury über sie sprechen müssen, und da hat sie mir fast den Kopf abgerissen. ›Lassen Sie ja Mrs. Maybury in Ruhe‹, hat sie gesagt. ›Fred und ich haben uns nichts zuschulden kommen lassen, seit wir raus sind, und mehr brauchen Sie nicht zu wissen.‹« Er hob mit triumphierender Miene den Kopf.

Walsh machte sich eine Notiz. »Gut, Constable. Wir werden dem nachgehen.«

McLoughlin bemerkte die Enttäuschung des Jungen und gab sich einen Ruck. »Gute Arbeit, Williams«, murmelte er. »Ich glaube, wir sollten uns mal ums Essen kümmern, Sir. Keiner hat seit Mittag mehr etwas in den Magen bekommen.« Ein Königreich für ein Bier, dachte er bei sich. »Unten am Hügel ist ein Pub. Vielleicht könnte

Gavin da ein paar belegte Brote für die Leute machen lassen.«

Unwillig kramte Walsh zwei Zehner aus seiner Jackentasche. »Belegte Brote«, befahl er. »Aber nicht zu teuer. Bringen Sie uns ein paar vorbei und nehmen Sie die anderen zum Eishaus mit. Sie können gleich drüben bleiben und bei der Spurensicherung helfen.« Er sah nach rückwärts zum Fenster hinaus. »Es sind ja Scheinwerfer da. Sagen Sie den Leuten, sie sollen weitermachen, solange es geht. Wir kommen später hinunter. Und vergessen Sie nicht, mir mein Wechselgeld mitzubringen.«

»Ja, Sir.« Williams machte sich davon, ehe Walsh es sich anders überlegen konnte.

»Wenn der wüßte, was wir da gefunden haben, wäre er nicht so scharf darauf hinzukommen«, bemerkte Walsh bissig, während er mit seinem mageren Finger auf die Fotos deutete. »Würde mich interessieren, ob an seinem Verdacht über die beiden Phillips' was dran ist. Sagt Ihnen der Name etwas?«

»Nein.«

»Mir auch nicht. Also, gehen wir durch, was wir haben.« Er zog seine Pfeife heraus und stopfte sie geistesabwesend, während er die Fakten aufzählte, die sie bisher gesammelt hatten.

McLoughlin merkte auf, aber er konnte nichts hören. Er hatte so mörderische Kopfschmerzen, als drohte irgendwo in seinem Hirn ein angeschwollenes, verstopftes Blutgefäß zu platzen. Das dröhnende Rauschen machte ihn taub. Er nahm einen Bleistift vom Schreibtisch und hielt ihn zwischen zwei Fingern. Beide Enden zitterten heftig, und er ließ den Stift scheppernd fallen. Er zwang sich, sich zu konzentrieren.

»Also, wo fangen wir an, Andy?«

»Beim Eishaus und bei der Frage, wer überhaupt von seiner Existenz wußte. Das muß der Schlüssel sein.« Er nahm unter den Fotografien auf dem Schreibtisch eine Außenansicht heraus und hielt sie ans Licht. »Es sieht aus wie ein kleiner Hügel«, murmelte er. »Woher sollte ein Fremder wissen, daß er innen hohl ist?«

Walsh klemmte die Pfeife zwischen die Zähne und zündete sie an. Er antwortete nicht, doch er nahm ein Foto und betrachtete es aufmerksam, während er ein, zwei Minuten schweigend paffte.

Ohne Emotion studierte McLoughlin die Bilder der Leiche. »Ist das Maybury?«

»Das kann man noch nicht sagen. Webster ist zurückgefahren, um die ärztlichen und zahnärztlichen Daten zu prüfen. Das Schlimmste ist, daß wir mit Fingerabdrücken nichts anfangen können. Wir konnten zur Zeit seines Verschwindens im Haus keine von ihm sichern. Aber das würde uns wahrscheinlich sowieso nichts helfen. Die Hände des Mannes da draußen waren zerfetzt.« Er drückte den brennenden Tabak mit dem Daumen tiefer in den Pfeifenkopf. »David Maybury hatte ein charakteristisches Merkmal«, fuhr er fort. »An der linken Hand fehlten ihm der Ringfinger und der kleine Finger. Er hatte sie bei einem Jagdunfall verloren.«

Zum erstenmal regte sich McLoughlins Interesse. »Dann ist er es also tatsächlich.«

»Möglich.«

»Aber diese Leiche hat keine zehn Jahre da gelegen, Sir. Dr. Webster sprach von Monaten.«

»Vielleicht, vielleicht. Ich warte mit meinem Urteil, bis ich den Obduktionsbefund gesehen habe.«

»Was war er für ein Mensch? Mrs. Goode bezeichnete ihn als ausgemachtes Schwein.«

»Ich würde sagen, die Beurteilung entspricht den Tatsachen. Sie können in der Akte alles über ihn nachlesen. Ich habe die Aussagen der Leute, die ihn kannten, einem Psychologen vorgelegt. Er meinte – wobei natürlich zu berücksichtigen ist, daß er dem Mann nie begegnet war –, daß Maybury ausgeprägte psychopathische Tendenzen zeigte, insbesondere in betrunkenem Zustand. Er prügelte; nicht nur Männer, sondern auch Frauen.« Walsh paffte eine Rauchwolke in die Luft und sah McLoughlin an. »Er ist ganz schön herumgekommmen. Wir haben mindestens drei kleine Flittchen aufgetrieben, die ihm in London ihr Bett warm gehalten haben.«

»Wußte sie davon?« Er wies mit dem Kopf zur Tür.

Walsh zuckte die Achseln. »Sie behauptete, nein.«

»Hat er sie geschlagen?«

»Meiner Ansicht nach ganz sicher, aber sie hat es bestritten. Als sie die Vermißtenanzeige aufgab, hatte sie einen blauen Fleck von der Größe eines Fußballs im Gesicht, und wir stellten später fest, daß sie während ihrer Ehe zweimal ins Krankenhaus eingeliefert worden ist – einmal mit gebrochenem Handgelenk und das zweite Mal mit gebrochenen Rippen und einem Schlüsselbeinbruch. Sie erzählte den Ärzten, sie neige zu Unfällen.« Er lachte rauh. »Die haben ihr das ebensowenig abgenommen wie ich. Wenn der Kerl betrunken war, hat er sie geprügelt.«

»Warum hat sie ihn dann nicht verlassen? Oder brauchte sie vielleicht diese besondere Art von Aufmerksamkeit?«

Walsh starrte ihn einen Moment lang nachdenklich an. Er wollte etwas sagen, überlegte es sich dann anders. »Streech Grange ist seit Jahren im Besitz ihrer Familie. Er lebte hier mit ihrer Einwilligung und betrieb von diesem Haus aus einen kleinen Weinhandel. Der größte Teil des Bestands ist vermutlich noch im Keller, wenn sie ihn nicht getrunken oder verkauft hat. Nein, sie wäre niemals gegangen. Ich glaube, nichts, nicht einmal ein Brand, würde sie dazu bewegen, ihr kostbares Streech Grange zu verlassen. Sie ist eine sehr entschlossene und hartnäckige Frau.«

»Und er ist nicht gegangen, weil sie das Geld hatte, vermute ich.«

»So ungefähr, ja.«

»Also hat sie ihn umgebracht.«

Walsh nickte.

»Aber Sie konnten es nicht beweisen.«

»Nein.«

McLoughlins unfrohes Gesicht verzog sich zu einem halben Grinsen. »Sie muß eine verdammt gute Story parat gehabt haben.«

»Im Gegenteil, die Story war erbärmlich. Sie erzählte uns, er sei eines Abends gegangen und nie zurückgekommen.« Walsh wischte etwas Speichel und Teer vom Ende seiner Pfeife. »Sie hat ihn erst nach drei Tagen vermißt gemeldet und auch dann nur, weil die Leute anfingen zu fragen, wo er sei. In dieser Zeit hatte sie schon alle seine Sachen zusammengepackt und an irgendeine gemeinnützige Organisation geschickt, an deren Namen sie sich nicht erinnern konnte. Sie hatte alle Fotos von ihm verbrannt, das ganze Haus von oben bis unten Staub gesaugt und geputzt, um jede Spur von ihm zu entfernen. Mit anderen Worten, sie hat sich genauso verhalten wie eine Frau, die gerade ihren Ehemann umgebracht hat und die Spuren verwischen möchte. In einer Bürste fanden wir noch ein paar Haare, die sie übersehen hatte, und ganz hinten in seinem Schreibtisch seinen noch gültigen Paß, ein Foto und einen alten Blutspenderausweis. Das war alles. Wir haben das Haus und den Garten durchgekämmt, aber es war reine Zeitverschwendung. Wir haben in der ganzen Gegend nach ihm gefahndet, sein Foto in allen Häfen und Flughäfen herumgezeigt für den Fall, daß er irgendwie ohne Paß durchgerutscht sein sollte, wir alarmierten Interpol, um ihn auf dem Kontinent suchen zu lassen, wir haben Seen und Flüsse abgesucht und sein Foto an alle großen Zeitungen gegeben. Nichts. Er hatte sich einfach in Luft aufgelöst.«

»Und wie hat sie den Bluterguß in ihrem Gesicht erklärt?«

Walsh lachte leise. »Zusammenstoß mit einer Tür. Was sonst? Ich habe versucht, ihr zu helfen. Ich sagte, sie habe ihren Mann vermutlich in Notwehr getötet. Aber nein, er habe sie nie angerührt.« Er schüttelte den Kopf bei der Erinnerung daran. »Eine ungewöhnliche Frau. Sie hat es sich nie leichtgemacht. Sie hätte sich alle möglichen Geschichten ausdenken können, um uns davon zu überzeugen, daß er sein Verschwinden geplant hatte – finanzielle Schwierigkeiten zum Beispiel. Er hat sie praktisch mittellos zurückgelassen. Aber sie tat genau das Gegenteil – sie wiederholte hartnäckig, er sei eines Abends ganz ohne ersichtlichen Grund gegangen und nicht zurückgekommen. Nur Tote verschwinden so spurlos.«

»Schlau«, meinte McLoughlin widerstrebend. »Sie hat Ihnen eine denkbar einfache Geschichte aufgetischt, in die Sie keine Löcher reißen konnten. Und warum haben Sie sie nicht unter Anklage gestellt? Es haben schon früher Mordprozesse ohne Leiche stattgefunden.«

»Wir hatten nichts in der Hand«, versetzte Walsh gereizt, als die Ungeduld und Frustration von damals ihn wieder überfielen. »Es gab nicht den Funken eines Beweises gegen ihre Behauptung, er sei einfach weggegangen. Wir brauchten die Leiche. Wir haben halb Hampshire umgegraben, um sie zu finden.« Er hielt einen Moment inne. Dann tippte er auf das Foto des Eishauses, das vor ihm lag. »Damit haben Sie schon recht ...«

»Wie meinen Sie?«

»Das Eishaus ist der Schlüssel. Wir haben damals das ganze Gelände durchsucht, aber im Eishaus hat keiner von uns nachgesehen. Ich hatte nie in meinem Leben ein Eishaus gesehen, nicht mal gehört, daß es so etwas gibt. Folglich hatte ich auch keine Ahnung, daß dieser verdammte Hügel innen hohl war. Woher hätte ich es wissen sollen? Keiner hat es mir gesagt. Ich erinnere mich, daß ich einmal oben stand, um mich zu orientieren. Ich kann mich auch erinnern, daß ich meinen Leuten gesagt habe, sie sollten das Brombeergebüsch gründlich durchforsten. Das war schon damals der reinste Urwald.« Er wischte das Mundstück seiner Pfeife an seinem Jackenärmel ab, ehe er es wieder zwischen die Lippen schob. Getrocknete Teerspuren kreuzten sich auf dem Tweed. »Ich gehe jede Wette ein, Andy, daß Maybury die ganze Zeit da drinnen war.«

Es klopfte, und Phoebe kam mit einer Platte belegter Brote herein. »Constable Williams sagte mir, daß Sie hungrig sind, Inspector. Ich habe Molly gebeten, Ihnen die Brote zu machen.«

»Oh! Danke, Mrs. Maybury. Bitte, setzen Sie sich doch.«

Phoebe stellte die Brote auf den Schreibtisch und setzte sich in einen Ledersessel, der etwas seitlich stand. Das gelbe Licht der Lampe schloß die drei in einen Kreis unerwünschter Intimität. Über ihnen schwebte der Rauch aus Walshs Pfeife. Einen langen Moment lang war es ganz still, dann holte surrend das Schlagwerk einer Standuhr Luft und schlug die Stunde, neun Uhr.

Wie auf Kommando beugte sich Walsh vor und richtete das Wort an Phoebe. »Warum haben Sie uns vor zehn Jahren nichts von dem Eishaus gesagt, Mrs. Maybury?«

Einen Moment lang schien sie ihm überrascht, sogar ein wenig erleichtert auszusehen, dann war dieser Ausdruck von ihrem Gesicht verschwunden. Danach war er nicht einmal mehr sicher, ob er überhaupt dagewesen war.

»Ich verstehe nicht«, sagte sie.

Walsh bedeutete McLoughlin mit einer Handbewegung, die Deckenbeleuchtung einzuschalten. Das gedämpfte Licht verschleierte, täuschte; er wollte jedes noch so kleine Spiel ihrer ungewöhnlich ruhigen Miene sehen können.

»Ganz einfach«, sagte er, nachdem McLoughlin den Raum in helles weißes Licht getaucht hatte. »Als wir damals Ihren Mann suchten, haben wir niemals im Eishaus nachgesehen. Wir wußten nichts von seiner Existenz.« Er musterte sie gedankenvoll. »Und Sie haben uns nichts davon gesagt.«

»Ich kann mich nicht erinnern«, erwiderte sie ruhig. »Wenn ich Ihnen nichts davon gesagt habe, dann weil ich nicht daran gedacht habe. Sind Sie nicht von selbst darauf gestoßen?«

»Nein.«

Sie zuckte kaum merklich die Achseln. »Spielt das nach so langer Zeit noch eine Rolle, Inspector?«

Er ignorierte die Frage. »Erinnern Sie sich, wann das Eishaus vor dem Verschwinden Ihres Mannes zuletzt benutzt worden ist?«

Sie legte ihren Kopf müde an die hohe Rükkenlehne des Sessels. Das rote Haar umspielte ihr blasses Gesicht, und die Augen hinter den Brillengläsern wirkten sehr groß. Walsh wußte, daß sie Mitte Dreißig war, doch sie sah jünger aus als seine eigene Tochter. Er spürte, wie McLoughlin neben ihm eine Bewegung machte, als hätte ihre Zartheit ihn irgendwie angerührt. Teufelsweib, dachte er ärgerlich bei der Erinnerung an die Gefühle, die sie einmal in ihm ausgelöst hatte. Diese scheinbare Verletzlichkeit war nur die Maske für den scharfen Verstand dahinter.

»Sie müssen mir etwas Zeit lassen«, sagte sie. »Im Augenblick kann ich mich nicht erinnern, ob wir es überhaupt benutzt haben, solange David hier lebte.« Sie machte eine kurze Pause. »Ich weiß, daß mein Vater es einmal im Winter als Dunkelkammer benutzt hat. Aber nicht sehr lang.« Sie lächelte. »Er sagte damals, es sei verflixt lästig, in der Kälte bis da hinunter stapfen zu müssen.« Sie lachte leise, als machte die Erinnerung an ihren Vater sie glücklich. »Er hat die Filme dann lieber zu einem Fachmann in Silverborne gebracht. Meine Mutter meinte, das täte er vor allem, weil er gern jemand anderem die Schuld gäbe, wenn die Abzüge nicht so ausfielen, wie er es sich vorgestellt hatte, was häufig vorkam. Er war kein sehr guter Fotograf.« Sie sah Walsh ruhig an. »Ich kann mich nicht erinnern, daß wir das Eishaus danach noch einmal benutzt haben. Erst als wir die Ziegel lagern wollten. Die Kinder wissen es vielleicht. Ich könnte sie ja einmal fragen.«

Walsh erinnerte sich an die Kinder, einen hochaufgeschossenen zehnjährigen Jungen mit den gleichen klaren blauen Augen wie seine Mutter, und ein achtjähriges Mädchen mit lockigem schwarzen Haar. Sie hatten sie auf die gleiche aggressive Art beschützt wie vorhin im Wohnzimmer ihre beiden Freundinnen.

»Jonathan und Jane«, sagte er. »Leben Sie noch zu Hause, Mrs. Maybury?«

»Nein. Jonathan hat eine Wohnung in London. Er studiert dort Medizin. Und Jane studiert Politologie und Philosophie in Oxford. Sie besuchen mich nur ab und zu am Wochenende und während der Ferien.«

»Sie haben sich gut gemacht. Sie sind sicher stolz auf sie.« Er dachte mißmutig an seine eigene Tochter, die mit sechzehn schwanger geworden war und jetzt, mit fünfundzwanzig, als geschiedene Frau mit vier Kindern dastand. Er warf einen Blick in seine Notizen. »Sie haben sich offenbar beruflich selbständig gemacht, seit ich Sie das letzte Mal gesehen habe, Mrs. Maybury. Constable Williams sagte mir, Sie betreiben eine Gärtnerei.«

Phoebe schien verwundert über diese Richtungsänderung. »Fred hat mir geholfen, eine kleine Geraniengärtnerei aufzubauen, ja«, erklärte sie zurückhaltend.

»Und wer kauft die Geranien?«

»Wir haben zwei Hauptkunden, eine Supermarktkette und ein Garten-Center mit Niederlassungen in Devon und Cornwall. Ab und zu bekommen wir auch Großaufträge aus den Staaten.« Sie war äußerst mißtrauisch. »Wieso fragen Sie?«

»Kein besonderer Grund«, versicherte er und zog geräuschvoll an seiner Pfeife. »Sie haben sicher auch im Dorf viele Kunden.«

»Keine«, entgegnete sie kurz. »Wir verkaufen nicht im Einzelhandel. Und selbst wenn wir es täten, die Leute aus dem Dorf würden sowieso nicht hierherkommen.«

»Sie sind in Streech nicht sonderlich beliebt, nicht wahr?«

»Es scheint so.«

»Vor zehn Jahren haben Sie als Sprechstundenhilfe bei einem Arzt gearbeitet. Hat Ihnen diese Arbeit keinen Spaß gemacht?«

Leichte Erheiterung spielte um ihren Mund. »Mir wurde gekündigt. Die Patienten fühlten sich bei einer Mörderin nicht sonderlich gut aufgehoben.«

»Hat Ihr Mann von dem Eishaus gewußt?« fragte er unvermittelt, um sie aus der Ruhe zu bringen.

»Daß es existierte, meinen Sie?«

Er nickte.

»Da bin ich ziemlich sicher, aber, wie ich schon sagte, ich kann mich nicht erinnern, ob er je dort gewesen ist.«

Walsh machte sich eine Notiz. »Wir werden es überprüfen. Vielleicht wissen die Kinder etwas. Kommen sie dieses Wochenende nach Hause, Mrs. Maybury?«

Sie fröstelte. »Ich vermute, wenn sie nicht kommen, werden Sie einen Beamten zu ihnen schikken.«

»Es ist wichtig.«

Ihre Stimme bebte leicht. »Wirklich, Inspector? Sie haben unser Wort, daß vor sechs Jahren keine Leiche im Eishaus war. Was soll denn diese ... diese Sache hier mit Davids Verschwinden zu tun haben?« Sie nahm ihre Brille ab und rieb sich die Augen. »Ich möchte nicht, daß Sie die Kinder belästigen. Sie haben genug gelitten, als David verschwand. Das ganze Trauma noch einmal durchleben zu müssen, dazu ohne ersichtlichen Grund, wäre unerträglich.«

Walsh lächelte nachsichtig. »Routinefragen, Mrs. Maybury. So traumatisch wird das schon nicht werden.«

Sie setzte ihre Brille wieder auf, sichtlich zornig über seine Reaktion. »Sie haben sich ja vor zehn Jahren bereits ausgesprochen dumm aufgeführt«, sagte sie mit eisiger Verachtung. »Ich weiß gar nicht, wie ich mir einbilden konnte, Sie wären im Verlauf der Zeit klüger geworden. Sie haben uns das Leben zur Hölle gemacht und sagen, ›so traumatisch wird es schon nicht werden‹! Haben Sie überhaupt eine Ahnung, was die Hölle ist? Es ist die Hölle, wenn ein kleines Mädchen von acht Jahren zusehen muß, wie die Polizei sämtliche Blumenbeete in ihrem Garten umgräbt und ihre Mutter stundenlang hinter verschlossenen Türen verhört. Es ist die Hölle, wenn ein zehnjähriger Junge erleben muß, daß sein Vater ihn ohne ein Wort der Erklärung verläßt und seine Mutter dann eines Mordes beschuldigt wird. Es ist die Hölle, mitansehen zu müssen, wie die eigenen Kinder leiden, und nichts tun zu können, um dem Leiden ein Ende zu machen. Sie haben mich gefragt, ob ich stolz auf ihre Leistungen bin.« Sie beugte sich vor. Ihr Gesicht war verzerrt. »Sie scheinen wirklich keinen Funken Phantasie zu haben. Die Kinder mußten erleben, daß ihr Vater auf und davon ging, daß ihre Mutter als Mörderin gebrandmarkt wurde, daß ihr Zuhause zu einer Touristenattraktion für Leute wurde, die sich am Unglück anderer weiden, und sie haben das alles relativ unbeschadet überstanden. Ich glaube, ›überglücklich‹ ist der richtige Ausdruck, um zu beschreiben, was mir der Erfolg meiner Kinder bedeutet.«

»Wir haben Ihnen damals geraten, die Kinder wegzuschicken, Mrs. Maybury.« Walsh sprach in bemüht neutralem Ton. »Sie zogen es vor, sie gegen unsere Empfehlung bei sich zu behalten.«

Phoebe stand auf. Zum zweitenmal überhaupt sah er ihr Gesicht von heftigen Emotionen bewegt. »Mein Gott, ich hasse Sie.« Sie legte die Hände auf den Schreibtisch, und er sah, daß ihre Finger unkontrolliert zitterten. »Wohin hätte ich sie denn schicken sollen? Meine Eltern waren tot, ich hatte keine Geschwister, weder Anne noch Diana konnten sich um sie kümmern. Hätte ich sie Fremden anvertrauen sollen in einer Zeit, in der ihre wohlbehütete Welt völlig auf den Kopf gestellt wurde?« Sie dachte an ihre einzige Verwandte, die unverheiratete Schwester ihres Vaters, die sich Jahre zuvor mit der Familie überworfen hatte. Die alte Frau hatte jeden Zeitungsbericht mit gieriger Schadenfreude gelesen und dann Phoebe einen Brief voller Gift über die Sünden und Versäumnisse ihrer Eltern gesandt. Welche Absichten sie mit der Abfassung dieses Briefs verfolgt hatte, war unklar, aber seltsamerweise waren ihre finsteren Prophezeiungen über Jonathans und Janes Schicksal für Phoebe eine Befreiung gewesen. Da hatte sie – zum erstenmal – klar gesehen, daß die Vergangenheit tot und begraben war und Bedauern oder Reue nichts ausrichten würden.

»Wie können Sie es wagen, mir gegenüber von

Wahl zu sprechen. Ich hatte keine andere Wahl, als lächelnd standzuhalten und meine Kinder nicht merken zu lassen, wie groß meine Angst war und wie allein gelassen ich mich fühlte, während Sie mich fertigmachten.« Ihre Finger umklammerten die Schreibtischkante. »Ich werde nicht zulassen, daß Sie mit Ihren dreckigen Händen im Leben meiner Kinder herumwühlen. Sie haben uns einmal mit Ihrem Dreck beworfen. Und Sie werden es bestimmt nicht wieder tun.« Sie machte kehrt und ging zur Tür.

»Ich habe noch einige Fragen an Sie, Mrs. Maybury. Bitte gehen Sie noch nicht.«

Sie drehte sich kurz um, als sie die Tür öffnete. »Sie können mich mal, Inspector.« Die Tür flog krachend hinter ihr zu.

McLoughlin hatte sich den ganzen Wortwechsel mit gespannter Aufmerksamkeit angehört. »Ziemlicher Umschwung im Vergleich zu heute nachmittag. Ist sie immer so launisch?«

»Ganz im Gegenteil. Vor zehn Jahren konnten wir sie nicht ein einziges Mal aus der Ruhe bringen.« Er sog nachdenklich an seiner schmutzigen Pfeife.

»Das kommt von den zwei Lesben, mit denen sie hier haust. Die haben sie so richtig gegen die Männer aufgebracht.«

Walsh war belustigt. »Ich denke, das hat David Maybury schon vor zehn Jahren geschafft. Unterhalten wir uns mal mit Mrs. Goode. Würden Sie sie herholen?«

McLoughlin schnappte sich ein Brot und schob es in den Mund, ehe er aufstand. »Was ist mit der anderen? Soll ich die auch schon mal auf Trab bringen?«

Walsh überlegte einen Moment. »Nein. Die ist eine unbekannte Größe. Die laß ich erst einmal schmoren, bis ich mich über sie informiert habe.«

McLoughlin sah rosige Kopfhaut durch Walshs schütteres Haar schimmern und empfand plötzlich so etwas wie Zärtlichkeit für den älteren Mann, als hätte Phoebes Feindseligkeit seine eigene ausgetrieben und ihn daran erinnert, wem seine Loyalität gehörte. »Sie ist die wahrscheinlichste Kandidatin, Sir. Die hätte dem armen Kerl mit Freuden die Eier abgeschnitten. Die anderen beiden hätten es nur mit Widerwillen getan.«

»Wahrscheinlich haben Sie recht, Andy, aber ich wette, er war schon tot, als sie es getan hat.«

# 5

Das Gutshaus Streech Grange war ein schönes altes jakobinisches Herrenhaus aus grauem Stein mit bleigerahmten, vielmals unterteilten Fenstern und steilen Schieferdächern. Zwei Flügel, die später angebaut worden waren, schlossen sich an beide Enden des Hauptgebäudes an und schirmten die Seiten der Terrasse ab, auf der die Frauen ihren Tee eingenommen hatten. Innen waren beide Flügel durch Wände vom Haupthaus abgeschlossen, so daß man nicht ungehindert von einem Teil des Hauses in den anderen gelangen konnte. Nach fruchtloser Suche im Wohnzimmer und in der Küche fand sich McLoughlin vor der Verbindungstür zum Ostflügel. Er klopfte leicht; als sich nichts rührte, drehte er den Knauf und ging durch den Korridor, der sich vor ihm auftat.

Ganz hinten war eine Tür nur angelehnt. Er konnte eine tiefe Stimme hören – unverwechselbar die Anne Cattrells – und lauschte.

»… und laß dich von diesen Typen ja nicht einschüchtern. Ich habe diese Typen zur Genüge genossen. Ganz gleich, was passiert, wir müssen Jane da raushalten. Das findest du doch auch, nicht?« Es folgte zustimmendes Gemurmel. »Und wenn du es schaffst, diesem Sergeant sein höhnisches Grinsen vom Gesicht zu wischen, Schatz, kannst du meiner lebenslangen Bewunderung sicher sein.«

»Ist dir noch nicht der Gedanke gekommen« – die hellere, leicht erheiterte Stimme war Dianas –, »daß er vielleicht mit diesem höhnischen Grinsen auf die Welt gekommen ist? Es könnte doch eine Behinderung sein, mit der er umzugehen lernen mußte wie mit einem verkümmerten Arm. Du wärst bestimmt voller Teilnahme, wenn es so wäre.«

Anne lachte. »Der leidet an zwei ganz anderen Behinderungen.«

»Nämlich?«

»Er hat ein Schrumpfhirn und einen Schrumpfschwanz.«

Diana lachte schallend, und McLoughlin spürte, wie ihm die Röte ins Gesicht schoß. Leise schlich er zur Verbindungstür zurück, schloß sie hinter sich und klopfte noch einmal, diesmal lauter. Als Anne ihm einen Augenblick später öffnete, erwartete er sie mit seinem höhnischsten Lächeln.

»Ja, Sergeant?«

»Ich suche Mrs. Goode. Inspector Walsh möchte sie gern sprechen.«

»Das hier ist mein Flügel. Sie ist nicht hier.«

Die Lüge überraschte ihn so, daß er sie erstaunt ansah. »Aber –«

»Aber was, Sergeant?«

»Wo finde ich sie?«

»Ich habe keine Ahnung. Vielleicht möchte der Inspector inzwischen mit mir sprechen?«

Ungeduldig drängte er sich an ihr vorbei und ging durch den Flur in das Zimmer. Es war leer. Er runzelte die Stirn. Es war ein großer Raum mit einem Schreibtisch an einem Ende und einer Sitzgruppe vor einem offenen Kamin am anderen Ende. Das Laub üppiger Topfpflanzen ergoß sich in grünen Kaskaden vom Kaminsims, rankte sich an einem Wandspalier in die Höhe, verlieh dem Licht der Lampen auf niedrigen Beistelltischen einen sanften grünen Schimmer. Bodenlange Vorhänge mit strengem Muster in blassen Rosa-, Grau- und Blautönen verhüllten die beiden Außenwände, ein königsblauer Teppich bedeckte den Boden, abstrakte Gemälde in leuchtenden Farben lachten von den Wänden herab, Bücher standen stramm wie Soldaten in hohen Regalen. Es war ein heiteres, gemütliches Zimmer, wie McLoughlin es der kleinen, muskulösen Frau, die ihm hereingefolgt war, nicht zugetraut hätte.

»Ist es eine Gewohnheit von Ihnen, unaufgefordert anderer Leute Privaträume zu betreten, Sergeant?« fragte sie, abwartend an den Türpfosten gelehnt. »Ich kann mich nicht erinnern, Sie hereingebeten zu haben.«

»Wir haben Mrs. Mayburys Einverständnis, uns hier frei zu bewegen«, sagte er nachlässig.

Sie ging zu einem der Sessel und setzte sich, nahm sich eine Zigarette aus der Packung auf der breiten Armlehne. »Sicher, in *ihrem* Haus«, meinte sie und zündete die Zigarette an. »Aber in diesem Flügel wohne ich. Sie haben kein Recht, hier ohne meine Erlaubnis oder einen richterlichen Befehl einzudringen.«

»Tut mir leid«, entgegnete er steif. Er fühlte sich plötzlich unbehaglich und verlegen, während sie völlig entspannt war. »Ich wußte nicht, daß dieser Teil des Hauses Ihnen gehört.«

»Er gehört mir nicht, ich habe ihn gemietet.« Sie lächelte dünn. »Nur interessehalber, was veranlaßte Sie zu der Annahme, Miss Goode könnte hier sein?«

Er sah, wie der Zipfel eines der Vorhänge sich hob, als sich ein leichter Wind im Stoff fing, und erkannte, daß Diana Goode durch die Terrassentür hinausgegangen sein mußte. Er war wütend darüber, daß er sich von dieser Frau zum Narren halten ließ.

»Ich konnte sie sonst nirgends finden«, antwortete er brüsk, »und Inspector Walsh möchte sie sprechen. Lebt sie im anderen Flügel?«

»Sie hat den anderen Flügel gemietet. Ob sie dort lebt – Sie werden ja sicher schon bemerkt haben, daß wir drei ziemlich viel zusammenglucken. Man nennt so etwas eine *ménage à trois,* wenn das auch in unserem Fall nicht ganz dem landläufigen Sinn entspricht. Normalerweise gehören zu so einem Trio Mitspieler beiderlei Geschlechts. Wir sind da ein bißchen exklusiver, da wir unsere besondere – wie soll ich es formulieren? – pikante weibliche Sexualität bevorzugen. Zu dritt ist das Spiel aufregender als zu zweit, finden Sie nicht auch? Oder haben Sie es nie versucht?«

Seine Abneigung gegen sie war genauso irrational wie heftig. Er wies mit einer ruckhaften Kopfbewegung zum Hauptteil des Hauses. »Haben Sie die Kinder auch so verdorben?«

Mit einem leisen Lachen stand sie auf. »Ich denke, Sie werden Mrs. Goode in ihrem Wohnzimmer finden. Ich bringe Sie hinaus.« Sie führte ihn durch den kleineren Flur zur Tür. »Geradeaus durch das Hauptgebäude bis zum Westflügel. Dort ist die gleiche Tür wie hier.« Sie wies auf eine Klingel an der Wand, die er nicht bemerkt hatte. »An Ihrer Stelle würde ich läuten. Das wäre wenigstens höflich.« Mit einem verächtlichen Lächeln auf den Lippen sah sie ihm nach, als er davonging.

Er mußte an der Bibliothek vorbei, um zum Westflügel zu gelangen, und warf einen kurzen Blick hinein, um Walsh zu sagen, daß es noch ein paar Minuten dauern würde. Zu seiner Überraschung war Diana Goode schon da. Sie saß in dem Sessel, in dem vorher Phoebe gesessen hatte. Sie und Walsh drehten die Köpfe, als die Tür sich öffnete. Sie lachten wie Leute, die sich einig sind.

»Ah, da sind Sie ja, Sergeant. Wir haben auf Sie gewartet.«

Er nahm seinen Platz wieder ein und musterte Diana mit Argwohn. »Woher wußten Sie, daß der Inspector Sie sprechen wollte?« Er stellte sich vor, wie sie draußen vor der Terrassentür gestanden und mit angehört hatte, wie Anne Cattrell ihn verspottet hatte.

»Ich wußte es nicht, Sergeant. Ich habe nur vorbeigeschaut, um zu fragen, ob Sie eine Tasse Kaffee möchten.« Sie lächelte gutgelaunt und schlug ein wohlgeformtes Bein über das andere. »Worüber wollten Sie denn mit mir sprechen, Inspector?«

In Walshs Augen blitzte Wohlgefallen. »Wie lange kennen Sie Mrs. Maybury schon?« fragte er.

»Seit fünfundzwanzig Jahren. Seit meinem zwölften Lebensjahr. Wir waren zusammen im Internat. Anne Cattrell auch.«

»Das ist eine lange Zeit.«

»Ja. Wir beide kennen sie länger als jeder andere, Inspector, länger sogar als ihre Eltern sie kannten. Sie war ja erst Anfang Zwanzig, als sie umkamen.« Sie brach ab. »Aber das wissen Sie ja alles vom letzten Mal«, schloß sie verlegen.

»Frischen Sie unsere Erinnerung ruhig ein bißchen auf«, ermunterte Walsh,

Diana senkte den Blick, um den Ausdruck ihrer Augen zu verbergen. Anne hatte leicht reden. Nicht einschüchtern lassen! Wenn schon das Wissen beänstigend war. Mit einer beiläufigen Bemerkung hatte sie die Funken eines alten Verdachts neu entfacht. Kein Rauch ohne Feuer, hatten alle gesagt, als David verschwunden war.

»Sie sind bei einem Autounfall umgekommen, nicht wahr?« hakte Walsh nach.

Sie nickte. »Die Bremsen haben versagt. Sie waren tot, als man sie aus dem Wrack herausgeschnitten hatte.«

Danach herrschte eine Minute Stille.

»Wenn ich mich recht erinnere«, sagte Walsh zu McLoughlin, als Diana nicht weitersprach, »war von Sabotage die Rede. Habe ich recht, Mrs. Goode? Im Ort schien man zu glauben, Mrs. Maybury habe den Unfall herbeigeführt, um vorzeitig an ihr Erbe zu kommen. Die Leute hier haben ein gutes Gedächtnis. Als Mr. Maybury verschwand, wurde die Geschichte wieder aufgewärmt.«

McLoughlin blickte auf Dianas gesenkten Kopf. »Wie kamen die Leute denn auf diese Idee?« fragte er.

»Weil sie dumm sind«, erwiderte sie heftig. »Es ist nichts Wahres daran. Das Urteil des Coroners hätte nicht eindeutiger sein können – die Bremsen versagten, weil Bremsflüssigkeit aus einem korrodierten Zuleitungsschlauch ausgelaufen war. Der Wagen war drei Wochen vorher zur Inspektion gewesen, bei einem Mann namens Casey, dem die Werkstatt im Dorf gehörte. Aber der hat nur das Geld kassiert und nichts repariert, dieser Verbrecher.« Sie runzelte die Stirn. »Es war die Rede von einer Strafanzeige, aber es ist nie etwas dabei herausgekommen. Die Beweise haben anscheinend nicht ausgereicht, jedenfalls war Casey derjenige, der die Gerüchte über Phoebe in die Welt gesetzt hat. Er wollte seine Kunden nicht verlieren.«

McLoughlin musterte sie von oben bis unten, aber in seinem Blick lag nicht die geringste Spur von Sympathie: Seine Gleichgültigkeit war total, und für eine Frau wie Diana, die ihren Charme gegen beide Geschlechter einzusetzen pflegte, abschreckend. Gegen diese Mauer aus Beton war ihr Charme machtlos. »Da muß doch mehr dahintergesteckt haben«, meinte McLoughlin trocken. »So leichtgläubig sind die Leute im allgemeinen nicht.«

Sie spielte mit dem Saum ihrer Jacke. »Es war Davids Schuld. Phoebes Eltern hatten ihnen ein kleines Haus in Pimlico zur Hochzeit geschenkt, das David später als Sicherheit für einen Kredit anbot. Er verlor das ganze Geld bei irgendeiner Börsenspekulation, konnte nichts zurückbezahlen, und das Haus wurde zwangsversteigert. Das war ungefähr zur Zeit des Unfalls.« Sie schüttelte den Kopf. »Weiß der Himmel, wie, aber irgendwie sprach es sich herum. Die Leute hier schluckten unbesehen, was Casey ihnen erzählte, zählten zwei und zwei zusammen und machten fünf daraus. Von dem Moment an, als Phoebe hier in das Haus einzog, war sie verurteilt. Davids Verschwinden ein paar Jahre später bestätigte nur die Vorurteile gegen sie.« Sie seufzte. »Das Absurde ist, daß sie Casey auch nicht geglaubt haben. Er machte zehn Monate später Bankrott, nachdem er alle seine Kunden verloren hatte. Er mußte verkaufen und wegziehen, und das ist ihm ganz recht geschehen«, sagte sie bitter. »Phoebe hat es allerdings nichts genützt. Die Leute waren einfach zu dumm, um zu erkennen, daß sie unschuldig sein mußte, wenn er gelogen hatte.«

McLoughlin lehnte sich in seinem Sessel zurück und nickte ihr mit einem unerwartet jungenhaften Lächeln zu. »Das muß schlimm für sie gewesen sein.«

Sie blieb auf der Hut. »Ja. Sie war noch so jung und mußte mit allem allein fertig werden. David verschwand entweder wochenlang oder machte alles nur noch schlimmer, indem er sich mit den Leuten anlegte.«

Seine Augen wurden sanfter, als sei Einsamkeit ihm etwas Vertrautes, das er nachfühlen konnte. »Und ihre Freunde hier haben sie wohl seinetwegen im Stich gelassen?«

Diana taute auf. »Sie hatte eigentlich nie welche, das war es ja. Wenn sie hier Freunde gehabt hätte, wäre es etwas ganz anderes gewesen. Aber mit zwölf kam sie ins Internat, mit siebzehn hat sie geheiratet und ist erst nach dem Tod ihrer Eltern zurückgekommen. Sie hat in Streech nie Freunde gehabt.«

McLoughlin trommelte mit den Fingern leise auf den Schreibtisch. »›Das ist die schlimmste Einsamkeit, aufrichtiger Freundschaft zu entbehren.‹ Das hat Francis Bacon vor vierhundert Jahren gesagt.«

Sie war verblüfft. Anne verwendete Francis Bacons Zitate mit größter Selbstverständlichkeit, aber meist warf sie sie als freche kleine Pointen um des lässigen Effekts willen ins Gespräch ein. McLoughlins dunkle Stimme verweilte bei den Worten, kostete sie aus, verlieh ihnen Gewicht. Ebenso überrascht wie über die Angemessenheit der Worte war sie darüber, daß er sie kannte. Sie sah ihn nachdenklich an.

»Aber er hat auch gesagt, ›Das Schicksal eines Menschen liegt in seiner eigenen Hand‹.« Seine Lippen bekamen einen harten Zug. »Es ist schon merkwürdig, nicht wahr, wie Mrs. Maybury immer das Schlechteste aus den Menschen herausholt? Es würde mich interessieren, woran das liegt.« Er bewegte die Bilder ungeschminkten Todes mit dem Ende seines Bleistifts und drehte sie langsam, so daß Diana sie sehen konnte. »Warum hat sie das Gut nicht verkauft und ist weggezogen, nachdem sie sich ihres Mannes entledigt hatte?«

Trotz aller äußerer Weitläufigkeit war Diana naiv. Brutalität schockierte sie, weil sie sie nie kommen sah. »Sie konnte nicht«, gab sie ärgerlich zurück. »Phoebe kann das Gut nicht verkaufen. Nach einem Jahr Ehe mit diesem Schwein überredete sie ihren Vater, sein Testament zu ändern und das Haus den Kindern zu vermachen. Wir drei zahlen ihnen Miete.«

»Aber warum haben dann die Kinder nicht verkauft? Haben sie denn kein Mitleid mit ihrer Mutter?« Er sah ihr direkt in die Augen. »Oder vielleicht mögen sie sie nicht? Da wären sie ja nicht die ersten.«

Der Zorn drohte Diana zu überwältigen. Sie zwang sich, ruhig zu bleiben. »Der Sinn der Sache war, David daran zu hindern, das Haus zu Geld zu machen, sobald die Gallaghers tot waren, und damit Phoebe und den Kindern das Dach über dem Kopf zu nehmen. Genau das hätte er getan, wenn er eine Chance dazu gehabt hätte. Das Geld, das sie erbte, hat er in Rekordzeit durchgebracht. Colonel Gallagher, Phoebes Vater, hat deshalb in seinem Testament bestimmt, daß das Haus nur in einer außergewöhnlichen Notlage vor Janes einundzwanzigstem Geburtstag belastet oder verkauft werden darf. Die Entscheidung darüber, ob eine solche Notlage besteht, liegt bei zwei Treuhändern, die er eingesetzt hat. Nach Ansicht der Treuhänder ist eine finanzielle Notlage, die den

Verkauf des Guts gerechtfertigt hätte, niemals eingetreten.«

»Andere Umstände wurden nicht in Betracht gezogen?«

»Natürlich nicht«, erwiderte sie sarkastisch. »Wie denn auch? Colonel Gallagher war kein Hellseher. Er hat die Entscheidung in das Ermessen der Treuhänder gestellt, aber die müssen sich genau an den Wortlaut des Testaments halten. Angesichts der Ungewißheit über David, ob er tot ist oder noch am Leben, erschien es das sicherste, das Haus nicht zu verkaufen, auch wenn Phoebe darunter leiden mußte.« Sie sah Walsh an, um ihn wieder ins Gespräch zu ziehen. McLoughlin machte ihr angst. »Die Treuhänder haben das Wohl der Kinder immer an die erste Stelle gesetzt, genauso wie das Testament es verlangt.«

McLoughlins Belustigung war echt. »Mir tut Mrs.Maybury allmählich richtig leid. Ist ihre Abneigung gegen die Treuhänder auch so groß wie die der Treuhänder offenbar gegen sie?«

»Das weiß ich nicht, Sergeant. Ich habe sie nie gefragt.«

»Wer sind die Treuhänder?«

Walsh lachte leise. Der Junge hatte eben den Kopf in die Schlinge gelegt.

»Miss Anne Cattrell und Mrs. Diana Goode. Schon ein starkes Stück, dieses Testament. Da wurde Ihnen beiden eine schwere Verantwortung aufgebürdet, obwohl Sie kaum zwanzig waren. Wir haben eine Kopie bei den Akten«, sagte er zu McLoughlin. »Colonel Gallagher muß Sie beide sehr geschätzt haben, wenn er Ihnen die Zukunft seiner Enkel anvertraute.«

Diana lächelte. Sie durfte nicht vergessen, Anne zu erzählen, wie sie McLoughlin das höhnische Grinsen vom Gesicht gewischt hatte. »Ja, er hat uns geschätzt«, sagte sie leise. »Wieso überrascht Sie das?«

Walsh schob die Lippen vor. »Es überraschte mich vor zehn Jahren, aber da war ich Ihnen und Miss Cattrell noch nicht begegnet. Sie waren damals, glaube ich, im Ausland, Mrs. Goode.« Er lächelte und kniff ein Auge zu, beinahe sah es aus, als zwinkerte er ihr zu. »Jetzt überrascht es mich nicht mehr.«

Sie neigte den Kopf. »Danke. Mein geschiedener Mann ist Amerikaner. Ich war mit ihm in den Staaten, als David verschwand. Ich bin erst ein Jahr später, nach meiner Scheidung, zurückgekommen.«

Beharrlich sah sie Walsh an, doch der Druck von McLoughlins Blick war beinahe unerträglich.

Keinesfalls wollte sie ihm noch einmal begegnen. »Wußte Colonel Gallagher von Ihrer und Miss Cattrells Beziehung zu seiner Tochter?« fragte er leise.

»Daß wir befreundet waren, meinen Sie?« Sie hielt den Blick weiter auf Walsh gerichtet.

»Ich dachte eigentlich mehr ans Schlafzimmer, Mrs. Goode, und die Wirkung, die Ihre Spielchen auf seine Enkel haben könnten. Oder wußte er davon nichts?«

Diana starrte auf ihre Hände hinunter. Immer wieder hatte sie Schwierigkeiten, mit der Geringschätzung anderer umzugehen. Sie wünschte, sie verfügte nur über halb soviel Talent zur Gleichgültigkeit wie Anne. »Es geht Sie ja eigentlich nichts an, Sergeant«, erwiderte sie schließlich, »aber Colonel Gallagher wußte alles, was es über uns zu wissen gibt. Er war kein Mensch, vor dem man etwas verbergen mußte.«

Walsh hatte geschäftig seine Pfeife neu gestopft. Jetzt steckte er sie an und paffte neue Rauchwolken in die schon verqualmte Luft. »Als Mrs. Maybury und Miss Cattrell heute nachmittag ins Haus zurückkamen, hat da eine von ihnen die Vermutung geäußert, bei dem Toten im Eishaus könnte es sich um David Maybury handeln?«

»Nein.«

»Hat eine von beiden eine Vermutung darüber geäußert, wer es sein könnte?«

»Anne sagte, es sei wahrscheinlich ein Landstreicher, der einen Herzinfarkt bekommen hatte.«

»Und Mrs. Maybury?«

Diana überlegte einen Moment. »Sie sagte nur, daß es nackte Landstreicher, die an Herzinfarkt sterben, nicht gibt.«

»Und was ist Ihre Ansicht, Mrs. Goode?«

»Ich habe keine Ansicht, Inspector. Aber ich bin sicher, daß es nicht David ist. Meine Gründe dafür kennen Sie bereits.«

»Warum möchten Sie und Miss Cattrell, daß Jane Maybury aus der Sache herausgehalten wird?« fragte McLoughlin plötzlich.

Sie zögerte einen Moment mit der Antwort und warf ihm einen forschenden Blick zu, während sie sprach. »Jane war bis vor achtzehn Monaten magersüchtig. Im vergangenen September hat sie mit dem Segen ihres Therapeuten ihr Studium in Oxford angefangen, aber er hat sie eindringlich davor gewarnt, sich unnötigem Druck auszusetzen. Als Treuhänderinnen stimmen wir mit Mrs. Maybury darin überein, daß Jane geschont werden muß. Sie ist immer noch schrecklich dünn. Übermäßige Ängste würden ihre Kraftreserven aufzehren. Halten Sie das für unbillig, Sergeant?«

»Keinesfalls«, antwortete er milde.

»Es wundert mich, daß Mrs. Maybury uns nicht über den Zustand ihrer Tochter aufgeklärt hat«, sagte Walsh. »Hat sie einen besonderen Grund, nicht darüber zu sprechen?«

»Nicht daß ich wüßte, aber vielleicht hat die Erfahrung sie gelehrt, im Umgang mit der Polizei vorsichtig zu sein.«

»Wie das?« Es war durchaus jovial.

»Es ist doch Ihre Art, sich immer das schwächste Glied auszusuchen. Wir wissen alle, daß Jane Ihnen nichts über den Toten sagen kann, aber Mrs. Maybury hat wahrscheinlich Angst, daß Sie sie so lange verhören werden, bis sie zusammenbricht. Und erst dann werden Sie ihr glauben, daß sie tatsächlich nichts weiß.«

»Sie haben eine sehr negative Meinung über uns, Mrs. Goode.«

Diana zwang sich zu einem leichten Lachen. »Das finde ich nicht, Inspector. Von uns dreien bin ich die einzige, die noch ein gewisses Vertrauen zu Ihnen hat. Immerhin gebe ich Ihnen bereitwillig Auskunft.« Sie zog ihre Beine auf den Sessel hinauf und bedeckte sie mit ihrer langen Strickjacke. Ihr Blick ruhte flüchtig auf den Fotografien. »Ist es die Leiche eines Mannes? Miss Cattrell und Mrs. Maybury konnten es nicht sagen.«

»Im Augenblick glauben wir es, ja.«

»Und er wurde ermordet?«

»Wahrscheinlich.«

»Dann kann ich Ihnen nur eines raten: Suchen Sie im Dorf oder in den Nachbardörfern nach Ihrem Opfer und dem Mörder. Mrs. Maybury bietet sich doch als Sündenbock geradezu an. Man legte ihr die Leiche aufs Grundstück und läßt sie die Suppe auslöffeln. Garantiert hat der Mörder es sich so gedacht.«

Walsh nickte gedankenvoll, während er sich eine Notiz machte. »Das wäre möglich, Mrs. Goode. Das wäre durchaus möglich. Sie interessieren sich für Psychologie?«

Er ist eigentlich doch ein ganz netter Mann, dachte Diana und ließ eines der kalkuliert charmanten Lächeln aufblitzen, die sie für ihre verheißungsvolleren Kunden reservierte. »Ich arbeite in meinem Beruf ständig mit Psychologie«, sagte sie, »wenn auch ein Kliniker das, was ich anwende, wahrscheinlich nicht als Psychologie bezeichnen würde.«

Er lächelte zurück. »Wie würde *er* es denn nennen?«

»Sanfte Beredsamkeit, vermute ich.« Sie dachte an Lady Keevil und ihre apfelgrünen Vorhänge. Lügen, würde Anne es nennen.

»Kommen Ihre Klienten zur Beratung hierher?«

Sie schüttelte den Kopf. »Nein. Es sind ja ihre Häuser, die ausgestattet werden sollen, nicht meines. Ich besuche sie.«

»Aber Sie sind eine attraktive Frau, Mrs. Goode.« Seine Bewunderung war offenkundig. »Sie haben doch gewiß viele Freunde, die Sie besuchen. Leute aus dem Dorf, Leute, die Sie im Lauf der Jahre kennengelernt haben.«

Sie fragte sich, ob er gespürt hatte, wie schmerzhaft dieser besondere Bereich war, wie sehr ihr dieses isolierte Leben zu schaffen machte. Zu Beginn, als sie verletzt und niedergeschlagen vom Scheitern ihrer Ehe hierhergekommen war, hatte es kaum eine Rolle gespielt. Sie hatte sich hinter die Mauern von Streech Grange zurückgezogen, um ihre Wunden zu lecken, und war froh gewesen, von wohlmeinenden Freunden und ihren peinlichen Mitleidsbekundungen verschont zu bleiben. Die spätere Entdeckung, daß Phoebes Isolation nicht selbstgewählt, sondern aufgezwungen war, war ein echter Schock gewesen. Sie hatte erfahren, was es hieß, ein Paria zu sein; sie hatte zugesehen, wie Phoebe ihren Haß genährt hatte; sie hatte mit angesehen, wie Annes Toleranz sich in zynische Gleichgültigkeit gewandelt hatte; sie hatte gehört, wie ihre eigene Stimme spröde geworden war.

»Nein«, klärte sie ihn auf, »wir bekommen sehr wenig Besuch und aus dem Dorf gar keinen.«

Sein Blick war ermutigend. »Aber wenn wir annehmen, daß Sie recht haben und Opfer und Mörder hier aus der Gegend sind, woher sollen sie dann von dem Eishaus gewußt haben? Und selbst wenn sie davon gewußt haben, wie haben sie es gefunden? Sie müssen zugeben, es ist gut versteckt.«

»Jeder kann davon gewußt haben«, erwiderte sie wegwerfend. »Fred kann im Pub davon erzählt haben, nachdem er die Ziegel dort gelagert hatte. Mrs. Mayburys Eltern können davon erzählt haben. Das Eishaus ist kein Geheimnis.«

»Gut. Dann erklären Sie mir doch einmal, wie man es findet, wenn einem nicht gesagt worden ist, wo es ist. Ich nehme an, niemand von Ihnen hat einen Fremden bemerkt, der auf dem Gelände herumgestöbert hat, sonst hätten Sie es sicher erwähnt. Und noch etwas – warum war es überhaupt notwendig, die Leiche dort unterzubringen?«

Sie zuckte die Achseln. »Es ist ein gutes Versteck.«

»Woher wußte der Mörder das? Woher wußte er oder sie, daß das Eishaus nicht regelmäßig benützt wurde? Und warum die Leiche dort verstekken, wenn man Phoebe Maybury in Verlegenheit bringen wollte? Sie sehen, Mrs. Goode, das Bild ist ziemlich unklar.«

Sie überlegte einen Moment. »Vielleicht war es Zufall, das kann man jedenfalls nicht ausschließen. Jemand verübte einen Mord, beschloß, die Leiche auf dem Gutsgelände in der Hoffnung zu verstecken, daß Mrs. Maybury in Verdacht geraten würde, falls die Polizei sie finden sollte, und stieß zufällig auf das Eishaus, als er nach einem geeigneten Ort suchte.«

»Aber das Eishaus ist fast einen Kilometer vom Tor entfernt«, wandte Walsh ein. »Glauben Sie allen Ernstes, daß ein Mörder in stockfinsterer Nacht mit einer Leiche beladen am Pförtnerhaus vorbei die ganze Auffahrt hinunter und durch ihren Garten zum Eishaus gestolpert ist? Wir können ja wohl davon ausgehen, denke ich, daß niemand verrückt genug gewesen wäre, es bei helllichtem Tag zu tun. Warum hat er die Leiche nicht einfach im Wald in der Nähe des Tores verscharrt?«

Sie sah ihn mit Unbehagen an. »Vielleicht ist er hinten über die Mauer gestiegen und von da zum Eishaus gegangen?«

»Aber müßte er dann nicht über das Gelände der Grange-Farm gekommen sein, die, wenn ich es recht im Kopf habe, hinten an das Gut grenzt?«

Sie nickte widerstrebend.

»Warum ein solches Risiko eingehen? Und wenn ja, warum dann die Leiche nicht gleich dort im Wald vergraben? Weshalb war es so wichtig, sie im Eishaus unterzubringen?«

Diana fröstelte plötzlich. Sie begriff, daß er versuchte, sie in die Enge zu treiben und zu dem Eingeständnis zu zwingen, daß das Wissen von der Existenz des Eishauses und seiner Lage ein entscheidender Faktor war. »Ich habe den Eindruck, Inspector«, sagte sie kühl, »daß Sie eine Reihe von Vermutungen angestellt haben, die – bitte korrigieren Sie mich, wenn ich mich irre – noch der Bestätigung bedürfen. Zunächst einmal vermuten Sie, daß die Leiche dorthin gebracht wurde. Aber vielleicht hat der Betreffende noch gelebt und ist selbst ins Eishaus gegangen und dort seinem Mörder begegnet.«

»Selbstverständlich haben wir diese Möglichkeit in Betracht gezogen, Mrs. Goode. Das ändert nichts an unseren Überlegungen. Wir müssen dennoch fragen: Warum das Eishaus, und woher wußte die fragliche Person von seiner Existenz, wenn sie nicht vorher schon einmal dort gewesen war?«

»Na gut«, meinte sie, »dann gehen Sie doch von der Annahme aus, daß Leute dort gewesen sind, und stellen Sie fest, wer das ist. Ich kann Ihnen da auf Anhieb einige Möglichkeiten nennen – Freunde von Colonel Gallagher und seiner Frau zum Beispiel.«

»Die mittlerweile in den Siebzigern oder Achtzigern wären. Natürlich ist es möglich, daß ein alter Mensch der Schuldige ist, aber rein statistisch betrachtet, ist es unwahrscheinlich.«

»Leute, denen Mrs. oder Mr. Maybury es gezeigt haben.«

McLoughlin schaltete sich ein. »Mrs. Maybury hat uns bereits gesagt, daß sie das Eishaus völlig vergessen hatte. Sie hat die Polizei ja nicht einmal darauf aufmerksam gemacht, als damals das Gelände nach ihrem Mann abgesucht wurde. Unter diesen Umständen ist es doch unwahrscheinlich, daß sie es irgendwelchen Besuchern gezeigt hat, zumal Sie hier ja, wie Sie uns eben sagten, sowieso nie Besuch bekommen.«

»Dann war es eben David.«

»Genau, Mrs. Goode«, sagte Walsh. »David Maybury kann das Eishaus jemandem gezeigt haben, vielleicht sogar mehreren Leuten, aber Mrs. Maybury kann sich an derlei nicht erinnern. Sie kann sich nicht einmal erinnern, ob er selbst jemals dort gewesen ist, wenn sie uns auch zustimmt, daß er wahrscheinlich von seiner Existenz gewußt hat. Im Augenblick können wir in dieser Richtung gar nichts unternehmen, Mrs. Goode, wenn nicht Mrs. Maybury oder die Kinder sich doch noch an Anlässe oder Namen erinnern, die uns weiterhelfen.«

»Die Kinder!« Diana beugte sich vor. »Natürlich. Sie haben es sicher ihren Freunden gezeigt, als sie noch jünger waren. Sie wissen selbst, wie neugierig Kinder sind. Sie haben mit ihren Freunden bestimmmt das ganze Gelände erforscht.« Erleichtert lehnte sie sich zurück. »Ganz klar, so ist es. Es wird jemand aus dem Dorf sein, der mit den Kindern zusammen aufgewachsen ist – also jemand Anfang Zwanzig.« Sie bemerkte, daß das höhnische Grinsen auf McLoughlins Gesicht zurückkehrte.

»Sicher, das ist eine Möglichkeit«, sagte Walsh freundlich. »Und gerade deshalb müssen wir unbedingt mit Jonathan *und* Jane sprechen. Es wird sich also nicht vermeiden lassen, Mrs. Goode, auch wenn Sie und ihre Mutter noch so sehr dagegen sind. Jane ist vielleicht die einzige, die uns zu dem Mörder führen kann.« Er nahm sich noch ein Brot. »Die Polizei besteht nicht aus lauter Barbaren, Mrs. Goode. Sie können sich darauf verlassen, daß wir sie mit Verständnis und Takt behandeln. Ich hoffe, Sie werden Mrs. Maybury davon überzeugen.«

Diana setzte die Beine auf den Boden und stand auf. Genau wie vorher Phoebe stützte sie sich auf den Schreibtisch, so als hätte jede der Frauen infolge des engen Zusammenlebens die Eigenheiten der anderen übernommen. »Ich kann Ihnen nichts versprechen, Inspector. Mrs. Maybury trifft ihre Entscheidungen allein.«

»Sie hat keine Wahl«, sagte er kurz. »Sie kann höchstens darauf Einfluß nehmen, ob wir ihre Tochter hier oder in Oxford vernehmen. Unter diesen Umständen wird es Mrs. Maybury, denke ich, lieber sein, wenn wir hier mit ihr sprechen.«

Diana richtete sich auf. »Haben Sie sonst noch Fragen an mich?«

»Heute abend nur noch ein, zwei Dinge. Morgen wird Sergeant McLoughlin Sie eingehender verhören.« Er sah zu ihr auf. »Wie kam Mrs. Maybury dazu, das Ehepaar Phillips einzustellen? Hat sie annonciert, oder hat sie sich an eine Stellenvermittlung gewandt?«

Dianas Hände zitterten nervös. Sie schob sie in die Taschen ihrer Jacke. »Ich glaube, Anne hat das vermittelt«, antwortete sie. »Am besten fragen Sie sie selbst.«

»Danke. So, und jetzt noch eins. Als Sie damals bei der Entrümpelung des Eishauses halfen, was haben Sie dort gefunden, und was haben Sie damit getan?«

»Gott, das ist eine Ewigkeit her«, sagte sie mit Unbehagen. »Ich kann mich nicht erinnern. Es war nichts Besonderes, nur alter Kram.«

Walsh betrachtete sie nachdenklich. »Beschreiben Sie mir das Innere des Eishauses, Mrs. Goode.« Er beobachtete, wie ihr Blick hastig unter den Fotos auf dem Schreibtisch suchte, aber er hatte die Gesamtansichten umgedreht, ehe sie hereingekommen war. »Wie groß ist es? Welche Form hat die Tür? Woraus ist der Boden gemacht?«

»Ich kann mich nicht erinnern.«

Er verzog den Mund zu einem trägen, befriedigten Lächeln, und sie mußte an einen hölzernen Wolf denken, den sie einmal gesehen hatte, mit gefletschten Zähnen und starren Glasaugen.

»Danke«, sagte er. Sie war entlassen.

# 6

Diana fand Phoebe im Fernsehzimmer, wo sie sich die Zehn-Uhr-Nachrichten ansah. Die flimmernden Farben des Bildschirms waren das einzige Licht, sie spiegelten sich auf Phoebes Brillengläsern und verbargen ihre Augen, so daß sie aussah wie eine Blinde. Diana knipste die Tischlampe an.

»Sonst bekommst du Kopfschmerzen«, sagte sie. Sie ließ sich neben Phoebe aufs Sofa fallen und strich ihr über den leicht gebräunten Arm.

Phoebe drehte den Ton herunter, ließ das Bild aber weiterlaufen. »Die habe ich schon«, sagte sie müde. Sie nahm die Brille ab und tupfte sich mit einem Taschentuch die rotgeränderten Augen. »Entschuldige«, sagte sie.

»Was denn?«

»Daß ich heule. Ich dachte, aus dem Alter wäre ich raus.«

Diana zog sich mit den Zehen einen Schemel heran und legte ihre Füße darauf. »Heulen tut gut.«

Phoebe lächelte. »Aber es hilft nicht viel.« Sie schob das Taschentuch in ihren Ärmel und setzte die Brille wieder auf.

»Hast du schon etwas gegessen?«

»Ich habe keinen Hunger. Molly hat einen Auflauf im Ofen gelassen, wenn du was möchtest.«

»Ach ja, das hat sie mir gesagt, bevor sie gegangen ist. Nein, mir ist auch nicht nach Essen zumute.«

Sie schwiegen beide.

»Eine schöne Bescherung«, sagte Phoebe nach einer Weile.

»Ja.« Diana schob die Sandalen von ihren Füßen und ließ sie zu Boden fallen. »Der Inspector ist kein Dummkopf.« Sie ließ ihre Stimme absichtlich locker klingen.

»Ich hasse ihn«, sagte Phoebe heftig. »Wie alt schätzt du ihn?«

»Ende Fünfzig.«

»Er hat sich kaum verändert. Er sah vor zehn Jahren schon aus wie ein jovialer Professor.« Sie dachte einen Moment darüber nach. »Aber er ist alles andere als jovial. Er ist gefährlich, Di. Vergiß das bloß nicht.«

Diana nickte. »Und seinen Wasserträger, Muffel Macho, wie schätzt du den ein?«

Phoebe sah sie erstaunt an, als mache sie aus einer Mücke einen Elefanten. »Den Sergeant? Der hat kaum etwas gesagt. Warum fragst du?«

Mit gleichmäßigen Bewegungen, als streichele sie eine Katze, strich Diana über ihre Wolljakke. »Anne will sich unbedingt mit ihm anlegen. Ich weiß nicht, warum.« Sie warf Phoebe einen fragenden Blick zu, die ihr mit einem Achselzukken antwortete. »Ich glaube, sie macht einen Fehler. Sie hat ihn auf den ersten Blick als ›ignorantes Schwein‹ abgestempelt und ist entschlossen, ihn niederzumachen. Ach, verdammt!« sagte sie mit Nachdruck. »Warum kann sie nicht ab und zu mal Kompromisse machen? Sie wird uns in Teufels Küche bringen, wenn sie nicht vorsichtig ist.«

»Haben sie schon mit ihr gesprochen?«

»Nein. Sie haben ihr gesagt, sie wollten erst morgen mit ihr reden. Sie scheinen das Ganze sehr locker zu nehmen. Wir haben ihre amtliche Erlaubnis, zu Bett zu gehen.«

Phoebe schloß für einen Moment die Augen und drückte ihre Finger an die Schläfen. »Was haben sie dich gefragt?«

Diana drehte sich halb herum, um Phoebe anzusehen. »Nach ihren Andeutungen zu urteilen, das gleiche wie dich.«

»Nur habe ich mich geweigert, ihre Fragen zu

beantworten, und bin gegangen.« Sie zog ein Gesicht. »Ich weiß, das war dumm, aber sie haben mich einfach wütend gemacht. Eigentlich komisch, nicht? Damals, als sie David suchten, habe ich die stundenlangen Verhöre mit stoischer Ruhe ertragen. Diesmal habe ich es gerade fünf Minuten ausgehalten. Ich hatte einen solchen Haß auf den Mann, daß ich ihm am liebsten die Augen ausgekratzt hätte.«

Wieder berührte Diana flüchtig ihren Arm. »Ich finde das gar nicht merkwürdig – jeder Psychologe könnte dir sagen, daß Zorn eine normale Reaktion auf Streß ist –, aber es ist wahrscheinlich unklug.« Sie lächelte. »Anne wird natürlich sagen, ich habe kein Rückgrat, aber ich finde, wir sollten ihnen helfen, so gut wir können. Je früher sie diese Sache aufgeklärt haben, desto eher lassen sie uns in Ruhe.«

»Sie wollen die Kinder verhören.«

»Ich weiß, und ich glaube nicht, daß wir es verhindern können.«

»Ich könnte Janes Therapeuten bitten, ein Gutachten zu schreiben, das von einem Verhör abrät. Meinst du, das würde helfen?«

»Ein, zwei Tage vielleicht, bis sie ein Zweitgutachten einholen. Das würde sie für vernehmungsfähig erklären. Du weißt doch, ihr eigener Therapeut hat schon vor anderthalb Jahren ihren Zustand als durchaus stabil bezeichnet.«

»Aber doch nicht stabil genug für das hier.« Phoebe massierte sich die Schläfen. »Ich habe Angst, Di. Ich glaube, sie hat es wirklich geschafft, die Vergangenheit völlig zu verdrängen. Wenn sie sie jetzt zwingen, sich daran zu erinnern, weiß der Himmel, was passieren wird.«

»Red mit Anne«, meinte Diana. »Sie kann das objektiver beurteilen als du. Vielleicht unterschätzt du Janes Kraft. Sie ist immerhin deine Tochter.«

»Und du meinst, deswegen fällt es mir schwerer, objektiv zu sein?«

Vorsicht, ermahnte sich Diana. »Ich meine, daß sie die Kraft und das Rückgrat der Gallaghers geerbt hat, du Trine.«

»Du vergißt ihren Vater. Sie haben beide auch etwas von David mitbekommen, auch wenn ich das nicht gern wahrhaben möchte.«

»Er war nicht nur schlecht, Phoebe.«

Phoebe schossen die Tränen in die Augen. Ärgerlich zwinkerte sie sie weg. »Doch! Das weißt du so gut wie ich. Du hast es heute nachmittag dem Inspector selbst gesagt. Er war durch und durch schlecht. Und wenn wir ihn nicht losgeworden wären, hätte er mit der Zeit auch mich und die

Kinder in den Dreck gezogen. Versucht hat er's jedenfalls.« Sie schwieg einen Moment. »Das ist der einzige Vorwurf, den ich meinen Eltern mache. Wenn sie nicht so konventionell gewesen wären, hätte ich ihn nie heiraten brauchen. Ich hätte Jonny allein aufziehen können.«

»Es war schwierig für sie.« Aber ich stimme ihr zu, dachte Diana. Es gibt keine Entschuldigung für das, was ihre Eltern getan haben, wieso verteidige ich sie also? »Sie haben so gehandelt, wie sie es für richtig hielten.«

»Mein Gott, ich war siebzehn Jahre alt, jünger als Jane jetzt. Ich habe mich von ihnen in die Ehe mit einem Schweinehund zwingen lassen, der doppelt so alt war wie ich, bloß weil er mich verführt hat, und dann habe ich tatenlos zugesehen, wie er dafür auch noch belohnt wurde. Wenn ich daran denke, wie er meinem Vater das Geld aus der Tasche gezogen hat!«

Dann denke nicht daran, hätte Diana gern gesagt. Du willst vergessen, aber es hat auch schöne Stunden gegeben, zu Anfang, als Anne und ich dich beneideten, weil du eine Frau warst und wir noch kichernde Schulmädchen. Eins der Wochenenden war ihr noch lebhaft im Gedächtnis. David hatte sie alle drei aus einer verrückten Laune heraus auf eine Geschäftsreise nach Paris mitgenommen.

Sie wußte nicht mehr, für welche Firma er damals gearbeitet hatte, er hatte so oft gewechselt, aber dieses Wochenende würde sie nie vergessen. David so sicher und gewandt, so weltmännisch und unbeeindruckt von der Fremdartigkeit der Umgebung; Phoebe im vierten Monat schwanger, wunderschön mit einem verrückten kleinen Hut mit Schleier, so glücklich mit sich und David; und Anne und Diana, die, für die Ferien der Schule entronnen, in Phantasien von schönen Menschen und der eleganten Welt schwelgten. Und es war natürlich reine Phantasie geblieben, denn die Realität David Mayburys war gemein und häßlich – Diana hatte das selbst festgestellt –, und doch, damals in Paris war es zauberhaft gewesen.

Phoebe stand unvermittelt auf, ging zum Fernsehapparat und schaltete ihn aus. Sie sprach mit dem Rücken zu Diana. »Weißt du, was mich während der stundenlangen Verhöre aufrecht gehalten hat? Wie ich es geschafft habe, so ruhig zu bleiben trotz ihrer Beschuldigungen?« Sie drehte sich herum, und Diana sah, daß sie nicht mehr weinte. »Es war die unglaubliche Erleichterung, daß ich dieses gemeine Schwein so leicht losgeworden war.«

Diana starrte auf die Vorhänge. Es war kalt für einen Augustabend. Phoebe mußte das Fenster offengelassen haben. »Red keinen Blödsinn«, sagte sie entschieden. »Du leidest wohl an Gehirnerweichung! Was war denn leicht daran, David loszuwerden? Der hing dir doch von Anfang an wie ein Mühlstein am Hals und tut es noch.« Sie zog ihre Jacke fester um sich. »Wenn sie doch nur eine Leiche gefunden hätten, die du hättest identifizieren können.«

»Wenn Schweine fliegen könnten«, meinte Phoebe, während sie im Zimmer umherging und grimmig die Polster aufschüttelte.

Diana griff nach einer leeren Kaffeetasse und trug sie in die Küche. »Sie konzentrieren sich auf das Eishaus«, bemerkte sie über die Schulter, während sie den Wasserhahn aufdrehte und die Tasse spülte. »Sie gehen davon aus, daß niemand weiß, wo es ist.« Sie hörte, wie im Fernsehzimmer das Fenster geschlossen wurde. »Ich an deiner Stelle würde eine Liste sämtlicher Leute aufstellen, denen du, David oder die Kinder mal das Eishaus gezeigt haben. Da kommen bestimmt eine Menge Namen zusammen.«

Phoebe lachte bitter und zog einen Zettel aus ihrer Tasche. »Ich zermartere mir das Hirn, seit ich mit den beiden gesprochen habe. Die einzigen, dir mir einfallen, sind Peter und Emma Keller. Und nicht mal das kann ich beschwören.«

»Die Kinder von dieser gräßlichen Dilys, meinst du?«

»Ja. Einmal in den Schulferien haben sie ständig im Garten herumgestöbert und Jonathan und Jane gesucht. Ich bin sicher, Dilys hat sie hergeschickt, um Kontakt mit uns zu bekommen.«

»Aber es müssen doch auch andere Kinder hiergewesen sein, Phoebe. Am Anfang, meine ich.«

»Nein, nicht einmal Schulkameraden. Jon war im Internat, das weißt du, und wollte nie Freunde mitbringen, und Jane war an Fremden überhaupt nicht interessiert. Es war meine Schuld. Ich hätte sie dazu ermuntern müssen, Freundschaften zu schließen. Aber es war alles so schwierig. In Wirklichkeit war ich froh, daß sie kein Interesse hatten.«

»Und was war mit Peter und Emma?«

»Ach, das entwickelte sich ziemlich unerfreulich. Emma hat dauernd vor Jonathan ihr Höschen heruntergelassen. Als er dann anfing, sich ebenfalls zu entblättern, habe ich eingegriffen. Er war neun.« Sie seufzte. »In meiner Dummheit habe ich David davon erzählt. Worauf der natürlich nichts Besseres zu tun hatte, als Dilys anzurufen und ihr die Meinung zu sagen. Er nannte sie ein ordinäres Luder und sagte, der Apfel fällt nicht weit vom Stamm. Danach sind sie natürlich nie wieder hierhergekommen, aber es kann sein, daß Jon ihnen das Eishaus gezeigt hat, ehe sie verbannt wurden.«

Diana lachte etwas schuldbewußt. »Da hat David wahrscheinlich ausnahmsweise mal recht gehabt. Emma hat sich ja inzwischen kaum gebessert.«

»So spricht man nicht mit den Leuten«, sagte Phoebe kalt. »Ich kann die Frau wirklich nicht ausstehen, aber Jon hat sich genauso danebenbenommen wie Emma, und David hat ihm gegenüber kein Wort darüber verloren. Bei ihm fand er es nur urkomisch und redete davon, daß Jon offensichtlich auf dem Weg sei, ein Mann zu werden. Ich hätte ihn umbringen können. Wenn jemand ordinär war, dann David.«

Phoebes Stimmung beunruhigte Diana. Sie hatte sie früher schon zornig und bitter erlebt, aber niemals in diesem Maß wegen einer solchen Kleinigkeit. Es war, als hätten die Ereignisse des Nachmittags in ihre Abwehrmauern Löcher geschlagen, durch die nun die jahrelang angestauten Emotionen ans Tageslicht kamen. Die Gefahr, die darin lag, sah sie nur allzu klar. Sie und Anne hatten Jane als das schwache Glied gesehen. Sollten sie sich getäuscht haben? War nun vielleicht Phoebe die Verletzliche?

»Du bist müde, Phoebe«, sagte sie ruhig und legte der Freundin den Arm um die Schultern. »Komm, gehen wir zu Bett und überschlafen wir das alles.«

Phoebe ließ müde den Kopf sinken. »Ich hab so gemeine Kopfschmerzen.«

»Das ist doch kein Wunder. Nimm ein Aspirin. Und morgen fühlst du dich wie neugeboren.«

Arm in Arm gingen sie durch den Korridor. »Haben sie dich nach Fred und Molly gefragt?« fragte Phoebe plötzlich.

»Kurz, ja.«

»Ach, das hat gerade noch gefehlt.«

»Zerbrich dir darüber nicht den Kopf.« Sie hatten die Treppe erreicht. Diana gab ihr einen Kuß und ließ sie los. »Walsh hat mich auch gebeten, ihm das Eishaus zu beschreiben«, bemerkte sie zögernd.

»Ich habe dir ja gesagt, daß er gefährlich ist«, sagte Phoebe, schon halb die Treppe hinauf.

Dianas Schritte klangen laut durch die Stille. Die Wendung ›stumm wie das Grab‹ fiel ihr ein, als sie ihre Schuhe auszog und auf Zehenspitzen durch den Korridor schlich. Leise öffnete sie Annes Tür und spähte ins Zimmer. Anne saß am Schreibtisch und arbeitete an ihrem Computer. Diana pfiff gedämpft, um sie auf sich aufmerksam zu machen, und deutete dann nach oben. Zusammen schlichen sie die Treppe hinauf in Annes Schlafzimmer.

Annes Augen blitzten vor Mutwillen und Gelächter, als sie Diana ins Zimmer folgte. »Lieber Gott, Di, was fällt dir ein? Du nimmst es doch sonst mit den Umgangsformen so genau. Ist dir klar, daß es hier immer noch von Bullen wimmelt?«

»Sei nicht blöd. Das ist kein Spiel diesmal. Also halt die Klappe und hör mir zu.«

Sie stieß Anne aufs Bett und hockte sich im Schneidersitz neben sie. Während sie sprach, bearbeitete sie mit nervösen Händen die weiche Daunendecke.

# 7

Der Vorhang wurde aufgezogen, und Phoebe Maybury erschien am Fenster. Sie sah einen Moment hinaus. Ihr Haar leuchtete feuerrot im Lampenschein, und die Augen in ihrem weißen, angespannten Gesicht wirkten übergroß. Während George Walsh sie beobachtete, fragte er sich, was in ihr vorging. Hatte sie Angst? Schuldgefühle? Oder war sie vielleicht sogar verrückt? Irgend etwas stimmte nicht mit diesen großen, starren Augen. Er war ihr so nahe, daß er sie hätte berühren können. Er hielt den Atem an. Sie streckte den Arm nach draußen, umfaßte den Griff und machte das Fenster zu. Der Vorhang wurde wieder zugezogen, und gleich darauf erlosch das Licht. Aus der Küche war noch das Gemurmel Phoebes und Dianas zu hören, aber die Worte waren nicht mehr zu verstehen.

Walsh winkte McLoughlin, den er nur schemenhaft wahrnahm, und schlich auf leisen Sohlen voraus über die Terrasse auf den Rasen. Er hatte immer wieder vorsichtig zu den beleuchteten

Fenstern in Annes Räumen hinübergeblickt. Ihre sitzende Silhouette hatte sich deutlich auf den Vorhängen abgezeichnet. Sie hatte in der letzten halben Stunde häufig die Stellung gewechselt, war aber nicht von ihrem Platz am Schreibtisch aufgestanden. Walsh war ziemlich sicher, daß er und McLoughlin auf ihren Lauschposten unbemerkt geblieben waren.

Leise schlugen sie den Weg zum Eishaus ein. McLoughlin leuchtete mit einer Taschenlampe, die er mit einer Hand abschirmte. Als sie außer Hörweite des Hauses waren, blieb Walsh stehen.

»Wie fanden Sie das, Andy?«

»Wenn Sie mich fragen, das war das eindeutigste Geständnis, das wir je zu hören bekommen werden«, antwortete McLoughlin.

»Hm.« Walsh kaute nachdenklich auf der Unterlippe. »Was hat sie gleich wieder gesagt?«

»Daß sie ungeheuer erleichtert war, ihren Mann so leicht losgeworden zu sein.« Er zuckte die Achseln. »Deutlicher ging's nicht.«

Walsh ging weiter. »Vor Gericht wäre es keinen Pfifferling wert«, sagte er. »Aber es ist interessant, ausgesprochen interessant.« Wieder blieb er abrupt stehen. »Ich glaube, ihr gehen jetzt endlich doch die Nerven durch. Mrs. Goode scheint das jedenfalls zu fürchten. Was spielt sie in dieser Sache eigentlich für eine Rolle? Mit Mayburys Verschwinden kann sie nichts zu tun haben. Wir haben sie damals gründlich überprüft, und es gibt keinen Zweifel, daß sie in Amerika war.«

»Mitwisserin? Sie und die Cattrell wissen, daß Mrs. Maybury es getan hat, aber sie halten wegen der Kinder den Mund.« Er zuckte wieder die Achseln. »Abgesehen davon, scheint sie ganz in Ordnung zu sein. Über das Eishaus weiß sie nicht viel, das ist sicher.«

»Wenn sie nicht blufft.« Walsh überlegte einen Moment. »Finden Sie es nicht merkwürdig, daß sie acht Jahre hier gelebt hat und das Eishaus kein einziges Mal betreten haben soll?«

Der Mond kam hinter einer Wolke hervor und beleuchtete ihren Weg mit kaltem grauen Glanz. McLoughlin knipste die Taschenlampe aus. »Vielleicht hat es sie nicht gereizt«, meinte er grimmig. »Vielleicht hat sie gewußt, was da drinnen war.«

Bei dieser Bemerkung blieb Walsh erneut stehen. »Ja«, murmelte er, »vielleicht ist es das. Würde durchaus einleuchten. Keiner stöbert gern in so einer Höhle herum, wenn er weiß, daß da eine Leiche liegt. Die drei sind schon ein hartgesottenes Trio. Moral ist für die ein Fremdwort. Ich kann mir gut vorstellen, daß die hier ohne jeden Skrupel eine Leiche verstecken würden. Hauptsache, keiner sieht sie. Was meinen Sie?«

McLoughlin sah finster drein. »Frauen sind für mich ein Buch mit sieben Siegeln, Sir. Ich verstehe sie ganz einfach nicht.«

Walsh lachte unterdrückt. »Hat Kelly Ihnen wieder mal einen Tanz gemacht?«

Das Lachen drang durch McLoughlins Hirn wie eine spitze heiße Nadel. Er wandte sich ab und schob Hände und Taschenlampe tief in die Taschen seiner Bomberjacke. Nur zu, dachte er, mach dich lustig über mich. »Wir hatten einen kleinen Krach. Nichts Ernstes.«

Walsh, der über McLoughlins dauernde Eheprobleme gut genug Bescheid wußte, um Teilnahme zu empfinden, brummte. »Komisch, ich habe sie erst vor zwei Tagen mit Jack Booth gesehen. In bester Laune. Habe sie selten so ausgelassen erlebt. Sie ist doch nicht vielleicht schwanger? Sie sah richtig blühend aus.«

Der gemeine Hund hätte ihm lieber einen Magenschwinger geben sollen. Das hätte weniger weh getan. »Das kommt wahrscheinlich daher, daß sie jetzt mit Jack zusammenlebt«, gab er lässig zurück. »Sie ist letzte Woche ausgezogen.« So, jetzt lach, du Blödmann, lach endlich, damit ich dir eine in die Fresse schlagen kann.

Walsh, der nicht wußte, wie er reagieren sollte, klopfte McLoughlin verlegen auf den Arm. Er begriff jetzt, warum der Kerl in den letzten Tagen so empfindlich gewesen war. Von der Frau verlassen zu werden, war schlimm genug; aber sie an den besten Freund zu verlieren, war wirklich der Hammer. Lieber Gott! Ausgerechnet Jack Booth. Er war bei ihrer Hochzeit Trauzeuge gewesen. Tja, das erklärte natürlich einiges. Wieso McLoughlin in letzter Zeit jede Gesellschaft mied. Wieso Jack sich plötzlich entschlossen hatte, aus der Polizei auszuscheiden und für eine Wachgesellschaft in Southampton zu arbeiten. »Ich hatte ja keine Ahnung. Das tut mir ehrlich leid.«

»Ach, es ist nicht weiter tragisch, Sir. Wir sind im guten auseinandergegangen.« Er war ganz cool.

»Vielleicht ist es nur eine vorübergehende Verliebtheit«, meinte Walsh lahm. »Vielleicht kommt sie zurück, wenn sie das Ganze überwunden hat.«

McLoughlins Zähne blitzten weiß, als er lächelte, aber die Nacht verhüllte die schwarze Wut in seinen Augen. »Nichts für ungut, Sir, das ist das letzte, was ich hören möchte. Wir hatten einander schon nicht viel zu sagen, bevor sie gegangen ist. Worüber, zum Teufel, sollten wir miteinander reden, wenn sie zurückkäme?« O verdammt, wenn er jetzt einen Punching-Ball vor sich hätte! Wußten sie alle Bescheid? Lachten sie alle hinter seinem Rücken? Den ersten, der lachte, würde er umbringen. Er ging schneller. »Gott sei Dank haben wir ja keine Kinder. Da gibt es wenigstens keine Verlierer.«

Walsh, der mit einigen Schritten Abstand folgte, sann über die Widersprüchlichkeit der menschlichen Natur nach. Er konnte sich eines Gesprächs vor wenigen Monaten erinnern, bei dem McLoughlin alle seine Eheschwierigkeiten darauf geschoben hatte, daß er und Kelly keine Kinder hatten. Sie langweile sich, hatte er behauptet, fände ihre Arbeit als Sekretärin unbefriedigend, brauche ein Kind, das sie auf Trab halte. Walsh hatte klug den Mund gehalten, da er aus Erfahrung mit seiner Tochter wußte, daß gute Ratschläge bei häuslichen Zwistigkeiten selten gewürdigt wurden, aber er hatte von Herzen gehofft, das Schicksal werde eingreifen und verhindern, daß diesem ewig zankenden Paar ein Unglückskind geboren wurde, nur um es ›auf Trab zu halten‹. Die erste Schwangerschaft seiner Tochter, als sie gerade sechzehn und noch schulpflichtig und unverheiratet gewesen war, hatte ihn wie ein Schlag getroffen, aber erschreckender war die Entdeckung gewesen, daß seine Frau und seine Tochter einander niemals wirklich gemocht hatten. Seine Tochter gab ihrer ständigen Suche nach der Liebe, die sie nie bekommen hatte, die Schuld an zwei katastrophalen Ehen und vier Kindern; seine Frau gab der Tochter die Schuld an verpaßten Gelegenheiten und Mangel an Selbstachtung.George bemühte sich, vergangene Versäumnisse wiedergutzumachen, indem er an seinen Enkeln Interesse zeigte, aber es fiel ihm schwer. Sein Interesse endete meist in Kritik. Er fand die Kinder wild und unerzogen und schrieb das der Lässigkeit seiner Tochter und dem Fehlen eines Vaters zu.

Sein wiederkehrender Alptraum war, mit der unbekümmerten Zeugung seiner Tochter Samen des Unglücks gesät zu haben, die mit jeder nachfolgenden Generation wachsen und reifen würden.

Er holte McLoughlin ein. »Das Leben ist ein Puzzlespiel, Andy. Am Ende werden Sie zurückblicken und sehen, daß alle Stücke ineinandergepaßt haben, auch wenn Sie das heute nicht erkennen können. Es wird sich alles zum besten wenden. Das ist immer so.«

»Natürlich, Sir. ›Alles steht zum besten in der

besten aller möglichen Welten.‹ Sie glauben diesen Quatsch?«

Walsh war niedergeschmettert. »Ja, ich glaube diesen Quatsch.«

Sie näherten sich dem Eishaus, das sich als dunkle Silhouette vom Licht der Scheinwerfer auf der anderen Seite abhob. McLoughlin wies mit dem Kopf auf die offene Tür und den schwarzen Innenraum. »Der da drinnen gelegen hat, würde auf Ihren gefälligen kleinen Aphorismus pfeifen. Der wäre bestimmt nicht Ihrer Meinung.«

»Aber sein Mörder vielleicht.« Und deine Frau vielleicht, Junge, dachte Walsh bissig, wenn sie jetzt mit einem Stück warmer Menschlichkeit in Gestalt von Jack Booth im Bett liegt. Er grüßte Constable Jones mit einer kurzen Handbewegung, als sie um den Bau herumkamen. »Etwas gefunden?«

Jones wies auf eine Decke auf dem Boden. »Das wär's, Sir. Wir haben in einem Radius von fünfzig Meter alles abgesucht. Ich hab den Leuten gesagt, mit dem Waldstück hinten an der Mauer sollen sie bis morgen warten. Das Licht wirft zu viele Schatten. Da kann man nichts richtig erkennen.«

Walsh ging in die Hocke und stocherte mit einem Bleistift in dem Sortiment von Fundgegenständen herum – leere Chipsbeutel, Schokoladenpapiere, zwei abgewetzte Tennisbälle und anderes. Er schob drei gebrauchte Kondome, ein ausgebleichtes Tangahöschen und mehrere leere Patronenhülsen auf die Seite. »Damit läßt sich vielleicht etwas anfangen. Der Rest wird uns kaum weiterhelfen.« Er richtete sich auf. »Gut, machen wir Schluß für heute. Jones, Sie suchen morgen hier weiter. Konzentrieren Sie sich auf die Waidstücke an der hinteren Mauer und vorn beim Tor. Andy, Sie machen mit den Vernehmungen weiter, bis ich zu Ihnen stoße. Fragen Sie Fred Phillips, ob er in letzter Zeit ein Gewehr benutzt hat. Wir prüfen auf der Dienststelle nach, ob er oder sonst jemand hier im Besitz eines Waffenscheins ist. Sergeant Robinson und die Constables können im Dorf von Haus zu Haus gehen.« Er wies auf die Kondome und das Höschen. »Unwahrscheinlich, daß die jemand vom Gut hier liegengelassen hat. Aber«, fügte er an McLoughlin gewandt hinzu, »Sie können sich ja mal taktvoll erkundigen.« Er sah Jones an. »Lagen sie an einer Stelle?«

»An verschiedenen, Sir. Wir haben die Fundstellen markiert.«

»Gut. Sieht mir aus, als hätte der Dorfcasanova die Gewohnheit, seine Freundinnen hier heraufzuschleppen. Wenn ja, kann er uns vielleicht etwas erzählen. Da soll sich Nick Robinson mal drum kümmern.«

McLoughlin sah sauer drein. Die Vorstellung, mit den Frauen im Gutshaus über Kondome sprechen zu müssen, war wenig verlockend. »Und Sie, Sir?« fragte er.

»Ich? Ich werde mir ein, zwei Akten ansehen, insbesondere die unserer Freundin Cattrell. Die Dame hat's in sich. Ich freu mich kein bißchen drauf.« Er schob die Unterlippe vor und zupfte mit Finger und Daumen daran. »Eine zentnerschwere Special-Branch-Akte, die bis in ihre Studienzeit zurückreicht. Ich habe Auszüge gelesen, als Maybury damals verschwunden ist. Daher wußte ich, daß sie auf dem Greenham Common war. Sie hat sich im Lauf der Jahre einiges geleistet. Erinnern Sie sich an den Aufruhr vor zwei Jahren über die sogenannte kreative Buchhaltung beim Verteidigungsministerium? Da hatte jemand an einen Dreimillionen-Auftrag einfach eine Null angehängt, und das Ministerium zahlte, ohne mit der Wimper zu zucken, das Zehnfache von dem, was die Sache wert war. Das war ein Cattrell-Knüller. Da sind einige Köpfe gerollt. Sie hat ein Händchen dafür, Köpfe ins Rollen zu bringen. Merken Sie sich das, Andy.«

»Finden Sie nicht, Sie tragen ein bißchen dick auf, Sir? Wenn sie wirklich so gut ist, wieso hockt sie dann hier draußen in diesem gottverlassenen Nest? Wieso ist sie nicht in London bei einer der großen Zeitungen?« Walshs Ton amüsierter Bewunderung hatte ihn aufgebracht.

»Oh, sie ist gut«, gab Walsh gereizt zurück. »Sie hat für eines der großen Londoner Blätter gearbeitet, ehe sie alles hingeschmissen hat, um hier herunterzukommen und sich selbständig zu machen. Es wäre ein Fehler, sie zu unterschätzen. Die Frau hat Zivilcourage, mit der ist nicht gut Kirschen essen. Sie war lange bei der Linken und kennt ihre Rechte ganz genau. Sie war Pressesprecherin bei CND, sie ist eine militante Feministin, aktive Gewerkschaftlerin und gehörte eine Zeitlang der britischen kommunistischen Partei an –«

»Na prächtig!« unterbrach McLoughlin giftig. »Was sucht sie dann in diesem hochherrschaftlichen Gutshaus? Mit Dienstboten noch dazu!«

»Interessant, nicht wahr? Was hat sie veranlaßt, ihren Job *und* ihre Prinzipien an den Nagel zu hängen? Fragen Sie sie doch morgen mal danach. Ich bin gespannt, was sie sagt.«

Der alte Mann stank nach Whisky. Wie eine klapprige Vogelscheuche hockte er in der Türnische eines Tabakgeschäfts in Southampton, die Beine in einer absurden pinkfarbenen Hose, den zerbeulten alten Hut schräg auf dem Kopf, ein fröhliches Liedchen auf den Lippen. Es war bald Mitternacht. Ab und zu unterbrach er sich in seinem Gesang, um einem Vorüberkommenden etwas zuzurufen, wie Betrunkene das zu tun pflegen; die Betroffenen wechselten mit einem schiefen Blick auf ihn hastig die Straßenseite oder eilten in schnellerem Tempo weiter.

Ein Polizist näherte sich und blieb vor ihm stehen. Überlegte, was mit dem komischen alten Vogel anzufangen war. »Sie sind mir eine schöne Nervensäge«, sagte er gutmütig.

Der Landstreicher sah unwirsch zu ihm hinauf. »Ein verdammter Polyp«, sagte er, sein Alter verratend, ehe ein Schimmer des Erkennens in seinen wäßrigen Augen aufblitzte. »Na, so was, Sergeant Jordan«, meinte er mit einem leisen Lachen. Er holte eine in braunes Papier gehüllte Flasche aus den Tiefen seiner Jacke, zog mit braunen Zähnen den Korken heraus und bot sie dem Polizisten an. »Nehmen Sie einen Schluck, Kumpel.«

Sergeant Jordan schüttelte den Kopf. »Heute abend nicht.«

Der Alte hob die Flasche an die Lippen und

trank. Sein Hut fiel ihm vom Kopf und rollte die Stufe vor der Tür hinunter. Der Sergeant bückte sich und hob ihn auf. Er stülpte ihn dem Alten fest auf den Kopf. »Kommen Sie, Sie alter Gauner.« Er schob dem Alten die Hand unter den Arm und zog ihn hoch.

»Wollen Sie mich einbuchten?«

»Möchten Sie das?«

»Hätte nichts dagegen, Kumpel. Ich bin müde, 'n Schläfchen würd mir passen.«

»Aber mir paßt's nicht, die Zelle auszuräuchern, wenn Sie wieder raus sind«, brummte der Sergeant, während er eine Karte aus seiner Tasche zog und die Adresse darauf las. »Schauen Sie, ich tu Ihnen einen Gefallen. Ich verschaff Ihnen ein Nachtquartier im Hilton. Na los, kommen Sie.«

George Walsh setzte Robinson und McLoughlin vor dem *Lamb and Flag* in der Winchester Road ab, wo diese vor der Polizeistunde noch ein schnelles Bier trinken wollten, und fuhr weiter zur Dienststelle Silverborne. Sein Weg führte ihn durch die High Street, am Kriegerdenkmal und an der alten Getreidebörse, in der jetzt eine Bank ihre Geschäftsräume hatte, vorbei und weiter zwischen den zwei dunklen Ladenzeilen hindurch.

Bob Rogers, der diensthabende Beamte, sah auf, als Walsh zur Tür hereinkam. »Guten Abend, Sir.«

»'n Abend, Bob.«

»Ich hab gehört, Sie haben Maybury gefunden.«

Walsh lehnte sich an den Schalter. »Abwarten«, brummte er. »Der Kerl hat mich zehn Jahre zappeln lassen. Ich kann gut noch mal vierundzwanzig Stunden warten, ehe ich den Champagner aufmache. Hat Webster sich gemeldet?«

Rogers schüttelte den Kopf.

»Viel los heute abend?«

»Kann man nicht behaupten.«

»Dann tun Sie mir doch einen Gefallen. Machen Sie mir eine Liste sämtlicher Personen, Männer und Frauen, die, sagen wir, in den letzten sechs Monaten in unserer Gegend vermißt gemeldet worden sind. Ich bin in meinem Büro.«

Er ging nach oben. Seine Schritte klangen laut in dem verlassenen Korridor. Er war gern abends hier, wenn es still und leer war, keine Telefone läuteten, kein albernes Geschwätz vor seiner Tür ihn aus seinen Gedanken riß. Er ging in sein Büro und knipste das Licht an. Seine Frau hatte ihm zu Weihnachten vor zwei Jahren ein Gemälde geschenkt, zur Verschönerung der kahlen Wände. Es hing gegenüber der Tür und war stets das erste, was er sah, wenn er eintrat. Er fand es abscheulich. Es war ein Ausdruck ihres Geschmacks, nicht des seinen, eine Herde glänzender schwarzer Pferde, die mit fliegenden Mähnen durch einen herbstlichen Wald galoppierten. Er hätte einen Van-Gogh-Druck zum selben Preis vorgezogen, aber seine Frau hatte ihn ausgelacht. Aber George, hatte sie gesagt, einen Druck hat jeder. Ein Original ist doch etwas ganz anderes. Wütend starrte er das gefällige Bild an und fragte sich nicht zum erstenmal, wieso es ihm so schwerfiel, seiner Frau nein zu sagen.

Er ging zu seinem Aktenschrank und sah das C durch. Cairns, Callaghan, Calvert, Cambridge, Cattrell. Mit einem befriedigten Grunzen zog er die Akte heraus und nahm sie mit zu seinem Schreibtisch. Er machte es sich in seinem Sessel bequem, lockerte seine Krawatte, zog die Schuhe aus und schlug den Hefter auf.

Er enthielt Einzelheiten über Anne Cattrells Lebenslauf und politische Aktivitäten, soweit diese der Polizei Silverborne zur Zeit von Mayburys Verschwinden bekannt gewesen waren. Neuere Angaben waren auf der letzten Seite angefügt. Walsh zupfte nachdenklich an seiner Unterlippe, während er las. Insgesamt enttäuschend. Er hatte gehofft, irgendwo eine kleine Schwachstelle zu finden, die ihm erlaubt hätte, die Frau ein wenig unter Druck zu setzen. Aber da war nichts zu finden. Allenfalls die Tatsache, daß die letzten neun Jahre ihres Lebens auf einer einzigen Seite Platz hatten, während die vorangegangenen zehn mehrere Blätter in Anspruch nahmen, war vielleicht näherer Überlegung wert. Warum hatte sie eine verheißungsvolle berufliche Karriere aufgegeben? Wäre sie in London geblieben, würde sie heute zweifellos zu den Großen ihres Fachs zählen. Doch in den vergangenen neun Jahren war der Knüller über die Ausgabenpolitik des Verteidigungsministeriums ihr einziger größerer Erfolg gewesen, und den hatten ihr, als ihr Bericht in einer Monatszeitschrift veröffentlicht worden war, die Reporter der großen nationalen Zeitungen weggeschnappt. Sie hatte kaum Anerkennung dafür bekommen. Walsh selbst war nur deshalb auf ihren Namen aufmerksam geworden, weil er ihm in Verbindung mit dem Fall Maybury bereits bekannt gewesen war. Hätte sie geheiratet, so wäre dieses plötzliche Verschwinden in der Versenkung verständlich gewesen, aber – er runzelte die Stirn. War es vielleicht wirklich so einfach? Waren sie und diese Frauen eine Art perverser Ehe eingegangen, sobald sie alle frei gewesen waren? Er fand die Vorstellung merkwürdig erleichternd. Wenn Phoebe Maybury schon immer lesbisch gewesen war, erklärte das vieles. Er schob die Unterlagen gerade wieder zusammen, als Bob Rogers hereinkam.

»Ich hab die Liste fertig, Sir, und eine Tasse Tee für Sie.«

»Wunderbar.« Er nahm die Tasse dankbar entgegen. »Wie viele sind es?«

Rogers warf einen Blick darauf. »Fünf. Zwei Frauen und drei Männer. Bei den Frauen handelt es sich um junge Mädchen, die nach einem Streit mit den Eltern von zu Hause durchgebrannt sind. Die Jüngere war vierzehn, Mary Lucinda Phelps, genannt Lucy. Sie erinnern sich vielleicht, wir haben eine Großfahndung nach ihr eingeleitet, aber nie eine Spur von ihr gefunden.«

»Ja, ich erinnere mich. Auf dem Foto sah sie aus wie fünfundzwanzig.«

»Richtig. Die Eltern haben damals geschworen, sie sei noch unschuldig, aber es stellte sich heraus, daß sie schon mit dreizehn eine Abtreibung hatte. Das arme Ding geht wahrscheinlich in London auf den Strich. Die andere ist eine Suzie Miller, achtzehn Jahre alt. Sie wurde zuletzt Anfang Mai auf der A31 im Auto eines älteren Mannes gesehen. Wir haben einen Zeugen, der sagte, sie hätte dem Mann praktisch auf dem Schoß gesessen. Die Eltern fürchteten, sie sei umgebracht worden, aber es gab keinerlei Hinweise darauf, daß ein Verbrechen begangen worden war, und wir haben nie eine Leiche gefunden. Von den drei Männern hat der eine wahrscheinlich Selbstmord verübt, ein gewisser Mohammed Miramahdi. Er galt als depressiv und hatte bereits fünf Selbstmordversuche hinter sich. Jedesmal wollte er ins Wasser gehen. Er ist vor drei Monaten verschwunden. Wir haben in einigen Baggerseen in der Nähe gesucht, aber ohne Erfolg. Der zweite auf der Liste ist ein alter Mann namens Keith Chapel, der Mitte März aus einem Obdachlosenheim verschwunden ist. Ein bißchen komisch ist es schon, daß er niemandem aufgefallen ist. Hier steht, daß er eine pinkfarbene Hose anhatte. Und schließlich haben wir noch einen gewissen Daniel Clive Thompson, zweiundfünfzig Jahre alt, der von seiner Frau vor neun oder zehn Wochen vermißt gemeldet worden ist. Inspector Staley hat sich ziemlich eingehend mit dieser Sache befaßt. Der Mann hatte Pleite gemacht und einen Haufen wütender Gläubiger hinterlassen, einschließlich der meisten seiner Angestellten. Der Inspector meint, er sei nach London getürmt. Er wurde zuletzt am Waterloo-Bahnhof gesehen. Da stieg er gerade aus einem Zug.« Rogers sah auf.

»Hat einer von diesen Leuten in der Nähe von Streech gewohnt?«

»Daniel Thompson. In East Deller. Das ist das nächste Dorf, soviel ich weiß.«

»Seine Personenbeschreibung?«

»Eins achtundsiebzig, graues Haar, hellbraune Augen, korpulent. Er trug einen braunen Anzug und braune Schuhe, Größe neununddreißig. Blutgruppe 0, Blinddarmoperation, Tätowierungen auf beiden Unterarmen. Er wurde zuletzt am 25. Mai am Waterloo-Bahnhof gesehen, wie schon gesagt. Seine Frau hat ihn das letzte Mal am selben Tag gesehen, als sie ihn nach Winchester zum Bahnhof brachte. Das ist alles, was ich hier habe, aber Inspector Staley hat eine ziemlich umfangreiche Akte über ihn. Soll ich sie Ihnen heraussuchen?«

»Nein«, brummmte Walsh unmutig. »Es ist Maybury.« Er sah Bob Rogers nach, der zur Tür ging. »Verdammt und zugenäht! Das ist genauso, wie wenn man an einem schönen Morgen den Regenschirm zu Hause läßt. Später regnet's garantiert. Lassen Sie mir die Liste hier. Wenn ich sie behalte, ist es bestimmt Maybury.« Er wartete, bis sich die Tür geschlossen hatte, dann blickte er finster auf die Beschreibung Daniel Thompsons hinunter. Sein Gesicht war um zehn Jahre gealtert.

# 8

Als Anne am folgenden Morgen die Bibliothek betrat, fand sie McLoughlin am Fenster stehend, den Blick zur Auffahrt hinaus gerichtet. Er drehte sich um, als sie hereinkam, und sie sah die dunklen Ringe einer schlaflosen Nacht unter seinen Augen und an Hals und Kinn die blutigen Spuren einer ungeduldigen Rasur. Er roch nach Wut und Frust und dem Bier von gestern abend. Er wartete, bis sie sich gesetzt hatte, ehe er in dem Sessel hinter dem Schreibtisch Platz nahm. Staubkörnchen tanzten flirrend in den Sonnenstrahlen, die den Raum zwischen ihnen teilten. Sie sahen einander mit unverhüllter Abneigung an.

»Ich werde Ihre Zeit nicht lange in Anspruch nehmen, Miss Cattrell. Chief Inspector Walsh möchte später selbst mit Ihnen sprechen. Fürs erste möchte ich mich auf die Entdeckung des Toten und ein, zwei Dinge in direkter Verbindung damit konzentrieren. Könnten Sie mir kurz die Ereignisse des gestrigen Nachmittags schildern, angefangen mit der Ankunft des Gärtners?«

Anne kam der Aufforderung nach. Sie wußte, es hätte keinen Sinn gehabt, darauf hinzuweisen, daß sie das alles am Vortag bereits Constable Williams erzählt hatte. Von Zeit zu Zeit sah sie McLoughlin an, aber da es ihm nicht einfiel, die Augen niederzuschlagen, blickte sie jedesmal rasch wieder weg. In seinem Blick lag eine Aufmerksamkeit, die ihr zu verstehen gab, daß er jetzt genauestens über sie informiert war. Wie lästig, dachte sie. Gestern hatte er sie verachtet, heute sah er sie als Herausforderung. Innerlich seufzend wappnete sie sich.

»Sie wissen nicht, wer der Tote ist, und wie und wann er dorthin kam. Waren Sie vor gestern nachmittag schon einmal im Eishaus?«

»Nein.«

»Warum haben Sie uns dann erzählt, Sie und Mrs. Goode hätten es vor sechs Jahren ausgeräumt?«

Auf diese Frage hatte Diana Anne vorbereitet. »Weil ich das in dem Moment für vorteilhaft hielt.« Sie zog eine Zigarette aus der Packung in ihrer Tasche und zündete sie an. »Ich wollte Ihnen Zeit und Mühe sparen. Sie sollten Ihr Opfer und Ihre Verdächtigen außerhalb des Guts suchen. Die Sache hat mit den Leuten hier nichts zu tun.«

»Es ist nie von Vorteil, die Polizei zu belügen. Das sollten Sie mit Ihren Erfahrungen wissen.«

»Mit meinen Erfahrungen?« fragte sie freundlich.

»Ich schlage vor, wir sparen uns die Spielchen, Miss Cattrell. Sie kosten nur Zeit.«

»Natürlich, da haben Sie völlig recht«, stimmte sie milde zu. Was war dieser Mann doch für ein aufgeblasener Fatzke!

Er sah sie einen Moment mit zusammengekniffenen Augen an. Dann sagte er unvermittelt: »Wir haben in der Umgebung des Eishauses mehrere gebrauchte Kondome gefunden. Wissen Sie vielleicht, wer sie dort liegengelassen haben könnte?«

Anne lächelte amüsiert. »Ich bestimmt nicht, Sergeant. Ich benutze so etwas nicht.«

Er zeigte seine Verärgerung. »Waren Sie dort vielleicht mit jemandem intim, der welche benutzt hat, Miss Cattrell?«

»Was? Mit einem *Mann?*« Sie lachte. »Ist das eine sinnvolle Frage an eine Lesbe?«

Seine zitternden Hände krampften sich um seine Knie, als die geballte Ladung schwarzer Wut in seinem Hirn explodierte. Er fühlte sich hundeelend, die Augen brannten wegen des Schlafmangels, und auf seiner Zunge lag ein widerlicher Geschmack. Er atmete ein paarmal durch und legte sachte die Hände auf den Schreibtisch. »Also?« fragte er. »War es so?«

Sie beobachtete ihn scharf. »Nein, so war es nicht«, antwortete sie ruhig und beugte sich vor, um die Asche ihrer Zigarette am Rand des Aschenbechers abzuklopfen.

»Vielleicht«, fuhr er fort, »können Sie etwas aufklären, das sowohl mich als auch Chief Inspector Walsh wundert. Wie kommt es, daß weder Sie noch Mrs. Goode je das Innere des Eishauses gesehen haben, obwohl Sie seit Jahren hier leben?«

»Genausogut könnten Sie einen Londoner fragen, wieso er noch nie im Tower war. Das ist das gleiche Phänomen. Das, was man direkt vor der Nase hat, erweckt meistens keine Neugier.«

»Aber Sie wußten von der Existenz des Eishauses?«

»Ich denke schon.« Sie überlegte einen Moment. »Ja, ich muß davon gewußt haben. Ich war jedenfalls nicht überrascht, als Fred es erwähnte.«

»Wußten Sie auch, wo es ist?«

»Nein.«

»Und wofür hielten Sie den Hügel?«

»Soweit ich mich erinnere, bin ich nur ein einziges Mal durch den ganzen Park gegangen, und das war gleich am Anfang, als ich hierherkam. Ich nehme an, ich hielt den Hügel für einen Hügel.«

McLoughlin glaubte ihr nicht. »Sie machen keine Spaziergänge? Mit den Hunden, mit Ihren Freundinnen?«

Sie drehte ihre Zigarette zwischen den Fingern.

»Sehe ich aus wie jemand, der auf körperliche Bewegung Wert legt, Sergeant?«

Er musterte sie kurz. »Ja, so sehen Sie aus. Sie sind sehr schlank.«

»Ich esse wenig, trinke Alkohol nur pur und rauche wie ein Schlot. Das hält mich schlank.«

»Helfen Sie nicht bei der Gartenarbeit?«

Sie zog eine Braue hoch. »Da wäre ich nur eine Last. Ich könnte einen Krokus nicht von einem Stiefmütterchen unterscheiden. Und außerdem – woher sollte ich die Zeit nehmen? Ich bin berufstätig. Ich arbeite den ganzen Tag. Der Garten ist Mrs. Mayburys Domäne.«

Er dachte an die Topfpflanzen in ihrem Zimmer. Log sie jetzt wieder? Aber warum eine solche Lüge? Mit der Hand fuhr er sich über das stoppelige Kinn. Ohne Vorwarnung rasselte in seinem Hirn ein eiserner Vorhang der Panik nieder und blockierte sein Gedächtnis. Hatte er sich überhaupt rasiert? Wo hatte er geschlafen? Hatte er gefrühstückt? Seine Augen wurden glasig. Er blickte starr durch Anne hindurch in die Dunkelheit hinter ihr.

Ihre Stimme war distanziert. »Ist Ihnen nicht gut?«

Der eiserne Vorhang schnellte wieder in die Höhe, und ihm wurde fast schwindlig vor Erleichterung. »Warum leben Sie hier, Miss Cattrell?«

»Wahrscheinlich aus dem gleichen Grund, aus dem Sie in Ihrem Haus leben. Ich fühle mich wohl hier.«

»Das ist keine richtige Antwort. Wie vereinbaren Sie ein Leben auf Streech Grange mit zwei Dienstboten mit Ihrem sozialen Gewissen? Ist das nicht eine etwas zu – feudale Existenz für Ihren Geschmack?« Seine Stimme troff vor Spott.

Anne drückte ihre Zigarette aus. »Diese Frage kann ich nicht beantworten. Sie basiert auf so vielen falschen Voraussetzungen, daß sie völlig hypothetisch ist. Im übrigen halte ich sie für völlig irrelevant.«

»Wer hat Ihnen vorgeschlagen hierherzuziehen? Mrs. Maybury?«

»Niemand. Es war mein eigener Einfall.«

»Warum?«

»Weil es mir hier gefällt«, wiederholte sie geduldig.

»Das ist doch Quatsch«, sagte er ärgerlich.

Sie lächelte. »Sie vergessen, was für ein Typ von Frau ich bin, Sergeant. Ich muß mir mein Glück dort suchen, wo es sich bietet. Mrs. Maybury wollte – konnte dieses Haus nicht verlassen, um nach London zu ziehen. Also mußte ich hierherkommen. Das ist doch ganz einfach.«

Es blieb lange still. »Glück und Glas …«, sagte er

leise. Der eiserne Vorhang in seinem Hirn ratterte schrecklich. »›Das ist der Mohn auf dem Feld. Du pflückst die Blume, und ihre Blüte zerfällt‹« Er sprach die Worte zu sich. Wieder trat Stille ein. »In Ihrem Fall, Miss Cattrell, scheint mir der Preis für das Glück Heuchelei zu sein. Das ist ein hoher Preis. War Mrs. Maybury ihn wert?«

Wenn er ihr ein Messer in den Leib gestoßen hätte, hätte er sie nicht schmerzhafter treffen können. Sie flüchtete sich in Zorn. »Soll ich Ihnen sagen, warum Sie mir mit dieser Taktik kommen, Sergeant? Irgend jemand, wahrscheinlich Walsh, hat Ihnen erzählt, diese Frau ist eine Feministin, eine Linke, Mitglied von CND, Ex-Kommunistin und weiß der Himmel was sonst noch für Blödsinn. Und Sie haben im Hochgefühl Ihrer Überlegenheit, da Sie ja ein Mann und heterosexuell sind, nichts Besseres zu tun, als die Gelegenheit beim Schopf zu packen und mir irgendwelche Widersprüche in meinen Prinzipien vorzuwerfen. Die Wahrheit interessiert Sie überhaupt nicht, McLoughlin. Sie möchten nur sehen, ob Sie mich nicht kleinkriegen können. Und dabei sind Sie nicht immer originell«, zischte sie verächtlich.

Auch er beugte sich vor, und über den Schreibtisch hinweg starrten sie einander an. »Wer sind Fred und Molly Phillips?«

Auf diese Frage war sie, wie er gewußt hatte, nicht vorbereitet, und so konnte sie das kurz aufflackernde Erschrecken in ihren Augen nicht verbergen. Sie sank in ihren Sessel zurück und griff nach einer neuen Zigarette.

»Sie arbeiten für Mrs. Maybury.«

»Mrs. Goode hat uns gesagt, daß Sie die Anstellung vermittelt haben. Wie haben Sie die beiden gefunden?«

»Ich wurde mit ihnen bekannt gemacht.«

»Über Ihre Arbeit, über Ihre politischen Kontakte? Vielleicht gehört die Strafrechtsreform zu Ihren besonderen Interessen?«

O verdammt, dachte sie. Er ist doch nicht so ein kompletter Idiot. »Ich bin im Ausschuß einer Londoner Initiative zur Rehabilitierung ehemaliger Strafgefangener. Dadurch habe ich ihre Bekanntschaft gemacht.«

Sie erwartete Triumph und zollte ihm widerwillig Anerkennung, als er nichts dergleichen zeigte. »Haben sie immer schon Phillips geheißen?«

»Nein.«

»Wie heißen sie also?«

»Ich finde, das sollten Sie sie selbst fragen.«

Er fuhr sich müde durch das Gesicht. »Ja, natürlich, das kann ich tun, Miss Cattrell, und das wird lediglich die Unannehmlichkeiten für alle

Betroffenen in die Länge ziehen. Herausbekommen werden wir es auf jeden Fall.«

Sie blickte über seine Schulter hinweg zum Fenster hinaus. Phoebe war draußen bei den Rosenbeeten an der Auffahrt und knipste verwelkte Blüten ab. Von der Anspannung des vergangenen Abends war ihr nichts mehr anzusehen. Ruhig hockte sie in der Sonne, deren Licht schimmernd auf ihrem roten Haar lag, und machte sich flink und geschickt an den Blumenstengeln zu schaffen. Benson hockte hechelnd neben ihr, Hedges lag ausgestreckt im Schatten eines Rhododendrons.

»Jefferson«, sagte Anne.

McLoughlin wußte sofort Bescheid. »Fünf Jahre für jeden von beiden wegen Mordes an ihrem Untermieter, Ian Donaghue.«

Anne nickte. »Wissen Sie auch, warum das Urteil so milde ausgefallen ist?«

»Ja. Donaghue hat ihren zwölfjährigen Sohn mißbraucht und dann getötet. Sie fanden ihn vor der Polizei und hängten ihn auf.«

Sie nickte wieder.

»Findet das Ihre Zustimmung, Miss Cattrell?«

»Ich kann es verstehen.«

Er lächelte plötzlich und sah, dachte sie, überraschend menschlich aus. »Dann haben wir endlich etwas entdeckt, wo wir einer Meinung sind.«

Er tippte mit dem Bleistift auf den Schreibtisch. »Kommen die Phillips' gut mit Mrs. Maybury aus?«

»Sehr gut.« Sie lachte überraschend. »Fred behandelt sie wie eine Königin, und Molly behandelt sie wie ein kleines Kind. Es ist eine interessante Kombination.«

»Sie sind ihr wohl sehr dankbar?«

»Umgekehrt. Mrs. Maybury ist die Dankbare.«

»Wieso das? Sie hat ihnen doch Unterkunft und Arbeit gegeben.«

»Sie sehen das Haus, wie es heute ist, aber als ich vor neun Jahren hier einzog, hatte Mrs. Maybury ein ganzes Jahr allein zurechtkommen müssen. Kein Mensch wollte etwas mit ihr zu tun haben. Niemand aus dem Dorf oder auch aus Silverborne wollte für sie arbeiten. Sie mußte sich um alles selbst kümmern, um den Garten, die Hausarbeit, die Instandhaltung des Hauses. Es sah schauderhaft aus. Völlig verwahrlost.« Sie versuchte, die aufsteigenden Erinnerungen zurückzudrängen. Es war der Uringestank, dachte sie. Überall. An den Wänden, in den Teppichen, in den Vorhängen. Niemals würde sie den grauenhaften Uringestank vergessen. »Als Fred und Molly kamen, einige Monate nach uns, veränderte das ihr ganzes Leben.«

McLoughlin sah sich in der Bibliothek um.

Vieles war im Original erhalten, die geschnitzten Bücherschränke, die Stuckverzierungen der Dekke, der holzgetäfelte Kamin, aber anderes war offensichtlich neu: der Anstrich, ein Heizkörper unter dem Fenster, die Doppelfenster in den weißen Einbrennlackrahmen, alles gewiß keine zehn Jahre alt.

»Hat sich die Einstellung der Einheimischen Mrs. Maybury gegenüber jetzt geändert?«

»Keine Spur. Sie lehnen es immer noch ab, etwas für sie zu tun. Sie hat immer wieder Versuche gestartet, immer ohne Erfolg. Das gleiche in Silverborne. Sie hat es sogar in Winchester und Southampton versucht, mit dem gleichen Resultat. Streech Grange ist berüchtigt, Sergeant, aber das wissen Sie ja schon.« Sie lächelte zynisch. »Alle scheinen zu glauben, sie werden umgebracht, sobald sie hier nur den Fuß auf die Schwelle setzen.«

Er wies mit dem Kopf zum Fenster. »Wer hat dann die Zentralheizung und die Doppelfenster eingebaut? Fred?«

»Mrs. Maybury.«

Er lachte mit echter Erleichterung. »Nun hören Sie aber auf! Ich weiß, Sie wollen unbedingt beweisen, daß Frauen die besseren Männer sind, aber daß ich das schlucke, können Sie wirklich nicht erwarten.« Er stand auf und ging zum Fenster. »Haben Sie eine Ahnung, was für ein Gewicht so eine Glasscheibe hat?« Er klopfte an das Doppelfenster und zog ungewollt Phoebes Aufmerksamkeit auf sich. Sie sah einen Moment neugierig herüber, aber als er sich abwandte, widmete sie sich wieder ihrer Arbeit. Er kehrte zu seinem Sessel zurück. »Sie könnte so eine Scheibe nicht einmal heben, geschweige denn sie in den Rahmen einpassen. Dazu braucht man mindestens zwei Männer, wenn nicht sogar drei.«

»Oder drei Frauen«, entgegnete Anne ungerührt. »Wir haben alle mitgeholfen. Wir sind hier schließlich fünf Personen, acht an den Wochenenden, wenn die Kinder heimkommen.«

»Acht?« fragte er scharf. »Ich dachte, es seien nur zwei Kinder da.«

»Drei mit Elizabeth, Mrs. Goodes Tochter.«

»Sie hat kein Wort von einer Tochter gesagt«, brummte McLoughlin säuerlich.

»Sie haben wahrscheinlich nicht danach gefragt.«

Er ignorierte die Bemerkung. »Sie sagen also, Mrs. Maybury hat auch die Zentralheizung installiert? Wie denn?«

»Genauso, wie es der Installateur macht, vermutlich. Ich weiß nur, daß hier eine Menge Drahtwolle und Kupferrohre und Lötlampen herumgelegen haben. Sie hat sich sogar für mehrere Wochen eine Maschine geliehen, mit der sie die Rohre so zurechtbiegen konnte, wie sie sie brauchte.«

Er schüttelte den Kopf. »Wer hat ihr gezeigt, wie man das alles macht? Wer hat den Kessel angeschlossen?«

»Sie selbst.« Sein Gesicht belustigte sie. »Sie hat sich ein Buch aus der Bibliothek geholt und alles genau nach Anleitung gemacht.«

McLoughlin war skeptisch. Eine Frau, die eine Zentralheizung installieren konnte, gab es seiner Erfahrung nach einfach nicht. Seine Mutter, deren Ansichten über die Stellung der Frau in Haus und Gesellschaft ausgesprochen unaufgeklärt waren, hatte sich in der Küche verschanzt, fegte und schrubbte, wusch und kochte und weigerte sich mit dem Hinweis darauf, daß das Männerarbeit sei, hartnäckig, auch nur eine Glühbirne auszuwechseln. Seine Frau, die im Gegensatz dazu behauptete, emanzipiert zu sein, hatte sich eine Halbtagsstellung als Sekretärin gesucht und bezeichnete sich als Karrierefrau. In Wirklichkeit hatte sie ihre Tage damit vertrödelt, sich die Nägel zu lackieren, neue Frisuren auszuprobieren und sich unaufhörlich über Langeweile zu beschweren, ohne etwas dagegen zu unternehmen. Sie hatte ihre Energien bis zu seiner Heimkehr aufgespart, um ihn dann mit einem Schwall wütender Vorwürfe zu überschütten: über seine langen Arbeitszeiten, seine Mißachtung ihrer Bedürfnisse, seine Unaufmerksamkeit, seine Unfähigkeit, ihr die ständige Bewunderung zu zollen, die ihr unsicheres Selbst brauchte. Das Ironische war, daß er sich ursprünglich von ihr angezogen gefühlt hatte, eben weil die Küchenmentalität seiner Mutter ihn abgestoßen hatte, und dennoch, von beiden besaß seine Mutter den schärferen Verstand. Er hatte aus diesen beiden Beziehungen ein Gefühl totaler Unzulänglichkeit mitgenommen, an dem er jedoch nicht sich, sondern den beiden Frauen die Schuld gab. Er hatte Partnerschaft gesucht und irritierende Abhängigkeit gefunden.

»Was hat sie sonst noch im Haus gemacht?« fragte er kurz. »Die Malerarbeiten?«

»Nein, die hat größtenteils Mrs. Goode erledigt, obwohl wir natürlich alle mitgeholfen haben. Mrs. Goode hat auch die Möbel gepolstert und die Vorhänge entworfen. Warten Sie mal, was hat Phoebe sonst noch gemacht?« Sie überlegte einen Moment. »Sie hat neue elektrische Leitungen verlegt, zwei zusätzliche Badezimmer eingebaut und die Wände zwischen den Seitenflügeln und dem Haupthaus hochgezogen. Im Augenblick überlegt sie mit Fred, wie man am besten das Dach einmal gründlich überholen kann.« Sie spürte seine Skepsis und zuckte die Achseln. »Sie will niemandem etwas beweisen, Sergeant. Sie tut, was jeder tut. Sie versucht, sich der gegebenen Situation anzupassen. Sie ist eine Kämpfernatur, ist nicht der Typ, der das Handtuch wirft, wenn Schwierigkeiten auftauchen.«

Er dachte an sein eigenes Leben. Das Alleinsein machte ihm angst.

»Hatten Sie und Mrs. Goode Sorge um Mrs. Mayburys physische Gesundheit, nachdem sie ein Jahr lang ganz allein in diesem Haus gelebt hatte? War das der wahre Grund für Ihren Umzug hierher?«

Auf eine solche Frage von einem solchen Mann mit ja zu antworten, wäre Verrat gleichgekommen. Seine Fähigkeit zu verstehen, war wegen seiner Vorurteile begrenzt. »Nein, Sergeant«, log sie. »Mrs. Goode und ich hatten keinen Moment Sorge um Mrs. Mayburys physische Gesundheit, wie Sie es formulieren. Sie ist um einiges stabiler als Sie zum Beispiel.«

»Ach, Sie sind Psychiaterin, Miss Cattrell?« fragte er höhnisch.

»Sagen wir doch so«, versetzte sie und beugte sich vor, um ihn kühl zu mustern. »Ich erkenne ein Alkoholproblem, wenn ich es sehe.«

Mit blitzartiger Geschwindigkeit warf er sich über den Schreibtisch und packte sie bei der Kehle. Einem Aufruhr unverstandener Emotionen hilflos ausgeliefert, riß er sie zu sich herüber. Der Kuß, wenn man das brutale Eindringen in den Mund eines anderen Menschen als Kuß bezeichnen kann, war so ungeplant wie der Überfall. Abrupt ließ er sie los und starrte auf die roten Striemen an ihrem Hals. Kalter Schweiß näßte seinen Rücken, als ihm klar wurde, wie angreifbar er sich gemacht hatte. »Ich weiß nicht, was in mich gefahren ist«, sagte er. »Tut mir schrecklich leid.« Aber er wußte, daß er es unter den gleichen Umständen wieder tun würde. Endlich fühlte er sich gerächt.

Sie wischte sich seinen Speichel vom Mund und zog den Kragen ihrer Bluse hoch. »Wollten Sie mich sonst noch etwas fragen?« Sie redete, als sei nichts geschehen.

Er schüttelte den Kopf. »Im Augenblick nichts.« Er sah, wie sie aufstand. »Dafür können Sie mich anzeigen, Miss Cattrell.«

»Natürlich.«

»Ich weiß nicht, warum ich es getan habe«, sagte er wieder.

»Aber ich weiß es«, entgegnete sie. »Weil Sie ein mieser kleiner Spießer sind.«

# 9

Sergeant Nick Robinson sah mit Erleichterung, daß er bis zum Pub nur noch zwei Häuser vor sich hatte. Zu seiner Rechten erhob sich der Hügel, über den die Straße zum Tor von Streech Grange führte; hinter ihm, einige Kilometer entfernt, lag Winchester; vor ihm stand die Backsteinmauer, die die Südflanke des Guts von der Straße nach East Deller abschirmte. Er sah auf seine Uhr. Noch zehn Minuten, bis die Pubs öffneten. Er konnte jetzt ein Bier gebrauchen. Nichts haßte er mehr als Haus-zu-Haus-Befragungen. Mit leichtem Schritt ging er den kurzen Weg zum Clementine Cottage und – er warf einen Blick auf seine Liste – zu Mrs. Amy Ledbetter hinauf. Er läutete.

Nach einigen Minuten und dem Klirren einer Sicherheitskette wurde die Tür ungefähr eine Handbreit geöffnet. Ein Paar aufmerksamer Augen musterte ihn. »Ja?«

Er zeigte den Ausweis. »Polizei, Mrs. Ledbetter.«

Eine von Arthritis verkrüppelte Hand ergriff den Ausweis. »Warten Sie bitte einen Moment«, sagte die alte Frau. »Ich rufe nur bei der Polizei an und erkundige mich.«

»In Ordnung.« Er lehnte sich an den Pfosten der Veranda und zündete sich eine Zigarette an. Die dritte telefonische Überprüfung innerhalb von zwei Stunden. Er fragte sich, ob die uniformierten Constables die gleichen Schwierigkeiten hatten.

Drei Minuten später öffnete sich die Tür, und Mrs. Ledbetter führte ihn in ihr Wohnzimmer. Sie war weit über siebzig, eine resolute alte Dame mit ledriger Haut im Gesicht. Sie gab ihm seinen Ausweis zurück und forderte ihn auf, Platz zu nehmen. »Der Aschenbecher steht auf dem Tisch. Also, Sergeant, was kann ich für Sie tun?«

Bei der brauch ich nicht erst lang um den heißen Brei herumreden, dachte er. Die hat ein anderes Kaliber als ihre zimperliche Nachbarin, die behauptet hat, sie bekäme schon Zustände, wenn sie nur im Fernsehen von Mord hört. »Gestern nachmittag wurden im Park von Streech Grange die Überreste eines Toten gefunden«, sagte er unverblümt. »Wir versuchen festzustellen, ob jemand im Dorf etwas über ihn weiß.«

»Ach Gott«, sagte Amy Ledbetter. »Die arme Phoebe.«

Robinson warf ihr einen interessierten Blick zu. Eine solche Reaktion hatte er bisher nicht erlebt.

Die anderen Dorfbewohner, mit denen er gesprochen hatte, hatten eher eine Art boshafter Genugtuung an den Tag gelegt.

»Sie sind die erste«, sagte er, »die Mitgefühl für Mrs. Maybury zeigt.«

Sie kräuselte die Lippen zu einem Ausdruck des Abscheus. »Das wundert mich nicht. Das geistige Niveau der Leute hier ist unglaublich. Ich wäre schon vor Jahren weggezogen, wenn ich nicht so an meinem Garten hinge. Der Tote ist wohl David?«

»Das wissen wir noch nicht.«

»Hm.« Sie betrachtete ihn nachdenklich. »Na, dann schießen Sie mal los. Was wollen Sie denn von mir wissen?«

»Sie sind gut bekannt mit Mrs. Maybury?«

»Ich kenne sie schon seit ihrer frühesten Kindheit. Gerald Gallagher, Phoebes Vater, und mein Mann waren alte Freunde. Wir waren viel mit ihr zusammen, als sie noch jünger war und mein Mann noch lebte.«

»Und heute?«

Sie runzelte die Stirn. »Heute sehe ich sie kaum noch. Meine Schuld.« Sie hob eine verkrüppelte Hand. »Arthritis ist etwas Teuflisches. Es ist bequemer, zu Hause herumzupusseln, als auszugehen und Besuche zu machen. Und die Krankheit macht einen reizbar, wissen Sie? Ich war sehr kurz angebunden, als sie mich das letzte Mal besucht hat, und seitdem war sie nicht wieder hier. Das war vor ungefähr einem Jahr. Meine Schuld«, sagte sie wieder.

Couragierte Person, dachte er, und wahrscheinlich zuverlässiger als die anderen, die ihm nur Klatsch und Anspielungen serviert hatten. »Kennen Sie auch ihre beiden Freundinnen, Mrs. Goode und Miss Cattrell?«

»O ja. Von früher. Sie waren in den Schulferien oft bei Phoebe. Nette Mädchen, interessant, mit gutem Charakter.«

Robinson warf einen Blick in sein Notizbuch. »Eine Frau aus dem Dorf sagte mir« – er sah kurz auf –, »ich zitiere: ›Diese Frauen sind gefährlich. Sie haben mehrmals versucht, Mädchen aus dem Dorf zu verführen, sie wollten sogar meine eigene Tochter dazu verleiten, bei einer ihrer Lesbenorgien mitzumachen.‹« Er sah wieder auf. »Können Sie mir dazu etwas sagen?«

Sie strich sich mit der knorrigen Hand eine Haarsträhne aus der Stirn. »Das war vermutlich Dilys Keller. Wenn die wüßte, daß sie sie als ›Frau aus dem Dorf‹ bezeichnen! Sie ist fürchterlich versnobt, möchte unbedingt zu den besseren Leuten gehören.«

Er war neugierig. »Woher wissen Sie das?«

»Daß es Dilys war? Weil sie dumm ist und lügt. Schlechte Kinderstube. Die größte Angst solcher Leute ist, ausgelacht zu werden. Um das zu vermeiden, schrecken sie vor nichts zurück. Sie haben ihre Kinder mit ihrem snobistischen Gehabe völlig verkorkst. Den Jungen haben sie auf ein Nobelinternat geschickt, und das Resultat war, daß er mit einer Riesenmacke zurückkam. Er fühlt sich ständig angegriffen. Und die Tochter, Emma ...« Sie lächelte bedauernd. »Tja, die kleine Emma hat sich leider zu einem reichlich wilden jungen Ding entwickelt. Ich vermute, das ist ihre Art der Rache an ihrer Mutter.«

»Ach ja«, sagte er völlig verwirrt.

Sie lachte über sein ratloses Gesicht. »Sie treibt's drüben im Wald von Streech Grange mit den Burschen«, erläuterte sie. »Das ist ein richtiger Tummelplatz für Liebespärchen, wissen Sie? Einmal hat man sie spätabends da hinausschleichen sehen, und am nächsten Morgen hat ihre Mutter diese absurde Geschichte verbreitet, die sie Ihnen aufgetischt hat.« Sie schüttelte den Kopf. »Blanker Unsinn natürlich, und kein Mensch glaubt es, aber sie tun alle so als ob, weil sie Phoebe nicht mögen. Und Phoebe ist sich selbst die ärgste Feindin. Sie läßt sie merken, wie tief sie sie verachtet. Das ist immer ein Fehler. Aber wie dem auch sei, fragen Sie doch Emma selbst. Sie ist kein übler Kerl. Wenn Sie ihr versprechen, daß Sie für sich behalten werden, was sie Ihnen erzählt, wird sie Ihnen sicher die Wahrheit sagen.«

Er machte sich eine Notiz. »Danke, das werde ich tun. Sie sagen, der Wald sei ein Tummelplatz für Liebespärchen …«

»O ja«, versicherte sie. »Reggie und ich haben uns oft heimlich dort getroffen, bevor wir verheiratet waren. Im Frühjahr ist der Wald besonders schön. Alles voller Glockenblumen. Wirklich bezaubernd.«

Er starrte sie sprachlos an.

»Das scheint Sie zu überraschen«, meinte sie gelassen. »Die jungen Leute heutzutage haben eben von der Liebe keine Ahnung. Zu meiner Zeit konnten wir unsere Leidenschaft so wenig in Zaum halten wie die jungen Leute von heute, und dank Marie Stopes hatten wir auch einen gewissen Schutz.« Sie lächelte. »Wenn Sie erst einmal so alt sind wie ich, junger Mann, werden Sie merken, daß die menschliche Natur sich kaum verändert. Für die meisten von uns ist doch das Leben eine Jagd nach Lust und Vergnügen.«

Das stimmt, dachte er in Gedanken an sein Bier. Er warf alle Zurückhaltung über Bord. »Wir haben auf dem Gutsgelände mehrere Kondome gefunden. Das scheint ja zu bestätigen, was Sie mir eben erzählt haben. Haben Sie eine Ahnung, wer außer Emma Keller sonst noch da drüben …«

»Genaues weiß ich nicht, aber ich habe so meinen Verdacht. Wenn Sie mir versprechen, taktvoll mit den Betreffenden umzugehen, sag ich Ihnen noch zwei Namen.«

Er nickte. »Ich verspreche es.«

»Paddy Clarke, der Wirt des Pubs. Er ist mit einer Xanthippe verheiratet, die keine Ahnung hat, was für ein Vollblutmann er ist. Sie glaubt, er führt nach der Polizeistunde den Hund spazieren, während sie drinnen aufräumt, aber ich habe den Hund zu oft im Mondlicht frei herumlaufen sehen, um das zu glauben. Ich leide unter Schlafstörungen, wissen Sie?« fügte sie erklärend hinzu.

»Und der andere Name?«

»Eddie Staines, einer der Arbeiter von der Bywater Farm. Ein gutaussehender junger Bursche. Er hat jeden Monat eine andere Freundin. Ich habe ihn ein paarmal den Hügel hinaufmarschieren sehen.«

»Danke. Das ist eine große Hilfe«, sagte er.

»Sonst noch etwas?«

»Ja.« Er machte ein etwas verlegenes Gesicht. »Sind Ihnen vielleicht Fremde in der Umgebung aufgefallen? So in den letzten sechs Monaten?«

Diese Frage war allgemein mit spöttischer Erheiterung aufgenommen worden.

Auch Mrs. Ledbetter lachte. »Vor fünfundzwanzig Jahren hätte ich Ihnen auf so eine Frage vielleicht eine vernünftige Antwort geben können. Aber heute – unmöglich.« Sie zuckte die Achseln. »Hier sieht man immer Fremde, besonders im Sommer. Touristen, Leute auf der Durchfahrt, die im Pub zum Mittagessen Station machen, Gäste vom Campingplatz in East Deller. Vorn an der Ecke sind schon mehrmals Wohnwagen steckengeblieben, meistens Franzosen, die sind ganz schlechte Autofahrer. Fragen Sie Paddy. Der zieht sie immer mit seinen Jeeps raus. Nein, da kann ich Ihnen leider nicht weiterhelfen.«

»Wirklich nicht? Vielleicht war es jemand zu Fuß, jemand, den Sie von früher kennen.«

Sie lächelte ironisch. »David Maybury, meinen Sie? Nein, den habe ich in den letzten Monaten gewiß nicht gesehen. Das hätte ich gemeldet. Ich habe David das letzte Mal eine Woche vor seinem Verschwinden gesehen. In Winchester. Ich konnte damals noch Auto fahren und traf ihn zufällig bei Woolworth, wo er einen Teddybären für Jane kaufte. Er war ein merkwürdiger Mensch. Er konnte unglaublich unangenehm sein und dann wieder voller Charme, ein richtiger Gauner, wie mein Mann gesagt hätte, aber ein Frauentyp, ganz eindeutig.« Einen Moment versank sie in Schweigen. »Ach, der Landstreicher! Den hätte ich beinahe vergessen«, sagte sie dann.

»Was für ein Landstreicher?«

»Er kam vor ein paar Wochen hier durchs Dorf. Ein ulkiger alter Mann mit einem braunen Filzhut. Ich weiß noch, daß er ›Molly Malone‹ gesungen hat. Und gar nicht schlecht. Fragen Sie Paddy. Der Alte ist bestimmt im Pub gewesen.« Sie lehnte müde den Kopf in den Sessel. »Ich bin kaputt. Mehr kann ich Ihnen auch nicht sagen. Sie finden ja allein hinaus, nicht wahr?« Sie schloß die Augen.

Robinson stand auf. »Vielen Dank, daß Sie sich soviel Zeit genommen haben, Mrs. Ledbetter.«

Sie schnarchte schon sachte, als er leise hinausging.

Inspector Walsh knallte den Telefonhörer auf die Gabel und starrte sinnend ins Leere. Websters Auskünfte waren wenig hilfreich gewesen.

»Ich kann weder beweisen, daß es Maybury ist, noch kann ich beweisen, daß er es nicht ist«, hatte er aufgeräumt gesagt, »aber ich würde eher sagen, er ist es nicht.«

»Wieso?«

»Zu viele Diskrepanzen. Die Haare zum Beispiel, mit denen kann ich überhaupt nichts anfangen. Das heißt aber noch nicht, daß es aussichtslos ist. Ich habe Proben an einen Kollegen geschickt, der von sich behauptet, auf dem Gebiet ein Experte zu sein. Nur machen Sie sich keine zu großen Hoffnungen. Er meinte gleich, die Probe, die sie aus Mayburys Haarbürste haben, sei mittlerweile vielleicht vom Alter zu stark angegriffen für einen Vergleich. Aber wir werden sehen.«

»Und was noch?«

»Die Zähne. Ist Ihnen aufgefallen, daß unser Toter nicht einen einzigen Zahn im Mund hatte? Das bedeutet wahrscheinlich, daß er eine Prothese trug, aber wir haben keine bei ihm gefunden. Sieht aus, als hätte die jemand verschwinden lassen. Maybury hingegen hatte vor zehn Jahren noch alle seine Zähne, und die Unterlagen von seinem Zahnarzt zeigen, daß er sehr gute Zähne hatte. Insgesamt nur vier Füllungen. Er hätte schon eine galoppierende Parodontose haben müssen, um innerhalb von zehn Jahren alle seine Zähne zu verlieren.«

Walsh überlegte einen Moment. »Vielleicht hat er sie sich absichtlich ziehen lassen. Zum Beispiel, weil er seine alte Identität loswerden wollte.«

Webster lachte gut gelaunt. »Bißchen weit hergeholt, aber nicht ausgeschlossen. Aber warum hätte Mrs. Maybury die Prothese dann verschwinden lassen sollen – immer vorausgesetzt, sie hat ihn umgebracht. Gerade sie hätte doch gewußt, daß die Prothese nicht zu seiner Identifizierung führen würde. Offen gesagt, George, meiner Ansicht nach war es genau umgekehrt. Die Person, die unseren Mann im Eishaus umgebracht hat, hat alles verschwinden lassen, was beweisen könnte, daß es sich *nicht* um Maybury handelt. Zehen und Fingerspitzen zum Beispiel sind so zugerichtet, als hätte jemand verhindern wollen, daß wir Abdrücke nehmen. Aber auf dem Gut weiß jeder, daß Sie vor zehn Jahren nicht einen einzigen nützlichen Abdruck sichern konnten.«

»Ach, verdammt noch mal!« rief Walsh wütend. »Und ich dachte, ich hätte den Kerl endlich gefunden. Sind Sie ganz sicher, Jim? Was ist mit den fehlenden Fingern?«

»Da kommen wir auch nicht weiter. Es sieht aus, als wären sie mit einem Fleischermesser abgehackt worden. Ich habe Vergleiche mit den Unterlagen über Mayburys Amputationen gemacht, aber da stimmt nichts überein. Maybury hatte die beiden letzten Glieder beider Finger verloren. Bei unserem Toten fehlten die ganzen Finger.«

»Aber das beweist noch nicht, daß es nicht Maybury ist.«

»Sicher, aber auch hier sieht's mir eher so aus, als wollte jemand, der lediglich wußte, daß Maybury die beiden letzten Finger fehlten, den Eindruck erwecken, bei dem Toten handle es sich um ihn. Ehrlich gesagt, George, im Augenblick bin ich nicht einmal sicher, daß da ein Mensch die Hand im Spiel hatte. Es ist durchaus denkbar, wenn auch reichlich bizarr, daß er von scharfen Zähnen so zugerichtet wurde, wie ich geschildert habe. Da wäre beispielsweise der Brustkorb, auf den Sie selbst mich ja aufmerksam gemacht haben. Ich habe von einigen Kerben in den Rippen Großaufnahmen gemacht. Es ist kaum zu sagen, wovon sie stammen. Es könnten Bißspuren sein.«

»Und die Blutprobe?«

»Die stimmt. In beiden Fällen 0 positiv wie bei fünfzig Prozent der Bevölkerung. Apropos Blut – wir brauchen vor allem die Kleider des Toten. In dem Dreck, den wir vom Boden abgeschabt haben, ist kaum Blut festzustellen.«

»Großartig«, schimpfte Walsh. »Und was für gute Nachrichten haben Sie sonst noch für mich?«

»Ich lasse den Bericht gerade schreiben, aber das Wesentliche kann ich Ihnen auch gleich sagen. Männlich, weiß, eins fünfundsiebzig, vielleicht auch ein bißchen kleiner oder größer – beide Oberschenkelknochen sind so demoliert, daß ich mich da lieber nicht festlegen möchte –, breiter Körperbau, wahrscheinlich mit Neigung zur Korpulenz, Brust und Schulterblätter behaart, Spuren von Tätowierungen auf dem rechten Unterarm, Schuhgröße neununddreißig. Haarfarbe nicht feststellbar, aber vermutlich war das Haar dunkelbraun, ehe es grau wurde. Alter über fünfzig.«

»Mein Gott, können Sie das nicht ein bißchen präziser sagen, Jim?«

»Im Augenblick nicht, tut mir leid. Ein paar Zähne hätten geholfen. Aber ich würde schätzen zwischen fünfzig und sechzig. Ich melde mich wieder, wenn ich genauere Untersuchungen angestellt habe.«

»In Ordnung«, brummte Walsh unzufrieden. »Wann ist der Tod eingetreten?«

»In der Frage habe ich mir Hilfe geholt. Herausgekommen ist folgendes: Wenn man die sommerliche Hitze gegen die kühle Temperatur im Eishaus abwägt – wobei im Auge zu behalten ist, daß die Raumtemperatur im Eishaus möglicherweise ziemlich hoch war, wenn die Tür offen war – und wenn man das zur Verwesungsgeschwindigkeit in Beziehung setzt, nachdem die Tiere den Kadaver aufgerissen haben, und dazu mögliche Verstümmelungen von menschlicher Hand in Betracht zieht, wobei man Madenbefall außer acht lassen kann, da die Fleischfliegen –«

»Schon gut, schon gut, ich habe nicht um einen biologischen Vortrag gebeten. Seit wann ist er tot?«

»Seit acht bis zwölf Wochen.«

»Das ist verdammt vage. Ein ganzer Monat Spielraum. Was halten Sie für wahrscheinlicher, acht oder zwölf?«

»Wahrscheinlich liegt der Zeitpunkt irgendwo in der Mitte, aber berufen Sie sich nicht auf mich.«

»Verlassen Sie sich da mal lieber nicht auf mich«, sagte Walsh giftig und knallte den Hörer auf die Gabel. Dann rief er seine Sekretärin an. »Mary, könnten Sie mir bitte alle Unterlagen über einen Mann heraussuchen, der vor ungefähr zwei Monaten vermißt gemeldet wurde. Name: Daniel Thompson. Er wohnte in East Deller. Ich glaube, Inspector Staley hat eine Akte darüber. Wenn er gerade frei ist, fragen Sie ihn doch, ob ich ihn mal einen Moment sprechen kann.«

»In Ordnung.«

Sein Blick wanderte zu der dicken Akte über David Maybury, die er am Morgen aus dem Archiv gekramt und so hoffnungsvoll in sein Büro getragen hatte. »Du Sauhund!« sagte Chief Inspector Walsh.

# 10

Jonathan Maybury und Elizabeth Goode trafen am frühen Nachmittag in Jonathans rotem Mini in Streech Grange ein. Als Jonathan den Wagen am Pförternaus vorbei durch das Tor lenkte, wandte Elizabeth sich ihm mit beunruhigt gekrauster Stirn zu. »Du sagst doch nichts, oder?«

»Was denn?«

»Du weißt schon. Versprich es mir, Jon.«

Er zuckte die Achseln. »Okay, aber ich finde es blöd. Es wäre doch viel besser, reinen Tisch zu machen.«

»Nein«, entgegnete sie bestimmt. »Ich weiß, was ich tue.«

Er sah aus dem Fenster zu den verblühten Azaleen und Rhododendren, die die ganze Auffahrt entlang eine dichte Hecke bildeten. »Da habe ich meine Zweifel. Ich kann zwischen deiner Paranoia bezüglich dieses Themas und der deiner Mutter kaum einen Unterschied sehen. Früher oder später mußt du in den sauren Apfel beißen und sagen, was los ist, Lizzie.«

»Ach, sei nicht blöd«, fuhr sie ihn gereizt an.

Er bremste ab, als sie das gekieste Rondell vor dem Haus erreichten. Zwei Autos standen dort schon. »Kriminalpolizei«, sagte er und fügte mit grimmigem Spott hinzu: »Hoffentlich hast du dich gegen die Daumenschrauben gewappnet.«

»Hör endlich auf!« sagte sie ärgerlich. »Ehrlich, Jon, manchmal könnte ich dich umbringen.«

»Wir haben ein Paar Schuhe gefunden, Sir.« Constable Jones legte den durchsichtigen Plastikbeutel vor Walshs Füße auf den Boden.

Walsh, der auf einem Baumstumpf am Waldrand saß, beugte sich vor, um den Inhalt des Beutels zu betrachten. Die Schuhe waren aus braunem Leder mit weißlichen, wolkigen Nässeflekken auf dem Oberleder. Der eine Schuh hatte einen schwarzen Senkel, der andere einen braunen. Walsh drehte den Beutel herum und sah sich die Sohlen an.

»Interessant«, sagte er. »Neue Absätze mit Metallkappen. Kaum getragen. Was für eine Größe haben die Schuhe?«

»Neununddreißig, Sir.« Jones wies auf den Schuh mit dem braunen Band. »Bei dem kann man's gerade noch erkennen.«

Walsh nickte. »Schicken Sie einen von Ihren

Leuten zum Haus. Er soll fragen, welche Schuhgröße Fred Phillips und Jonathan Maybury tragen. Danach soll er ins Dorf runterfahren und sehen, wie weit Robinson und seine Leute sind. Wenn sie fertig sind, möchte ich sie hier oben sehen.«

»In Ordnung«, sagte Jones.

Walsh stand auf. »Ich bin mit Sergeant McLoughlin beim Eishaus.«

Sergeant Robinson kehrte noch einmal zum Pub zurück, als gerade die letzten Gäste gingen.

»Tut mir leid, Mister«, sagte der Wirt freundlich, der ihn wiedererkannte. »Sie sind zu spät dran. Ich darf jetzt nichts mehr ausschenken.«

Robinson zeigte seinen Ausweis. »Sergeant Robinson, Kriminalpolizei, Mr. Clarke. Ich habe ein paar Fragen an Sie.«

Paddy Clarke stützte beide Ellbogen auf den Tresen und grinste. »Ach, es geht wohl um den Toten auf dem Gut. Hier ist den ganzen Tag von nichts anderem geredet worden. Aber da kann ich Ihnen leider nicht weiterhelfen.«

Nick Robinson schob sich auf den Barhocker und bot Paddy eine Zigarette an, ehe er sich selbst eine nahm. »Sagen Sie das nicht. Die Leute wissen oft mehr, als sie glauben.«

Er unterzog den Mann einer raschen Musterung und kam zu dem Schluß, daß auch hier Direktheit die beste Strategie sei. Paddy war ein großer, derber Mann mit einem gutmütigen Lächeln und einem scharfen Auge. Aber keiner, dem man dumm kommen durfte, dachte Robinson. Seine Hände waren die reinsten Pranken.

»Uns interessieren alle Fremden, die in den letzten Monaten hier durchgekommen sind, Mr. Clarke.«

Paddy lachte dröhnend. »Ist das alles? Ich habe hier jeden Tag Fremde, Touristen, die über die Landstraßen an die Küste wollen und hier Mittagspause machen. Also, da kann ich Ihnen wirklich nicht helfen.«

»Gut, das verstehe ich. Aber jemand hat mir von einem Landstreicher erzählt, der vor einiger Zeit in der Gegend war, und meinte, er sei hier gewesen. Können Sie sich erinnern?«

Paddy blinzelte durch den Rauch seiner Zigarette. »Stimmt. Von selbst wär ich nicht drauf gekommen, aber jetzt, wo Sie's sagen, fällt's mir wieder ein. Ja, der Alte war hier. Er hat gesagt, er sei von Winchester zu Fuß hierhermarschiert. Ausgesehen hat er wie ein Lumpenbündel. Da drüben in der Ecke hat er gesessen.« Er wies mit dem Kopf zum offenen Kamin. »Meine Frau wollte, daß ich ihn raussetze, aber dafür hatte ich keinen Grund.

Er hatte Geld, und er hat sich ordentlich benommen. Hat bis zur Polizeistunde über seinen zwei Bier gesessen, dann ist er abgezogen, an der Gutsmauer entlang. Glauben Sie, der hat was mit der Sache zu tun?«

»Nicht unbedingt. Im Augenblick sammeln wir lediglich Anhaltspunkte. Wann war der Mann hier? Können Sie sich erinnern?«

Paddy Clarke überlegte. »Draußen hat's in Strömen gegossen. Er kam wahrscheinlich rein, um wieder trocken zu werden. Meine Frau weiß vielleicht noch, wann das war. Ich frag sie und ruf Sie dann an, wenn Sie wollen.«

»Sie ist jetzt nicht da?«

»Nein, sie ist im Großmarkt. Aber sie kommt bald zurück.«

Nick Robinson warf einen Blick in sein Heft. »Wie ich gehört habe, ziehen Sie hier manchmal verunglückte Wohnwagen aus dem Graben.«

»Vielleicht zwei-, dreimal im Jahr, wenn diese Idioten die Kurve schneiden. Aber fürs Geschäft ist es nicht schlecht. Meistens fühlen sie sich verpflichtet, reinzukommen und was zu essen.«

»Ist Ihnen unter den Leuten, denen Sie geholfen haben, vielleicht jemand als ungewöhnlich aufgefallen?«

»Einmal hatte ich einen beinamputierten Li-

liputaner mit einer Frau, die ausgesehen hat wie Raquel Welsh. Das fand ich sehr ungewöhnlich.«

Nick Robinson lächelte. »Also nichts Ungewöhnliches.«

»Sie tappen ziemlich im dunkeln, was?«

»Das können Sie vielleicht ändern.« Automatisch senkte Robinson die Stimme. »Außer Ihnen ist niemand hier?«

Paddy kniff die Augen zusammen. »Nein. Wieso?«

»Ich hätte mich gern mal vertraulich mit Ihnen unterhalten, Sir, möglichst ohne Publikum«, erklärte Robinson mit einem Blick auf die großen Hände.

Paddy drückte seine Zigarette im Aschenbecher aus. »Dann mal los.« Sein Ton war nicht gerade einladend.

»Der Tote wurde im Eishaus auf dem Gutsgelände gefunden. Kennen Sie das Eishaus?«

»Ich weiß, daß es eines gibt. Hinführen könnte ich Sie nicht.«

»Wer hat Ihnen von dem Eishaus erzählt?«

»Wahrscheinlich derselbe, der mir gesagt hat, daß im Wald eine zweihundertjährige Eiche steht.« Paddy zuckte die Achseln. »Vielleicht weiß ich's auch aus David Mayburys Broschüre. Ich kann's wirklich nicht sagen.«

»Was ist das für eine Broschüre?«

»Ach, ich hab irgendwo noch ein paar Exemplare. David wollte aus dem Gut eine Touristenattraktion machen so wie Stourhead. Er hat eine Broschüre mit einer Karte und einer kurzen Geschichte des Hauses drucken lassen. Ungefähr hundert Exemplare oder so. Die Idee war von Anfang an ein totgeborenes Kind. Er wollte kein Geld für Reklame ausgeben, und wer, zum Teufel, hat je von Streech Grange gehört?« Paddy prustete geringschätzig. »Blödmann. Er war ein Geizkragen und ein Schnorrer. Immer hat er erwartet, daß er was umsonst kriegt.«

Robinson fragte interessiert: »Wissen Sie, wer sonst noch so eine Broschüre hat?«

»Mein Gott, das ist ewig her, Sergeant. Soweit ich mich erinnern kann, hat David das Ding jedem gegeben, der irgendwie mit Touristen zu tun hatte. Um es mal auszutesten, wie er sagte. Ich weiß nicht, ob jemand noch so eine Broschüre hat.«

»Könnten Sie Ihre heraussuchen?«

Paddys Gesicht zeigte Zweifel. »Weiß der Himmel, wo sie hingekommen sind, aber ich schau gern mal nach. Vielleicht weiß es meine Frau.«

»Danke. Sie scheinen Maybury recht gut gekannt zu haben.«

»Gut genug.«

»Was war er für ein Mensch? Wo kam er her?«

Paddy blinzelte nachdenklich zur Decke hinauf. »Gehobene Mittelklasse, würde ich sagen. Sein Vater war Major. Er ist im Krieg gefallen. Ich glaube, David hat ihn nie richtig gekannt, aber der alte Colonel Gallagher kannte ihn. Ich denke mir, daß er deswegen nichts gegen Phoebes Heirat einzuwenden hatte; er glaubte wohl, der Sohn gerät nach dem Vater.« Er verzog den Mund zu einem zynischen Lächeln. »Kein Gedanke. David war ein Schwein durch und durch. Als seine Mutter starb, soll er nicht zu ihrer Beerdigung gegangen sein, sondern zum Derby, weil er da ein Vermögen auf den Favoriten gesetzt hatte.«

»Sie haben ihn nicht gemocht?«

Paddy nahm sich noch eine Zigarette. »Er war ein Dreckskerl, einer von denen, die andere immer niedermachen müssen, aber er hat mir meinen Wein geliefert, und der war gar nicht schlecht, und außerdem war er einer meiner besten Gäste. Er hat sein ganzes Bier hier gekauft und meistens abends hier gesessen und getrunken.« Er zog tief an seiner Zigarette. »Keiner außer mir hat ihm nachgeweint, als er verschwand. Bei mir stand er nämlich noch mit über hundert Pfund in der Kreide, als er ging. Es hätte mir nicht soviel ausgemacht, wenn ich nicht kurz vorher meine Weinrechnung bei seiner Firma beglichen gehabt hätte.«

»Sie sagen, ›er ging‹. Sie glauben also nicht, daß er ermordet worden ist?«

»Keine Ahnung. Für mich ist das Jacke wie Hose. Ich meine, das Ergebnis war das gleiche. Unser Geschäft hat sich über Nacht verdoppelt. Streech ist dank Presse und Fernsehen richtiggehend berühmt geworden. Die Leute sind in Scharen hergekommen und haben sich erst bei mir einen hinter die Binde gegossen, ehe sie den Hügel raufgewalzt sind, um oben in Streech Grange durchs Tor zu gaffen.« Er sah einen Ausdruck des Widerwillens auf Robinsons Gesicht und zuckte die Achseln. »Ich bin Geschäftsmann. Diesmal wird's nicht anders werden. Deswegen ist meine Frau gleich zum Großmarkt gefahren. Verlassen Sie sich drauf, heute abend rollt hier noch eine Horde Presseleute an. Die Frauen tun mir echt leid. Die werden keinen Schritt mehr aus dem Haus gehen können.«

»Kennen Sie sie gut?«

Paddys Gesicht verschloß sich. »Ganz gut, ja.«

»Die drei sollen lesbisch sein.«

Paddy lachte. »Wer hat Ihnen denn den Bären aufgebunden?« fragte er.

»Mehrere Leute haben es erwähnt«, antwortete Robinson. »Es stimmt also nicht?«

»Diese Dreckschleudern«, sagte Paddy angewidert. »Zwei von den Frauen haben Kinder. Das ist ja wohl kaum mit Homosexualität vereinbar.«

»Anne Cattrell hat keine. Und sie hat einem Kollegen gegenüber zugegeben, daß sie lesbisch ist.«

Paddy lachte so kräftig, daß er sich am Rauch seiner Zigarette verschluckte. »Das ist wirklich absurd«, sagte er mit tränenden Augen. »Anne könnte Fiona Richmond Sexualunterricht geben. Die Frau hat mehr Liebhaber gehabt als Sie heiße Mahlzeiten, Mann. Was ist denn Ihr Kollege für einer? Bestimmt so ein aufgeblasener Spießer, was? Kann mir lebhaft vorstellen, daß sich Anne einen Spaß daraus machen würde, so einen kräftig auf die Schippe zu nehmen.«

Nick Robinson hatte nicht vor, sich in ein Gespräch über Andy McLoughlin verwickeln zu lassen. »Wieso hat davon kein Mensch was gesagt? Bettgeschichten sind für Klatsch doch mindestens so ergiebig wie lesbische Liebe.«

»Weil sie diskret ist, Mann! Beschmutzt man sein eigenes Nest? Im übrigen gibt's hier in diesem Kaff sowieso keinen, den sie auch nur zweimal anschauen würde. Sie verlangt nämlich von ihren Männern ein bißchen mehr als nur Potenz.«

»Woher wissen Sie das alles, Mr. Clarke?«

Paddy warf ihm einen kühlen Blick zu. »Das

braucht Sie nicht zu interessieren. Sie haben's doch selbst gesagt – was wir hier reden, ist vertraulich. Ich möchte nur mal Klarheit schaffen. Über diese Frauen wird soviel Mist geredet. Gleich erzählen Sie mir noch, daß sie Hexen sind. Das ist nämlich auch so ein Lieblingsgerücht, und der arme Fred muß wegen seiner Vorstrafe als satanischer Hengst herhalten.«

»Ganz im Vertrauen, Mr. Clarke«, sagte Robinson nach einer kurzen Pause, während er sich Fred als satanischen Hengst vorstellte. »Wir haben in der näheren Umgebung des Eishauses mehrere gebrauchte Kondome gefunden. Aus verschiedenen Quellen habe ich gehört, daß Sie uns dazu vielleicht etwas sagen können.«

Clarke warf ihm einen mörderischen Blick zu. »Aus was für Quellen?«

»Aus mehreren«, gab Robinson fest zurück. »Ich kann sie nicht preisgeben, und ich werde selbstverständlich auch nichts von dem, was wir hier besprechen, ohne Ihre Erlaubnis weitergeben. Aber wir tappen im dunkeln, Mr. Clarke. Wir brauchen Informationen.«

»Dann suchen Sie sich Ihre Informationen woanders«, sagte Paddy gereizt. »Ich bin Gastronom und nicht Polizist. Sie werden für Ihre Arbeit bezahlt. Tun Sie sie gefälligst selber.«

In zehn Jahren bei der Kriminalpolizei hatte Nick Robinson sich eine gewisse Raffinesse angeeignet. Er steckte seinen Kugelschreiber ein und rutschte vom Barhocker. »Es ist natürlich Ihr gutes Recht, mich weiterzuschicken, Mr. Clarke, aber so wie die Dinge im Moment liegen, deutet alles auf Mrs. Maybury und ihre Freundinnen. Sie scheinen die einzigen zu sein, die das Gelände gut genug kennen, um den Toten im Eishaus versteckt zu haben. Ich garantiere Ihnen, wenn wir keine zusätzlichen Informationen erhalten, wird man die drei unter Anklage stellen.«

Paddy Clarke starrte Robinson finster an, während der ruhig wartete. Eigentlich, dachte er, hätte er Clarke gegenüber größte Vorbehalte haben müssen – wenn der Mann es wirklich so toll trieb, wie Mrs. Ledbetter angedeutet hatte –, doch statt dessen fand er ihn sympathisch. Er sah einem wenigstens in die Augen, wenn er mit einem sprach.

»Gott verdamm mich!« sagte Paddy plötzlich und schlug mit der Faust auf den Tresen. »Hokken Sie sich wieder hin, Mann. Ich hole Ihnen ein Bier. Aber wenn Sie mich bei meiner Frau verpfeifen, schneide ich Ihnen eigenhändig die Eier ab, das sag ich Ihnen.«

McLoughlin wartete am Tor zum Eishaus, als Walsh mit den Schuhen im Plastikbeutel eintraf. »Sie wollten mich sprechen, Sir?«

Walsh zog sein Jackett aus, faltete es säuberlich und ließ sich auf dem warmen Waldboden nieder. »Setzen Sie sich, Andy. Hier ist es ruhiger als oben im Haus. Wir müssen uns mal ungestört unterhalten. Diese verdammte Geschichte wird ja von Minute zu Minute komplizierter.« Er musterte McLoughlins verkrampftes Gesicht mit plötzlicher Gereiztheit. »Was ist denn los mit Ihnen?« fragte er scharf. »Sie sehen fürchterlich aus.«

McLoughlin setzte sich in einiger Entfernung von seinem Chef. »Nichts«, antwortete er, während er ohne Erfolg versuchte, eine bequeme Stellung für seine Beine zu finden. Er sah Walsh mit zusammengekniffenen Augen an. Er war sich bis heute unschlüssig, ob er ihn mochte oder nicht. So griesgrämig er oft war, er konnte immer wieder durch plötzliche Großzügigkeit überraschen. Aber nicht heute.

Er betrachtete Walsh und sah nur einen unscheinbaren, mageren Kerl, der den starken Mann spielte, weil das System es erlaubte. Er war versucht, ihm freiwillig von seinem Überfall auf Anne Cattrell zu berichten, nur um seine Reaktion zu sehen. Würde er bellen? Oder würde er beißen? Bellen, dachte McLoughlin geringschätzig. Walsh ging Unannehmlichkeiten so gern aus dem Weg wie jeder andere. Wenn sie ihre schriftliche Beschwerde einreichte, würde es natürlich ganz anders aussehen. Dann würden die Mühlen der Justiz zu mahlen anfangen, und die Strafe würde unausweichlich folgen. Die Gewißheit, daß es so kommen würde, besserte seine Stimmung, anstatt ihn niederzudrücken. Ein klarer, sauberer Schnitt, viel klarer und sauberer, als wenn er selbst ihn vornehmen würde. Er verspürte sogar einen gewissen Zorn gegen die Frau in sich aufsteigen, weil sie den Schlag noch nicht geführt hatte.

Walsh kam zum Ende seines Berichts über den Befund des Pathologen. »Also?« fragte er.

Wieder ging in McLoughlins Hirn der eiserne Vorhang nieder. Einen Moment lang starrte er Walsh mit leerem Blick an, dann schüttelte er den Kopf. »Sie sagen, er hält es für möglich, daß der Tote von Tieren verstümmelt worden ist. Ist er denn noch nicht sicher?«

Walsh knurrte sarkastisch. »Er will sich nicht festlegen. Er hätte auf dem Gebiet nicht genug Erfahrung, sagt er. Aber das muß schon eine verdammt merkwürdige Ratte sein, die ausgerechnet die zwei Finger abknabbert, die Maybury gefehlt haben.«

»Sie müssen Webster da festnageln«, sagte McLoughlin nachdenklich. »Der ganze Fall bekommt ein anderes Gesicht, wenn keine Verstümmelung vorliegt.« Schreckliche Schwarzweißbilder von Mussolinis Leiche, die an den Füßen aufgeknüpft und von einer zornigen Menge entmannt von einem Laternenpfahl herabhing, drängten sich ihm auf. Gesichter voller Haß und Gewalt und höhnischer Genugtuung über die gelungene Rache. »Ein völlig anderes Gesicht«, wiederholte er mit Nachdruck.

»Wieso?«

»Dann ist die Wahrscheinlichkeit, daß es sich um Maybury handelt, weit geringer.«

»Sie sind genauso schlimm wie Webster«, brummte Walsh. »Vorschnell mit Ihrem Urteil. Ich will Ihnen mal was sagen, Andy: Auf jeden Fall ist das eher Mayburys Leiche als die eines anderen. Es ist statistisch höchst unwahrscheinlich, daß dieses Haus innerhalb von zehn Jahren zweimal im Mittelpunkt polizeilicher Ermittlungsverfahren steht, die völlig unabhängig voneinander sind. Und es ist statistisch sehr wahrscheinlich, wie ich von Anfang an gesagt habe, daß seine Frau ihn umgebracht hat.«

»Aber selbst sie konnte ihn nicht zweimal umbringen, Sir. Wenn sie es vor zehn Jahren getan hat, dann ist er nicht der Tote aus dem Eishaus. Wenn er der Tote aus dem Eishaus ist, dann ist ihr bei Gott übel mitgespielt worden.«

»Das hat sie sich selbst zuzuschreiben«, versetzte Walsh kalt.

»Vielleicht, aber Ihnen ist Maybury doch zur fixen Idee geworden, und Sie können nicht von uns erwarten, daß wir hinter Seifenblasen herjagen, nur um zu beweisen, daß Sie recht haben.«

Walsh suchte in seiner Jacke nach seiner Pfeife und stopfte sie nachdenklich. »Ich habe einfach so ein Gefühl, Andy«, sagte er schließlich, nachdem er die Pfeife angezündet hatte. »Als ich die Bescherung gestern sah, war mir sofort alles klar. Endlich hab ich dich, du Sauhund, hab ich mir gesagt.« Er sah auf und fing McLoughlins Blick auf. »Okay, okay, ich bin kein Idiot. Ich will Ihnen nichts aufoktroyieren, nur weil ich so ein Gefühl habe. Aber die Tatsache bleibt bestehen, daß die Leiche nicht zu identifizieren ist. Und warum? Weil jemand möchte, daß sie nicht identifiziert wird. Wer hat die Kleider verschwinden lassen? Wo ist die Zahnprothese? Warum keine Fingerabdrücke? Ja, ja, ich weiß, der Mann ist verstümmelt worden, und für mich steht immer noch fest, daß er verstümmelt wurde, weil es Maybury ist, und nicht, weil er es nicht ist.«

»Gut. Und wie geht's jetzt weiter? Vermißtendezernat?«

»Da habe ich schon nachgefragt. Jedenfalls für unser Gebiet. Wir können das wenn nötig noch ausweiten, aber im Augenblick würde ich angesichts der Sachlage sagen, daß es sich um einen lokalen Fall handelt. Wir haben einen möglichen Kandidaten, einen Mann namens Daniel Thompson aus East Deller. Die Beschreibung paßt, und er ist etwa um die Zeit verschwunden, zu der unser Mann Webster zufolge getötet wurde.« Er wies auf die Schuhe im Plastikbeutel. »Bei seinem Verschwinden hatte er braune Schnürschuhe an. Jones hat die hier im Wald an der Grenze zur Farm gefunden.«

McLoughlin pfiff leise. »Haben wir jemanden, der sie identifizieren kann?«

»Die Ehefrau.« Als Walsh sah, daß McLoughlin aufstehen wollte, rief er ärgerlich: »Nicht so schnell. Erst möchte ich noch wissen, wie Sie vorangekommen sind. Sie haben doch mit Anne Cattrell gesprochen. Haben Sie da was Neues erfahren?«

McLoughlin zupfte Grashalme aus dem Boden. »Die Phillips' heißen in Wirklichkeit Jefferson. Sie bekamen jeder fünf Jahre wegen Mordes an ihrem Untermieter Ian Donaghue, der ihren Sohn mißbraucht und getötet hatte. Er war ihr einziges Kind, zwölf Jahre alt. Mrs. Jefferson war bei seiner Geburt schon vierzig. Miss Cattrell hat ihnen die Anstellung hier vermittelt.« Er sah auf. »Sie sind eine Möglichkeit, Sir. Was sie einmal getan haben, würden sie vielleicht wieder tun.«

»Völlig andere Umstände. Soweit ich mich erinnere, haben sie aus Donaghues Hinrichtung überhaupt kein Geheimnis gemacht, sondern haben ihm sogar im Beisein seiner Freundin eine Art Prozeß gemacht und ihn dann aufgehängt, nachdem er die Tat gestanden hatte. Sie war beim Prozeß gegen die beiden die Hauptentlastungszeugin. Ich sehe keine Parallelen zu dieser Geschichte hier.«

»Kann schon sein«, meinte McLoughlin, »aber sie haben bewiesen, daß sie fähig sind, aus Rache zu morden, und sie sind Mrs. Maybury sehr zugetan. Das dürfen wir nicht ignorieren.«

»Haben Sie schon mit ihnen gesprochen?«

»Ich hab's versucht«, sagte McLoughlin mit einer Grimasse. »Ich habe mit ihr gesprochen. Aber es war kaum etwas aus ihr herauszukriegen. Eine bissige alte Zwiebel!« Er zog sein Notizbuch aus der Hemdtasche und blätterte darin. »Immerhin hat sie etwas gesagt, das ich interessant finde. Ich habe sie gefragt, ob sie sich hier wohl fühlt. Darauf sagte sie: ›Der einzige Unterschied zwischen einer Festung und einem Gefängnis ist, daß in einer Festung die Türen von innen verschlossen werden.‹«

»Was ist daran interessant?«

»Würden Sie Ihr Haus als Festung bezeichnen?«

»Die Frau ist senil.« Walsh winkte ungeduldig ab. »Sonst noch was?«

»Diana Goode hat eine Tochter namens Elizabeth, die ab und zu das Wochenende hier verbringt. Sie ist neunzehn, hat eine Wohnung in London, die ihr Vater ihr gekauft hat, und arbeitet als Croupier in einem der großen Spielkasinos im West End. Sie scheint ein etwas wildes Leben zu führen, jedenfalls habe ich ihre Mutter so verstanden.«

Walsh brummte etwas Unverständliches.

»Phoebe Maybury hat einen Waffenschein für eine Flinte«, fuhr McLoughlin fort. »Die abgefeuerten Patronen stammen von ihr. Fred sagte, daß sich hier auf dem Gelände eine ganze Kolonie Wildkatzen herumtreibt, die ihm ständig seinen Gemüsegarten verwüstet. Mrs. Maybury vertreibt sie immer mit Schüssen in die Luft, aber in letzter Zeit, sagte er, hätte sie ziemlich das Interesse verloren. War so, als wollte man die Flut aufhalten, meint er.«

»Weiß jemand was über die Kondome?«

McLoughlin zog spöttisch eine Braue hoch. »Nein«, antwortete er, »aber meine Fragen danach haben allgemeine Erheiterung erregt. Fred sagte, er hätte schon früher beim Harken immer wieder welche gefunden. Ich habe mir von ihm noch einmal schildern lassen, wie er gestern den Toten gefunden hat. Seine Aussage stimmt mit der gestrigen überein. Keinerlei Widersprüche.« Er wiederholte kurz, was Fred Phillips ihm gesagt hatte. »Als er zum Eishaus kam, war die Tür von den Brombeerbüschen völlig zugewachsen. Er lief zum Geräteschuppen zurück, um sich eine Taschenlampe und eine Sichel zu holen, und hat die Büsche so gründlich niedergetrampelt, weil er mit einem Schubkarren ins Eishaus wollte, um die Ziegelsteine herauszuholen. Die Tür war halb offen, als er sie endlich freigemacht hatte. Aber er fand keine Spuren, die darauf hindeuteten, daß kürzlich jemand dort gewesen war. Als er den Toten entdeckte, hat er nur schleunigst die Tür so weit zugedrückt, wie es ihm möglich war, und ist abgehauen.«

»Haben Sie ihn richtig in die Zange genommen?« fragte Walsh.

»Ich bin die Geschichte drei- oder viermal mit ihm durchgegangen, aber er blieb dabei. Wenn er das Gestrüpp wirklich erst niedergetrampelt hat, nachdem er die Leiche gefunden hatte, gibt er es jedenfalls nicht zu.«

»Was meinen Sie, Andy?«

»Ich bin Ihrer Meinung, Sir. Meiner Ansicht nach hat er Spuren gefunden, die gezeigt haben, daß jemand im Eishaus war, und hat dann, nachdem er die Leiche gefunden hatte, sein Bestes getan, um sie zu verwischen.« McLoughlin warf einen Blick auf die Massen niedergedrückten Grüns zu beiden Seiten der Tür. »Er hat gute Arbeit geleistet. Unmöglich, jetzt noch zu sagen, wie viele Leute da ein und aus gegangen sind und wann.«

Elizabeth und Jonathan fanden ihre Mütter und Anne beim Kaffee im Wohnzimmer. Benson und Hedges sprangen den jungen Leuten entgegen und begrüßten sie mit überschwenglicher Freude. Die drei Frauen hingegen reagierten ausgesprochen zurückhaltend. Phoebe streckte ihrem Sohn die Hand hin. Diana klopfte etwas zaghaft auf den freien Platz neben sich. Anne nickte nur.

Phoebe sprach zuerst. »Hallo, ihr beiden. Habt ihr eine gute Fahrt gehabt?«

Jonathan hockte sich auf die Armlehne ihres Sessels und gab ihr einen Kuß auf die Wange. »Es ging alles wunderbar. Lizzie hat ihren Chef beschwatzt, ihr die Nacht freizugeben, und hat mich im Krankenhaus abgeholt. Ich hab die Nachmittagsseminare sausenlassen. Mittags waren wir schon auf dem M3. Aber zu essen haben wir noch nichts gehabt«, fügte er hinzu.

Diana stand auf. »Ich hole euch etwas.«

»Nein, warte.« Elizabeth faßte ihre Hand und zog sie wieder auf das Sofa. »Ein paar Minuten halten wir es schon noch aus. Erzählt erst mal, was passiert ist. Wir haben kurz mit Molly gesprochen, aber sie war nicht sehr redselig. Weiß die Polizei, wer der Tote ist? Und wie es passiert ist?« sprudelte es ohne Rücksicht auf Gefühle aus ihr heraus.

Ihre Fragen wurden zunächst mit überraschtem Schweigen beantwortet. In den letzten vierundzwanzig Stunden hatten sich die Frauen, ohne sich dessen bewußt zu werden, auf ein Klima des Mißtrauens eingestellt. Jede Frage mußte gründlich bedacht, jede Antwort genau überlegt werden.

Anne war es, die das Schweigen brach. »Ist das nicht erschreckend? Im Nu hat man seine ganze Unbefangenheit verloren.« Sie schnippte die Asche von ihrer Zigarette in den offenen Kamin. »Stellt euch vor, wie das in einem Polizeistaat sein muß. Man hätte Angst, irgend jemand zu trauen.«

Diana warf ihr einen dankbaren Blick zu. »Erzähl du. Ich habe für so etwas kein Talent. Meine Stärke sind Anekdoten mit einer witzigen Pointe. Wenn das alles hier vorbei ist, werde ich der Geschichte ein bißchen Schliff geben, ein paar Pointen einbauen und sie dann beim Abendessen zur allgemeinen Erheiterung zum besten geben.« Sie schüttelte den Kopf. »Aber jetzt geht das noch nicht. Im Augenblick ist es nicht sehr komisch.«

»Ach, ich weiß nicht«, meinte Phoebe erstaunlicherweise. »Ich habe heute morgen ganz schön gelacht, als Molly Sergeant McLoughlin unten im Einbauschrank erwischt hat. Sie hat ihn mit dem Besen hinausgejagt. Der arme Mann sah total verschreckt aus. Er hat anscheinend den Lokus gesucht.«

Elizabeth kicherte. »Wie ist er denn?«

»Durcheinander«, sagte Anne trocken und zog den Kragen ihrer Bluse hoch. »Also, Lizzie, was wolltest du wissen? Ob sie schon wissen, wer der Tote ist? Nein. Wissen sie, wie es passiert ist? Nein, anscheinend nicht. Sie haben jedenfalls nichts darüber gesagt.« Sie beugte sich etwas vor. »Die Situation, soweit sie uns bekannt ist, ist folgende.« In aller Ruhe erzählte sie von der Entdekkung des Toten, den Untersuchungen der Polizei im Eishaus und auf dem umliegenden Gelände und den nachfolgenden Verhören. »Als nächstes wird vermutlich eine Hausdurchsuchung folgen.« Sie wandte sich Phoebe zu. »Das wäre jedenfalls das Logische. Sie werden das Haus von oben bis unten gründlich durchsuchen wollen.«

»Ich verstehe nicht, warum sie das nicht schon gestern abend getan haben.«

Anne runzelte die Stirn. »Ja, das wundert mich auch, aber ich nehme an, sie wollten erst das Ergebnis der Obduktion abwarten. Sie müssen schließlich wissen, wonach sie überhaupt suchen.«

Jonathan sah seine Mutter an. »Du hast am Telefon gesagt, sie wollen mit uns sprechen. Worüber denn?«

Phoebe nahm ihre Brille ab und putzte die Gläser mit einem Zipfel ihrer karierten Bluse. »Sie möchten die Namen von allen Leuten, denen ihr je das Eishaus gezeigt habt.« Sie sah zu ihm auf, und er fragte sich nicht zum erstenmal, warum sie eine Brille trug. Ohne die Brille war sie schön; mit ihr sah sie durchschnittlich aus. Einmal, als Kind, hatte er sich die Brille aufgesetzt und war sich wie ein Verräter vorgekommen, als er entdeckt hatte, daß die Gläser aus Fensterglas waren.

»Was ist mit Jane«, sagte er augenblicklich. »Wollen sie mit ihr auch sprechen?«

»Ja.«

»Das darfst du nicht erlauben«, sagte er heftig.

Sie nahm seine Hand und hielt sie fest. »Ich glaube, wir können es nicht verhindern, Jon. Wenn wir es versuchen, machen wir alles nur noch schlimmer. Sie kommt morgen. Anne meint, wir sollten ihr das ruhig zumuten.«

Jonathan sprang ärgerlich auf. »Du bist ja verrückt, Anne. Sie wird sich und Mama in Teufels Küche bringen.«

Anne zuckte die Achseln. »Wir haben keine Wahl, Jonny.« Mit Absicht benutzte sie den Namen seiner Kindheit. »Hab doch einfach ein bißchen mehr Vertrauen zu deiner Schwester und drück die Daumen. Was anderes bleibt uns gar nicht übrig.«

## *11*

Nach und nach trudelten Walshs Leute auf der Lichtung vor dem Eishaus ein, um ihre Meldungen zu machen. Der Tag war glühend heiß, man zog die Jacken aus und machte es sich im Gras bequem wie zu einem Familienpicknick. McLoughlin lag auf dem Bauch und starrte stirnrunzelnd ins Leere. Nick Robinson, der nur noch Sinn für seine eigenen Bedürfnisse hatte, kaute mit Genuß die Brote, die er sich morgens mitgenommen hatte.

Im Hintergrund lagen die Brombeersträucher, die einst einen üppigen grünen Vorhang gebildet hatten, abgebrochen in der sengenden Sonne, und ihr Laub färbte sich langsam braun.

Walsh zog sein Taschentuch heraus und wischte sich den Schweiß von der Stirn. »Also, dann lassen Sie mal hören, was Sie haben«, schnauzte er in die entspannte Stille, als hätte er schon einmal dazu aufgefordert und sei ignoriert worden. Er saß mit weitgespreizten Beinen auf dem Boden und hielt zwischen den Knien sein Notizbuch. Er blätterte zu einer leeren Seite. »Schuhe«, sagte er und tippte auf den Beutel mit den braunen Schuhen, der neben ihm lag. »Wer war oben im Haus?«

»Ich, Sir«, sagte einer der Männer, die zu Jones' Suchtrupp gehörten. »Fred Phillips hat Größe zweiundvierzig, und seine Füße sind ungefähr so breit wie lang. Er hat extra seine Stiefel ausgezogen, um es mir zu zeigen.« Er lachte bei der Erinnerung daran. »Der ist nicht nur wie ein Elefant gebaut, er hat auch die passenden Füße dazu.« Er fing Walshs Blick auf und sah hastig zu den Schuhen im Plastikbeutel hinunter. »Nie im Leben«, sagte er mit einem Kopfschütteln. »Da paßt nicht mal seine große Zehe rein. Jonathan Maybury hat Größe vierzig.« Er blickte auf. »Er und Mrs. Goodes Tochter sind übrigens vorhin angekommen, Sir.«

Walsh brummelte ein Zeichen, daß er gehört hatte, während er sich die Schuhgrößen notierte. »Okay, Robinson, was haben Sie?«

Robinson schob den letzten Bissen seines Brots in den Mund und kramte seinen Block heraus. »Das gibt 'ne Beförderung«, sagte er unterdrückt zu dem Mann, der neben ihm saß.

»Was meinen Sie?« fragte Walsh kalt.

»Äh – nichts, Sir«, antwortete Robinson und blätterte. »Ich bin auf eine echte Goldgrube gestoßen, Sir. Ich mach noch einen ausführlichen schriftlichen Bericht. Die Hauptpunkte sind folgende: Erstens, der Wald ist ein bevorzugter Treffpunkt für Liebespärchen, seit Jahren schon, wie es scheint; zweitens, David Maybury hat vor ungefähr zwölf Jahren eine Broschüre mit einer Karte des Gutsgeländes und einer Geschichte des Hauses drucken lassen. In hundert Exemplaren.« Er sah Walsh an. »Er wollte Touristen anlocken«, erklärte er, »und hat die Broschüren an alle im Dorf verteilt, die sie weitergeben konnten.«

»Verdammt!« sagte Walsh mit Inbrunst. »Haben Sie ein Exemplar von dem Ding?«

»Noch nicht. Der Wirt vom Pub hat mir das erzählt und schaut jetzt mal nach, ob er noch ein Exemplar hat. Wenn er eines findet, ruft er mich an.«

»Sonst noch etwas?«

»Sir, ich hab ja noch nicht mal richtig angefangen«, beschwerte sich Robinson quengelig. »Ich habe mich nach Fremden erkundigt. Mehreren Leuten ist ein Landstreicher aufgefallen, der sich vor zwei, drei Monaten eine Weile im Dorf herumgetrieben hat. Leider konnte ich kein genaues Datum kriegen. Er hatte auf jeden Fall Geld. Er hat nämlich im Pub zwei Bier getrunken.«

»Das Datum habe ich, Sir«, unterbrach Constable Williams eifrig. »Er hat bei zwei Leuten in der Siedlung angeklopft und gebettelt. Eine ältere Frau, eine Mrs. Hogarth, hat ihm ein Brot mitgegeben; die zweite Frau, eine Mrs. Fowler, hat ihn weitergeschickt, weil er mitten in die Geburtstagsfeier von ihrem Sohn geplatzt ist. Das war der 27. Mai«, schloß er triumphierend. »Ich hab außerdem eine gute Beschreibung. Der Mann müßte leicht aufzutreiben sein. Alter brauner Filzhut, grüne Jacke und – das ist der Knüller – eine pinkfarbene Hose.«

Walsh war skeptisch. »Ich glaube nicht, daß da eine Verbindung besteht. Landstreicher gibt's hier im Sommer wie Sand am Meer. Die rennen doch immer der Sonne hinterher, genau wie die Touristen. Sonst noch was?«

Robinson bemerkte einen Schimmer grimmigen Spotts in McLoughlins Auge, der ihm verriet, was er bereits vermutet hatte, daß der Alte wieder mal eine seiner Launen hatte. Soll ihn doch der Teufel holen, dachte er. Der Mann ist das reinste Jo-Jo, ständig rauf und runter. Er hatte für seine erfolgreichen Bemühungen dieses Morgens wenigstens einen freundlichen Klaps auf die Schulter erwartet. So, wie es aussah, konnte er froh sein, wenn er keinen Tritt in den Hintern bekam.

Er steckte die Nase wieder in seinen Block.

»Nach einem Tip, den ich bekommen hatte, habe ich mich mit einem von den Kondombenützern unterhalten«, fuhr er fort. »Er kommt immer mit seiner Freundin hierherauf, wenn's warm genug ist. Meistens so gegen elf Uhr abends.«

»Name«, blaffte Walsh.

»Tut mir leid, Sir. Ich hab ihm versprochen, seinen Namen nur preiszugeben, wenn es für einen Prozeß unbedingt erforderlich sein sollte, und auch dann nur mit seiner Genehmigung.« Sergeant Robinson war überzeugt davon, daß Paddy Clarkes Versprechen, ihm die Eier abzuschneiden, keine leere Drohung gewesen war. Clarke hatte ihm keine Gründe dafür genannt, warum er fremdging, aber Robinson hatte auch keine Erklärung mehr gebraucht, als er beim Aufbruch kurz mit Mrs. Clarke zusammengetroffen war. Sie war bullig und dominant, mit einem spröden Lächeln und harten Augen. Eine Gorgo, die die Hosen anhatte. Kein Wunder, hatte Robinson gedacht, daß Paddy hin und wieder mal was Weiches, Knuddeliges in den Armen halten möchte.

»Fahren Sie fort«, sagte Walsh.

»Ich habe ihn gefragt, ob ihm in den letzten sechs Monaten irgendwas Ungewöhnliches begegnet ist. Ja, sagt er. Normalerweise sei es hier oben immer ziemlich ruhig. Man hört höchstens mal ein Käuzchen oder einen Hund, der irgendwo in der Ferne bellt. Aber im Juni, in den ersten zwei Wochen, meint er, sei es gewesen, hätten er und seine Freundin zweimal so grausige Geräusche gehört, daß ihnen vor Schreck Hören und Sehen vergangen ist, wie er sich ausdrückte. Er sagt, es hätte geklungen wie das Geheul der armen Seelen in der Hölle. Als sie es das erste Mal hörten, bekam seine Freundin solche Angst, daß sie auf und davon gelaufen ist. Er ist ihr nachgerannt, und als sie an der Straße waren, sagte sie ihm, daß sie ihren Schlüpfer liegengelassen hatte.«

Gedämpftes Gelächter folgte seinen Worten. Sogar Walsh rang sich ein Lächeln ab. »Und haben sie herausbekommen, was es war?«

»Beim zweiten Mal haben sie es erkannt. Als sie eine Woche später wieder hier heraufkamen, ging das Geheul von neuem los, aber nicht ganz so fürchterlich. Sie sind geblieben und haben gelauscht. Es waren Katzen. Sie haben gejault und gefaucht wie die Wilden, und er meint, er hätte auch Knurren gehört. Er konnte mir nicht sagen, woher die Geräusche kamen, aber es muß ziemlich nah gewesen sein.« Er sah Walsh an. »Sie waren seitdem noch mehrmals hier, aber da haben sie nichts mehr gehört.«

McLoughlin richtete sich ein wenig auf. »Die

Wildkatzen«, sagte er, »haben sich vielleicht um die Leiche gebalgt. Wenn das zutrifft und das Datum stimmt, können wir den Zeitpunkt des Todes fixieren. Unser Toter ist in oder vor der ersten Juniwoche umgebracht worden.«

»Auf die Daten Ihres Mannes ist Verlaß?« fragte Walsh Robinson.

»Ich denke schon. Er war ziemlich sicher, will aber auf jeden Fall noch mal mit seiner Freundin reden.«

Walsh machte sich ein paar Notizen. »Gut. Ist das alles?«

»Was ich über die drei Frauen hier oben gehört habe, ist widersprüchlich. Fast alle behaupten, sie seien lesbisch und versuchten immer wieder, die Mädchen aus dem Dorf zu Orgien zu verführen. Aber zwei Personen – meiner Ansicht nach die vernünftigsten, Sir – haben gesagt, das sei nichts als bösartige Verleumdung. Die eine ist eine alte Dame so um die Siebzig oder Achtzig, die die Frauen recht gut kennt, die andere ist mein Informant. Er hat gesagt, Anne Cattrell hätte so viele Liebhaber gehabt, daß sie Fiona Richmond Sexualunterricht geben könnte.« Er nahm sich eine Zigarette und zündete sie an. Durch die Rauchwolken sah er McLoughlin an. »Wenn das stimmt, Sir, eröffnet sich eine ganz neue Möglichkeit. *Crime passionnel* oder wie das die Franzosen nennen. Ich finde, sie hat sich ziemlich angestrengt, um uns weiszumachen, sie sei nur an Frauen interessiert. Warum? Vielleicht, weil sie einen eifersüchtigen Liebhaber um die Ecke gebracht hat und verhindern will, daß wir die Verbindung herstellen.«

»Schwachsinn!« sagte McLoughlin grob. »Jeder weiß, daß die Frauen lesbisch sind. Mensch, die Leute machen darüber schon seit Jahren ihre Witze, so daß ich mich gar nicht mehr an alle erinnern kann.« Jack Booth hatte über einen unerschöpflichen Fundus verfügt. »Das ist nichts Neues, was Anne Cattrell sich unseretwegen ausgedacht hat. Und wenn es nicht wahr ist, warum verhalten sie sich dann so, als ob's wahr wäre? Was soll ihnen das bringen?«

Walsh stopfte wieder einmal seine Pfeife. »Ihr Problem, Andy, ist, daß Sie zu gern vereinfachen«, sagte er beißend. »Daß eine Sache allgemein bekannt ist, macht sie noch lange nicht zur Wahrheit. Jeder wußte, daß mein Bruder ein alter Geizhals war, bis wir nach seinem Tod entdeckten, daß er fünfzehn Jahre lang jedes Jahr zweihundert Pfund für die Ausbildung von ein paar schwarzen Kindern in Afrika gespendet hatte.« Er nickte Robinson beifällig zu. »Schon möglich, daß an Ihrer Idee was dran ist, Nick. Mir persönlich sind die sexuellen Gewohnheiten der Damen schnurzegal, und soweit ich es beurteilen kann, ist es den Damen schnurzegal, was die Leute über sie reden oder denken. Darum« – er warf McLoughlin einen scharfen Blick zu – »würden sie sich auch nicht die Mühe machen, etwas zu bestreiten oder zu bestätigen. Aber«, fuhr er nachdenklich fort, »ich finde es schon interessant, daß Anne Cattrell uns gegenüber so demonstrativ das Lesbenfähnlein schwenkt. Da könnte was dahinterstecken!«

Nick Robinson wartete einen Moment. »Lassen Sie mich doch mal mit ihr sprechen, Sir. Ein neues Gesicht, da wird sie vielleicht ein bißchen zugänglicher. Ein Versuch kann jedenfalls nicht schaden.«

»Ich werd's mir durch den Kopf gehen lassen. Hat sonst noch jemand was zu berichten?«

Ein Constable hob die Hand. »Zwei Familien, mit denen ich gesprochen habe, haben erzählt, sie hätten einmal nachts eine Frau weinen hören, Sir. Aber sie konnten sich nicht erinnern, wie lang das her ist.«

»Im selben Haus?«

»Eben nicht, deswegen dachte ich mir, es könnte was dran sein. Es war in zwei verschiedenen Häusern. Nicht weit von der Straße nach East Deller sind zwei kleine Arbeiterhäuser, die zur Grange Farm gehören. Und die Leute in beiden Häusern erinnern sich, die Frau gehört zu haben. Sie sagten, sie wollten sich nicht einmischen, weil sie dachten, es war ein Krach zwischen Verliebten. Und keiner kann sich genau erinnern, wann es gewesen ist.«

»Reden Sie noch mal mit ihnen«, befahl Walsh kurz. »Sie auch, Williams. Stellen Sie fest, ob sie vor dem Fernseher saßen, als sie das Weinen hörten, was für ein Programm gerade lief, oder ob sie gerade beim Essen waren. Oder ob sie im Bett waren, wie spät es war, ob sie wach gelegen haben, weil es so heiß war oder weil es regnete. Irgendwas, was uns einen Anhaltspunkt über Tageszeit und Datum gibt. Wenn die Frau nicht geweint hat, weil sie gerade einen Menschen umgebracht hatte, dann vielleicht, weil sie gesehen hatte, wie er umgebracht wurde.« Er erhob sich mühevoll und umständlich und bückte sich nach seinem Jackett und seinem Notizbuch. »McLoughlin, Sie kommen mit mir. Wir besuchen jetzt mal Mrs. Thompson. Jones, Sie und Ihre Gruppe machen hier Schluß und fahren zur Dienststelle zurück. Sie können eine Stunde Pause machen, dann möchte ich Sie alle zur Hausdurchsuchung wieder hier sehen. Die Durchsuchungsbefehle liegen auf meinem Schreibtisch. Bringen Sie sie mit.« Er wandte sich Nick Robinson zu. »Okay, Nick, Sie unterhalten sich mal in aller Ruhe mit Miss Cattrell über Liebe und Leidenschaft, aber ganz diskret bitte, damit sie nicht gleich Lunte riecht. Wenn sie den Toten auf dem Gewissen hat, möchte ich es gern beweisen können.«

»Natürlich, Sir.«

Walsh grinste. »Vergessen Sie nur eines nicht, Nick. Die Dame hat schon Special-Branch-Leute zum Frühstück verspeist. Sie sind für sie allenfalls ein kleines Päckchen Erdnüsse.«

Die Tür wurde ihnen von einer farblosen kleinen Frau in einem hochgeschlossenen schwarzen Kleid mit langen Ärmeln geöffnet. Ihr Gesicht zeigte einen kummervollen Blick und einen verkniffenen Mund. Zwischen ihren flachen Brüsten hing an einer langen goldenen Kette ein Kreuz. Sie war die gottergebene Leidende in Person.

Walsh zeigte seinen Ausweis. »Mrs. Thompson?« fragte er.

Sie nickte, ohne einen Blick auf den Ausweis zu werfen.

»Ich bin Chief Inspector Walsh, und das ist Sergeant McLoughlin. Dürfen wir einen Moment eintreten? Wir würden Ihnen gern einige Fragen zum Verschwinden Ihres Mannes stellen.«

Sie verzog die schmalen Lippen zu einem Schmollen. »Aber ich habe der Polizei doch schon alles gesagt, was ich weiß«, jammerte sie, und die Augen mit dem leidvollen Blick drohten überzufließen. »Ich mag mich nicht mehr daran erinnern.«

Walsh stöhnte innerlich. Genauso, dachte er, würde seine Frau sich verhalten, wenn ihm etwas zustoßen sollte. Unangemessen, weinerlich, zermürbend. Er lächelte verständnisvoll. »Wir werden Sie nicht lange belästigen«, versicherte er.

Widerstrebend zog sie die Tür auf und wies zum Wohnzimmer, einem Raum, der in seiner peinlichen Ordentlichkeit und Unpersönlichkeit wie unbewohnt wirkte. Es gab keine Bücher, keine Bilder, keinen Zierat, nicht einmal einen Fernsehapparat. Im Geist verglich McLoughlin diesen Raum mit dem lebendigen und farbenfrohen Zimmer, das Anne Cattrell bewohnte. Wenn die beiden Räume Ausdruck des Seelen- und Geisteszustands ihrer Bewohnerinnen waren, so war offensichtlich, wer von beiden die interessantere Persönlichkeit war. Ein Zusammenleben mit Mrs. Thompson konnte nur aus gähnender Leere bestehen.

Sie setzten sich in die sterilen Sessel. Mrs. Thompson kauerte auf der Sofakante und zerknüllte ein Spitzentüchlein in der Hand. Von Zeit zu Zeit tupfte sie sich Tränen aus den Augen. Walsh zog seine Pfeife heraus, blickte sich im Zimmer um, als sähe er es zum erstenmal, und steckte die Pfeife wieder ein.

»Welche Schuhgröße hat Ihr Mann?« fragte er.

Sie riß die Augen auf und starrte ihn an, als hätte er ihr einen unanständigen Antrag gemacht. »Ich verstehe nicht«, hauchte sie.

Walsh spürte, wie ihm die Galle hochstieg. Wenn Thompson wirklich ausgebüxt war, konnte ihm das keiner verübeln. Diese Frau war zum Schreien. »Welche Schuhgröße hat Ihr Mann?« fragte er nochmals geduldig.

»Hat?« wiederholte sie. »Hat? Sie haben ihn also gefunden? Ich hab schon geglaubt, er sei tot.« Sie wurde direkt lebendig. »Er hat das Gedächtnis verloren, ja? Das ist die einzige mögliche Erklärung. Verlassen würde er mich niemals, bestimmt nicht, wissen Sie.«

»Nein, wir haben ihn nicht gefunden, Mrs. Thompson«, sagte Walsh ruhig, »aber Sie haben ihn vermißt gemeldet, und wir geben uns alle Mühe, ihn zu finden. Es wäre eine Hilfe, wenn wir seine Schuhgröße wüßten. In der Vermißtenmeldung steht, daß er Größe neununddreißig hat. Ist das richtig?«

»Ich weiß es nicht«, sagte sie ratlos. »Er hat seine Schuhe immer selbst gekauft.« Sie warf ihm unter gesenkten Lidern einen Blick zu und verstieg sich gar zu einem züchtigen Lächeln.

McLoughlin beugte sich vor. »Könnten Sie mit mir nach oben gehen, Mrs. Thompson, und mir seine Schuhe zeigen? Dann könnten wir die Größe feststellen.«

Sie zuckte zurück. »Aber das geht doch nicht«, sagte sie. »Ich kenne Sie ja gar nicht. Vorher hat mich eine junge Polizeibeamtin besucht. Warum ist die nicht mitgekommen?«

Walsh zählte langsam bis zehn und sagte sich, Daniel Thompson müsse ein Heiliger gewesen sein. »Wie lange sind Sie schon verheiratet?« fragte er neugierig.

»Zweiunddreißig Jahre«, flüsterte sie.

Der Mann war tatsächlich ein Heiliger. »Könnten Sie nach oben gehen und ein Paar Schuhe von ihm holen?« fragte er. »Sergeant McLoughlin und ich warten hier auf Sie.«

Diesen Vorschlag nahm sie an, ohne Einwände zu erheben, und huschte aus dem Zimmer. Sie schloß die Tür fest hinter sich, als könnte die die Männer zurückhalten, sollten sie tatsächlich Vergewaltigung im Sinne haben. Walsh verdrehte die Augen. »Die hat doch nicht alle Tassen im Schrank.«

McLoughlin erwiderte ernsthaft: »Sie ist krank. Sieht aus, als hätte das Verschwinden ihres Mannes sie völlig aus dem Gleis geworfen. Vielleicht sollten wir ihr jemanden ins Haus schicken, der ihr helfen kann.«

Walsh überlegte. »Wir sind doch vorhin an einem Pfarrhaus vorbeigekommen. Da schauen wir nachher mal rein, wenn wir nach Streech Grange zurückfahren.«

Sie blickten auf, als die Tür wieder geöffnet wurde. Mrs. Thompson hielt ein Paar schwarzer, auf Hochglanz polierter Schuhe an ihren flachen Busen gedrückt. »Größe neununddreißig«, sagte sie, »und extra schmal. Mir ist nie aufgefallen, was für zierliche Füße er hatte. Er war nämlich nicht klein, wissen Sie.«

Walsh öffnete seine Aktentasche und zog den Plastikbeutel mit den braunen Schuhen heraus. Er stellte die Schuhe im Beutel auf seine Handfläche und hielt sie der Frau zur Begutachtung hin. »Sind das die Schuhe Ihres Mannes, Mrs. Thompson? Erinnern Sie sich, ob er ein solches Paar hatte?«

Sie zögerte einen Moment. »Bestimmt nicht«, sagte sie. »Mein Mann hätte niemals zweifarbige Schuhe getragen.«

»Die weißen Flecken kommen von der Nässe,

Mrs. Thompson. Die Schuhe waren einmal einfarbig braun.«

»Ach so.« Sie trat näher, aber dann schüttelte sie den Kopf. »Nein, die habe ich noch nie gesehen. Sie gehören ganz bestimmt nicht Daniel. Er hatte nur ein Paar braune Schuhe, und die hat er an dem Tag angehabt, an dem er –« sie schluchzte einmal kurz auf –, »an dem er verschwunden ist.« Wieder tupfte sie sich mit dem durchweichten Spitzentüchlein Tränen aus den Augen. »Es waren sehr teure italienische Schuhe. Kein Vergleich mit diesen hier. Er hat immer sehr viel Wert auf sein Äußeres gelegt«, schloß sie.

Walsh steckte die Schuhe wieder in seine Aktentasche. »Als Sie Ihren Mann vermißt gemeldet haben, Mrs. Thompson, sagten Sie, er habe in letzter Zeit geschäftliche Sorgen gehabt. Was meinten Sie damit?«

Sie wich vor ihm zurück, als hätte er versucht, sie zu berühren. »Er hätte mich niemals verlassen«, sagte sie wieder.

»Natürlich nicht, Mrs. Thompson, aber berufliche Schwierigkeiten treiben manche Menschen zu irrationalen Handlungen. Vielleicht wurde er mit seinen Problemen nicht fertig und brauchte Zeit für sich allein, um sie zu überdenken. Ist es das, was Sie meinten?«

Die Tränen strömten jetzt in einer wahren Flut aus den kummervollen Augen. Sie hüllte sich in ihr Leid wie in eine abgetragene alte Strickjacke, an die sie sich gewöhnt hatte und in der sie sich trotz ihrer Häßlichkeit wohl fühlte. Sie sank auf das Sofa. »Sein Geschäft ist bankrott«, erklärte sie. »Er hat überall Schulden. Sein Assistent erledigt das alles, aber die Leute – die Gläubiger – rufen dauernd bei mir an. Ich kann doch nichts tun. Ich habe ihnen gesagt, daß er tot ist.«

»Woher wissen Sie das?« erkundigte sich Walsh behutsam.

»Er würde mich niemals verlassen«, sagte sie. »Nicht, solange er lebt.«

Walsh sah McLoughlin an und wies mit dem Kopf zur Tür. Sie standen auf. »Danke, daß Sie sich die Zeit für uns genommen haben, Mrs. Thompson. Nur eines noch. War Ihr Mann irgendwann einmal in Streech Grange, oder hat er vielleicht mit den Leuten zu tun gehabt, die dort leben?«

»Sie meinen diese schrecklichen Frauen?« fragte sie giftig. Walsh nickte. »Eher würde Daniel sich in die Löwengrube wagen« – sie griff an ihr Kreuz –, »als sich in so einen Sündenpfuhl zu begeben.« Sie küßte das Kreuz und begann, ihr Kleid aufzuknöpfen.

»Natürlich«, sagte Walsh mit einiger Verlegenheit. »Wir finden schon hinaus, Mrs. Thompson.«

Andy McLoughlin blieb an der Tür stehen und blickte zu ihr zurück. »Wir fahren beim Pastor vorbei und bitten ihn, nach Ihnen zu sehen, Mrs. Thompson. Ein Gespräch mit ihm wird Ihnen sicher guttun.«

Der Pastor nahm die polizeiliche Besorgnis mit schlecht verhohlenem Unbehagen auf. »Um es ganz offen zu sagen, Inspector, ich kann da nichts tun. Glauben Sie mir, unsere kleine Gemeinde hat sich die größte Mühe gegeben, Mrs. Thompson beizustehen. Wir haben ihren Arzt zu Hilfe geholt und eine Sozialarbeiterin, aber man kann nichts unternehmen, solange sie nicht selbst die Hilfe eines Psychiaters verlangt. Sie ist ja nicht verrückt, wissen Sie, in gewissem Sinne nicht einmal depressiv. Im Gegenteil, nach außen scheint sie sehr gut mit der Situation fertig zu werden.« Er hatte einen stark ausgeprägten Adamsapfel, der beim Sprechen auf und nieder hüpfte. »Nur wenn man sie besucht, besonders wenn Männer sie besuchen, benimmt sie sich – äh – sonderbar. Der Arzt ist überzeugt, daß es nur eine Frage der Zeit ist, bis sie das überwunden hat.« Er rang die Hände. »Um die Wahrheit zu sagen, weder er noch ich möchten sie weiterhin besuchen. Sie scheint eine Art sexuellen und religiösen Wahn entwickelt zu haben. Ich werde meine Frau zu ihr schicken, obwohl ich sagen muß, daß ihr letztes Zusammentreffen mit Mrs. Thompson recht unerfreulich war. Mrs. Thompson beschwerte sich bei ihr darüber, daß ich in der Kirche nur Socken und Schuhe angehabt hätte.« Der Adamsapfel hüpfte erregt. »Die arme Frau. Es ist wirklich tragisch. Überlassen Sie es nur mir, Inspector. Ich bin sicher, es ist nur eine Frage der Zeit. Sie muß sich mit Daniels Verschwinden auseinandersetzen. Gewiß gibt es eine Bibelstelle, die man da verwenden kann. Überlassen Sie es ruhig mir, Inspector.«

Sergeant Robinson läutete bei Anne Cattrell und wartete. Die Tür war angelehnt, und er hörte sie rufen: »Kommen Sie ruhig herein.« Er ging den Flur hinunter zum letzten Zimmer. Anne saß an ihrem Schreibtisch, den Bleistift hinter dem Ohr, einen Fuß auf einer offenen Schublade, und wippte im Takt zu den gedämpften Tönen von ›Jumping Jack Flash‹. Sie blickte auf und wies zu einem Sessel. »Ich bin Anne Cattrell«, sagte sie, zog den Bleistift hinter dem Ohr hervor und machte in dem Text, den sie vor sich hatte, eine Korrektur.

»Sergeant Robinson«, stellte er sich vor und setzte sich.

Sie lächelte. »Was kann ich für Sie tun?«

Mensch, dachte er, die ist in Ordnung – mehr als in Ordnung. Mit ihrem dunklen Haar und den weit auseinander liegenden Augen erinnerte sie ihn an Audrey Hepburn. Nach dem, wie McLoughlin am vergangenen Abend über sie gesprochen hatte, hatte er eine echte Schreckschraube erwartet. »Nur eine Kleinigkeit«, sagte er. »Da paßt was nicht.«

»Bitte. Stört Sie die Musik?«

»Gar nicht. Das ist eines von meinen Lieblingsstücken«, antwortete er wahrheitsgemäß. »Sehen Sie, Miss Cattrell, Sie und die meisten Leute im Dorf haben so getan, als unterhielten Sie und Ihre Freundinnen lesbische Beziehungen.«

Er machte eine Pause.

»Und?«

»Aber als ich heute morgen im Pub Mr. Clarke darauf angesprochen habe, hat der Tränen gelacht und gesagt, Sie seien eindeutig heterosexuell. Er hat's allerdings etwas anders ausgedrückt.«

»Wie hat er es denn ausgedrückt?« fragte sie neugierig.

Er bemerkte den vollen Aschenbecher auf ihrem Schreibtisch. »Darf ich rauchen, Miss Cattrell?«

Sie bot ihm eine von ihren an. »Bitte.« Schweigend wartete sie, während er sich die Zigarette anzündete.

»Er hat gesagt, Sie hätten mehr Männer gehabt als ich heiße Mahlzeiten«, sagte er hastig.

Sie lachte. »Das klingt nach Paddy, ja. Und jetzt wollen Sie also wissen, ob ich lesbisch bin oder nicht, und wenn nicht, warum ich dann den Eindruck erweckt habe, ich sei es.« Sie schwieg einen Moment. »Warum sollte eine Frau den Leuten Anlaß geben, sie zu verachten, wenn nicht, um von etwas anderem abzulenken?« Sie richtete ihren Stift auf ihn. »Sie glauben, ich habe einen meiner Liebhaber ermordet und im Eishaus versteckt.« Ihre Hände waren klein und zart wie die eines Kindes.

»Nein«, log er. »Ehrlich gesagt, so wichtig ist es gar nicht, es hat uns nur verwundert. Außerdem«, fuhr er fort, einen Schuß ins dunkle wagend, »hat mir Mr. Clarke besser gefallen als die anderen Leute, mit denen ich gesprochen habe, und ich kann nicht glauben, daß er unrecht hat.«

»Klug von Ihnen«, meinte Anne beifällig. »In allem, was nicht mit Sex zu tun hat, hat Paddy im kleinen Finger mehr Verstand als sämtliche Dorfbewohner zusammen.«

»Und?« fragte er.

»War denn seine Frau eigentlich da, als Sie mit ihm gesprochen haben?«

Er schüttelte den Kopf. »Es war ein ganz vertrauliches Gespräch. Aber von dem, was er über Sie sagte, wollte er schon, daß die Leute es erfahren. Er sagte, er hätte genug von dem Quatsch, der über Sie drei geredet wird.« Er grinste. »Ich hab seine Frau noch kurz getroffen, bevor ich ging. Mann, da kann einem wirklich angst und bange werden.«

Anne zündete sich eine Zigarette an. »Sie war einmal Nonne und bildhübsch. Sie lernte Paddy in der Kirche kennen, und er hat sie im Sturm genommen und überredet, ihr Gelübde zu brechen. Das hat sie ihm nie verziehen. Je älter sie wird, desto schlimmere Dimensionen nimmt ihre Sünde an. Sie ist überzeugt davon, daß ihre Kinderlosigkeit Gottes Strafe ist.« Sie war belustigt über seine Verblüffung.

»Sie wollen mich wohl auf den Arm nehmen?« Er konnte sich nicht vorstellen, daß Mrs. Clarke je hübsch gewesen war.

Ihre Augen blitzten. »Die reine Wahrheit.« Sie blies einen Rauchring in die Luft. »Vor fünfzehn Jahren hat sie Paddy in Flammen gesetzt. Der Funke glüht immer noch. Er blitzt gelegentlich auf, wenn sie mal aus sich rauskommt, aber Paddy sieht es nicht. Er hat das äußere Bild akzeptiert und vergessen, daß neun Zehntel von ihr verborgen liegen.«

»Das könnte man von jedem sagen«, meinte Robinson.

»Da haben Sie recht.«

Er wartete einen Moment, aber sie sprach nicht weiter. »Ist Mr. Clarkes Auskunft über Sie korrekt, Miss Cattrell?«

»Total falsch, was die Quantität angeht, es sei denn, Ihre Mutter hat höchst selten für Sie gekocht, aber im wesentlichen ist sie zutreffend.«

»Warum haben Sie dann zu Sergeant McLoughlin gesagt, sie mögen nur Frauen?«

»Das habe ich nicht gesagt«, entgegnete sie. »Er hat gehört, was er hören wollte.«

»Er ist kein übler Kerl«, sagte er lahm und fragte sich, ob er es nötig hätte, McLoughlin zu verteidigen. »Er hat in letzter Zeit allerhand durchgemacht.«

»Ist er ein Freund von Ihnen?«

Robinson zuckte die Achseln. »Könnte man sagen, ja. Er hat mir ab und zu geholfen und mir ein paarmal Rückendeckung gegeben. Wir trinken hin und wieder einen zusammen.«

Anne fand seine Antwort deprimierend. Wer hörte zu, wenn ein Mann das Bedürfnis hatte, sich auszusprechen? Frauen hatten Freundinnen; Männer hatten, wie es schien, Trinkkumpane. »Ich hätte sagen können, was ich wollte, es hätte keinen Unterschied gemacht«, sagte sie zu Robinson. »Es spielt für diesen Fall nicht die geringste Rolle, ob wir jede Nacht mit Frauen oder mit Männern schlafen, oder ob wir« – sie deutete mit dem Stift zum Bücherregal – »uns einfach ins Bett legen, um uns gemütlich in den Schlaf zu lesen. Wenn Sie Ihren Mord geklärt haben, werden Sie sehen, daß ich recht habe.« Damit beugte sie sich wieder über ihr Manuskript.

## 12

Chief Inspector Walsh versammelte seine Leute in der Auffahrt vor dem Gutshaus und teilte sie in vier Gruppen ein. Drei sollten das Haus und die beiden Seitenflügel durchsuchen, eine die Nebengebäude, die Remise, die Gewächshäuser und die Keller. Robinson kam aus dem Haus und gesellte sich zu ihnen.

»Wonach sollen wir suchen, Sir?« fragte ein Mann.

Walsh reichte jeder Gruppe ein mit Maschine beschriebenes Blatt. »Lesen Sie sich diese Hinweise durch, und gebrauchen Sie Ihren gesunden Menschenverstand. Wenn hier jemand in den Mord verwickelt ist, wird er Ihnen das kaum auf die Nase binden. Halten Sie also Ihre fünf Sinne beisammen und Augen und Ohren offen. Wichtig ist folgendes: erstens, unser Mann kam vor ungefähr zehn Wochen ums Leben; zweitens, er wurde erstochen; drittens, seine Kleider und seine Zahnprothese sind verschwunden; viertens, und das ist das Wichtigste, es wäre eine Riesenhilfe, wenn wir wüßten, wer der

Mann war. David Maybury und Daniel Thompson sind die wahrscheinlichsten Kandidaten. Das Papier enthält eine kurze Beschreibung beider.« Er unterbrach sich, um die Männer die Personenbeschreibungen lesen zu lassen. »Sie sehen, daß sich die beiden Männer in Statur und Größe recht ähnlich sind, aber denken Sie bitte an eins: Mayburys Beschreibung ist bereits zehn Jahre alt. Ich leite die Durchsuchung in Mrs. Mayburys Wohnräumen, McLoughlin übernimmt Miss Cattrell, Jones Mrs. Goode und Robinson die Nebengebäude. Sollte jemand etwas entdecken, so möchte ich umgehend informiert werden.«

McLoughlin läutete mit ziemlichem Unbehagen bei Anne Cattrell. Nick Robinsons begeisterter Bericht von seinem Gespräch mit ihr hatte auf ihn wie ein Schlag mit dem Vorschlaghammer gewirkt. »Da warst ja du total schiefgewickelt, Junge«, hatte Nick ihm belustigt ins Ohr geflüstert. »Wenn ich bei der auch nur die geringste Chance hätte, würde ich es auf einen Versuch ankommen lassen. Die Klügsten sollen es ja am tollsten treiben.«

McLoughlin, dem der Sinn nach etwas Alkoholischem stand, stieß dem anderen den Finger in den Bierbauch und hörte mit Befriedigung das explosionsartige Entweichen der Luft. »Hast du keine Angst, daß die dir ein Messer in die Rippen rennen, wenn du sie nicht auf volle Touren bringst?« zischte er.

Robinson lachte. »Keine Ahnung. Damit habe ich noch nie Probleme gehabt.«

McLoughlin versuchte sich an eine Zeit zu erinnern, als er keine Kopfschmerzen gehabt hatte und sich nicht elend gefühlt hatte. Seine Gefühle schwankten heftig zwischen intensiver Abneigung gegen Anne und heißer Scham wegen seines Verhaltens am Morgen. Er ballte die Fäuste so krampfhaft, daß die Knöchel weiß hervortraten. »Warum hat sie dann gesagt, sie sei lesbisch?«

Mit einem argwöhnischen Blick auf die Fäuste wich Robinson einen Schritt zurück. »Sie behauptet, das hätte sie gar nicht gesagt. Auch wenn du es nicht gern hörst, Andy, sie hat dich für einen selbstgerechten Spießer gehalten und auf den Arm genommen.« Und das tut dir mal ganz gut, dachte er. Er mochte McLoughlin, aber der Mann bildete sich ein, was Besseres zu sein, darum hatte es ihn auch so hart getroffen, daß seine Frau ihn verlassen hatte. Der Witz war, daß die ganze Dienststelle es seit Tagen gewußt hatte, seit Jack Booth es Bob Rogers erzählt hatte, aber alle hatten taktvoll darauf gewartet, daß McLoughlin es ihnen selbst sagen würde. Er hatte es nie getan. Zwei Wochen lang war er jeden Morgen mit einem Riesenkater ins Büro gekommen und hatte weitschweifig erzählt, was Kelly am Abend vorher gesagt oder getan hatte. Nur sein Stolz war verletzt, sie und auch der würde sich bald erholen, so scharf wie die Mädels im Büro auf ihn waren. Die standen ja förmlich Schlange, um endlich in sein Bett zu kommen. Die meisten glaubten, Constable Brownlow würde das Rennen machen. Und für Nick, dick, bereits kahlköpfig und mit einer Schwäche für Constable Brownlow, war Annes Gleichgültigkeit McLoughlin gegenüber eine Wohltat gewesen.

Anne öffnete die Tür und bat die Männer herein. McLoughlin nahm den Durchsuchungsbefehl aus seiner Aktentasche und reichte ihn ihr. Sie las ihn aufmerksam durch, ehe sie ihn mit einem Achselzucken zurückgab. Ihr Verhalten ihm gegenüber war unverändert, sie ließ sich nicht anmerken, daß er am Morgen zu weit gegangen war.

»Bitte«, sagte sie und wies zu der kleinen Treppe, die in die oberen Räume führte. »Ich bin in meinem Arbeitszimmer, wenn Sie mich brauchen.« Sie kehrte an ihren Schreibtisch in dem großen, sonnendurchfluteten Zimmer zurück. ›I Can't Get No Satisfaction‹ tönte es aus den Lautsprechern der Stereoanlage.

Ihr Gästezimmer gab keine Geheimnisse preis.

McLoughlin hatte den Eindruck, daß es seit Monaten, vielleicht seit Jahren nicht benutzt worden war. Sie machten im Schlafzimmer weiter.

»Nicht schlecht«, sagte einer der Männer beifällig. »Meine Frau hat gerade ein Vermögen für rosa Rüschen und einen Haufen Spiegel und Kunststoff ausgegeben. Und jetzt hütet sie das gottverdammte Schlafzimmer wie ihren Augapfel. Ich wette, wir hätten so was hier für den halben Preis haben können.« Er strich mit einer Hand über eine niedrige Eichentruhe.

Das Zimmer wirkte luftig und geräumig, weil es so wenig Mobiliar enthielt: nur die Truhe, einen leichten Korbstuhl und ein niedriges Doppelbett mit vielen Kissen und einer flaschengrünen Dekke. In einer Nische war ein Einbauschrank. Ein weißer Teppich ging nahtlos in die weißen Wände über. Große Farbaufnahmen von leuchtenden Blumen auf schwarzem Grund schmückten die Wände. Der Raum bot dem Auge Reiz und Entspannung zugleich.

»Sie beide übernehmen die Truhe und den Schrank«, sagte McLoughlin. »Ich schau mich im Bad um.« Er zog sich aufatmend in die Normalität eines blaßrosa Badezimmers zurück, fand jedoch nichts Ungewöhnliches. Als er sich wieder zur Tür wandte, bemerkte er aus dem Augenwinkel eine

Bewegung hinter sich. Er fuhr herum, das Herz im Hals, und konnte sich in dem angespannten, zornigen Mann, der ihm aus dem Spiegel entgegenblickte, kaum wiedererkennen. Er drehte den Hahn auf, wusch sich das Gesicht und trocknete es mit einem Handtuch, das nach Rosen duftete. Er hatte unerträgliche Kopfschmerzen. Er war im Krieg mit sich selbst, und die Anstrengung, die sich befehdenden Teile zusammenzuhalten, setzte ihm reichlich zu. Mit Kelly hatte das nichts zu tun, und dieser Gedanke überraschte ihn. Es war etwas tief in ihm selbst, und es war schon seit langem da drinnen, eine schwelende Wut, die er weder steuern noch beherrschen konnte, die jedoch durch Kellys Weggehen noch angeheizt worden war.

Er ging ins Schlafzimmer.

»Hier ist was, Sarge«, sagte Constable Friar. Er lag in die Kissen gelehnt auf dem Bett, in einer Haltung, die auf absurde Weise an Manets ›Olympia‹ erinnerte. In einer Hand hielt er ein kleines in Leder gebundenes Buch. »Mann, ist das obszön«, sagte er kichernd.

»Runter!« befahl McLoughlin mit einer scharfen Kopfbewegung und wartete, bis der Constable widerstrebend vom Bett gerutscht war. »Was ist das?«

»Ihr Tagebuch. Hier, hören Sie sich das an. ›Wenn ich einen Penis im Kondom sehe, nach der Ejakulation, muß ich einfach lachen. Ich fühle mich augenblicklich in meine Kindheit zurückversetzt, als mein Vater einen eitrigen Finger hatte. Er konstruierte einen Fingerling aus durchsichtigem Kunststoff – ›um den Burschen im Auge zu behalten‹ – und zitierte meine Mutter und mich zu sich, um dem aufregenden Höhepunkt beizuwohnen, als der Finger nach viel drücken aufbrach. Es war ein freudiges Ereignis.‹ Mann, das ist echt krank.« Er zog das Buch weg, als McLoughlin danach greifen wollte. »Und das hier, hören Sie sich das hier an:« – er blätterte um – »›Phoebe und Diana haben heute nackt auf der Terrasse in der Sonne gelegen. Ich hätte sie stundenlang betrachten können, sie waren so schön.‹« Friar grinste. »Die hat's in sich, was? Würd mich interessieren, ob die anderen zwei wissen, daß sie eine Spannerin ist.« Er sah auf und war überrascht über den Widerwillen auf McLoughlins Gesicht. Er faßte ihn als Ausdruck von Prüderie auf. »Ich habe die Eintragungen von Ende Mai und Anfang Juni gelesen«, sagte er. »Sehen Sie sich den zweiten und dritten Juni an.«

McLoughlin blätterte. Ihre Handschrift war kräftig und nicht immer leserlich. Er fand den 2.

Juni, einen Samstag. Sie hatte geschrieben: »Ich habe ins Grab gesehen, und die Ewigkeit macht mir angst. Ich habe geträumt, es gäbe ein Bewußtsein nach dem Tod. Ich schwebte ganz allein in einer tiefen Dunkelheit, unfähig zu sprechen oder mich zu bewegen, aber ich wußte« (das Wort war dreimal unterstrichen), »daß ich verlassen worden war, um auf ewig ohne Liebe und ohne Hoffnung zu existieren. Ich konnte mich nur danach sehnen, und der Schmerz meiner Sehnsucht war entsetzlich. Ich lasse heute nacht mein Licht an. Im Augenblick macht die Dunkelheit mir angst.« Er las weiter. 3. Juni: »Arme Diana. ›So macht Gewissen Feige aus uns allen‹. Hätte ich es ihr sagen sollen?« 4. Juni: »P. ist ein Rätsel. Er erzählt mir, daß er mit fünfzig Frauen im Jahr schläft, und ich glaube ihm, und doch bleibt er der aufmerksamste Liebhaber, den man sich vorstellen kann. Wieso, wenn er es sich leisten kann, Frauen als eine Selbstverständlichkeit zu nehmen?«

McLoughlin klappte das Tagebuch zu. »Sonst noch etwas? Wie sieht's mit ihren Kleidern aus?« Die beiden Männer schüttelten die Köpfe. »Gut, dann nehmen wir uns jetzt das Wohnzimmer vor.«

Anne blickte auf, als sie hereinkamen. Sie sah das Tagebuch in McLoughlins Hand, und schwache Röte schoß ihr ins Gesicht. Ach verdammt, dachte sie, warum habe ich das vergessen? »Ist das nötig?« fragte sie ihn.

»Leider ja, Miss Cattrell.« Die Stones schlugen einen letzten Akkord an, der einen Moment vibrierend in der Luft hing, ehe er verklang.

»Es steht überhaupt nichts drin«, sagte sie. »Jedenfalls nichts, was Ihnen weiterhelfen kann.«

Friar murmelte, laut genug, daß McLoughlin es hören konnte: »Von wegen! Echt geil, was da drin steht.«

Auf McLoughlins eisenharten Griff in das weiche Fleisch an der Innenseite seines Oberarms war er nicht vorbereitet. Wie Nägel bohrten sich die Finger in das empfindliche Gewebe, hart und erbarmungslos. Er hatte McLoughlin an Jack Booth erinnert.

McLoughlin, der einen Kopf größer war als Friar, lächelte milde zu ihm hinunter. Mit seidenweicher Stimme murmelte er: »›Du häßlich, gräßlich Ungeheuer, von aller Welt verabscheut und gemieden, du wagst es, ihr zu nahezutreten, der schönen Frau? Geh, such dir dein Futter anderswo, auf einem anderen armen Haupt.‹« Sein dunkles Gesicht zeigte keine Regung. »Sagt Ihnen das was, Friar?«

Der Constable riß sich los und rieb sich den Arm. Er sah ausgesprochen verdattert aus. »Mensch, was soll'n das, Sarge?« brummte er verlegen. Hilfesuchend sah er seinen Kollegen an, aber Jansen hielt den Blick zu Boden gerichtet. Er war neu in Silverborne und hatte einen Heidenrespekt vor Andy McLoughlin.

McLoughlin stellte seine Aktentasche auf die Ecke von Annes Schreibtisch und öffnete sie. »Es ist aus einem Gedicht von Robert Burns«, sagte er freundlich zu Friar. »Es heißt ›An eine Laus‹. Tja, Miss Cattrell«, fuhr er fort, sich ihr zuwendend, »wir brauchen das Tagebuch, leider. Es kann uns Auskunft über Ihr Tun und Lassen in den letzten zwei Monaten geben.« Er nahm einen Quittungsblock aus der Aktentasche und füllte das oberste Blatt aus. »Sie bekommen es zurück, sobald wir damit fertig sind.« Er riß die Quittung aus dem Block und hielt sie ihr hin, und für einen flüchtigen Moment sah er ihr in die Augen und gewahrte das Gelächter in ihnen. Eine Welle der Wärme schlug gegen den eisigen Block seiner Einsamkeit. Sie neigte den Kopf, um sich die Quittung anzusehen, und sein Blick wanderte zu den weichen geringelten Haaren in ihrem Nacken. Er hätte sie gern berührt.

»Über mein Tun und Lassen steht nichts in dem Tagebuch«, sagte sie zu ihm. »Da trage ich nur meine Gedanken ein.« Sie sah ihn an, und in ihren Augen lachte es immer noch. »Magere Kost, Sergeant.«

»Oh, das würde ich nicht sagen«, entgegnete er. »Am zweiten Juni haben Sie sehr interessante Gedanken in Ihr Tagebuch eingetragen. Sie haben geschrieben:« – er sah die geschriebene Seite vor seinem inneren Auge – »›Ich habe ins Grab gesehen, und die Ewigkeit macht mir angst.‹« Er musterte sie aufmerksam. »Warum haben Sie das geschrieben, Miss Cattrell, und warum haben Sie es gerade damals geschrieben?«

»Kein besonderer Grund. Ich schreibe oft über den Tod.«

»Hatten Sie tatsächlich in ein Grab hineingeschaut?«

»Nein.«

»Haben Sie Angst vor dem Tod?«

»Nicht im geringsten. Er ärgert mich.«

»Inwiefern?«

In ihren Augen blitzte Erheiterung. Sie würden sie immer verraten, dachte er. »Weil ich nie erfahren werde, was danach passiert. Ich möchte das ganze Buch lesen, nicht nur das erste Kapitel. Geht Ihnen das nicht so?«

Doch, dachte er. Mir geht es genauso. »Aber Anfang Juni haben Sie ihn gefürchtet. Warum?«

»Ich weiß nicht mehr.«

»›Ich habe geträumt, es gäbe ein Bewußtsein nach dem Tod‹«, zitierte er. »Danach haben Sie geschrieben, daß Sie in der Nacht das Licht anlassen wollten, weil die Dunkelheit Ihnen angst machte.«

Sie dachte zurück. »Ich hatte einen Traum. Es war ein besonders lebhafter Traum. Ich bin früh aufgewacht, als es noch dunkel war, und ich wußte nicht gleich, wo ich war. Ich glaubte, der Traum sei Realität.« Sie zuckte die Achseln. »Das hat mir angst gemacht.«

»Am dritten Juni sagten Sie Mrs. Goode etwas, das ihr Gewissensbisse machte. Was war das?«

»Keine Ahnung.« Er schlug das Tagebuch auf und las ihr die Stelle vor. Sie schüttelte den Kopf. »Es war wahrscheinlich irgend etwas Banales. Mrs. Goode ist manchmal ein wenig sensibel.«

»Vielleicht«, meinte er, »hatten Sie beschlossen, ihr von dem Toten zu erzählen, den Sie im Eishaus gefunden hatten?«

»Nein, das war es sicherlich nicht.« In ihren Augen saß der Schalk. »Daran würde ich mich erinnern.«

Er schwieg einen Moment. »Sagen Sie mir doch mal, warum Ihnen der unglückselige Mensch da draußen überhaupt nicht leid tut, Miss Cattrell.«

Sie wandte sich ab, um nach einer Zigarette zu suchen. »Aber er tut mir ja leid.«

»Wirklich?« Er nahm ihr Feuerzeug und gab ihr Feuer. »Das haben Sie aber nie zum Ausdruck gebracht. So wenig wie Mrs. Maybury und Mrs. Goode. Normal ist das nicht. Die meisten Leute hätten Anteilnahme gezeigt, mindestens ›der arme Mann‹ gesagt. Das einzige, was Sie und Ihre Freundinnen bisher gezeigt haben, ist Irritation.«

Es ist wahr, dachte sie. Wie dumm wir waren. »Wir heben uns unsere Anteilnahme für uns selbst auf. Mitgefühl ist ein zartes Pflänzchen. Es stirbt beim ersten Frosthauch. Sie müßten auf Streech Grange leben, um das zu verstehen.«

»Sie enttäuschen mich. Ich dachte, Mitgefühl wäre eine Ihrer Musen.« Er stützte die Hände auf den Schreibtisch und stand auf. »Mit einem Fremden hätten Sie Mitleid gehabt, denke ich. Aber Sie haben ihn gekannt und nicht gemocht, nicht wahr?« Er schob seinen Stuhl zurück. »Also, Friar, Jansen, an die Arbeit. Wir werden es so kurz wie möglich machen, Miss Cattrell. Zum Schluß muß ich Sie bitten, mit einer Beamtin nach oben zu gehen und sich persönlich durchsuchen zu lassen. Sie können selbstverständlich hier bleiben, während wir arbeiten, aber wenn Sie lieber draußen warten möchten, geht einer der Beamten mit Ihnen hinaus.«

Sie paffte einen Rauchring in die Luft und durchbohrte ihn mit dem Ende ihrer Zigarette. »Oh, ich bleibe, Sergeant«, sagte sie. »Polizeiliche Durchsuchungen sind mein täglich Brot. Zweitausend Wörter für ein Frauenmagazin lassen sich bestimmt herausschlagen. Ich stelle mir einen Titel wie *Freibrief zum Schnüffeln* vor. Was halten Sie davon?«

Sarkastisches Luder, dachte er, während er dem Rauch nachsah, der aus ihrem Mund strömte. Das ganze Zimmer stank nach ihren Zigaretten. »Ganz, wie Sie wollen, Miss Cattrell.« Er wandte sich ab. Das Blut pulste und hämmerte und staute sich in seinem Kopf, bis er glaubte, nur ein Schrei könne den Druck lindern.

Sie durchsuchten alles mit gewohnter Gründlichkeit und unendlicher Geduld. Sie suchten im Inneren der Bücher, hinter den Bildern, unter den Sesseln, in den Schubladen; sie stießen lange Sonden in die Erde der Pflanzentöpfe, tasteten den Spannteppich nach Unebenheiten ab, kippten das Sofa und stocherten in seine weichen Polster; und als sie fertig waren, sah das Zimmer nicht anders aus als vorher. Anne war gebührend beeindruckt.

»Das haben Sie sehr professionell gemacht«, sagte sie zu ihnen. »Ich gratuliere. War es das jetzt?«

»Noch nicht ganz«, antwortete McLoughlin. »Würden Sie mir bitte auch noch den Safe aufmachen?«

Sie sah ihn erschrocken an. »Wie kommen Sie darauf, daß ich einen Safe habe?«

Er trat zum eichengetäfelten Kaminsims, der genauso aussah wie der in der Bibliothek. Er drückte auf die Kante des mittleren Paneels und schob es zurück. Darunter zeigte sich das mattgrüne Metall eines Wandsafes mit Griff und Schloß aus Chrom. Er sah Friar und Jansen an. »Ich hab heute morgen den in der Bibliothek entdeckt«, sagte er. »Raffiniert, nicht?« Er konnte sie nicht ansehen. Ihr Erschrecken hatte ihn erschüttert.

Sie ging an ihren Schreibtisch zurück. Sie hatte immer Phoebe für die bessere Menschenkennerin gehalten, aber Diana war diejenige, die als erste vor McLoughlin Angst gezeigt hatte.

»Würden Sie ihn bitte aufmachen«, sagte er wieder.

Sie nahm eine geschlossene Packung aus der Stange Zigaretten in der obersten Schublade und riß sie auf. Er sah ihr ruhig zu, ohne etwas zu sagen.

»Was bilden Sie sich eigentlich ein?« fuhr Friar sie aufgebracht an. »Sie haben gehört, was der Sergeant gesagt hat. Machen Sie den verdammten Safe auf.«

Sie ignorierte ihn, klappte den Deckel der Pakkung zurück, drehte sie um und schüttelte einen Schlüssel in ihre geöffnete Hand. »Und was halten Sie von Spenser?« fragte sie McLoughlin mit einem schiefen Lächeln. »›Wenn etwas einen Menschen verrät, so sind's seine Manieren‹. Das scheint Ihrem Kollegen auf den Leib geschrieben zu sein.«

Sie versucht Zeit zu gewinnen, dachte er. Sie hat Angst, und ich hasse sie. Lieber Gott, wie ich sie hasse. »Den Safe bitte, Miss Cattrell.«

Mit einem kleinen Achselzucken ging sie zum Kamin, sperrte die Safetür auf und zog sie auf. Der Safe war leer bis auf ein großes Messer, um dessen Griff ein blutbeflecktes Tuch gewickelt war. Die Klinge war schwarz und verkrustet. McLoughlin fühlte sich sterbenselend. So wütend er war, das hatte er nicht gewünscht. Es schoß ihm durch den Kopf, ob er krank sei. Sein Kopf brannte, als habe er Fieber. Er lehnte sich mit der Schulter an den Kaminsims, um Halt zu finden. »Können Sie mir das da bitte erklären?« Er hörte seine Stimme aus weiter Ferne, rauh und unnatürlich.

»Was gibt's da zu erklären?« fragte sie, nahm sich eine Zigarette und zündete sie an.

Ja, was in der Tat? Er sah zu der Zigarettenpakkung auf dem Schreibtisch. »Fangen wir mit der

Frage an, warum Sie den Schlüssel so gut versteckt haben.«

»Gewohnheit.«

»Das ist eine Lüge, Miss Cattrell.«

Sie dachte an die Stahltrosse damals in Shanghai, die sich über eine riesige Winde gedreht hatte, um einen seeuntüchtigen Tanker zu den Docks zu ziehen. Als die Trosse sich gespannt hatte, hatte sie sich vom Beton erhoben, Schmutz und Staub waren von ihr abgefallen, dünner und straffer war sie geworden, und dann, in diesem Moment reinen Horrors, war sie unter der Belastung gerissen und hatte mit unglaublicher Geschwindigkeit den ungeschützten Hals eines Mannes durchschlagen. Er hatte es kommen sehen, sie erinnerte sich daran, hatte die Hände in die Höhe gerissen, um sich zu schützen. Sie sah McLoughlin an und hätte gern das gleiche getan.

»Ich möchte meinen Anwalt anrufen«, sagte sie. »Ich beantworte keine Fragen mehr, solange er nicht hier ist.«

»Friar«, sagte McLoughlin, »suchen Sie Inspector Walsh und bitten Sie ihn, in Miss Cattrells Wohnung zu kommen. Sagen Sie, es sei dringend. Und sagen Sie ihm, sie möchte einen Anruf machen. Jansen« – er drehte den Kopf zur Terrassentür –, »holen Sie eine Kollegin für die Leibesvisitation. Ich glaube, Brownlow ist irgendwo draußen.«

Er wartete, bis die beiden Männer gegangen waren, dann wandte er sich zum Kamin und starrte schweigend auf den geöffneten Safe. Nach einem Moment drückte er die Tür zu und legte die Hände auf den Kaminsims. Er senkte den Blick und sah zum Feuer hinunter, das nicht brannte. Es war eine für Gas eingerichtete Imitation, und die künstlichen Kohlen waren mit Zigarettenasche und Stummeln übersät. »Sie sollten sie in den Ascheneimer werfen«, murmelte er. »Sie hinterlassen Flecken, wenn sie verbrennen.«

Sie reckte den Hals, um zu sehen, wovon er sprach. »Ach so, die. Immer nehme ich mir vor, sie wegzusaugen.«

»Ich dachte, Mrs. Phillips macht die Zimmer sauber.«

»Das stimmt, aber bei gewissen Schweinereien zieht sie die Grenze.«

Er drehte sich nach ihr um, den Ellbogen auf den Kaminsims gestützt. Er zitterte wie im Schüttelfrost. »Ich verstehe.« Er verstand es natürlich nicht. Nach welchen Gesichtspunkten zog Molly die Grenze? Nach rassischen? Religiösen? Gesellschaftlichen?

»Sie unterscheidet nach moralischen Gesichtspunkten«, erklärte Anne. Hatte er seine Gedanken laut gesagt? Er wußte es nicht, sein Kopf tat so weh. »Sie ist eine richtige Puritanerin von altem Schrot und Korn, und wirklich glücklich ist sie nur, wenn sie meckern kann. Sie kann nicht verstehen, wieso das bei uns nicht genauso ist.«

»Wie meine Mutter«, sagte er.

Sie lachte leise. »Wahrscheinlich. Meine Mutter kümmert sich um solche Dinge Gott sei Dank nicht. Mit zwei auf einmal könnte ich es nicht aufnehmen.«

»Lebt sie hier in der Nähe?«

Anne schüttelte den Kopf. »Als ich das letztemal von ihr hörte, war sie in Bangkok. Sie hat nach dem Tod meines Vaters wieder geheiratet und ist seitdem mit Ehemann Nummer zwei ständig auf Reisen. Ich habe die beiden aus den Augen verloren.«

Das hat weh getan, dachte er. »Wann haben Sie Ihre Mutter das letztemal gesehen?«

Sie antwortete nicht gleich. »Das ist lange her.« Sie trommelte ungeduldig mit den Fingern auf den Schreibtisch. »Nennen Sie mir einen guten Grund, warum ich auf die Erlaubnis des Inspectors warten soll, um diesen Anruf zu machen.«

Ihre Stimme zitterte vor Ärger, und das brachte ihn zum Lachen. Das Gelächter überfiel ihn wie eine Art Wahnsinn, wild, unkontrollierbar, ausgelassen. Er wischte sich die Tränen aus den Augen. »Entschuldigen Sie«, sagte er. »Entschuldigen Sie vielmals. Es gibt keinen Grund. Bitte. Telefonieren Sie.« Die Worte, kaum mehr als ein Lallen, dröhnten in seinem Kopf. Selbst für ihn klangen sie, als sei er betrunken. Er umklammerte den Kaminsims und spürte, wie der Boden unter seinen Füßen ins Schwanken geriet.

»Es scheint Ihnen entgangen zu sein«, bemerkte Anne, während sie ihm einen Stuhl in die Kniekehlen schob und ihn mit der Hand darauf niederdrückte, »daß es notwendig ist, ab und zu mal etwas zu essen.« Sie entfernte sich von ihm, um in ihrer untersten Schublade zu kramen. »Hier«, sagte sie einen Augenblick später und drückte ihm eine Tafel Schokolade in die Hand. »Ich hole Ihnen etwas zu trinken.« Sie nahm eine Flasche Mineralwasser aus einem kleinen Barschrank, goß ein Glas ein und brachte es ihm.

Die Hand, die die Schokolade hielt, hing schlaff zwischen seinen Knien. Er machte keinen Versuch, etwas von der Süßigkeit zu essen. Er war zu keiner Bewegung fähig, selbst wenn er gewollt hätte.

»Ach, verdammt!« sagte sie ärgerlich, stellte das Glas auf einen Tisch und kauerte vor ihm nieder. »Wissen Sie was, McLoughlin, Sie sind wirklich das letzte. Wenn Sie es darauf anlegen, sich vorzeitig in Rente zu trinken, ist das Ihre Entscheidung – weiß der Himmel, warum Sie überhaupt zur Polizei gegangen sind. Sie sollten lieber eine Biographie über Francis Bacon oder Robert Burns schreiben oder etwas ähnlich Vernünftiges tun. Aber wenn Sie nicht unbedingt an die Luft gesetzt werden möchten, dann reißen Sie sich zusammen. Jeden Moment wird dieser kleiner Dreckskerl zurückkommen, den Sie nach Walsh geschickt haben, und wenn der Sie so sieht, macht er sich naß vor Freude. Glauben Sie mir, ich kenne diesen Typ Leute. Und falls von Ihnen noch etwas übrig sein sollte, wenn Walsh mit Ihnen fertig ist, wird Ihr Freund, der Constable, kräftig drüberpinkeln – immer wieder, und dabei wird er jedesmal einen Orgasmus kriegen. Ich kann Ihnen versprechen, das wird bestimmt kein Zuckerschlecken.«

Auf ihre eigene Art war sie schön. Er hätte in diesen weichen braunen Augen versinken mögen. Er biß ein Stück von der Schokolade ab und kaute nachdenklich. »Sie sind eine ganz üble Lügnerin, Cattrell.« Er bewegte sachte seinen Kopf hin und her. »Sie haben mir erklärt, das Mitgefühl sei eine zarte Pflanze, aber ich glaube, Sie haben mir gerade das Genick gebrochen.«

# 13

Es lag etwas in der Luft. Walsh witterte es, sobald er das Zimmer betrat. McLoughlin stand am Fenster, die Hände auf dem Fensterbrett, und sah zur Terrasse und der weiten Rasenfläche hinaus. Anne Cattrell saß an ihrem Schreibtisch und kritzelte mit aggressiv vorgeschobener Unterlippe irgend etwas auf ein Blatt Papier. Sie sah auf, als er näher kam. »Na endlich!« sagte sie gereizt. »Ich möchte meinen Anwalt anrufen, Inspector. Und zwar jetzt! Ich weigere mich, weitere Fragen zu beantworten, solange er nicht hier ist.« Sie sah ausgesprochen wütend aus.

Wut, dachte Walsh überrascht. Irgendwie hatte es nicht nach Wut gerochen. »Ich habe schon verstanden«, sagte er ruhig. »Aber wieso verlangen Sie Ihren Anwalt?«

McLoughlin öffnete die Terrassentür, um Jansen und Constable Brownlow hereinzulassen. Seine Beine, wie aus Gummi, schienen einem anderen zu gehören; sein Magen, den die Schokolade geweckt hatte, revoltierte; sein Herz hüpfte wie ein Frühlingslamm. Er war ziemlich zufrieden mit sich. »Miss Cattrell«, sagte er, »ist es Ihnen recht, wenn Constable Brownlow Sie jetzt durchsucht, während ich Inspector Walsh die Lage der Dinge erkläre?«

»Nein«, schnauzte sie. »Das ist mir nicht recht. Ich warte, bis mein Anwalt hier ist.« Sie klopfte mit ihrem Bleistift gereizt auf den Schreibtisch. »Und ich werde vor Ihnen und diesen beiden Kerlen, die Sie da mitgebracht haben, auch kein Wort mehr sagen.« Sie sah Walsh zornig an. »Ich protestiere mit allem Nachdruck. Es ist schlimm genug, Fremde in seinen Privatsachen herumwühlen lassen zu müssen, aber dann auch noch Männer! Das ist wirklich die Höhe. Sie müssen doch Frauen bei Ihrer Truppe haben. Ich spreche ab jetzt nur noch mit einer Frau.«

Walsh verbarg seine Erregung, aber McLoughlin mit seiner neuen Klarsichtigkeit konnte ihn förmlich mit dem zerrupften Schwanz wedeln sehen. »Wollen Sie offiziell Anzeige gegen Sergeant McLoughlin und sein Team erstatten?« fragte Walsh.

Sie sah zu Friar hinüber. »Ich warte, bis mein Anwalt hier ist.« Sie griff zum Telefon und begann zu wählen. »Aber meinen Protest erhalte ich aufrecht. Wenn Sie also an meiner Mitarbeit interessiert sind, schlage ich vor, Sie holen ein paar Frauen.«

Walsh wies mit dem Kopf zur Tür. »Friar, Janssen, warten Sie im Korridor. Sergeant McLoughlin, nehmen Sie, was Sie gefunden haben, und bringen Sie es hinaus. Brownlow, Sie bleiben hier.« Mit zusammengekniffenen Augen beobachtete er McLoughlin, der vom Fenster wegtrat und mit unsicherem Schritt durch das Zimmer ging. Irgend etwas stimmte hier nicht, er konnte nicht sagen, was es war. Mit scharfen Blicken sah er sich im Zimmer um.

Anne sprach schon am Telefon. »Warte einen Moment, Bill.« Sie legte die Hand über die Muschel. »Ich möchte Sie daran erinnern, Sergeant«, sagte sie eisig, »daß Sie mir für den Inhalt des Safes keine Quittung gegeben haben. Ich habe lediglich eine Quittung für mein Tagebuch.«

Er verneigte sich ironisch. »Wird sofort erledigt, Miss Cattrell.«

Sie ignorierte ihn und konzentrierte sich wieder auf das Telefongespräch. Einen Moment lang lauschte sie schweigend. Dann rief sie ärgerlich: »Verdammt noch mal, Bill, bei deinen Honoraren könntest du dir wirklich etwas Mühe geben, um schneller hier zu sein. Auch wenn ich keine von deinen noblen Londoner Mandanten bin. Aber immerhin zahle ich pünktlich. Du kannst es doch unter zwei Stunden schaffen, wenn du willst.«

Bill Stanley, langjähriger Freund und Anwalt, lachte. Er hatte ihr gerade gesagt, er würde alles stehen und liegen lassen und innerhalb einer Stunde bei ihr sein. »Ich kann auch drei Stunden brauchen«, meinte er.

»Na also«, sagte sie. »Okay, ich frage ihn.« Sie sah Walsh an. »Haben Sie vor, mich mitzunehmen? Mein Anwalt möchte wissen, wohin er kommen soll?«

»Das bleibt ganz Ihnen überlassen, Miss Cattrell. Ehrlich gesagt, verstehe ich sowieso nicht, wieso Sie unbedingt Ihren Anwalt hier haben wollen.« McLoughlin drehte sich um und zeigte das Fleischermesser mit dem blutigen Lappen, bereits sauber in einem Plastikbeutel untergebracht. »Ach so!« sagte Walsh mit schlecht verhohlener Schadenfreude. »Ja, das sieht nun allerdings wirklich danach aus, als hätten Sie uns einiges zu erzählen, Miss Cattrell. Ich denke, es wäre das einfachste für alle Beteiligten, wenn wir das Verhör auf der Dienststelle durchführen.«

»Polizeidienststelle Silverborne«, sagte sie ihrem Anwalt. »Nein, keine Sorge, ich sage keinen Piep, solange du nicht hier bist.« Sie legte auf und riß McLoughlin die zweite Quittung aus der Hand.

»Ich hoffe in Ihrem Interesse, Sie haben hier nichts mitgehen lassen«, sagte sie bissig. »Bis jetzt hatten noch alle Bullen, mit denen ich zu tun hatte, lange Finger.«

»Das reicht, Miss Cattrell«, sagte Walsh scharf und fragte sich, wie es McLoughlin gelungen war, die Ruhe zu bewahren. Aber vielleicht war es ihm ja gar nicht gelungen, und das war der Grund für die Spannung, die in der Luft lag. »Constable Brownlow bleibt bei Ihnen, bis ich draußen mit Sergeant McLoughlin gesprochen habe.« Steif marschierte er aus dem Zimmer. »Also«, sagte er, als sich die Tür hinter ihnen geschlossen hatte, »zeigen Sie mal her, was Sie da haben.« Er streckte die Hand nach dem Plastikbeutel aus.

»Es ist genauso, wie ich gesagt habe, Sir«, babbelte Friar eifrig. »Sie hatte es im Safe versteckt. Und dann haben wir auch noch das Tagebuch gefunden, wo sie von Tod und Gräbern und weiß der Himmel was noch schreibt.«

»Andy?«

Er lehnte sich an die Wand. »Ich weiß nicht recht.« Er zuckte die Achseln.

»Was soll das heißen?« fragte Walsh gereizt.

»Ich habe den Verdacht, wir werden verschaukelt, Sir.«

»Wieso?«

»Nur ein Gefühl. Sie ist nicht dumm, und es lief einfach zu glatt.«

»Friar?«

»Bestimmt nicht, Sir. Das Tagebuch, ja, das war einfach zu finden, aber das Messer war gut versteckt. Jansen hat die ganze Wand da abgetastet, den Safe aber völlig übersehen.« Er warf einen Blick widerwilliger Hochachtung in McLoughlins Richtung. »Der Sergeant hat ihn entdeckt.«

Walsh dachte einen Moment angestrengt nach. »Also, wie dem auch sei, wir können jetzt nicht zurück. Wenn sie uns wirklich verschaukeln will, dann wollen wir doch sehen, warum. Jansen, Sie bringen das auf die Dienststelle und lassen es auf Fingerabdrücke untersuchen, ehe ich mit Miss Cattrell komme. Friar, Sie können der Truppe draußen helfen. Andy, ich schlage vor, Sie machen an meiner Stelle in Mrs. Mayburys Wohnung weiter.«

»Erlauben Sie, Sir«, entgegnete McLoughlin, »wäre es nicht besser, ich sehe mir das Tagebuch an? Friar hat schon recht, es enthält einige sehr merkwürdige Eintragungen.«

Walsh musterte ihn scharf, dann nickte er. »Vielleicht haben Sie recht. Markieren Sie alles, was Sie für relevant halten, und legen Sie es mir auf den Schreibtisch, ehe ich mit ihr spreche.« Er ging in Anne Cattrells Zimmer zurück und schloß die Tür hinter sich.

Friar rannte McLoughlin durch den Korridor hinterher. »Sie haben vielleicht ein Schwein.«

McLoughlin grinste boshaft. »Tja, es hat seine Vorteile, Sergeant zu sein, Friar.«

»Glauben Sie, daß sie sich beschwert?«

»Ich bezweifle es.«

»Hm.« Friar blieb stehen, um sich eine Zigarette anzuzünden. »Gegen Jansen und mich kann sie jedenfalls nichts sagen.« Er rief McLoughlin nach: »Aber es würde mich schon interessieren, woher sie die Flecken am Hals hat.«

McLoughlin fuhr auf direktem Wege zu einem Gasthaus außerhalb von Silverborne und aß und aß, bis er nicht mehr konnte. Er konzentrierte sich ausschließlich auf das Essen, und wenn sich ihm ein anderer Gedanke aufdrängen wollte, vertrieb er ihn energisch. Zum ersten Mal seit Monaten war er mit sich und der Welt im Frieden. Als er fertig war, ging er zu seinem Wagen hinaus, klappte den Sitz nach hinten und schlief.

Jonathan stand an der Haustür, als Walsh und Constable Brownlow Anne herausführten. Er trat ihnen aggressiv in den Weg, und Walsh erkannte in ihm ohne Mühe den schlaksigen Jungen, der vor zehn Jahren seine Mutter so grimmig beschützt hatte.

»Was ist hier los?« fragte er zornig.

Anne legte ihm die Hand auf den Arm. »Ich bin spätestens in zwei, drei Stunden zurück, Jon. Es ist nichts Ernstes, glaub mir. Sag deiner Mutter, daß ich Bill Stanley angerufen habe. Er ist schon auf dem Weg hierher.« Sie machte eine kleine Pause. »Und sieh zu, daß sie das Telefon aushängt und Fred das Tor absperren läßt. Die Katze ist inzwischen bestimmt aus dem Sack, und die Presse wird nicht lange auf sich warten lassen.« Sie sah ihm mit einem beinahe beschwörenden Blick direkt in die Augen. »Kümmere dich um deine Mutter, *mon petit trésor.* Versuch, sie abzulenken. Leg ihr ein paar Platten auf oder so was.« Sie sprach nach rückwärts über ihre Schulter, während Walsh sie zum Wagen führte. »Pat Boone und *Love Letters in the Sand.* Das wirkt immer. Du weißt ja, wie sehr sie Pat Boone mag. Und mach schnell, ja?«

Er nickte. »Okay. Bis später, Anne.«

Er winkte niedergeschlagen, als sie davonfuhr, und ging dann nachdenklich ins Haus zurück. Soweit er wußte, hatte seine Mutter nie in ihrem Leben eine Pat-Boone-Platte gehört. ›Und mach schnell, ja?‹ Er ging zu Annes Tür, sah sich hastig um, drehte dann den Knauf und eilte leise ihren

Korridor hinunter. Er öffnete die Tür zum Wohnzimmer und spähte hinein. Das Zimmer war leer. ›*Mon petit trésor!*‹ Nie hatte sie ihn so genannt. Tresor – Safe. ›Love Letters‹. Innerhalb von Sekunden hatte er das Paneel geöffnet, umfaßte fest den Chromgriff und zog den ganzen Safe heraus. Er hatte, da er aus Aluminium gemacht war, kaum Gewicht. Er stützte ihn mit der Hüfte, während er die Hand in die dunkle Nische im Kamin schob und einen großen braunen Umschlag herauszog. Er warf ihn auf den nächsten Sessel, paßte den Safe wieder ein und schob das Paneel zu. Während er den Umschlag unter sein Jackett schob, ging ihm der Gedanke durch den Kopf, daß irgend etwas oder irgend jemand Anne heftig erschreckt haben mußte, wenn sie dieses Versteck plötzlich für unsicher hielt. Und weshalb regte sie sich wegen ein paar Liebesbriefen auf? Sehr seltsam das alles. Als er durch die Terrassentür hinausging, hörte er, wie die Tür zu Annes Wohnung geöffnet und wieder geschlossen wurde. Auf Zehenspitzen rannte er über die Terrasse davon.

Er traf Phoebe und Diana im Wohnzimmer des Haupthauses an. Sie saßen nebeneinander auf dem Sofa und unterhielten sich gedämpft, die Köpfe zusammengesteckt, so daß rotes und blondes Haar sich vermischten wie die Fäden in einem

Gobelin. Er war plötzlich eifersüchtig auf ihre Intimität. Wieso zog seine Mutter Diana noch vor ihm in ihr Vertrauen? Traute sie ihm nicht? Er hatte die Schuld zehn Jahre mitgetragen. War ihr das nicht lang genug?

Manchmal hatte er den Eindruck, daß ihn nur Anne wie einen Erwachsenen behandelte.

»Sie haben Anne mitgenommen«, sagte er kurz.

Sie nickten ohne Überraschung. »Wir haben es gesehen«, sagte Phoebe und lächelte ihm tröstend zu. »Mach dir keine Sorgen, Darling. Ich habe mehr Mitleid mit der Polizei als mit Anne. Sie werden feststellen, daß sogar ein Boxkampf mit Mike Tyson einem Gefecht mit Anne vorzuziehen wäre, wenn sie in Kampfstimmung ist. Sie hat hoffentlich Bill angerufen.«

»Ja.« Er ging zum Fenster und blickte zur Terrasse hinaus. »Wo ist Lizzie?« fragte er.

»Sie hat Molly begleitet«, antwortete Diana. »Sie durchsuchen jetzt das Pförtnerhaus.«

»Ist Fred auch dort?«

»Fred steht Wache am Tor«, sagte Phoebe. »Die Presse scheint in hellen Heerscharen angerückt zu sein. Er versucht, sie abzuwehren.«

»Dabei fällt mir ein – Anne hat gesagt, du sollst das Telefon aushängen.«

Diana stand auf und ging zum Kaminsims, um

hinter der Uhr, die dort stand, einen Zigarettenstummel hervorzuholen. Sie riß ein Streichholz an und zündete ihn an. »Schon erledigt.« Sie blinzelte auf das erbärmliche Stückchen Zigarette hinunter und paffte ungeschickt.

Phoebe tauschte einen Blick mit Jonathan und lachte. »Ich hol dir aus Annes Zimmer eine richtige«, sagte sie und stand auf. »Sie hat bestimmt welche herumliegen, und ich möchte dich doch nicht leiden sehen.« Sie ging aus dem Zimmer.

Diana warf den Stummel in den Kamin. »Das ist dann heute schon meine zweite. Morgen sind's dann drei, und so geht's weiter, bis ich wieder rauche wie ein Schlot. Ich muß wirklich verrückt sein. Du bist Arzt, Jon. Sag mir, ich soll aufhören.«

Beschwichtigt durch ihren Hilferuf an ihn, ging er zu ihr und legte ihr den Arm um die Schultern. »Noch kein fertiger Arzt, und du würdest auf meine Ratschläge sowieso nichts geben. Rauch ruhig, wenn es dir hilft. Seelische Belastung ist genauso ungesund wie Nikotin.« Es war, als hielte er eine ältere Elizabeth im Arm, dachte er. Sie waren einander so ähnlich: im Aussehen, in ihrer Suche nach Sicherheit, ihrer Neigung zur Ironie. Das erklärte überzeugend, warum sie nicht miteinander zurechtkamen.

Er drückte ihren Arm und ließ sie los, um ans

Fenster zurückzukehren. »Sind die Leute von der Polizei jetzt alle weg?«

»Ja, bis auf die im Pförtnerhaus, glaube ich. Die arme Molly. Sie wird Monate brauchen, um darüber hinwegzukommen, daß die Bullen ihre langen Unterhosen inspiziert haben. Wahrscheinlich wäscht sie sie erst fünfmal, ehe sie sie wieder anzieht.«

»Lizzie wird sie schon beruhigen«, meinte er.

Sie sah mit forschendem Blick zu ihm hinüber. »Seht ihr euch häufig in London?« fragte sie.

Er drehte sich nicht herum. »Ab und zu. Manchmal essen wir zusammen zu Mittag. Sie hat ja ziemlich unmögliche Arbeitszeiten. Meistens ist sie bis in die frühen Morgenstunden im Kasino.«

Traurig eigentlich, dachte er, wie wenig man einer Mutter über ihre Tochter erzählen konnte. Man konnte ihr nicht beschreiben, wie wunderbar es war, morgens um vier zu erwachen und ihren warmen nackten Körper neben sich zu spüren. Man konnte nicht erklären, daß allein die Gedanken an sie einen in Erregung versetzten. Statt dessen mußte man sagen, man sähe sich selten, mußte Gleichgültigkeit vortäuschen, und die Mutter würde nie erfahren, was für ein Feuer ihre Tochter entfachen konnte. »Hier unten sehe ich mehr von ihr«, sagte er und drehte sich herum.

»Sie erzählt mir nichts von ihrem Leben in London«, sagte Diana mit Bedauern. »Ich nehme an, sie geht aus, aber ich weiß es nicht, und ich frage nicht danach.«

»Weil du es nicht wissen willst oder weil du glaubst, sie würde es dir nicht sagen?«

»Oh, weil sie es mir nicht sagen würde natürlich«, erwiderte sie. »Sie weiß, ich möchte auf keinen Fall, daß sie den gleichen Fehler macht wie ich und zu jung heiratet. Wenn sie eine ernste Beziehung hat, erfahre ich es bestimmt als letzte, und dann wird es zu spät sein, sie zur Vorsicht zu mahnen. Ganz allein meine Schuld«, sagte sie. »Das ist mir schon klar.«

Phoebe kehrte zurück und warf Diana eine angebrochene Packung Zigaretten zu. »Könnt ihr euch vorstellen, daß sie diesen Kleinen zur Bewachung von Annes Zimmer hiergelassen haben? Diesen Constable Williams, für den Molly ihr Herz entdeckt hat. Er mußte unbedingt jede einzelne Zigarette aus der Packung nehmen und genauestens begutachten.« Sie ging zum Telefon und legte den Hörer wieder auf. »Ich war wohl nicht ganz dicht«, sagte sie. »Jane kommt heute irgendwann am Nachmittag oder Abend in Winchester an. Ich habe ihr gesagt, sie soll anrufen, sobald sie da ist. Wir werden die Anrufe von der

Presse eben aushalten müssen, bis sie sich gemeldet hat.«

Jonathan öffnete die Terrassentür und ging hinaus. »Ich mach einen Spaziergang mit den Hunden. Und dann seh ich mal, ob ich Lizzie finden kann. Bis nachher.« Er legte die Finger an die Lippen und stieß einen gellenden Pfiff aus, ehe er zum Garten hinausging.

Im selben Moment läutete das Telefon. Phoebe nahm ab und lauschte einen Moment. »Kein Kommentar«, sagte sie und legte wieder auf. Ein paar Sekunden danach begann es von neuem zu läuten.

Benson und Hedges sprangen schwanzwedelnd um ihn herum und gebärdeten sich, als sei ein Spaziergang eine große Seltenheit. Er schlug den Weg zu dem Waldstück zwischen dem Gut und der Grange Farm ein und warf hin und wieder einen Stock, um den Hunden eine Freude zu machen. Als er am Eishaus vorbeikam, beobachtete er mit Abscheu, wie sie schnurstracks darauf zurasten, nur um kläffend und winselnd an der versiegelten Tür zu kratzen. Er ging weiter, machte aber regelmäßig halt, um einen aufmerksamen Blick zurückzuwerfen.

Als er die zweihundertjährige Eiche erreichte,

die majestätisch auf der Lichtung mitten im Wald stand, zog er seine Jacke aus und setzte sich, mit dem Rücken an die rauhe Borke des massigen Stamms gelehnt. So verharrte er eine halbe Stunde, lauschte und beobachtete, bis er die Gewißheit hatte, daß er mit den Hunden allein war.

Erst dann stand er auf, nahm den Umschlag aus der Innentasche seiner Jacke und warf ihn durch einen schmalen Spalt in eine Höhle im gewaltigen Stamm. Nur Jane, die hier mit ihm gespielt hatte, als sie Kinder gewesen waren, kannte das Geheimnis dieses Verstecks.

Er pfiff nach den herumstromernden Hunden und kehrte zum Haus zurück.

»Kann ich kurz mit dir sprechen, Darling?«

Elizabeth, schon auf der Treppe zu ihrem Schlafzimmer, drehte sich widerstrebend nach ihrer Mutter um. »Wenn du willst.« Sie war gerade vom Pförtnerhaus zurückgekommen und war müde und nervös. Mollys ängstliche Aufregung über die Hausdurchsuchung war ihr an die Nieren gegangen.

»Wir können es verschieben, wenn es dir jetzt nicht paßt.«

Elizabeth kam langsam die Treppe wieder herunter. »Was ist denn los?«

»Alles.« Diana lachte ironisch. »Was ist nicht los? Die Frage könnte ich leichter beantworten.«

Elizabeth folgte ihr in ihr Wohnzimmer. Es war ein Zimmer wie das von Anne, aber von ganz anderem Charakter, weniger apart, konventioneller, mit einem goldgelben Teppich und Vorhängen aus klassischem Blumenmuster in Herbsttönen an den Fenstern.

»Erzähl«, sagte Elizabeth, während sie Jonathan beobachtete, der mit Benson und Hedges über die Terrasse kam und in Phoebes Wohnzimmer verschwand.

Diana erzählte, und während die Schatten länger wurden, begann Elizabeth, sich ernsthaft Sorgen zu machen.

Inspector Walsh sah auf seine Uhr und stieß mit einem unterdrückten Seufzer die Tür zum Vernehmungsraum 2 auf. Es war Viertel nach neun. Mit saurer Miene blickte er von Anne zu ihrem Anwalt.

Bill Stanley war ein Mann wie ein Bär mit wirrem ingwerroten Haar, eine ziemlich schäbige Erscheinung. Seiner Karte zufolge gehörte er einer großen Londoner Kanzlei an und verdiente zweifellos eine Stange Geld; also stellte der zerknitterte Nadelstreifenanzug mit den zerschlissenen

Manschetten vermutlich ein Statement irgendeiner Art dar – Gleichheit mit den unterdrückten Massen vielleicht –, doch warum er darunter auch noch ein angegilbtes Netzhemd tragen mußte, war Walsh schleierhaft. Er nahm sich vor, den Mann zu überprüfen. In dreißig Jahren beinahe täglichen Umgangs mit Juristen war ihm nie ein Exemplar wie B. R. Stanley begegnet. Die Karte war wahrscheinlich eine Fälschung.

»Sie können jetzt nach Hause fahren, Miss Cattrell. Der Wagen wartet auf Sie.«

Sie nahm ihre Sachen und stopfte sie achtlos in ihre Handtasche. »Und meine anderen Sachen?« fragte sie.

»Die werden Ihnen morgen zurückgegeben.«

Bill stand auf, streckte die langen Arme zur Dekke und gähnte herzhaft. »Ich kann dich heimfahren, Anne, wenn dir das lieber ist.«

»Nein, es ist spät. Fahr du lieber gleich zurück zu Polly und den Kindern.«

Er richtete sich auf. »Das wird dich einiges kosten, meine Liebe – du weißt ja, jedesmal, wenn ich Luft hole, sind fünfzig Pfund weg –, was meinst du also? Sollen wir klagen? Ich wäre dafür.« Er strahlte. »An Auswahl fehlt's uns nicht. Belästigung, Mißbrauch der Amtsgewalt, Schädigung deines Rufs, Demütigung, Verdienstausfall.

Mir machen Prozesse immer Spaß, wenn ich beide Mannschaften in Aktion sehen konnte.«

Ihre Augen blitzten. »Würden wir denn gewinnen?«

»Aber sicher. Ich hab schon aus viel schlechterer Position Volltreffer gelandet.«

Walsh, dem Bills respektlose Bemerkungen zunehmend auf die Nerven fielen, packte der Zorn. »Das Gesetz ist kein Witz, Mr. Stanley. Ich bedaure jegliche Unannehmlichkeit, die Miss Cattrell über sich ergehen lassen mußte, aber ich wüßte nicht, wie wir unter diesen Umständen anders hätten handeln können. Sie wollte Sie bei der Vernehmung dabeihaben, und wenn Sie für die Fahrt hierher nicht drei Stunden gebraucht hätten, hätte das alles weit schneller erledigt werden können.«

»Ich hab's nicht früher geschafft, Freund«, sagte Bill und schob einen Finger durch sein Netzhemd, um sich an der behaarten Brust zu kratzen. »Heute abend mußte ich die Kinder hüten, und man kann die Brut doch nicht sich selbst überlassen. Die würden sich gegenseitig niedermetzeln, sobald sie unter sich sind. Aber vielleicht haben Sie doch nicht ganz unrecht.« Er quetschte freundschaftlich Annes Schulter mit seiner großen Pranke. »Ich geb dir dafür einen Rabatt.«

Walsh platzte fast vor Wut. »Sie haben nur unsere Zeit verschwendet. Ich hätte gute Lust, Sie beide zu verklagen.«

Bill lachte, als er Anne die Tür öffnete und sie vorausgehen ließ. »Nein, nein, Inspector. Wenn hier einer klagt, bin ich das. Gemein, nicht? Ich bleibe immer der Sieger, wie man's auch dreht und wendet.« Er begleitete Anne auf die Straße hinaus, wo ein Polizeiwagen wartete, legte ihr eine Hand auf die Wange und neigte sich zu ihr, um ihr zuzuflüstern: »Diese kleine Farce kostet dich fünfzig Eier für die Aids-Hilfe und eine Erklärung.«

Sie klopfte ihm leicht auf die Wange. »Ich brauchte jemand, der mir die Hand hält«, sagte sie.

Er lachte. »Blödsinn! Ich hätte mich geärgert, wenn ich nicht hätte wissen wollen, was hier eigentlich vorgeht, und wenn ich nicht schon lange auf eine Gelegenheit gewartet hätte, diesen Walsh, dieses Schwein, kennenzulernen.« Das Lächeln auf seinem Gesicht erlosch. »Ruf mich morgen an, und ich komme runter und unterhalte mich mal mit euch dreien. Mord ist ein gefährliches Spiel, Anne, auch für die Zuschauer. Da wird man leicht mit hineingezogen. Phoebe kann ein Lied davon singen.« Er gab ihr einen Klaps auf den Po und schob sie zu dem wartenden Wagen. »Grüß sie von mir. Und Diana auch.« Er winkte ihr noch einmal zu, dann ging er zu seinem Wagen und fuhr zurück nach London, zu seiner wöchentlichen Nachtschicht in einem Obdachlosenheim.

Andy McLoughlin blieb noch einen Moment in seinem Wagen auf der anderen Straßenseite sitzen. Der Wagen stand in der dunklen Zone zwischen den orangefarbenen Lichtpfützen zweier Straßenlampen, und er hatte gesehen, ohne gesehen zu werden. Seine Hände, die auf dem Lenkrad lagen, zitterten. Gott, jetzt einen Schluck! Hatte sie ihn geküßt? Er hatte es nicht erkennen können. Aber spielte das überhaupt eine Rolle? Es war die Selbstverständlichkeit ihres Umgangs miteinander, die Art, wie ihre Körper sich in unkomplizierter Freundschaft begegnet waren, die ihn getroffen hatte. Er wollte nicht, daß sie geliebt wurde.

Er stieg aus dem Wagen und ging ins Haus, um Walsh zu suchen.

»Wie ist es gelaufen?«

Walsh stand am Fenster seines Büros und starrte finster in die Nacht. »Haben Sie sie gesehen? Sie sind gerade weg.«

»Nein.«

»Dieser verdammte Anwalt hat drei Stunden hierher gebraucht, und dann kam er in einem Netzhemd an. Behaart wie ein Menschenaffe. Ich hab meine Zweifel, ob der ganz echt ist.« Er nahm seine Pfeife heraus. »Sie hatten übrigens recht, Andy. Es war Rinderblut. Sie haben uns verschaukelt. Aber warum?«

McLoughlin setzte sich. »Ablenkungsmanöver. Um Sie vom Haus wegzulocken.«

Walsh ging zu seinem Schreibtisch und setzte sich ebenfalls. »Möglich. Aber dann war's Fehlanzeige. Wir haben Haus und Nebengebäude bis in den letzten Winkel durchsucht.« Es folgte ein langes Schweigen, bis er schließlich mit der Pfeife auf ein schmales Bündel Briefe tippte, das vor ihm lag. »Das hat Jones bei Mrs. Goode gefunden.« Er schob McLoughlin die Papiere hin und wartete, während er sie durchsah. »Interessant, meinen Sie nicht?«

»Hat Jones sie dazu befragt?«

»Er hat's versucht. Sie sagte, das ginge ihn nichts an. Sie hätte sich die Finger verbrannt und hätte keine Lust, darüber zu reden. Als er ihr sagte, daß er die Briefe mitnehmen müßte, ist sie wütend geworden und wollte sie ihm aus der Hand reißen.« In seinen Augen blitzte Erheiterung. »Zwei Beamte mußten die Dame festhalten, als er die Papiere zum Wagen hinunterbrachte.«

»Und ich dachte, sie sei die Ruhigste von den dreien. Wie hat Mrs. Maybury sich verhalten?«

»Vorbildlich. Sie hat sich in ihr Gewächshaus verzogen und fast den ganzen Nachmittag mit ihren Geranien verbracht, während wir das Haus auf den Kopf gestellt und nichts gefunden haben.« Er paffte schmatzend an seiner Pfeife. »Ich habe die Schuhe zwei von unseren Leuten in die Hand gedrückt und ihnen gesagt, sie sollen mal die Schuster abklappern. Die Chance ist gering, aber vielleicht erinnert sich einer, die Absätze repariert zu haben. Mrs. Thompson kann sagen, was sie will – ich meine, die ist doch so plemplem, daß sie nicht mal ihr eigenes Spiegelbild erkennen würde –, diese Schuhe gehörten dem verschwundenen Daniel. Größe neununddreißig und braun. Das kann kein Zufall sein.«

McLoughlin hatte Mühe, seine brennenden Augen offenzuhalten, während er den obersten Brief noch einmal überflog. Er war undatiert und sehr kurz. »Liebe Diana, natürlich bedaure ich, was geschehen ist, aber mir sind die Hände gebunden. Wenn Sie möchten, kann ich am Donnerstag zu Ihnen kommen, um die Lage zu besprechen. Ihr Daniel.« Als Adresse war »Larkfield, East Deller« angegeben, und quer über dem Blatt stand, offensichlich im Zorn hingeworfen, »Termin bestätigt« Der vorangegangene Brief, Durchschlag eines Schreibens von Diana Goode, in dem sie klare Auskunft über Daniel Thompsons geschäftliche Lage verlangte, war von Freitag, dem 19. Mai, datiert.

»Und wann ist er verschwunden?«

»Am Donnerstag, dem fünfundzwanzigsten Mai«, antwortete Walsh mit Genugtuung, »genau an dem Tag, an dem er den Termin bei Mrs. Goode hatte.«

»Warum haben Sie sie dann nicht mit Miss Cattrell zusammen hierhergebracht?«

»Immer eine nach der anderen, Andy, sonst wird's mir zuviel. Die Dame hält sich noch zwölf Stunden. Im Augenblick interessiert mich mehr, warum Miss Cattrell sich so ungeheure Mühe gegeben hat, uns dazu zu bringen, sie mitzunehmen. Fällt Ihnen da was auf, Andy?«

McLoughlin blickte zu Boden und schüttelte den Kopf.

# *14*

Anne war todmüde. Über mehrere Stunden hatte ihr Körper so viel Adrenalin produziert, daß die Aufregung kaum noch auszuhalten gewesen war. Der Rückschlag erfolgte, als sie sich auf den Rücksitz des warmen Autos sinken ließ. Sie schlief ein, aufrecht sitzend zunächst, bis sie, als der Fahrer eine Kurve zu schnell nahm, wenig anmutig der Länge nach auf dem Sitz zusammenfiel. So kam es, daß die Fotografen vor dem unbeleuchteten Tor von Streech Grange die Aufnahme verpaßten, auf die sie so lange gewartet hatten. Sie hatten zu viele Polizeifahrzeuge ein- und ausfahren sehen, um sich für eines ohne Passagier zu interessieren. Fred, der wie ein Cerberus auf einem alten Klappstuhl vor dem abgesperrten Tor saß, ließ sich nicht so leicht täuschen. Als der Wagen auf das Grundstück fuhr, vergewisserte er sich mit einem kurz aufflammenden Strahl seiner Taschenlampe, daß Anne darin saß, und nahm aufatmend seinen Platz wieder ein. Alle seine Schützlinge waren sicher und wohlgeborgen im Haus. Sobald der

Wagen wieder abgefahren war, konnte er zu Bett gehen.

Schlaftrunken stolperte Anne ins Haus. Draußen knirschte der Kies, als sich der Wagen, diesmal mit Constable Williams als Passagier, rasch entfernte. Anne lehnte sich einen Moment an die Wand, um zu sich zu kommen. Hinter Phoebes Tür schlugen die Hunde an. Im nächsten Moment kam Jane Maybury angerannt und stürzte sich auf ihre Patentante. Anne verlor das Gleichgewicht, und sie fielen beide zu Boden, wo Anne mit geschlossenen Augen, am ganzen Körper zitternd, liegenblieb.

»Um Gottes willen«, rief Jane ihrer Mutter zu, die hinter ihr an der Tür erschienen war. »Es ist irgendwas mit ihr. Jon!« rief sie ängstlich. »Komm schnell. Anne ist krank.«

»Ich bin nicht krank«, sagte Anne und machte die Augen auf. »Ich lache.« Sie setzte sich auf. »Mann, ich bin total am Ende. Runter von mir, du Wilde«, sagte sie und gab Jane einen Kuß. »Und hol mir einen Brandy. Das Verhör hat mich geschafft.«

Phoebe half ihr auf die Füße und führte sie ins Wohnzimmer, während Jane den Brandy holte. Mit einem Stoßseufzer der Erleichterung ließ Anne sich aufs Sofa fallen und sah sich strahlend um.

»Was ist denn hier los? Ihr macht Gesichter, als hättet ihr in eine Zitrone gebissen.«

Diana schnitt eine Grimasse. »Wir haben uns Riesensorgen gemacht, du Irre.«

»Ihr solltet mehr Vertrauen zu mir haben«, sagte Anne streng und nahm den Brandy, den Jane ihr brachte. »Und wie geht es meinem Patenkind?« Sie musterte Jane aufmerksam, während sie mit beiden Händen ihr Glas wärmte.

Jane lächelte. »Mir geht's gut.« Sie war immer noch zu dünn, aber Anne stellte erfreut fest, daß ihr Gesicht sich gerundet und den Ausdruck ständiger Anspannung verloren hatte.

»Das sieht man dir an«, meinte sie.

Phoebe sagte zu Jonathan: »Wollen wir jetzt feiern, wie wir es uns vorgenommen haben?«

»Na klar. Ich plündere den Keller. Was wolltet ihr denn haben? Château Lafite 78 oder die letzten Flaschen von dem 75er Champagner? Anne, du hast die Wahl.«

»Den Lafite. Wenn ich auf Brandy Champagner trinke, wird mir garantiert kotzübel.«

Er sah seine Mutter fragend an. »Soll ich schnell vorfahren und Fred und Molly holen? Für die beiden war das alles auch nicht gerade lustig.«

Phoebe nickte. »Ja, das ist eine gute Idee.« Sie sah Elizabeth an, die etwas abseits saß. »Fahr mit,

Lizzie. Bei dir kann Molly nicht nein sagen.« Sie warf Jonathan einen Blick zu.

»Komm«, sagte er. »Du auch, Jane.« Sie gingen hinaus.

Phoebe ging zum Kamin. »Ich wollte, David hätte seine verdammten Importweine nie hier im Keller gelagert.«

Anne schnupperte an ihrem Brandy. »Wieso nicht? Ich widme seinem Andenken regelmäßig ein kleines Dankgebet.«

»Eben«, stimmte Phoebe trocken zu. »Ich auch. Es regt mich jedesmal auf.« Sie sah Diana an. »Lizzie hat doch etwas auf dem Herzen. Geht es um Molly und Fred?«

»Nein. Es geht leider um mich.«

»Wie das?«

Diana versuchte zu lachen, aber es klappte nicht. »Ich habe ihr gesagt, daß ich die nächste bin, die durch den Polizeiwolf gedreht wird.« Sie drehte sich nach Anne um. »Warum haben sie dich eigentlich mitgenommen?«

»Sie haben den Safe gefunden, und der enthielt leider ein belastendes Beweisstück.« Anne lachte leise. »Ein blutiges Fleischermesser mit einem blutigen Lappen um den Griff. Direkt aus einem Abenteuerroman von Enid Blyton, aber sie gerieten alle in höchste Aufregung, und ich habe mich geweigert, weitere Fragen zu beantworten, und darauf bestanden, auf Bill zu warten.«

»Du bist wirklich verrückt«, stellte Phoebe mit Entschiedenheit fest. »Was, zum Teufel, wolltest du damit bezwecken?«

Annes dunkle Augen blitzten auf. »Ehrlich gesagt, war ich überzeugt, sie würden den Safe nicht entdecken, und wenn der Sergeant nicht gewesen wäre, hätten sie ihn auch nicht entdeckt.« Sie zuckte die Achseln. »Du kennst mich doch. Ich baue immer eine Rückversicherung ein, nur für den Fall.«

Diana schnalzte mit der Zunge. »Ich verstehe nicht, wie du das alles so auf die leichte Schulter nehmen kannst, Anne. Wer weiß, was sie jetzt denken. Was wolltest du überhaupt vor ihnen versteckt halten?«

»Nichts sonderlich Aufregendes«, gab Anne leichthin zur Antwort. »Ein, zwei Dokumente, die wohl besser nicht in meinem Besitz sein sollten.«

»Es wundert mich«, sagte Phoebe, »daß sie dich nicht dabehalten haben. Gegen mich hatte Walsh weit weniger in der Hand und hat trotzdem keinen Moment lockergelassen.«

Anne trank einen Schluck Brandy und sagte lachend: »Dir fehlte eben meine Trumpfkarte. Bill war großartig. Du hättest ihn erleben sollen.

Walsh traf beinahe der Schlag, als er endlich aufkreuzte. Er hatte sein Netzhemd an.«

»Für dich ist das wohl alles nur ein Spiel?« sagte Diana anklagend. »Das würde mich nicht weiter stören, wenn ich nicht Angst haben müßte, daß es jetzt mir an den Kragen geht.«

Anne schüttelte den Kopf. »Was können sie denn gegen dich schon vorbringen?«

Diana seufzte. »Gar nichts im Grund, außer daß ich mich wie die letzte Idiotin benommen habe.« Sie lächelte trübe. »Ich hatte gehofft, ihr würdet es nie erfahren.«

»Na, dann muß es wirklich schlimm sein«, meinte Anne mit gutmütigem Spott.

»Aber bestimmt nicht schlimmer als damals Annes kleiner Lustknabe«, sagte Phoebe kichernd. »Weißt du noch, Anne? Dein pickliger Jüngling? Ungefähr eine Woche lang warst du hin und weg.«

Anne, die ihr inneres Gleichgewicht noch immer nicht wiedergefunden hatte, prustete Brandy aus Mund und Nase. Stöhnend vor Schmerz und Gelächter, schnappte sie nach Luft. »Wayne Gibbons, meinst du? Eine vorübergehende Blendung. Er hat mich mit seinem totalen Engagement für die Sache erobert.«

»Ja, aber für was für eine Sache? Du hast völlig erledigt ausgesehen, als er schließlich abzog.«

Anne wischte sich die nassen Augen. »Er ist jetzt übrigens zu einem Studienaufenthalt in Rußland. Ich habe vor kurzem einen Brief von ihm bekommen, in dem er sich lang und breit über seine Verstopfung ausläßt. Er scheint seit Weihnachten kein frisches Gemüse mehr bekommen zu haben, der Arme.« Sie schauderte. »Wie das sich wohl auf seine Pickel auswirkt.« Sie wandte sich Diana zu. »Es kann nicht schlimmer sein als Phoebes Ringkampf am Dorfteich mit dieser absurden Person, Dilys Keller. Da hat sich Phoebe wirklich was geleistet.«

Diana lachte wider Willen. »Ja, das war urkomisch.« Sie blickte Phoebe in das lächelnde Gesicht. »Du hättest nicht in einem Sarong auf sie losgehen sollen.«

»Woher hätte ich denn wissen sollen, daß sie einen Streit vom Zaun brechen würde?« protestierte Phoebe. »Außerdem hat nicht Mrs. Keller mir den Sarong vom Leib gerissen, sondern Hedges. Der ist durchgedreht und mit dem Ding im Maul abgezischt.«

Anne begann wieder zu lachen. »Aber wie du dann die Auffahrt raufgetrabt bist! Nackt bis aufs Höschen und die Gummistiefel! Einfach göttlich. Schade, daß ich den Kampf nicht miterlebt habe. Wieso hattest du eigentlich zum Sarong Gummistiefel an?«

Phoebes Augen blitzten. »Es war so heiß, darum der Sarong. Und die Gummistiefel hatte ich angezogen, weil ich mir am Teich etwas Kresse holen wollte. Eine dumme Ziege, rannte schreiend auf und davon. Ich glaube, sie dachte, ich hätte den Sarong ausgezogen, um sie zu vergewaltigen.« Sie gab Diana einen Klaps aufs Knie. »Meine Güte, jeder macht sich mal lächerlich.«

»Wem sagst du das«, versetzte Diana. »Mann, ist das peinlich. Es würde mir nicht soviel ausmachen, wenn ich nicht eigentlich gerade auf dem Gebiet Erfahrung haben müßte.«

Anne und Phoebe tauschten verwunderte Blikke. »Nun erzähl schon«, sagte Phoebe.

Diana senkte den Kopf. »Ich hab mich beschwatzen lassen, zehntausend Pfund für eine Seifenblase rauszurücken«, murmelte sie. »Die Hälfte meiner Ersparnisse – einfach weg.«

Anne stieß einen teilnahmsvollen Pfiff aus. »Das tut weh. Und es besteht keine Chance, das Geld zurückzubekommen?«

»Nein. Er ist getürmt.« Sie kaute auf der Unterlippe. »So wie dieser Walsh und seine Leute über meine Korrespondenz hergefallen sind, scheinen sie zu vermuten, daß sie den Kerl hier im Eishaus gefunden haben.«

»Ach, du großer Gott!« rief Phoebe. »Kein

Wunder, daß Lizzie sich Sorgen macht. Wer ist der Mann?«

»Ein gewisser Daniel Thompson. Er bekam meinen Namen von einem Architekten in Winchester, mit dem ich ab und zu zusammenarbeite. Er ist Ingenieur und wohnt in East Deller. Kennst du ihn zufällig?«

Phoebe schüttelte den Kopf. »Du hättest doch selbst gleich zur Polizei gehen sollen«, sagte sie. »Der Kerl hat dich doch reingelegt.«

»Nein«, entgegnete Diana verdrossen. »So war es nicht. Ich habe in seine Firma investiert, eine ganz reelle Sache, aber der Laden hat Pleite gemacht, und jetzt ist mein Geld weg. Wenn ich mir's heute überlege, kann ich nur sagen, ich muß verrückt gewesen sein, aber damals fand ich die Idee großartig. Es hätte in der Innenarchitektur eine kleine Revolution ausgelöst, wenn die Sache machbar gewesen wäre.«

»Warum hast du nicht mit uns darüber gesprochen?«

»Das wollte ich ja, aber der Mann trat im Januar an mich heran, als ihr beide verreist wart. Ein anderer Interessent hatte in letzter Minute einen Rückzieher gemacht, und ich hatte vierundzwanzig Stunden Zeit, mich zu entscheiden. Als ihr zurückkamt, hatte ich die Sache halb vergessen, dann fing es an schiefzugehen, und ich wollte es lieber für mich behalten. Ich hätte euch auch jetzt nichts gesagt, wenn die Polizei nicht die Korrespondenz gefunden hätte.«

»Worum ging es denn bei dem Geschäft?«

»Ihr lacht mich ja doch nur aus«, sagte Diana.

»Nein, bestimmt nicht.«

»Durchsichtige Heizkörper«, sagte sie.

Der Beobachter im Garten onanierte in einer Ekstase voyeuristischer Lust. Wie oft hatte er diese Schlampen schon beobachtet, nackt gesehen. Einmal hatte er sich bis ans Haus geschlichen. Seine Hand bewegte sich mit wachsender Raserei, bis er sich zuckend in sein Taschentuch ergoß. Er drückte sich das durchweichte Tuch auf den Mund, um sein Gelächter zu dämpfen.

»Ich geh jetzt schlafen«, sagte Anne und stellte ihr Glas aufs Tablett. »Außerdem bin ich blau. Ich bin gern bereit, morgen abzuspülen, aber heute bin ich zu nichts mehr fähig.«

»Haben Sie heute abend überhaupt etwas gegessen, Miss Cattrell?« fragte Molly tadelnd.

»Keinen Bissen.«

Molly schüttelte den Kopf. »Eine Unverschämtheit. Das werde ich diesem Inspector aber sagen. So behandelt man doch keine Leute.«

Auf dem Weg zur Tür blieb Anne stehen. »Sie haben mir ein Brot mit Corned Beef gebracht«, sagte sie fair. »Aber mir war nicht danach. Corned Beef hat so was …« Sie überlegte einen Moment. »Es ist die Konsistenz. Feucht, aber krümelig. Wie Hundescheiße.« Mit einem Winken ging sie hinaus.

Diana, die Mollys schockiertes Gesicht beobachtete, hob ihr Glas vor ihren Mund, um ihr Lächeln zu verbergen.

Anne trank in der Küche ein großes Glas Wasser, nahm sich eine Banane aus der Obstschale und ging durch den Vorsaal in ihre Wohnung. Sie knipste die Lichter in ihrem Wohnzimmer an, ließ sich in einen Sessel fallen und blieb lange so sitzen, bis das Wasser allmählich die Wirkung des Alkohols milderte. Nach etwa einer halben Stunde begann sie, sich besser zu fühlen.

Das war aber auch ein Tag gewesen! Bei der Polizei hatte sie wie auf Kohlen gesessen, voller Unruhe darüber, ob Jon ihren Wink verstanden hatte. Jetzt hatte sie das Gefühl, unnötig in Panik geraten zu sein. Konnte McLoughlin so clever sein? Bestimmt nicht. Das Zimmer war vor zwei, drei Jahren, als der Special Branch sie verdächtigte, ein Geheimdokument des Verteidigungsministeriums in Besitz zu haben, von Experten durchsucht worden. Sie hatten den Safe gefunden, aber nicht das Versteck dahinter. Sie rieb sich die Augen. Jon hatte ihr zugeflüstert, daß er den Umschlag irgendwo draußen verborgen hatte, wo er niemals gefunden werden würde. Wenn das stimmte, würde sie ihn am liebsten dort lassen, wo auch immer ›dort‹ sein mochte. Sie hatte nicht genauer nachgefragt. Ihr wurde jedesmal heiß und kalt, wenn sie an den Inhalt des Umschlags dachte. Lieber Gott, ein Wahnsinn, aber damals hatte sie geglaubt, ein fotografisches Zeugnis dieser grauenvollen Ziegelgruft müßte sein. Und wenn Jon nun den Umschlag geöffnet hatte? Nein, das hatte er nicht getan, sagte sie sich mit Entschiedenheit. Sie hatte ihm ansehen können, daß er es nicht getan hatte. Aber wenn doch? Sie verdrängte den Gedanken an die Vorstellung.

McLoughlin faszinierte sie auf eine beunruhigende Weise, reizte sie immer wieder, über ihn nachzudenken. Diese Geschichte mit dem Kaminsims. War das nur ein Täuschungsmanöver gewesen, um sein Interesse an dem Safe zu vertuschen? Sie hatte ihm ins Gesicht gesehen und nur eine tiefe Verletzung erblickt, aber ein Ausdruck war eben doch nur ein Ausdruck. Sie rieb sich wieder die Augen. Wenn nur, dachte sie, wenn nur, wenn nur … In ihr war ein Schrei, ein Schrei so gewaltig und stumm wie die unendliche Stille des Alls. Sollte ihr Leben denn auf immer eine Folge von »wenn nur« bleiben?

Es klopfte an ihrer Terrassentür.

Sie erschrak so heftig, daß sie einen Arm hochriß und mit dem Handgelenk gegen den Beistelltisch stieß. Mit einem Ruck fuhr sie herum, während sie sich das schmerzende Handgelenk hielt, und starrte angespannt in die nächtliche Schwärze hinaus. Ein Gesicht war vor dem Glas zu erkennen, die Augen gegen den Lichtschein von drinnen mit einer Hand beschattet. Furcht überfiel sie, und die Erinnerung an den Gestank von Urin brach über sie herein.

Als sie sich nicht rührte, zog McLoughlin die nicht abgeschlossene Tür auf. »Habe ich Sie erschreckt?« fragte er.

»Ja.«

»Das tut mir leid.«

»Warum sind Sie nicht vorn hereingekommen?« Selbst ihre Lippen waren bleich.

»Ich wollte Mrs. Maybury nicht stören.« Er schloß die Glastür hinter sich. »In ihrem Schlafzimmer brennt Licht. Sie hätte extra herunterkommen müssen, nur um mir die Tür aufzumachen.«

»Wir haben jeder unsere eigene Türglocke.

Wenn Sie bei mir geläutet hätten, hätte es keiner außer mir gehört.« Aber das wußte er ja bereits, nicht wahr?

»Darf ich mich setzen?«

»Nein«, sagte sie scharf. Mit einem Achselzukken ging er zum Kamin. »Also gut, setzen Sie sich. Was wollen Sie hier?«

Er setzte sich nicht. »Ich wollte mit Ihnen sprechen.«

»Worüber?«

»Irgendwas. Die Ewigkeit, Robert Burns. Safes.« Er schwieg einen Moment. »Warum haben Sie solche Angst vor mir?«

Sie antwortete nicht. Er wies zum Kaminsims. »Darf ich?« Er nahm ihr Schweigen als Erlaubnis und schob das Eichenpaneel zurück. »Es war schon jemand vor mir hier«, bemerkte er im Konversationston. »Sie?« Er sah sie an. »Nein, Sie nicht. Jemand anders.« Er umfaßte den Chromgriff und zog fest daran. Zu fest. Jonathan hatte vergessen, die Scharniere zuzudrücken, und der Safe kam McLoughlin mit solcher Geschwindigkeit entgegen, daß er nach hinten taumelte. Mit einem leisen Lachen stellte er ihn auf den Boden und spähte in die leere Nische. »Sagen Sie mir, was da drin war?«

»Nein.«

»Und wer es herausgenommen hat?«

»Nein.«

Er strich mit den Fingern an der Seite des Safes herunter und fand die Klemmscharniere. »Sehr clever.« Er schob es wieder in die Nische. »Aber Sie haben es zu oft herausgenommen. Die Kante ist schon ganz abgewetzt.« Er wies auf die untere Türkante. »Sie schließt nicht mehr mit dem Kaminsims ab. Es wäre besser, wenn sie auf einer Betonschwelle aufläge. Ziegel sind zu weich. Sie bröckeln zu schnell.« Er schob das Eichenpaneel wieder zu und setzte sich in den Sessel ihr gegenüber. »Eigenbau von Mrs. Maybury?« meinte er.

Sie ignorierte die Frage. »Woher wußten Sie, daß nicht der Kaminsims selbst sich verzogen hatte?« Ihr Gesicht hatte jetzt wieder etwas mehr Farbe.

»Das habe ich erst gesehen, als ich eben das Paneel aufgemacht habe. Aber derjenige, der hier in der Zwischenzeit dran war, hat den Safe noch nachlässiger wieder hineingeschoben als Sie. Er war vermutlich in Eile. Was war da drinnen versteckt?«

»Nichts. Sie haben eine blühende Phantasie.« Schweigend saßen sie einander gegenüber. »Also?« sagte Anne schließlich.

»Was also?«

»Was wollen Sie nun tun?«

»Ach, ich weiß nicht. Vielleicht erst mal feststellen, wer das Versteck ausgeräumt hat, und dann ein paar Fragen stellen. Dürfte nicht allzu schwierig sein. Der Kreis ist ja nicht sehr groß.«

»Sie werden sich höchstens lächerlich machen«, entgegnete sie kurz. »Der Inspector hat extra einen Beamten beauftragt, das Zimmer zu bewachen, solange ich weg war.« Sie gefiel ihm besser, wenn sie sich wehrte. »Wie kann dann also jemand an dem Safe gewesen sein? Er muß von selbst heruntergefallen sein.«

»Das erklärt die Eile«, sagte er nur. Er rutschte tiefer in seinen Sessel und stützte sein Kinn auf die aneinandergelegten Hände.

»Ich habe Ihnen nichts zu sagen. Sie verschwenden nur Ihre Zeit.«

Er schloß die Augen. »Oh, Sie haben mir sehr viel zu sagen«, murmelte er. »Warum Sie nach Streech gekommen sind. Warum Mrs. Phillips dieses Haus als Festung bezeichnet. Warum Sie Alpträume über den Tod haben.« Er öffnete seine Augen einen Spalt, um sie anzusehen. »Warum Sie jedesmal, wenn von Ihrem Safe die Rede ist, in Panik geraten und warum Sie gern das Interesse von ihm ablenken.«

»Hat Fred Sie hereingelassen?«

»Nein, ich bin hinten über die Mauer gestiegen.«

In ihren Augen spiegelte sich Argwohn. »Und warum?«

Er zuckte die Achseln. »Am Tor wimmelt es von Fotografen. Ich wollte nicht gesehen werden.«

»Hat Walsh Sie geschickt?«

Sie war aufs höchste angespannt. Er beugte sich vor und nahm flüchtig ihre Hand. »Ich bin nicht Ihr Feind, Miss Cattrell.«

Ein Lächeln flackerte auf. »Das hat Brutus bestimmt auch gesagt, als er Cäsar das Messer in den Leib stieß. Ich bin nicht dein Feind, Cäsar. Mensch, alter Freund, es ist nicht persönlich gemeint, nur ist mir Rom eben wichtiger.« Sie stand auf und ging zum Fenster. »Wenn Sie nicht mein Feind sind, Mr. McLoughlin, dann lassen Sie mich, lassen Sie uns alle in Ruhe, und suchen Sie Ihren Mörder anderswo.«

Das Mondlicht ergoß sich schimmernd über den Garten. Anne drückte die Stirn ans kühle Glas und blickte hinaus in die Landschaft in ihrer nächtlichen Schönheit: schwarze Rosen unter einer silbernen Aureole; der Rasen, der wie ein See glitzerte; eine Trauerweide, deren Zweige und Blätter wie Filigran leuchteten. »Aber das können

Sie nicht tun, nicht wahr? Sie sind Polizeibeamter, und die Gerechtigkeit ist Ihnen wichtiger.«

»Was soll ich darauf antworten?« neckte er sie. »Die Frage basiert auf so vielen falschen Voraussetzungen, daß sie völlig hypothetisch ist. Ich habe Verständnis für persönliche Vergeltung. Das habe ich Ihnen heute morgen gesagt.«

Sie lächelte zynisch in das dunkle Glas. »Soll das heißen, Sie hätten Fred und Molly nicht für den Mord an Donaghue verhaftet?«

»Nein. Ich hätte sie verhaftet.«

Sie sah ihn überrascht an. »Das ist eine ehrlichere Antwort, als ich erwartet habe.«

»Ich hätte keine Wahl gehabt«, erklärte er ruhig. »Sie wollten verhaftet werden. Sie saßen bei dem Toten und haben auf die Polizei gewartet.«

»Ach so.« Sie lächelte dünn. »Sie nehmen die Verhaftung vor, aber Sie vergießen Krokodilstränen, während Sie es tun. Das ist eine glänzende Methode, das eigene Gewissen zu beruhigen, wie?«

Er stand auf und ging zu ihr. »Sie haben mir geholfen«, sagte er einfach und legte ihr die Hände auf die Schultern. »Und ich möchte Ihnen helfen. Aber das kann ich nicht, wenn Sie mir nicht trauen.«

So leicht zu durchschauen, dachte sie. Sie kicherte liebenswürdig. Dieses Spiel konnten auch zwei spielen. »Trauen Sie *mir,* McLoughlin. Ich brauche Ihre Hilfe nicht. Ich habe mit persönlicher Vergeltung und Mord nichts zu schaffen.«

Abrupt und so leicht, als sei sie eine Puppe, hob er sie hoch und drehte sie zum Licht, um ihr Gesicht zu studieren. Ihr Gesicht hatte nichts Besonderes an sich. Rund um Augen und Mund gruben sich tiefe Lachfältchen in die Haut, auf der Stirn waren es Falten der Nachdenklichkeit, aber in ihren dunklen Augen lauerte keine Drohung, verschlossen sich keine Vorhänge über finsteren Geheimnissen. Ihre Haut duftete leicht nach Rosen. Er ließ sie mit einer Hand los und strich mit den Fingerspitzen leicht über die Linie ihres Kinns und ihres Halses, ehe er sie ebenso abrupt freigab. »Haben Sie ihm die Eier abgeschnitten?«

Das hatte sie nicht erwartet. Sie zog ihre Ärmel gerade. »Nein.«

»Sie könnten lügen wie gedruckt«, murmelte er, »und ich merke es noch nicht einmal.«

»Das kommt wahrscheinlich daher, daß ich die Wahrheit sage. Warum fällt es Ihnen so schwer, das zu glauben?«

»Weil derzeit der Sexus mein Hirn beherrscht«, brummte er ärgerlich, »und mein Urteilsvermögen leicht verzerrt.«

Anne lachte. »Ach, so ist das. Und was gedenken Sie dagegen zu tun?«

»Machen Sie einen Vorschlag. Eine kalte Dusche?«

»Bloß nicht. Dazu würde Molly raten. Ich würde sagen, wenn es juckt, dann kratzen Sie.«

»Es würde mir mehr Spaß machen, wenn Sie kratzen.«

Ihre schwarzen Augen blitzten erheitert. »Waren Sie wenigstens so vernünftig, etwas zu essen?«

»Ja, vor ungefähr fünf Stunden.«

»Also, ich habe einen Riesenhunger. Ich habe seit heute mittag nichts mehr gegessen. Ungefähr zwei Kilometer von hier ist ein indisches Restaurant, wo wir uns was holen können. Dann diskutieren wir Ihre Optionen bei einem Vindaloo.«

Er hob die Hand, um die zarten Löckchen in ihrem Nacken zu streicheln. Das Bedürfnis sie zu berühren war wie eine Sucht. Er war verrückt, er glaubte ihr nicht ein Wort, aber er konnte es nicht ändern.

Sie sah den Ausdruck in seinen Augen. »Ich bin nicht Ihr Typ, McLoughlin«, warnte sie. »Ich bin selbstsüchtig, eigensinnig und total egozentrisch. Ich bin eine Freiheitsfanatikerin, unfähig zu längeren Beziehungen und häufig untreu. Ich mag weder kleine Kinder noch Hausarbeit, und ich kann nicht kochen. Ich bin ein intellektueller Snob mit unkonventionellen Ansichten und einer starken Neigung nach links. Ich passe mich nicht an und ecke deshalb häufig an. Ich rauche wie ein Schlot, bin oft unhöflich, hasse es, mich aufzudonnern, und furze im Bett sehr laut.«

Er senkte die Hand und lachte. »Und auf der Plus-Seite?«

»Es gibt keine Plus-Seite«, sagte sie. »Nicht für Sie. Ich werde mich schnell langweilen, das ist immer so, und wenn etwas Besseres auftaucht, was ganz sicher der Fall sein wird, werde ich Sie fallenlassen, so, wie ich die anderen auch fallengelassen habe. Wir werden ab und zu ganz gut miteinander bumsen, aber Sie werden einen hohen Preis für etwas bezahlen, was Sie sich in Southampton ganz unverbindlich kaufen können. Wollen Sie das?«

Er sah sie nachdenklich an. »Ist das die Standardwarnung, oder genieße ich Sonderrechte?«

Sie lächelte. »Standard. Ich bin gern fair.«

»Und wie hoch ist die Aussteigerquote in diesem Stadium?«

»Niedrig«, antwortete sie bedauernd. »Ein paar Vernünftige geben Fersengeld. Die anderen stürzen sich ins Vergnügen und bilden sich ein, sie könnten mich ändern. Aber das gelingt ihnen nicht. Und Sie werden es auch nicht schaffen.«

Sie beobachtete sein Gesicht. »Na, bekommen Sie kalte Füße?«

»Ich kann nicht behaupten, daß ich begeistert bin«, gab er zu. »Das klingt mir bedrohlich nach der Beziehung, die ich mit meiner Frau hatte – langweilig, clinchig und ohne Entwicklung. Ich hatte keine Ahnung, daß Sie so eingeschränkt sind. Wenn Sie nach ›Selbstsüchtigkeit, Eigensinn und Egozentrik‹ noch ›Angst vor Experimenten‹ hinzufügen, garantiere ich Ihnen, daß Sie sich wundern werden, wie die Aussteigerquote in die Höhe schnellt.« Er nahm sie beim Arm und zog sie mit sich zur Terrassentür.

»Kommen Sie, gehen wir essen«, sagte er. »Mit vollem Magen bin ich entscheidungsfreudiger. Dann werde ich sehen, ob ich meinen Samen in unfruchtbaren Boden legen will.«

Sie riß sich von ihm los. »Ach, hauen Sie ab, McLoughlin.«

»Na, kriegen Sie kalte Füße, Cattrell?«

Sie lachte. »Ich mache die Lichter aus.« Sie lief zur Tür zurück und tauchte das Zimmer in Dunkelheit. Er zog seine Taschenlampe heraus und wartete an der Terrassentür. Als sie zurückkam, wich sie geschickt einem kleinen Tisch aus, auf dem die Bronzestatuette einer Nackten stand. »Ich«, sagte sie. »Mit siebzehn. Ich hatte mal in den Schulferien ein kleines Abenteuer mit einem Bildhauer.«

Er knipste die Taschenlampe an und musterte die Figur mit Interesse. »Hübsch«, sagte er beifällig.

Sie folgte ihm lachend hinaus. »Der Körper oder die Skulptur?«

»Beides. Sperren Sie die Tür ab?« fragte er.

»Von außen geht das nicht. Ist schon gut so.«

Er legte ihr den Arm um die Schultern, und sie gingen über die Terrasse zum Rasen. Irgendwo schrie ein Käuzchen. Er blickte kurz zum Haus zurück, um sich zu orientieren, und drehte sich halb links. »Hier lang«, sagte er, mit der Taschenlampe leuchtend. »Ich habe den Wagen in einer Nebenstraße abgestellt.« Sie schwiegen, bis sie zum Waldstück gelangten. Links von ihnen brach irgend etwas geräuschvoll durch das Unterholz. Sie fuhr heftig zusammen.

»Du meine Güte«, brummte McLoughlin und schwenkte den Lampenstrahl in die Bäume. »Was ist denn los mit Ihnen?«

»Nichts.«

»Nichts.« Plötzlich zornig, leuchtete er ihr mit der Lampe ins Gesicht. »Sie haben sich lebendig eingemauert und hinter einer Dornenhecke verschanzt wie Dornröschen, und das nennen Sie nichts. Sie ist es nicht wert. Sehen Sie das denn nicht? Was, zum Teufel, kann sie für Sie getan haben, daß Sie dafür Ihr ganzes Leben opfern müssen? Herrgott noch mal, macht es Ihnen vielleicht Spaß, stückchenweise zu sterben? Was ist aus der Anne Cattrell geworden, die in den Schulferien Bildhauer verführt hat? Wo ist der Pflock im Fleisch des Establishments, die Rebellin, die im Alleingang Zitadellen erstürmt hat?«

Sie stieß die Lampe weg. Ihre Zähne blitzten kurz auf, als sie lächelte. »Es war nett, McLoughlin, aber ich habe Ihnen gesagt, Sie sollten nicht versuchen, mich zu ändern.«

Sie war so schnell verschwunden, daß nicht einmal der Strahl der Lampe ihr folgen konnte.

## 15

Er ließ sie gehen und machte sich auf den Rückweg zu seinem Wagen. Er wußte, wenn er ihr nachlief, würde er am Ende nur vor verschlossener Tür stehen. Er verspürte Bedauern und Erleichterung in gleichem Maß, wie ein Selbstmörder beim russischen Roulette, wenn er eine leere Kammer erwischt hat. Auf der Dienststelle gab es Frauen genug, die nur darauf warteten, ihn zu trösten. Sich eine geladene Kanone an die Schläfe zu halten, indem er bei ihr Trost suchte, war Wahnsinn. Voll Ärger und Frustration schlug er nach den Zweigen eines Baums und riß sich die Hand auf. Er saugte das Blut auf und fluchte. Er war fertig und er wußte es. Er brauchte was zu trinken.

Ein Käuzchen schrie. Irgendwo, weit entfernt, glaubte er Stimmen zu hören. Er drehte den Kopf, um zu lauschen, aber um ihn herum war es still. Achselzuckend ging er weiter und hörte es wieder, ein leises Geräusch, kaum wahrnehmbar – eingebildet? Ein Schauder des Unbehagens schüttelte ihn. Diese verdammte Frau, dachte er. Wenn er umkehrte, würde sie ihn auslachen.

Er verwünschte und schalt sich einen Idioten, als er die Terrasse erreichte. Er hatte keine Menschenseele gesehen, das Haus war dunkel, Anne offensichtlich schon im Bett. Er schwenkte den Strahl der Lampe über die Steinplatten und sah die halb geöffnete Terrassentür. Stirnrunzelnd ging er hin und leuchtete ins Zimmer. Er entdeckte sie sofort. Er glaubte, sie sei eingeschlafen, bis er den Glanz feuchten Bluts in ihrem dunklen Haar sah.

Nach dem ersten lähmenden Moment des Schocks stürzte er hinein, fand im Schein der Taschenlampe eine Tischlampe, die er anknipste, während er gleichzeitig neben ihrem reglos daliegenden Körper in die Knie sank. Er suchte an ihrem Hals nach einem Pulsschlag und fand keinen; legte das Ohr auf ihre Brust, kein Herzschlag. Mit einer schnellen weichen Bewegung wälzte er sie auf den Rücken, schob eine Hand unter ihren Nacken, hielt ihr die Nase zu und begann mit Mund-zu-Mund-Beatmung. Er brauchte Hilfe. Ohne die Beatmung zu unterbrechen, kroch er rückwärts, ihren leblosen Körper mit sich ziehend, während er mit dem Fuß nach dem kleinen Tisch mit der Bronzestatuette tastete. Er fand ihn und stieß mit aller Kraft aus, so daß die schwere Bronze durch die Scheibe der Terrassentür flog. Es regnete Scherben auf die Terrasse, die nächtliche Stille zerriß, und irgendwo, in einem anderen Teil des Hauses, begannen Benson und Hedges wütend zu bellen. Verzweifelt begriff er, daß seine Bemühungen nichts fruchteten. Ihr Gesicht war grau, ihre Lippen blau. Er legte den Ballen seiner rechten Hand über ihr Brustbein und drückte mit dem Ballen der linken, während er auf gestreckten Armen vorwärts wippte. Gleichzeitig schrie er laut um Hilfe. Nach fünf Druckmassagen versuchte er es erneut mit Mund-zu-Mund-Beatmung, ehe er zur Herzmassage zurückkehrte. Bei der dritten Vorwärtsbewegung sah er Jonathan, der seine Finger an den bleichen Hals drückte und den Puls fühlte.

»Geben Sie ihr noch mal Luft«, sagte Jonathan. »Ich spüre einen ganz schwachen Puls. Meine Tasche, Mama. Sie steht in der Halle.«

McLoughlin drückte nochmals Luft in ihre Lunge, und als er diesmal den Kopf drehte, um zu ihrer Brust hinunterzusehen, bemerkte er ein schwaches Flattern. »Machen Sie weiter«, sagte Jonathan, »bis sie normal atmet.« Er nahm Phoebe seine Tasche ab. »Hol Decken«, sagte er zu ihr. »Und Wärmflaschen. Wir müssen sie warm halten. Und ruf den Rettungsdienst.« Er nahm sein

Stethoskop heraus, öffnete Annes Bluse und hörte ihr Herz ab. »Wunderbar«, sagte er aufatmend. »Der Herzschlag ist schwach, aber er ist da.« Er kniff ihr in die Wange und sah mit Erleichterung die feine rote Färbung. Ihre Atemzüge gewannen allmählich an Regelmäßigkeit. Behutsam schob er McLoughlin weg. »Okay«, sagte er. »Ich glaube, jetzt schafft sie es allein. Kommen Sie, wir bringen sie in Seitenlage.« Mit McLoughlins Hilfe drehte er sie herum, so daß ihr Kopf auf der Seite lag, und winkelte jeweils Bein und Arm, die oben lagen, an Knie und Ellbogen ab. Ihre Atemzüge kamen langsam, aber ruhig. Sie murmelte etwas in den Teppich und schlug die Augen auf.

»Hey, McLoughlin«, sagte sie ganz deutlich, ehe sie herzhaft gähnte und einschlief.

McLoughlin lief der Schweiß in Strömen über das Gesicht. Er setzte sich auf den Boden und wischte ihn sich mit dem Hemdsärmel ab. »Können Sie ihr nicht was geben?«

»Ich hab nichts. Ich bin noch nicht zugelassen. Machen Sie sich keine Sorgen. Sie hält schon durch.«

McLoughlin deutete auf das blutige Haar. »Vielleicht hat sie einen Schädelbruch.«

Phoebe war leise mit einem Stapel Decken hereingekommen, die sie über Anne ausbreitete. Ihre Wärmflasche legte sie ihr an die Füße. »Diana ruft den Rettungdienst an. Jane ist vorgelaufen, um Fred zu wecken, damit er das Tor aufmacht.« Sie kauerte neben Anne nieder. »Ist es sehr schlimm?«

»Ich –« begann Jonathan.

»Ihre Tochter ist draußen?« fragte McLoughlin scharf und sprang auf.

Phoebe starrte ihn verwundert an. »Ja, sie will zum Pförtnerhaus.«

»Allein?«

Phoebe wurde blaß. »Ja.«

»Um Gottes willen!« McLoughlin drängte sich an ihr vorbei. »Rufen Sie die Polizei an. Sie sollen ein paar Wagen herschicken. Ich hab keine Lust, mich allein mit einem Wahnsinnigen herumzuschlagen.« Schon im Korridor rief er zurück: »Sagen Sie ihnen, daß jemand Ihre Freundin töten wollte, und Ihre Tochter vielleicht auch in Gefahr ist. Sie sollen sich gefälligst beeilen.«

Er stürmte an Diana vorbei und stürzte zur Haustür hinaus in die kühle Nacht. Bis zum Tor waren es vierhundert Meter, und er schätzte, daß Jane ihm etwa zwei Minuten voraus war. Er rannte aus Leibeskräften. Zwei Minuten – eine Ewigkeit für einen Mörder, um eine Frau zu töten. Die Auffahrt war stockfinster. Ausladende Äste und hohe

Büsche verdunkelten selbst das schwache Mondlicht. Er verfluchte sich, daß er die Taschenlampe nicht mitgenommen hatte, als er blind in die spitzen Äste am Wegrand rannte. Er lief weiter, versuchte, sich am Scheitel der Straße zu orientieren, während seine Augen sich langsam auf die Dunkelheit einstellten. Es dauerte mehrere Sekunden, ehe er erkannte, daß der auf und ab wippende gelbe Punkt in der Ferne vor ihm der Strahl einer Taschenlampe war. Die Auffahrt verlief von hier ab schnurgerade.

»Jane!« brüllte er. »Halt! Warten Sie!« Er rannte weiter. Der Lampenstrahl schwenkte herum und wies in seine Richtung. Er wackelte, als werde die Lampe von unsicherer Hand gehalten.

»Ich bin von der Polizei«, schrie er keuchend. »Bleiben Sie stehen.«

Er wurde langsamer, als er sich ihr näherte, ging mit beschwichtigend erhobenen Händen schwer atmend auf sie zu. Das Licht, das jetzt heftig schwankte, tanzte über sein Gesicht und blendete ihn. Er holte seinen Ausweis aus der Hosentasche und hielt ihn wie einen Talisman vor sich. Stöhnend beugte er sich vor, drückte beide Hände auf die Knie und schöpfte Atem.

»Was – was ist denn?« stammelte sie mit hoher, ängstlicher Stimme.

»Nichts.« Er richtete sich auf. »Ich wollte Sie nur nicht allein gehen lassen. Können Sie das Licht von meinem Gesicht nehmen? Sie blenden mich.«

»Oh, Entschuldigung.« Sie senkte den Arm, und er sah, daß sie einen Morgenrock und Hausschuhe trug.

»Gehen wir«, meinte er. »Es kann jetzt nicht mehr weit sein. Soll ich die Lampe nehmen?«

Sie reichte sie ihm, und er sah sie flüchtig in ihrem Licht. Sie sah aus wie ein blutleerer kleiner Geist, blaß und schmal unter einer Wolke dunklen Haars. Sie sah zu Tode erschrocken aus.

»Bitte haben Sie keine Angst. Ihre Mutter kennt mich«, sagte er, als sie weitergingen. »Sie war damit einverstanden, daß ich Ihnen nachlaufe.« Sie konnten die dunklen Umrisse des Pförtnerhauses vor sich erkennen.

Sie wollte etwas sagen, aber sie brauchte einen Moment, um die Worte hervorzubringen. »Ich konnte jemanden atmen hören«, sagte sie unsicher.

»Das ist meine Lunge. Die hat auf dem letzten Loch gepfiffen«, versuchte er zu scherzen.

»Nein«, flüsterte sie. »Das waren nicht Sie.« Sie blieb stehen, und er schwenkte die Lampe herum, so daß er sie sehen konnte. Sie zupfte hilflos an ihrem Morgenrock. »Ich hab mein Nachthemd an.« Ihre Lippen zitterten heftig. »Ich dachte, es sei mein Vater.«

McLoughlin fing sie auf, als sie ohnmächtig zusammenbrach. Aus der Ferne trug der Wind dünnes Sirenengeheul herüber.

»Was hat sie gemeint, Mrs. Maybury?« McLoughlin lehnte müde am Küchenschrank, während Phoebe Tee machte.

Anne war in Begleitung von Jonathan und Diana ins Krankenhaus gebracht worden. Jane schlief in ihrem Bett, und Elizabeth saß bei ihr. Im ganzen Park wimmelte es von Polizeibeamten, die nach einem Verdächtigen suchten. Von McLoughlin unter Druck gesetzt, beantwortete Phoebe in der Küche seine Fragen.

Sie stand mit dem Rücken zu ihm. »Sie war erschrocken. Ich glaube nicht, daß sie etwas damit sagen wollte.«

»Sie war nicht erschrocken, Mrs. Maybury, sie hatte Todesangst, und nicht vor mir. Sie sagte: ›Ich hab mein Nachthemd an. Ich dachte, es sei mein Vater ...‹« Er trat neben den Herd, so daß er ihr ins Gesicht sehen konnte. »Mal ganz abgesehen davon, daß sie ihren Vater seit zehn Jahren nicht gesehen hat, weshalb sollte sie ihn mit der Tatsache in Verbindung bringen, daß sie ein Nachthemd anhatte? Und weshalb hat ihr das so entsetzliche Angst gemacht? Sie sagte, sie habe jemanden atmen hören.«

Phoebe sah nicht auf. »Sie war erregt«, sagte sie.

»Wollen Sie, daß ich Jane selbst frage, wenn sie aufwacht?« fragte er brutal.

Sie hob das schöne Gesicht. »Ja, das würden Sie wohl wirklich tun.« Sie machte eine Handbewegung, als wollte sie ihre Brille hochschieben, merkte dann, daß sie sie nicht aufhatte, und ließ die Hand auf den Tisch sinken.

»Ja«, antwortete er hart.

Sie schenkte zwei Tassen Tee ein. »Setzen Sie sich, Sergeant. Sie wissen es vielleicht nicht, aber Sie sehen schrecklich aus. Ihr Gesicht ist voller Kratzer, und Ihr Hemd ist zerrissen.«

»Ich hab nichts gesehen«, erklärte er, nahm sich einen Stuhl und setzte sich rittlings darauf.

»Das dachte ich mir.« Sie schwieg einen Moment. »Ich möchte nicht, daß Sie Jane Fragen stellen«, sagte sie leise und setzte sich auf den zweiten Stuhl. »Schon gar nicht nach heute abend. Sie würde das nicht aushalten. Sie werden das sicher verstehen, denn ich glaube, Sie wissen schon, was ihre Bemerkung zu bedeuten hatte.« Sie sah ihn fragend an.

»Ihr Mann hat sie sexuell mißbraucht«, sagte er.

Sie nickte. »Ich mache mir schwere Vorwürfe, daß ich es nicht gemerkt habe. Ich entdeckte es erst eines Abends, als ich früher von der Arbeit nach Hause kam. Ich habe abends als Sprechstundenhilfe bei einem Arzt gearbeitet«, erklärte sie. »Wir brauchten das Geld. David hatte Jonathan in ein Internat gegeben. An dem Tag hatte ich Grippe. Dr. Penny schickte mich nach Hause und sagte, ich solle mich ins Bett legen. Und ich überraschte ihn mit meiner armen kleinen Jane.« Ihr Gesicht war völlig unbewegt, als wüßte sie seit langem, wie fruchtlos es war, alten Zorn zu hegen. »Seine Gewalttätigkeit war immer gegen mich gerichtet gewesen«, fuhr sie fort, »und in gewisser Weise forderte ich sie auch heraus. Solange er mich schlägt, dachte ich, kann ich sicher sein, daß er die Kinder nicht anrührt. Wie falsch das war.« Sie lachte bitter. »Er nutzte meine Naivität und Janes Angst vor ihm bis aufs letzte aus. Er hatte sie seit ihrem siebenten Lebensjahr regelmäßig mißbraucht und zum Schweigen gebracht, indem er ihr drohte, er würde mich umbringen, wenn sie es je verraten sollte. Sie hat ihm geglaubt.« Sie schwieg.

»Haben Sie ihn getötet?«

»Nein.« Sie hob den Blick und sah ihn an. »Ich

hätte es ohne weiteres tun können. Und ich hätte es getan, wenn ich eine Waffe zur Hand gehabt hätte. Aber in einem Kinderzimmer ist eine Mordwaffe nicht so leicht zu finden.«

»Was passierte also?«

»Er ging weg«, sagte sie kalt. »Wir haben ihn nie wiedergesehen. Drei Tage später, nachdem mehrere Leute angerufen hatten, weil er Termine nicht eingehalten hatte, meldete ich ihn vermißt. Ich dachte, es würde verdächtig wirken, wenn ich es nicht täte.«

»Warum haben Sie der Polizei nicht die Wahrheit über ihn gesagt?«

»Hätten Sie das getan, Sergeant, wenn Ihr einziger Zeuge ein tiefverstörtes Kind gewesen wäre? Ich wollte weder, daß sie ausgefragt wird, noch wollte ich der Polizei das Motiv für einen Mord liefern, den ich nicht begangen hatte. Sie war jahrelang in psychiatrischer Behandlung. Als sie magersüchtig wurde, dachten wir, sie würde sterben. Ich sage Ihnen das alles jetzt nur, damit sie Jane nicht noch weiteren Schmerz zufügen.«

»Haben Sie eine Ahnung, was aus Ihrem Mann geworden ist?«

»Nein. Ich habe immer gehofft, er hat sich das Leben genommen, aber ich bezweifle, daß er die Courage dazu hatte. Er genoß es, anderen Schmerzen zu bereiten, aber er selbst konnte sie nicht aushalten.«

»Warum ist er weggegangen?«

Sie antwortete nicht gleich. »Das weiß ich wirklich nicht«, sagte sie schließlich. »Ich habe oft darüber nachgedacht. Ich glaube, daß er vielleicht zum erstenmal in seinem Leben Angst hatte.«

»Wovor? Vor der Polizei? Einer Strafverfolgung?«

Sie lächelte grimmig, antwortete aber nicht.

McLoughlin trank einen Schluck Tee. »Jemand wollte Miss Cattrell töten«, sagte er. »Ihre Tochter glaubte, sie habe ihren Vater gehört. Kann es sein, daß er zurückgekommen ist?«

Sie schüttelte den Kopf. »Nein, Sergeant. David würde niemals zurückkommen.« Sie sah ihm direkt in die Augen. »Er weiß, wenn er das täte, würde ich ihn umbringen. Ich bin es, vor der er Angst hat.«

Ein äußerst gereizter Walsh saß in Annes Sessel und sah zu, wie ein Beamter die Abdrücke auf den Überresten der Terrassentür fotografierte, die Arbeit ließ sich nicht bis zum Morgen aufschieben; ein plötzlicher nächtlicher Regen hätte alle Spuren verwischt. Die Glasscherben auf der Terrasse hatte man mit Plastik abgedeckt. »Da sind bestimmt jede Menge Abdrücke drauf«, sagte er brummig zu McLoughlin. »Da haben garantiert sämtliche Mitglieder der Polizei von Hampshire darauf herumgepatscht.« McLoughlin suchte auf dem Teppich vor der Terrassentür nach Blutspuren. Er ging weiter zum Schreibtisch. »Was gefunden?« fragte Walsh.

»Nichts.« Seine Augen waren vor Müdigkeit gerötet.

»Jetzt möchte ich mal wissen, was hier eigentlich passiert ist, Andy.« Walsh warf einen taxierenden Blick auf seinen Sergeant, ehe er auf seine Uhr sah. »Sie sagen, Sie haben sie ungefähr um elf Uhr vierzig gefunden. Es ist jetzt halb zwei, und wir haben nichts weiter als unbestimmte Geräusche in der Ferne und eine Frau mit einem Schädelbruch. Haben Sie irgendeine Vermutung?«

McLoughlin schüttelte den Kopf. »Ich habe keine Ahnung, Sir. Wir können nur hoffen, daß sie bald zu sich kommt und uns etwas sagen kann.«

Walsh hievte sich aus dem Sessel und ging schwerfällig zur Terrassentür. »Sind Sie immer noch nicht fertig?« fragte er den Mann draußen unwirsch.

»Doch, Sir, gleich.« Er machte eine letzte Aufnahme und senkte seine Kamera.

»Ich lasse über Nacht jemanden hier, dann können Sie drinnen morgen weitermachen.« Walsh wartete, bis der Mann seine Gerätschaften eingepackt hatte und gegangen war, ehe er zu seinem Sessel zurückkehrte. Er nahm seine Pfeife heraus und begann sie zu stopfen, ohne dabei McLoughlin aus den Augen zu lassen. »Also los, Sergeant«, schnauzte er ärgerlich, »jetzt können Sie mir sagen, was, zum Teufel, Sie hier zu suchen hatten. Die Geschichte stinkt, wenn Sie mich fragen. Wenn ich dahinterkommen sollte, daß Sie andere Prioritäten gesetzt haben, mein Lieber, dann springen Sie über die Klinge, das ist Ihnen wohl klar.«

Erschöpfung und überreizte Nerven riefen ein tiefes Gähnen hervor. »Ich wollte gern ein bißchen schneller sein als Sie, Sir. Ich dachte, es könnte eine Beförderung dabei herausspringen.« Freche Lügen, dachte er, nichts Konkretes, nicht einmal die halbe Wahrheit, die Walsh überprüfen konnte. Wenn Phoebe Maybury damit durchkam, dann auch er.

Walshs Stirnfalten vertieften sich. »Und – weiter?«

»Ich bin hinten über die Mauer gestiegen. Ich wollte sehen, was passieren würde, wenn sie vom Verhör zurückkommt. Ich muß ungefähr um Viertel vor elf hier gewesen sein. Die anderen waren alle zu Bett gegangen. Miss Cattrell saß in dem Sessel, in dem Sie jetzt sitzen. Um Viertel nach elf hat sie dann unten die Lichter ausgemacht. Ich bin vielleicht noch zehn Minuten geblieben, ehe ich zum Wagen zurückgegangen bin. Ich war noch nicht weit gekommen, als ich Stimmen hörte. Daraufhin bin ich umgekehrt, um zu sehen, was es gäbe. Ihre Terrassentür war einen Spalt geöffnet. Ich habe mit der Taschenlampe ins Zimmer geleuchtet, und da sah ich sie liegen.« Er wies mit dem Kopf zur Mitte des Raums.

Walsh kaute nachdenklich auf dem Stiel seiner Pfeife. »Das war wirklich ein Glück. Mrs. Maybury sagte, Sie seien gerade mit der Herzmassage beschäftigt gewesen, als sie kam. Sie haben ihr wahrscheinlich das Leben gerettet.« Er zündete die Pfeife an und betrachtete McLoughlin sinnend durch die Rauchwolken. »Ist das die Wahrheit?«

McLoughlin gähnte wieder. Er konnte es nicht unterdrücken. »Ja, Sir, das ist die Wahrheit«, sagte er müde. Wieso versuchte er, sich zu schützen? Am Morgen war ihm noch jeder Vorwand, alles hinzuwerfen, willkommen gewesen. Wollte er vielleicht nur das Ende der Geschichte erfahren, oder wollte er Vergeltung?

Walsh war äußerst argwöhnisch. »Wenn ich herausbekommen sollte, daß zwischen Ihnen beiden etwas vorgeht, kriegen Sie so schnell ein Disziplinarverfahren an den Hals, daß Ihnen Hören und Sehen vergeht, Andy. Sie ist eine Verdächtige in einem Mordfall.«

McLoughlin lachte. »Aber, Sir, die Frau behandelt mich wie den letzten Dreck, seit ich sie eine Lesbe genannt habe.« Er gähnte schon wieder. »Trotzdem, danke für das Kompliment. Tut meiner männlichen Eitelkeit gerade jetzt besonders gut, daß Sie glauben, ich könnte innerhalb von vierundzwanzig Stunden eine widerspenstige Frau verführen. Kelly wäre da anderer Meinung«, schloß er bitter.

Walsh fragte: »Haben Sie sie niedergeschlagen?«

McLoughlin brauchte seine Überraschung nicht zu heucheln. »Ich? Weshalb hätte ich sie niederschlagen sollen?«

»Revanche. Sie sind in der Stimmung dazu.«

Er starrte Walsh einen Moment an, dann schüttelte er den Kopf. »Das wäre nicht meine Art«, sagte er. »Aber wenn Jack Booth mal mit einem Loch im Kopf gefunden werden sollte, dann könnte das mein Werk sein.«

Walsh nickte. »Und was hat Miss Cattrell in der halben Stunde getan, während Sie sie beobachtet haben?«

»Sie saß da im Sessel, Sir.«

»Und was tat sie?«

»Nichts. Ich vermute, sie hat nachgedacht.«

»Sie sagen, die Maybury habe ganz offen zugegeben, daß sie ihren Mann am liebsten umgebracht hätte. Würde sie auch ihre Freundin umbringen?«

»Möglich. Wenn sie wütend genug wäre. Aber was für ein Motiv hätte sie?«

»Rache? Vielleicht glaubte sie, Miss Cattrell hätte mit uns gesprochen.«

McLoughlin schüttelte den Kopf. »Ich denke, dazu kennt sie Miss Cattrell zu gut.«

»Mrs. Goode? Die Phillips'? Die Kinder?«

»Immer die gleiche Frage, Sir. Was war das Motiv?«

Walsh stand auf. »Ich schlage vor, wir fangen an zu suchen«, sagte er beißend, »ehe wir alle zur Streife zurückversetzt werden. Eine Waffe wäre hilfreich. Ich möchte, daß das ganze Haus durchsucht wird, Sergeant. Gründlich. Sie können die Durchsuchung leiten, bis Nick Robinson hier ist.« Er sah auf seine Uhr. »Dann nehmen Sie sich die Maybury-Akte vor. Seien Sie morgen früh um zehn bei mir im Büro. Es muß etwas dahinterstekken, und das müssen wir herausbekommen.«

»Wenn Sie erlauben, Sir, ich glaube, ich könnte mich hier nützlicher machen.«

»In Zukunft tun Sie, was Ihnen gesagt wird, Sergeant«, blaffte Walsh gereizt. »Ich weiß nicht, was für ein Spiel Sie treiben, aber ich hab nichts übrig für Leute, die mich ausmanövrieren wollen.«

McLoughlin zuckte die Achseln. »Aber Sie sollten sich lieber nicht auf die Suche nach irgendeinem Geheimnis versteifen, Sir. Mrs. Maybury hat Ihnen gesagt, was ihrer Meinung nach geschehen ist, und, wie ich schon heute morgen sagte, Mrs. Phillips bezeichnet das Haus hier als Festung. Warum?«

Walsh starrte ihn einen Moment nachdenklich an, dann ging er zur Tür. »Sie gehen da einer Bande routinierter Lügner auf den Leim, mein Junge. Wenn Sie nicht bald aufwachen, werden Sie am Ende ziemlich dumm dastehen.«

# 16

Die Aktivitäten der Polizei wurden noch hektischer und noch betriebsamer. Man schaltete gewissermaßen einen Gang höher. Es war, als wäre der Mordversuch an einer Frau, deren Identität bekannt war, von anderer Größenordnung als die Ermordung eines Unbekannten, den man draußen im Park gefunden hatte. Anne hätte das beunruhigend gefunden, aber da sie in tiefem Koma auf der Intensivstation lag, wußte sie nichts davon. Walsh hätte es kategorisch bestritten, bekam jedoch statt dessen einen Wutanfall, als seine Leute nach einer gründlichen Durchsuchung von Haus und Gelände mit leeren Händen vor ihm standen.

Die Presse stellte vollkommen übertrieben Streech Grange als Schauplatz von Massenmord und verwesenden Leichen mit dem Haus am Rillington Place 10 auf eine Stufe. Annes Freundinnen hatten an der Last dieses Vergleichs schwer zu tragen. In der Rückschau erschienen die früheren Verhöre locker wie ein geselliges Beisammensein. Nach dem Anschlag auf Anne wurde ohne Bandagen gekämpft. Walsh suchte nach einem Muster. Logische Überlegung sagte ihm, daß es eines geben mußte. Daß sich in ein und demselben Haus drei Verbrechen zutragen sollten, die nichts miteinander zu tun hatten, wollte er nicht glauben.

Für die Kinder war das alles völlig neu. Sie waren vorher nie verhört worden. Es war gewissermaßen eine Feuertaufe für sie. Jonathan wütete gegen seine Ohnmacht, dagegen, in etwas verwikkelt zu werden, worüber er keine Kontrolle hatte. Er war mürrisch und widerborstig und behandelte die Polizeibeamten mit einer Art blasierter Geringschätzung. Walsh hätte ihm liebend gern einen Tritt in den Hintern gegeben, aber nach zwei Stunden strengen Verhörs war er überzeugt, daß von dem jungen Mann nichts mehr zu erfahren war. Jonathan hatte die drei jungen Leute von jedem Verdacht, den Überfall auf Anne verübt zu haben, entlastet. Seiner Aussage zufolge hatten sie sich nach der improvisierten Feier alle drei für die Nacht zurechtgemacht und in Janes Zimmer zusammengesetzt, um sich im Fernsehen einen Film anzusehen. Das Geräusch des splitternden Fensters, gefolgt von McLoughlins Hilferufen, hatte sie aufgeschreckt. Nein, davor hatten sie nichts gehört, aber sie hatten den Fernseher auch ziemlich laut gehabt. Walsh befragte Elizabeth. Sie war nervös, aber hilfsbereit. Ihre Aussage stimmte bis ins kleinste Detail mit der Jonathans überein. Jane erzählte nach einem Tag Gnadenfrist ganz Ähnliches. Die drei hatten mit dem Anschlag auf Anne offenkundig nichts zu tun, es sei denn, sie hatten sich genauestens abgesprochen.

Für Phoebe war alles eine Reprise. Einziger Unterschied war diesmal, daß die Frager nunmehr über Informationen verfügten, die sie ihnen vor zehn Jahren verschwiegen hatte. Sie beantwortete alle Fragen mit der gleichen unerschütterlichen Geduld wie damals, reizte sie mit der gleichen unerschütterlichen Gelassenheit und blieb auch beherrscht, als anzügliche Bemerkungen über das perverse Sexualverhalten ihres Mannes fielen.

»Sie machen sich Vorwürfe, weil Sie nicht gemerkt haben, was er Ihrer Tochter antat«, sagte Walsh mehr als einmal.

»Ja«, antwortete sie. »Wenn ich es früher gemerkt hätte, hätte ich Jane vielleicht vieles ersparen können.«

Er verfiel in die Gewohnheit, sich bei jeder neuen Frage vorzubeugen, um auf das verräterische Schwanken nachlassender Entschlossenheit zu warten. »Waren Sie nicht eifersüchtig, Mrs. Maybury? Machte es Sie nicht wütend, daß Ihr Mann

Ihnen Ihre Tochter vorzog? Fühlten Sie sich nicht degradiert?«

Sie machte immer eine Pause, ehe sie antwortete, ganz so, als schickte sie sich an, ihm zuzustimmen. »Nein, Inspector«, sagte sie dann. »Ich habe nichts dergleichen empfunden.«

»Aber Sie haben gesagt, Sie hätten ihn ohne weiteres töten können.«

»Ja.«

»Warum wollten Sie ihn töten?«

Sie lächelte schwach über diese Frage. »Das sollte doch eigentlich klar sein, Inspector. Wenn es sein müßte, würde ich jedes Vieh umbringen, das sich an einem Kind vergeht.«

»Und doch behaupten Sie, Ihren Mann nicht getötet zu haben.«

»Ich brauchte es nicht. Er ging weg.«

»Ist er zurückgekommen?«

Sie lachte. »Nein.«

»Haben Sie ihn getötet und im Eishaus versteckt?«

»Nein.«

»Es wäre doch auch eine Art von Gerechtigkeit gewesen.«

»Gewiß.«

»Die Phillips', oder vielleicht sollte ich sagen, die Jeffersons, halten es mit dieser Art der Gerechtigkeit, nicht wahr? Haben sie es für Sie getan, Mrs. Maybury? Sind sie Ihre Rächer?«

Immer an dieser Stelle drohte Phoebes Zorn die Oberhand zu gewinnen. Als er die Frage das erstemal gestellt hatte, hatte sie sie wie ein Schlag in den Magen getroffen. Danach war sie besser vorbereitet, aber es kostete sie immer noch eiserne Selbstbeherrschung, ihn nicht in das verhaßte Gesicht zu schlagen. »Ich finde, das sollten Sie Mr. und Mrs. Phillips fragen«, antwortete sie jedesmal. »Ich kann nicht für sie antworten.«

»Ich frage Sie nach Ihrer Meinung, Mrs. Maybury. Sind die beiden fähig, für Sie und Ihre Tochter Rache zu üben?«

Ein mitleidiges Lächeln kräuselte ihre Lippen. »Nein, Inspector.«

»Haben Sie Miss Cattrell niedergeschlagen? Sie sagen, Sie seien im Bett gewesen, aber das kann niemand bezeugen. Hatte sie vielleicht vor, etwas zu verraten, was Sie verheimlichen wollten?«

»Wem hätte sie etwas verraten sollen? Der Polizei?«

»Vielleicht.«

»Sie sind wirklich unglaublich, Inspector.« Sie lächelte ohne Erheiterung. »Ich habe Ihnen gesagt, was Anne meiner Ansicht nach zugestoßen ist.«

»Vermutungen, Mrs. Maybury.«

»Vielleicht, aber angesichts dessen, was mir vor neun Jahren passiert ist, sicher nicht unwahrscheinlich.«

»Sie haben es damals nicht angezeigt.«

»Sie hätten mir ja doch nicht geglaubt. Sie hätten mich beschuldigt, alles selbst inszeniert zu haben. Im übrigen hätte nichts mich dazu bewegen können, Sie noch einmal in mein Haus zu holen, nachdem ich Sie endlich los war. In mancher Hinsicht hatte ich mehr Glück als Anne. Meine Verletzungen waren alle psychischer Art.«

»Das ist mir alles zu simpel. Sie halten mich offenbar für sehr leichtgläubig.«

»Nein«, entgegnete sie kalt. »Für kleinkariert und rachsüchtig.«

»Weil ich Ihre Vorliebe für das Melodramatische nicht teile? Ihre Tochter konnte über das, was sie so erschreckt hat, nur sehr vage Angaben machen. Selbst Sergeant McLoughlin *glaubt* nur, jemanden gehört zu haben. Ich bin Realist. Ich ziehe es vor, mich mit Tatsachen auseinanderzusetzen statt mit weiblichen Neurosen.«

Das ließ sie aufhorchen. »Mir ist nie klar gewesen, wie stark Ihre Abneigung gegen Frauen ist. Oder gilt die Abneigung nur mir, Inspector? Die Vorstellung, daß ich jetzt vielleicht bekomme, was ich verdient habe, sagt Ihnen zu, nicht wahr? Hätte ich mir dieses ganze Elend ersparen können, wenn ich vor zehn Jahren ›Ja‹ gesagt hätte?«

Unweigerlich war es Walsh, der an dieser Stelle wütend wurde. Unweigerlich mußte sich Phoebe nach einem solchen Verhör in ihren Wagen setzen und ins Krankenhaus fahren, um sich zu Anne ans Bett zu setzen, ihre Hand zu halten, mit ihr zu sprechen und mit Inbrunst zu hoffen, sie werde wieder zu Bewußtsein kommen.

Bei Dianas Verhören stand ihre Verbindung zu Daniel Thompson im Mittelpunkt. Sie konnte ihren Zorn gegen Walsh nicht so gut zügeln, wie Phoebe das gelang, und geriet häufig in Wut. Und dennoch konnte der Inspector auch nach zwei Tagen keine Ungereimtheiten in ihrer Aussage entdecken.

Er tippte auf das Bündel Briefe. »Aus Ihren Briefen geht klar hervor, daß Sie wütend auf ihn waren.«

»Natürlich war ich wütend«, gab sie gereizt zurück. »Er hatte zehntausend Pfund von meinem Geld verjubelt.«

»Verjubelt?« wiederholte er. »Aber er hat doch sein Bestes getan.«

»Meiner Meinung nach nicht.«

»Haben Sie die Firma überprüfen lassen, ehe Sie Ihr Geld investierten?«

»Herrgott noch mal, das haben wir doch alles schon hundertmal durchgekaut. Hören Sie denn überhaupt nicht zu?«

»Beantworten Sie bitte die Frage, Mrs. Goode.«

Sie seufzte. »Er hat mir nicht viel Zeit gelassen. Ich hatte genau einen Tag, um die Bücher durchzusehen. Sie schienen mir in Ordnung zu sein, sonst hätte ich ihm den Scheck nicht gegeben. Zufrieden?«

»Warum sagen Sie dann, er habe Ihr Geld verjubelt?«

»Weil ich mit der Zeit merkte, daß er völlig inkompetent war, vielleicht sogar ein richtiger Gauner. Die Zahlen, die er mir gezeigt hatte, waren frisiert. Zum Beispiel denke ich jetzt, daß er die Aktiva der Firma aufgebläht hat, indem er seinen Lagerbestand viel zu hoch angesetzt hat. Ich habe außerdem entdeckt, daß er die Sozialabgaben, die er für seine Angestellten hätte abführen müssen, einbehalten hat, um das Geschäft über Wasser zu halten. Die Auftragsbücher, die er mir gezeigt hatte, waren voll, aber nach drei Monaten hatte er praktisch nichts verkauft. Nicht mal die Lagerbestände, die er hatte, brachte er los. Seine Werbung war ein Witz. Er sagte dauernd, die Sache würde sich schon herumsprechen, und dann würde es Aufträge hageln.«

»Und das machte Sie wütend?«

»Gott, gib mir Kraft«, sagte sie und hob die Hände zum Himmel. »Wie oft soll ich es Ihnen noch sagen? Ich war fuchsteufelswild. Der Kerl hat mich verschaukelt.«

»Wissen Sie etwas über Mr. Thompsons Verschwinden?«

»Zum letzten Mal: *Nein!*«

»Aber Sie wußten schon, ehe wir es Ihnen sagten, daß er verschwunden war.«

»Ja, Inspector, das wußte ich. Er sollte kommen und mir erklären, was eigentlich los war.« Sie beugte sich vor und schlug mit der Faust auf die Briefe. »Sie haben Datum und Uhrzeit vor sich. Er ist nie gekommen. Ich habe in seinem Büro angerufen und hörte, er sei nicht da. Ich habe bei ihm zu Hause angerufen und mußte mich von seiner Frau beschimpfen lassen. Zwei Tage später habe ich noch einmal in der Firma angerufen und bekam zu hören, Mrs. Thompson habe ihn vermißt gemeldet. Ich ging am nächsten Tag in die Firma und traf einige sehr verärgerte Angestellte an, die drei Wochen nicht mehr bezahlt worden waren und gerade entdeckt hatten, daß ihre Sozialabgaben fast ein Jahr lang nicht mehr abgeführt worden waren. Seitdem hat man von Daniel Thompson nichts mehr gehört und gesehen. Die Firma ist bankrott, und ein Haufen Leute haben eine Menge Geld verloren.«

»Also wirklich, Mrs. Goode, jemand, der Geld in durchsichtige Heizkörper investiert, muß doch eigentlich damit rechnen, daß er es verliert.«

Kein braunes oder grünes Auge, dachte er, konnte solchen mörderischen Haß ausstrahlen wie dieser eisblaue Blick. Sie würdigte ihn keines Worts.

»Ihr Stolz ist verletzt, stimmt's?« sagte er mit Anteilnahme. »Ihre Selbstachtung. Ich kann mir schon vorstellen, daß Sie jemanden umbringen könnten, der Sie lächerlich macht.«

»Ach ja?« versetzte sie kühl. »Sie haben offensichtlich eine blühende Phantasie. Kein Wunder, daß die Rate der aufgeklärten Verbrechen so niedrig ist.«

»Ich glaube, daß Mr. Thompson hier war, Mrs. Goode. Ich glaube, Sie sind auf ihn genauso wütend geworden, wie Sie es jetzt auf mich sind, und dann sind Sie handgreiflich geworden.«

Sie lachte. »Haben Sie den Mann mal gesehen? Nein? Dann hätten Sie sich über ihn informieren sollen. Er ist die reinste Dampfwalze. Fragen Sie seine Frau, wenn Sie mir nicht glauben. Wenn ich handgreiflich geworden wäre, hätte er unter Garantie zurückgeschlagen, und ich würde wahrscheinlich jetzt noch mit den blauen Flecken herumlaufen.«

»Haben Sie mit ihm geschlafen?«

»Ich will Ihnen ein Geständnis machen«, versetzte sie spöttisch. »Ich habe Daniel noch weniger anziehend gefunden als Sie. Er hatte feuchte Lippen, genau wie Sie. Und ich mag feuchte Lippen nicht. Ist Ihre Frage damit beantwortet?«

»Seine Frau bestreitet jede Verbindung zwischen ihm und Streech Grange.«

»Das wundert mich nicht. Ich bin ihr nur einmal begegnet. Sie fand mich offensichtlich völlig unakzeptabel.«

»Wußten Fred und Molly von Ihrer Kapitalanlage?«

»Niemand hier wußte etwas davon.«

»Wieso nicht?«

»Das wissen Sie doch ganz genau.«

»Sie wollten sich nicht auslachen lassen.«

Darauf gab sie keine Antwort.

»Vielleicht haben Fred und Molly die Schmutzarbeit für Sie erledigt, Mrs. Goode?«

Sie sah ihn eisig an. »Nein«, antwortete sie. »Und wenn Sie es noch einmal wagen sollten, mir diese Frage zu stellen, haue ich Ihnen eine runter.«

»Möchten Sie gern wegen tätlichen Angriffs auf einen Polizeibeamten festgenommen werden?«

»Das wäre mir die Sache wert.«

»Sie sind eine sehr aggressive Frau, nicht wahr? Haben Sie Ihre Aggressionen an Miss Cattrell ausgelassen?«

Sie schlug ihm die geballte Faust auf die Nase.

Jonathan klopfte seiner Mutter sanft auf die Schulter und betrachtete Anne. »Wie geht es ihr?« Sie war außer Lebensgefahr, und man hatte sie aus der Intensivstation in ein Einzelzimmer verlegt.

»Ich weiß es nicht. Sie ist sehr unruhig. Ein- oder zweimal hat sie die Augen aufgemacht, aber sie scheint nichts wahrzunehmen.«

Er kauerte neben ihr nieder. »Du mußt sie jetzt leider eine Weile allein lassen. Diana braucht dich.«

»Was?« Phoebe runzelte die Stirn.

»Ja. Sie ist verhaftet worden.«

»Diana?« fragte sie bestürzt. »Weswegen denn?«

»Tätlicher Angriff auf einen Polizeibeamten. Sie hat Inspector Walsh die Nase blutig geschlagen. Jetzt sitzt sie im Kittchen.«

Phoebe blieb der Mund offenstehen. »Lieber Gott, das ist ja zum Schießen«, sagte sie und begann zu lachen. Dann stand sie auf. »Gut, ich komme. Am besten rufen wir gleich Bill an.« Sie sah zu Anne hinunter. »Im Moment kann ich leider überhaupt nichts für dich tun, Schatz. Gib nur nicht auf. Wir glauben alle an dich.«

»Ich fahre Jane nachher her«, sagte Jonathan. »Sie möchte Anne gern sehen.«

Sie gingen in den Korridor hinaus. »Wird ihr das nicht zuviel werden?«

»Glaube ich nicht. Bisher jedenfalls hat sie sich großartig gehalten. Wir haben heute nachmittag lange miteinander gesprochen. Sie war wesentlich sachlicher, als ich sie je erlebt habe. So ironisch es klingt, diese ganze Sache hat ihr möglicherweise sogar gutgetan. Sie hat dadurch vielleicht erkannt, daß sie stabiler und zäher ist, als sie glaubte. Der Sergeant gefällt ihr übrigens. Wenn sie sie noch einmal verhören wollen, sollten wir darauf dringen, daß er mit ihr spricht.«

»Ja«, sagte Phoebe. »Abgesehen von allem anderen, hat er ja Anne das Leben gerettet. Das wäre Jane sicher schon Empfehlung genug. Sie liebt Anne sehr.«

Jonathan hakte sich bei seiner Mutter ein. »Sie liebt dich auch. Wir alle lieben dich.«

Phoebe lachte. »Nur weil ihr meine tönernen Füße noch nicht entdeckt habt.«

»Im Gegenteil«, sagte er ernsthaft. »Wir lieben dich, weil du nie so getan hast, als wären sie nicht tönern.«

Sie gingen weiter und verschwanden um eine Ecke des Korridors. Hinter ihnen schob sich Andy McLoughlin mit dem schlechten Gewissen des Lauschers aus einer Türnische, in der er sich verborgen hatte. Der verdammte Walsh und sein blödes Muster, dachte er. Er ist auf dem Holzweg mit seiner Logik.

Er zeigte der Stationsschwester seinen Ausweis. »Wie geht es Miss Cattrell?« fragte er. »Hat sich ihr Zustand verändert?«

»Nicht wesentlich. Sie ist jetzt ziemlich unruhig und macht immer wieder mal die Augen auf. Das ist ein gutes Zeichen, aber Sie können sie noch nicht vernehmen. Das habe ich dem Inspector auch schon gesagt. Sie kann jeden Moment aufwachen, es kann aber auch noch ein oder zwei Tage dauern. Wir geben Ihnen Bescheid, sobald sie soweit ist, daß sie mit Ihnen sprechen kann.«

»Ich bleibe ein paar Minuten bei ihr, wenn Sie nichts dagegen haben. Man kann nie wissen.«

»Sie ist in Zimmer zwei. Sprechen Sie mit ihr«, drängte die Schwester. »Wenn Sie schon mal da sind, können Sie sich ruhig nützlich machen.«

Er hatte sie nicht gesehen, seit sie im Krankenwagen weggebracht worden war, und er war tief bestürzt. Sie war noch kleiner und zarter, als er sie in Erinnerung hatte, ein gebrechliches Bündel mit bandagiertem Kopf und häßlicher, fahler Haut. Doch selbst in der Bewußtlosigkeit schien sie über einen geheimen Scherz zu lächeln, den nur sie kannte. Warme Zärtlichkeit stieg in ihm auf, als würde er sie schon seit langer Zeit kennen. Er zog sich einen Stuhl ans Bett und begann zu erzählen. Er mußte nicht überlegen, denn er wußte ganz von selbst, was sie freuen und erheitern würde. Nach einer halben Stunde fiel ihm nichts mehr ein, und er sah auf seine Uhr. Sie hatte sich ein-, zweimal bewegt, wie ein Kind im Schlaf, aber ihre Augen waren fest geschlossen geblieben. Er schob seinen Stuhl zurück.

»Das wär's, Cattrell. Die Zeit ist leider um. Ich werde sehen, ob ich Sie morgen wieder allein erwischen kann.« Er berührte ihre Wange mit den Fingerspitzen.

»Sie sind ein gemeiner Kerl«, murmelte sie, öffnete ein Auge und sah ihn vorwurfsvoll an. »Ich liege im Sterben.«

»Sie waren die ganze Zeit wach«, beschuldigte er sie.

Sie machte das andere Auge auf, und trotz aller Verwirrung schimmerte ihre Verschmitztheit durch. »War Phoebe hier?«

Er nickte.

»Ich erinnere mich, daß Phoebe hier war. Bin ich zu Hause?«

»Sie sind im Krankenhaus«, entgegnete er.

»Mist! Ich hasse Krankenhäuser. Was für ein Tag ist heute?«

»Freitag. Sie haben zwei Tage selig geschlafen.«

Das beunruhigte sie. »Was ist denn passiert?«

»Ich hole eine Schwester.« Er wollte aufstehen.

»Kommt nicht in Frage«, knurrte sie. »Krankenschwestern hasse ich auch. Was ist passiert?«

»Sie sind niedergeschlagen worden. Erzählen Sie mir, woran Sie sich erinnern.«

Sie zog angestrengt nachdenkend die Brauen zusammen.

»Curry«, sagte sie versuchsweise.

Er umfaßte fest ihre Hand. »Können wir das Curry vergessen, Cattrell?« fragte er. »Es wäre für alle Beteiligten einfacher, wenn Sie mich an dem Abend nie gesehen hätten.«

Sie krauste die Stirn. »Aber was ist passiert? Wer hat mich gefunden?«

Er rieb ihre Finger. »Ich, aber es ist mir ganz schön schwergefallen, Walsh zu erklären, was ich bei Ihnen zu suchen hatte. Ich kann ja wohl kaum zugeben, daß mich die Fleischeslust zu einer Verdächtigen getrieben hatte.« Er sah ihr forschend ins Gesicht. »Verstehen Sie, was ich sage? Ich möchte weiter an dem Fall arbeiten, Anne. Ich möchte Gerechtigkeit.«

»Natürlich verstehe ich, was Sie sagen.« Erheitert flackerten ihre dunklen Augen, und er hätte sie am liebsten umarmt. »Stellen Sie sich vor, ich kann sogar zur gleichen Zeit Kaugummi kauen und lesen.« Sie dachte angestrengt nach. »Jetzt erinnere ich mich. Sie wollten mir vorschreiben, wie ich mein Leben gestalten soll.« Sie sah ihn vorwurfsvoll an. »Dazu hatten Sie kein Recht, McLoughlin. Die Hauptsache ist schließlich, daß ich mit mir selbst leben kann.«

Er hob ihre Hand und streichelte mit seinen Lippen ihre Fingerspitzen. »Ich lerne es schon. Lassen Sie mir nur ein bißchen Zeit. Woran erinnern Sie sich noch?«

»Ich bin den ganzen Weg zurückgerannt«, sagte sie. »Ich habe die Terrassentür aufgemacht, das weiß ich noch. Und dann« – sie runzelte die Stirn –, »ich habe etwas gehört, glaube ich.«

»Wo?«

»Ich weiß nicht mehr.« Sie sah gequält aus. »Was ist dann passiert?«

»Irgend jemand hat Sie auf den Hinterkopf geschlagen.«

Sie sah ihn verwirrt an. »Daran kann ich mich überhaupt nicht erinnern.«

»Ich habe Sie in Ihrem Zimmer gefunden.«

Eine schwere Hand fiel auf seine Schulter nieder, und er fuhr zusammen. »Wie kommen Sie dazu, sie jetzt ins Verhör zu nehmen, Sergeant?« sagte die Schwester ärgerlich. »Holen Sie Dr. Renfrew«, rief sie einer Schwester im Korridor zu. »Hinaus!« sagte sie zu McLoughlin.

Anne starrte sie mit unverhohlenem Abscheu an und klammerte sich an seine Hand. »Gehen Sie ja nicht«, flüsterte sie. »Die ist ja ein richtiger Drachen.«

Er drehte sich nach ihr um und hob hilflos die Hände.

»Muß ich mir irgend etwas merken?« fragte sie ihn. »Ich möchte auf keinen Fall den Inspector in Verwirrung stürzen.«

Sein Blick wurde weich. »Nein, Miss Cattrell. Konzentrieren Sie sich nur darauf, schnell wieder gesund zu werden. Alles andere können Sie mir überlassen.«

Sie zwinkerte ihm schläfrig zu. »Na gut.«

Sergeant Robinson wollte sich eine Beförderung verdienen. Wiederum hatte er gewissenhaft Haus für Haus abgeklappert, auf der Suche nach Hinweisen auf die Person, die Anne überfallen hatte. Doch herausgekommen war nichts dabei. Niemand hatte an dem Abend etwas außer dem Krankenwagen gehört oder gesehen. Er trank mit Paddy Clarke zusammen ein Bier, diesmal jedoch unter dem wachsamen Auge von Mrs. Clarke. Er fand sie äußerst einschüchternd, um so mehr, seit Anne ihm erzählt hatte, daß sie einmal Nonne gewesen war. Paddy versicherte ihm, sie hätten nach der Broschüre mit dem Plan des Guts gesucht, hätten sie aber nirgends gefunden. Im Beisein seiner Ehefrau täuschte er absolutes Desinteresse an Streech Grange und seinen Bewohnern vor, und über Anne Cattrell im besonderen wußte er überhaupt nichts zu sagen. Nick Robinson drängte ihn nicht. Seine Eier waren ihm wichtig.

Eigentlich hätte er danach ruhig nach Hause fahren können. Er hatte dienstfrei. Statt dessen jedoch lenkte er seinen Wagen in Richtung Bywater Farm, wo Eddie Staines arbeitete. Mrs. Ledbetters Informationen hatten sich bisher ausgezahlt; es konnte nicht schaden, da noch einmal nachzuhaken.

Der Bauer wies ihn zum Kuhstall, wo Eddie nach dem abendlichen Melken beim Aufräumen war. Er fand Eddie auf einen Rechen gestützt, beim Flirt mit einem rotbackigen jungen Mädchen, das über alles, was er sagte, töricht kicherte. Sie verstummten beide, als Nick Robinson sich näherte, und starrten ihn neugierig an.

»Mr. Staines?« fragte er und zog seinen Ausweis. »Kann ich Sie einen Moment sprechen?«

»Schießen Sie los«, sagte Eddie großspurig.

»Unter vier Augen, wenn es geht«, sagte Robinson.

»Zisch ab, Suzie. Wir sehen uns später im Pub.«

Das Mädchen ging widerstrebend, drehte sich noch mehrmals nach ihnen um, wohl in der Hoffnung, zurückgerufen zu werden. Aber Eddie schien sie schon vergessen zu haben. »Was wollen Sie?« fragte er, während er schmutziges Stroh zu einem Haufen zusammenrechte. Er hatte ein ärmelloses T-Shirt an, das seine muskelbepackten Arme und Schultern voll zur Geltung brachte.

»Sie haben von dem Mord auf Streech Grange gehört?«

»Wer hat das nicht?« gab Staines desinteressiert zurück.

»Ich hätte da ein paar Fragen an Sie.«

Staines stützte sich auf seinen Rechen und sah Robinson kalt an.

»He, ich hab Ihren Kollegen schon alles gesagt, was ich weiß, und das kommt auf null raus. Ich bin Landarbeiter, ein echter Prolet. Solche wie ich haben mit den Herrschaften vom Gut nichts zu tun.«

»Niemand hat das Gegenteil behauptet.«

»Was wollen Sie mich dann fragen?«

»Uns interessiert jeder, der in den letzten zwei Monaten drüben auf dem Gelände war.«

Staines begann wieder zu rechnen. »Nicht schuldig.«

»Ich hab was anderes gehört.«

Staines kniff die Augen zusammen. »Ach ja? Wer hat 'n da gequatscht?«

»Es ist allgemein bekannt, daß Sie mit Ihren Freundinnen da raufgehen.«

»Wollen Sie mir vielleicht was anhängen?«

»Nein, aber es ist möglich, daß Sie etwas gehört oder gesehen haben, was uns weiterhelfen kann.« Er bot dem jungen Mann eine Zigarette an.

Eddie ließ sich Feuer geben und schien ein paar Minuten lang angestrengt nachzudenken. »Stimmt zufällig«, sagte er überraschenderweise.

»Erzählen Sie.«

»Sie haben doch meine Schwester nach 'ner Frau gefragt, die da oben mal in der Nacht geweint hat. Sie waren zweimal bei ihr, richtig?«

»Sie sprechen von den ehemaligen Gesindehäusern an der Straße nach East Deller?«

»Genau. Maggie Trewin ist meine Schwester. Sie wohnt auf Nummer zwei. Ihr Mann arbeitet auf der Grange-Farm. Sie hat mir erzählt, daß Sie gern wissen möchten, an welchem Abend diese Frau« – er gab dem Wort spöttischen Nachdruck – »geweint hat.«

Robinson nickte.

»Tja also«, sagte Staines und blies mehrere perfekte Rauchringe in die Luft, »das kann ich Ihnen wahrscheinlich sagen, aber erst möchte ich 'ne Garantie, daß mein Schwager nie erfährt, von wem Sie's haben. Vor Gericht auftreten oder so was kommt nicht in Frage. Der würde mich zur Schnecke machen, wenn er wüßte, daß ich da oben war, und keine Ruhe geben, bis er rausgebracht hat, mit wem.« Er schüttelte mit trüber Miene den Kopf. »Nee, das ist mir die Sache nicht wert.« Sein Schwager hütete seine jüngste Schwester wie seinen Augapfel.

»Ich kann nicht garantieren, daß Sie nicht vor Gericht müssen«, entgegnete Robinson. »Wenn Sie eine Vorladung bekommen, müssen Sie erscheinen. Aber dazu braucht es nie zu kommen. Die Frau hat für den Fall vielleicht überhaupt keine Bedeutung.«

»Meinen Sie?« Staines lachte spöttisch. »Aber bestimmt mehr als ich.«

»Ich kann Sie auch zum Verhör auf die Dienststelle mitnehmen«, bemerkte Robinson freundlich.

»Das würd Ihnen gar nichts bringen. Solang ich nicht sicher bin, daß Bob Trewin nichts erfährt, sag ich keinen Piep. Der würde mich glatt umbringen, verstehen Sie.« Er griff wieder zu seinem Rechen.

Nick Robinson schrieb seinen Namen und die Adresse der Dienststelle auf ein Blatt seines Hefts. Er riß es heraus und reichte es Staines. »Schreiben Sie auf, was Sie wissen, und schicken Sie es mir ohne Unterschrift«, schlug er vor. »Ich behandle es dann als anonymen Hinweis. Auf die Weise erfährt keiner, woher die Information kommt.«

»Aber Sie wissen es.«

»Wenn Sie es nicht tun«, warnte Robinson, »komme ich wieder, und dann bringe ich den Inspector mit. Der wird Ihnen schon Beine machen.«

»Ich überleg's mir.«

»Tun Sie das.« Er wandte sich zum Gehen. »Vor drei Tagen waren Sie wohl nicht da oben?«

Staines hievte einen Mistklumpen auf seinen Strohhaufen. »Sie sagen es.«

»Eine der Frauen ist überfallen worden.«

»Ach ja?«

»Sie haben nicht davon gehört?«

Staines zuckte die Achseln. »Kann schon sein.« Er warf Robinson einen Seitenblick zu. »War bestimmt eine von ihren Freundinnen. Solche Weiber haben's in sich.«

»Sie haben also an dem Abend nichts gehört oder gesehen?«

Eddie kehrte ihm den Rücken, um sich die hinterste Ecke des Stalls vorzunehmen. »Ich hab Ihnen doch gerade gesagt, daß ich nicht dort war.«

Und wieso glaube ich dir nicht, fragte sich Robinson, während er angewidert zwischen Kuhfladen hindurchlavierte, um zu seinem Wagen zurückzugelangen.

## 17

Walsh war immer noch mit seiner blutigen Nase beschäftigt, als McLoughlin in die Dienststelle zurückkam. Sie hatte zwar längst zu bluten aufgehört, aber er ließ es sich nicht nehmen, sie weiterhin mit einem blutbefleckten Taschentuch zu hätscheln. McLoughlin, der diesen Teil des Gesprächs zwischen Phoebe und Jonathan nicht gehört hatte, sah ihn verblüfft an.

»Was ist Ihnen denn passiert?« fragte er.

»Mrs. Goode ist auf mich losgegangen. Ich habe sie dafür verhaftet«, antwortete Walsh bissig. »Da ist ihr das Lachen vergangen.«

McLoughlin setzte sich. »Ist sie noch hier?«

»Nein. Mrs. Maybury hat sie überredet, sich zu entschuldigen, und ich habe sie mit einer Verwarnung laufenlassen. Diese verdammten Weiber«, schimpfte er. Er steckte das Taschentuch ein. »Wir wissen jetzt, wem die Schuhe gehören. Gavin Williams hat einen alten Schuster in East Deller aufgestöbert, der noch alles allein macht.«

McLoughlin pfiff durch die Zähne. »Und?«

»Daniel Thompson, eindeutig. Der alte Knabe führt gewissenhaft Buch. Er schreibt sich genau auf, wie die abgegebenen Schuhe aussehen – in diesem Fall hatte er extra die verschiedenfarbigen Schnürbänder vermerkt – und was repariert werden muß, notiert sich den Namen des Eigentümers und den Tag, an dem sie gebracht und wieder abgeholt werden. Thompson hat sie eine Woche vor seinem Verschwinden abgeholt.« Walsh befühlte vorsichtig seine Nase. »Sieht nicht gut aus für Mrs. Goode.« Er kicherte über sein Witzchen. »Wenn wir nur eine Person auftreiben können, die gesehen hat, wie er nach Streech Grange kam ...«

Er ließ den Gedanken in der Luft hängen, während er seine Pfeife herausholte und sich mit freudigem Eifer daranmachte, sie zu reinigen. »Und wie hängt Miss Cattrell in der Sache drin? Sie führte die kleine Farce mit ihrem Anwalt auf, um uns von ihrer Freundin abzulenken, und stürzte Mrs. Goode dann in Heidenängste, als sie ihr andeutete, wieviel sie wußte.« Er tippte sich mit der Pfeife an den Kopf. »Leben Sie wohl, Miss Cattrell.«

»Nie im Leben«, erklärte McLoughlin mit Entschiedenheit. »Ich war auf dem Weg hierher kurz im Krankenhaus. Sie ist jetzt bei Bewußtsein. Ich habe Brownlow zu ihr geschickt.«

»Ach was? Haben Sie mit ihr gesprochen?«

»Nur ganz kurz, dann hat die Schwester mich rausgeschmissen. Sie braucht anscheinend erst mal viel Ruhe, ehe sie unsere Fragen beantworten kann.«

»Und?« fragte Walsh scharf. »Was hat sie gesagt?«

»Wenig. Sie erinnert sich an nichts.« Er musterte aufmerksam seine Fingernägel. »Sie glaubt allerdings, draußen etwas gehört zu haben.«

Walsh brummte argwöhnisch. »Das paßt Ihnen gut ins Konzept, was?«

McLoughlin zuckte die Achseln. »Sie sind auf der falschen Fährte, Sir, und wenn Sie mir nicht die Hände gebunden hätten, hätte ich es schon bewiesen.«

In Walshs Stimme schwang Boshaftigkeit. »Jones hat mit seinen Leuten das ganze Gelände zweimal durchgekämmt, und sie haben nichts gefunden.«

»Dann lassen Sie mich selbst nachsehen. Ich verschwende doch nur meine Zeit mit der Maybury-Akte. Keiner von den Leuten, mit denen ich bisher gesprochen habe, weiß etwas von seiner Neigung für kleine Mädchen. Jane scheint die einzige gewesen zu sein. Das ist eine Sackgasse, Sir.«

Walsh warf den teerschwarzen Pfeifenreiniger in seinen Papierkorb und starrte McLoughlin mit offener Feindseligkeit an. McLoughlins Eingeständnis, daß er versucht hatte, ihm den Rang abzulaufen, fuchste ihn immer noch; um so mehr, als er diesen Fall einfach nicht in den Griff bekommen konnte. Er hegte tiefes Mißtrauen gegen seinen Sergeant. Was wußte er, was er selbst nicht wußte? Hatte er etwa das Muster entdeckt? »Sie beschäftigen sich weiter mit der Akte, bis Sie mit jedem gesprochen haben, der Maybury gekannt hat«, sagte er bissig. »Das ist eine neue Spur, und sie muß bis ans Ende verfolgt werden.«

»Warum?«

Walsh zog die Brauen zusammen. »Was soll das heißen, warum?«

»Wohin führt uns das?«

»Zu Mayburys Mörder.«

McLoughlin warf ihm einen belustigten Blick zu. »Sie hat Sie geschlagen, Sir, und Sie sollten sich damit abfinden. In der kalten Asche herumzustochern, bringt überhaupt nichts. Er hat ein Kind terrorisiert, und es war seine eigene Tochter, und jetzt ist er tot. Ich vermute, er ist irgendwo im Park begraben, vielleicht unter einem der Blumenbeete vorn. Die pflegt sie selbst. Fred darf sie nicht anrühren. Ich glaube, Sie hatten recht, sie hat die Leiche im Eishaus versteckt gehalten, bis die Luft rein war. Aber ich bezweifle stark, daß sich da nach zehn Jahren noch eine Spur finden läßt.«

Walsh zupfte an seiner Unterlippe. »Ich bin für alle Möglichkeiten offen. Webster hat immer noch nicht eindeutig nachgewiesen, daß der Tote im Eishaus nicht Maybury ist.«

McLoughlin lachte bitter. »Vor einer Minute waren Sie noch überzeugt, daß es sich um Daniel Thompson handelt. Sir, gestehen Sie sich doch endlich ein, daß Sie in dieser Sache für gar nichts mehr offen sind. Sie haben sich längst festgelegt.« Er beugte sich vor. »Sie wollen ein Muster. Aber es gibt keins, jedenfalls kein solches, wie Sie es suchen. Sie wollen Fakten, die nichts miteinander zu tun haben, mit Gewalt zusammenfügen und machen nur Pfusch.«

Panik befiel Walsh. Es ist wahr, dachte er. Der Druck ist zu stark. Von allen Seiten kam er – von ihm selbst, weil er den Fall Maybury endlich abschließen wollte; von den Medien, die sensationelle Schlagzeilen verlangten; von den Vorgesetzten, die schnelle Lösungen erwarteten. Und immer war da der erbarmungslose Druck von unten, von den Jungen, die an seinem Sessel rüttelten. Verstohlen musterte er McLoughlin, während er

Tabak in seine Pfeife stopfte. Er hatte diesem Burschen einmal Sympathie und Vertrauen entgegengebracht, erinnerte er sich, als er an eine nörgelnde Ehefrau gebunden und von seinen eigenen Unzulänglichkeiten geplagt gewesen war. »Was schlagen Sie vor?« fragte er.

McLoughlin, der die letzten drei Nächte kaum geschlafen hatte, rieb sich die müden Augen. »Eine ständige Überwachung von Streech Grange. Mindestens zwei Mann pro Schicht. Eine weitere Durchsuchung des Geländes, die sich aber vor allem auf die Umgebung des Pförtnerhauses konzentrieren sollte. Und legen wir Maybury endlich *ad acta* und konzentrieren wir uns auf Thompson.«

»Mit Mrs. Goode als Hauptverdächtiger?«

McLoughlin ließ sich das einen Moment durch den Kopf gehen. »Wir dürfen sie natürlich nicht ignorieren, aber irgendwie glaube ich, daß wir damit nicht weiterkommen.«

Walsh berührte behutsam seine Nase. »Ich glaube, daß wir gerade damit weiterkommen.«

Mrs. Thompson empfing sie wieder mit ihrer leidvollen Märtyrermiene und führte sie in das sterile Wohnzimmer. McLoughlin hatte ein Gefühl, als kehrte er in die Vergangenheit zurück, und die dazwischenliegenden Ereignisse hätten nie stattgefunden; als schickte sie sich jetzt an, das gleiche Gespräch auf die gleiche Art und mit dem gleichen Resultat zu führen. Walsh zog die Schuhe heraus, die, inzwischen auf Fingerabdrücke untersucht, nicht mehr im Plastikbeutel waren, und stellte sie auf den niedrigen Couchtisch, damit sie sie begutachten konnte.

»Sie sagten, diese Schuhe hätten nicht Ihrem Mann gehört, Mrs. Thompson«, bemerkte er mit mildem Tadel.

Mit zitternden Händen griff sie zu dem Kreuz auf ihrer Brust. »Wirklich? Aber natürlich gehören sie Daniel.«

Walsh seufzte. »Warum haben Sie dann gesagt, es seien nicht seine?«

Schon schwammen ihre Augen wieder in Tränen. »Der Teufel gibt mir Dinge ein.« Sie fingerte an den Knöpfen ihrer Bluse.

»Herr, gib mir Kraft«, murmelte Walsh.

McLoughlin stand plötzlich auf und ging zum Telefon. »Nehmen Sie sich zusammen, Mrs. Thompson«, fuhr er sie scharf an. »Sonst rufe ich den Notarzt an und lasse Sie ins Krankenhaus bringen.«

Sie zuckte zusammen, als hätte er sie geschlagen.

Walsh sah ihn ärgerlich an. »Sind das die Schuhe, die Ihr Mann anhatte, als er verschwand?« fragte er die Frau behutsam.

Sie sah sie sich genau an. »Nein.«

»Sind Sie sicher? Sie sagten uns neulich, er besäße nur ein Paar braune Schuhe, und die hätte er an dem Tag getragen, an dem er weggegangen ist.«

Ihre Augenlider zuckten. »Habe ich das wirklich gesagt?« hauchte sie. »Wie merkwürdig. Ich glaube, es ging mir nicht gut, als Sie das letzte Mal hier waren. Daniel hatte eine Vorliebe für braune Schuhe. Sie können sich seinen Schrank ansehen, wenn Sie möchten. Er hatte mehrere Paare.« Sie machte eine Geste zum Tisch. »Nein, das sind die, die Daniel dem Landstreicher geschenkt hat.«

Walsh schloß die Augen. Seine dürftige Beweisführung gegen Diana Goode war dabei, zusammenzubrechen. »Was für ein Landstreicher?« fragte er.

»Wir haben ihn nicht nach seinem Namen gefragt«, antwortete sie. »Er hat bei uns gebettelt. Die Schuhe standen auf der Treppe, und Daniel sagte, er könnte sie haben.«

»Wann war das?«

Sie zog eines ihrer Spitzentüchlein heraus und tupfte sich Tränen aus den Augen. »Am Tag, bevor er wegging. Ich erinnere mich genau. Daniel war ein wahrer Heiliger, wissen Sie. Trotz all seiner Probleme hatte er noch Zeit für einen armen Bettler.«

Walsh nahm einige Papiere aus seiner Aktentasche und blätterte sie durch. »Sie haben Ihren Mann am Abend des fünfundzwanzigsten Mai vermißt gemeldet«, sagte er. »Der Landstreicher war also am vierundzwanzigsten hier.«

»Ja, so muß es gewesen sein«, bestätigte sie weinend.

»Um welche Zeit?«

Sie sah ihn hilflos an. »Oh, daran kann ich mich nicht erinnern. Irgendwann im Lauf des Tages.«

»Wieso war Ihr Mann während des Tages zu Hause, Mrs. Thompson?« fragte McLoughlin mit einem Blick in seinen Notizkalender. »Der vierundzwanzigste war ein Mittwoch. Hätte er da nicht in seiner Firma sein müssen?«

Sie schmollte. »Ach, diese gräßliche Firma«, sagte sie heftig. »Daher kamen ja alle seine Probleme. Es war nicht seine Schuld, verstehen Sie. Die Leute haben zuviel von ihm erwartet. Am Ende ist er einfach nicht mehr hingegangen«, bekannte sie kleinlaut.

»Können Sie mir den Landstreicher beschreiben?« fragte Walsh.

»O ja«, sagte sie. »Er kann Ihnen sicher weiterhelfen. Er hatte eine pinkfarbene Hose an, und auf dem Kopf trug er einen alten braunen Hut.« Sie dachte zurück. »Er war ungefähr sechzig, schätze ich, viel Haar hatte er nicht mehr, und er roch abscheulich. Er war sehr betrunken.« Sie hielt inne, als ihr plötzlich ein Gedanke kam. »Aber Sie müssen ihn ja schon gefunden haben, sonst hätten Sie doch die Schuhe nicht.«

Walsh nahm die Schuhe vom Tisch und drehte sie herum. »Sie haben uns gesagt, Ihr Mann hätte mit den Frauen von Streech Grange nichts zu tun gehabt. Aber eine von ihnen, Mrs. Goode, hat Geld in sein Geschäft investiert.«

Ein Schatten flog über ihr Gesicht. »Das wußte ich nicht.«

»Mrs. Goode behauptet, Sie kennengelernt zu haben«, fuhr Walsh fort.

Es folgte ein langes Schweigen. »Möglich. Ich erinnere mich bloß daran, daß ich vor drei, vier Monaten auf der Straße mit einer Frau dieses Namens gesprochen habe. Daniel sagte, sie sei eine Kundin. So eine aufgedonnerte Blondine mit Schlafzimmerblick.«

»Ja«, sagte Walsh, der die Beschreibung unzutreffend, aber erheiternd fand.

»Sie hat mich angerufen«, berichtete Mrs.

Thompson in mißbilligendem Ton, »und wollte wissen, wo Daniel ist. Ich habe ihr gesagt, sie solle sich gefälligst um ihre eigenen Angelegenheiten kümmern.« Sie fixierte Walsh mit Basiliskenblick. »Hat sie etwas mit Daniels Verschwinden zu tun?«

»Wir haben uns die Bücher Ihres Mannes angesehen«, sagte McLoughlin flink aus seiner Ecke, »und dabei einige Diskrepanzen festgestellt. Das hat uns neugierig gemacht.«

»Ich wußte nicht, daß sie eine von denen war.« Sie drückte das Tüchlein an ihre trockenen Augen. »Und Sie sagen, daß sie Geld in seine Firma investiert hat?« Die Schleusen öffneten sich von neuem. »Wie konnte er nur so etwas tun?« stieß sie schluchzend hervor. »Mit diesen schlimmen Frauen.«

Walsh warf McLoughlin einen Blick zu und stand auf. »Wir verabschieden uns jetzt, Mrs. Thompson. Besten Dank für Ihre Hilfe.«

Sie bemühte sich ohne Erfolg, die Flut einzudämmen.

»Haben Sie einmal daran gedacht, eine Weile zu verreisen?« fragte McLoughlin.

Sie seufzte tief. »Der Pastor hat einen kleinen Urlaub für mich arrangiert«, sagte sie. »Ende der Woche fahre ich ans Meer, um ein paar Tage auszuspannen. Aber ohne Daniel wird das nichts helfen.«

McLoughlin machte ein sehr nachdenkliches Gesicht, als er die Tür hinter sich schloß.

Chief Inspector Walsh fluchte, als er die Kupplung in seinem nagelneuen Rover zu schnell kommen ließ und prompt den Motor abwürgte. »Was grinsen Sie so blöd? Das war die einzige Spur, die wir hatten, und die ist jetzt zum Teufel.«

McLoughlin wartete, bis sich der Wagen in Bewegung setzte. »Wer war am Anfang für den Fall zuständig?«

»Falls Sie Thompson meinen – Staley.«

»War er gründlich? Hat er Mrs. Thompson überprüft?«

»Er hat alles überprüft. Ich habe mir die Akte angesehen.«

»Weiß er von unserer Leiche?«

»Ja.«

»Und das hat ihn nicht argwöhnisch gemacht?«

»Nein. Ihr Alibi ist zu gut. Sie hat ihren Mann zum Bahnhof in Winchester gebracht, wo er in den Zug nach London gestiegen ist. Mehrere Leute erinnern sich, ihn auf der Reise gesehen zu haben, und eine Person erinnert sich, ihn am Waterloo-Bahnhof auf dem Bahnsteig gesehen zu haben. Nachdem Mrs. Thompson ihn abgesetzt hatte, fuhr sie direkt nach East Deller zurück und ging in die Kirche, um zusammen mit anderen Gemeindemitgliedern vierundzwanzig Stunden lang zu fasten. Der heilige Daniel sollte um sechs zu ihnen stoßen, gleich nach seiner Rückkehr aus London, wo er übrigens einen Kredit aufnehmen wollte, um die Pleite seiner Firma abzuwenden. Aber er ist nie zurückgekommen. Um zehn Uhr fuhr die Frau des Pastors mit Mrs. Thompson heim nach Larkfield und wartete mit ihr, während sie in der Firma und bei Freunden und Bekannten anrief. Gegen Mitternacht telefonierte die Pastorsgattin mit der Polizei und blieb über Nacht bei Mrs. Thompson, die mittlerweile völlig hysterisch war. Daniel ist nicht mehr gesehen worden, seit er in London aus dem Zug stieg.«

»Aber ihr Alibi gilt also nur für den fünfundzwanzigsten und sechsundzwanzigsten. Angenommen, er ist später zurückgekommen?«

Walsh fädelte in einen Kreisverkehr ein. »Weshalb hätte er das tun sollen? Staley meint, er wollte mit seiner Flucht zwei Fliegen mit einer Klappe schlagen – seine unmögliche Ehefrau loswerden und sich einem Konkursverfahren entziehen. Thompsons Nummer zwei bei der Heizungsfirma hat es kein bißchen überrascht, daß Thompson getürmt ist, den hat es nur gewundert, daß er so lange dazu gebraucht hat. Angeblich hatte Thompson gleich die Hosen voll, als es brenzlig wurde.«

»Aber Sie haben doch offenbar vermutet, er müßte guten Grund gehabt haben, zurückzukommen, Sir«, widersprach McLoughlin. »Wie hätte Mrs. Goode ihn sonst töten können?«

»Ja, na ja, Mrs. Goode ist ja auch um einiges attraktiver als diese Heulsuse, mit der er verheiratet war. Ich hätte mir vorstellen könnnen, daß er sein Verschwinden nur inszeniert hat, um sich dann mit dieser appetitlichen Blondine zusammenzutun.«

»Aber als er dann bei Mrs. Goode aufkreuzte, fand die, inzwischen zehntausend Pfund ärmer als vorher, ihn gar nicht mehr so attraktiv wie vorher und rannte ihm ein Messer in die Rippen?«

»So ungefähr.«

McLoughlin lachte laut. »Entschuldigen Sie, Sir.« Er überlegte einen Moment. »Die Thompsons haben keine Kinder, nicht wahr?«

»Nein.«

» Okay, nehmen wir an, eine Frau ist seit mehr als dreißig Jahren mit einem Mann verheiratet. Er ist ihr ganzer Lebensinhalt, und eines Tages ist er plötzlich auf und davon.« Er schwieg einen Moment.

»Weiter.«

»Ich muß das erst noch genau durchdenken, aber es könnte vielleicht so gewesen sein: Daniel türmt, weil die Firma im Eimer ist und er die Folgen fürchtet. Er treibt sich eine Weile in London herum, muß aber feststellen, daß so ein Leben gar nicht so einfach ist. Also entschließt er sich, reumütig nach Hause zurückzukehren. Inzwischen hat Mrs. Thompson durch den Anruf von Mrs. Goode entdeckt, daß ihr Mann mit einer anderen Frau zugange war, und noch dazu mit einer durch und durch verdorbenen Person. Sie ist sowieso schon am Rand eines Nervenzusammenbruchs, und diese Entdeckung gibt ihr den Rest. Bedenken Sie, daß sie eine religiöse Fanatikerin ist, ihre Ehe eine Farce war, und sie mehrere Tage Zeit hatte zu grübeln. Was wird sie also tun, wenn Daniel unerwartet nach Hause zurückkehrt?«

»Ja«, stimmte Walsh nachdenklich zu. »Das hört sich einleuchtend an. Aber wie hat sie die Leiche zum Eishaus befördert?«

»Das weiß ich nicht. Vielleicht hat sie ihn überredet, mit ihr dorthin zu gehen, als er noch lebte. Auf jeden Fall ist es ganz logisch, daß sie die Leiche irgendwo in Streech Grange deponierte, dem Ort seines Sündenfalls, und ebenso logisch ist es, daß sie ihm seine Kleider auszog und ein bißchen an ihm herumschnipselte, um den Eindruck zu erwekken, es handle sich um David Maybury. Sie würde das als gerechte Strafe für die sündigen Frauen sehen – wahrscheinlich glaubte sie, sie seien alle drei schuld –, die ihr Leben zerstört haben. Haben wir eigentlich inzwischen etwas Neues über diese Aussage, daß in der Nähe der ehemaligen Gesindehäuser der Farm jemand geweint hat?«

»Ja, aber nichts Hilfreiches. Beide Familien sagen übereinstimmend, daß es nach Mitternacht war, weil sie schon im Bett waren, und daß es während der Hitzewelle war, die wir in der letzten Maiwoche und den ersten beiden Juniwochen hatten. Die einen meinen allerdings, es sei im Mai gewesen, die anderen behaupten, es sei in der zweiten Juniwoche gewesen. Wir können's uns aussuchen.«

»Ja, das bringt wenig. Wir brauchen das genaue Datum. Hat Staley eigentlich Thompsons Haus durchsucht?«

»Zweimal, ja. Einmal in der Nacht seines Verschwindens und dann noch einmal ungefähr zwei Wochen später.«

McLoughlin runzelte die Stirn. »Warum die zweite Durchsuchung?«

»Hm, das ist nicht uninteressant. Er bekam einen anonymen Hinweis, der besagte, Mrs. Thompson habe durchgedreht, Daniel umgebracht und unter den Bodendielen versteckt. Staley kreuzte eines Tages Mitte Juni unangemeldet bei ihr auf und stellte das Haus von oben bis unten auf den Kopf. Er fand nichts außer einer sexuell ausgehungerten Mrs. Thompson, die ihm auf Schritt und Tritt folgte und ihm Avancen machte. Er ist überzeugt, daß sie selbst den anonymen Brief geschrieben hat.«

»Warum denn das?«

Walsh lachte. »Er meint, sie sei auf ihn scharf gewesen.«

»Vielleicht hat ihr das schlechte Gewissen keine Ruhe gelassen.«

Walsh lenkte den Wagen vor der Dienststelle an den Bordstein. »Das ist alles schön und gut, Andy, aber was fangen wir mit den verdammten Schuhen an? Wenn Daniel sie anhatte, warum hat sie sie dann auf dem Gutsgelände zurückgelassen? Und wenn er sie nicht anhatte, wie sind sie dann dahin gekommen?«

»Ja«, meinte McLoughlin, »das habe ich mich auch schon gefragt. Irgendwie habe ich das Gefühl, daß sie uns über die Schuhe die Wahrheit gesagt hat. Der Landstreicher muß dagewesen sein.

Die Beschreibung kam so prompt und sie stimmt genau mit der überein, die Nick Robinson gegeben wurde. Ich erinnere mich an die pinkfarbene Hose.« Er zog fragend eine Augenbraue hoch. »Ich könnte ja versuchen, den Burschen zu finden.«

»Zeitverschwendung«, brummte Walsh. »Selbst wenn Sie ihn finden sollten, was könnte er uns schon sagen?«

»Zum Beispiel, ob Mrs. Thompson lügt.«

»Hm.« Er beugte sich tief über das Lenkrad. »Ich hatte gerade einen fürchterlichen Gedanken.« Er sah aus, als würde ihm gleich übel werden.

McLoughlin sah ihn an.

»Kann es sein, daß diese verdammten Weiber von Anfang an recht hatten? Daß dieser elende Tippelbruder im Eishaus untergekrochen ist und dort einen Herzinfarkt bekam?«

»Was ist dann aus seiner pinkfarbenen Hose geworden?«

Walshs Gesicht hellte sich auf. »Aber ja, natürlich! Also gut, schauen Sie, ob Sie ihn finden können.«

»Dann muß ich aber die Maybury-Akte ruhen lassen.«

»Nur vorübergehend«, brummte Walsh.

»Und ich brauche ein Team, um noch einmal das Gelände von Streech zu durchsuchen.« Er sah die Gewitterwolken, die sich in Walshs Gesicht zusammenzogen. »Im Hinblick auf eine mögliche Verbindung von Mrs. Thompson zum Eishaus«, fügte er ruhig hinzu.

Elizabeth stand an ihrem Lieblingsplatz an der Terrassentür im Zimmer ihrer Mutter und sah in den Garten hinaus, in dem die Schatten langsam länger wurden. Wie oft, fragte sie sich, hatte sie schon an eben diesem Platz gestanden und hinausgesehen. »Ich muß wieder zurückfahren«, sagte sie endlich. »Sonst verliere ich am Ende noch meinen Job.«

»Hast du keinen Urlaub mehr gut?« fragte Diana, froh darüber, daß das Schweigen endlich gebrochen war.

»Doch, aber den brauche ich später. Ich fliege Ende September für zwei Wochen in die Staaten.« Sie drehte sich um. »Tut mir leid, Mama.«

Diana schüttelte den Kopf. »Das braucht dir doch nicht leid zu tun. Besuchst du deinen Vater?«

Elizabeth nickte. »Ich habe ihn drei Jahre nicht mehr gesehen«, erklärte sie entschuldigend, »und der Flug ist schon gebucht.«

Welch eine Mauer aus Mißverständnissen zwischen ihnen stand, dachte Diana, und nur, weil es ihnen beiden so schwerfiel, miteinander zu sprechen. Im Rückblick über die Jahre sah sie, daß ihre Gespräche höflich und unverbindlich geblieben waren, niemals etwas berührt hatten, das Verlegenheit hätte auslösen können. In gewisser Weise hatte Phoebe es besser gehabt. Geteilte Elternliebe hatte es bei ihren Kindern nicht gegeben, keine bleibende Anhänglichkeit an den Vater, keine Notwendigkeit für Phoebe, sein Weggehen zu rechtfertigen.

»Möchtest du etwas trinken?« Sie ging zum Barschrank.

»Trinkst du auch etwas?«

»Ja.«

»Gut, dann nehme ich einen Gin Tonic.«

Diana schenkte die Drinks ein und trug die Gläser zur Terrassentür. »Cheers.« Sie setzte sich auf die Armlehne eines Sessels und blickte wie ihre Tochter auf den Garten hinaus. Es war einfacher, sie nicht anzusehen. »Jahrelang konnte ich nicht an deinen Vater denken, ohne wütend zu werden. Wenn seine Briefe an dich kamen und ich nur seine Handschrift sah, habe ich mich so verkrampft, daß mir stundenlang sämtliche Zähne weh getan haben. Ich habe mir unaufhörlich den Kopf darüber zerbrochen, was Miranda ihm bieten konnte, das mir fehlte.« Sie lachte kurz auf. »Ich habe lange gebraucht, aber mit der Zeit habe ich es überwunden. Jetzt versuche ich, mich an die schönen Zeiten zu erinnern. Was ist sie eigentlich für eine Frau? Ich habe sie nie kennengelernt.«

Elizabeth beobachtete einen Spatz, der draußen auf der Terrasse herumhüpfte. »Es war nicht nur seine Schuld«, sagte sie abwehrend.

»Nein, natürlich nicht. In vieler Hinsicht hatte ich mehr Schuld als er. Ich habe alles zu selbstverständlich hingenommen. Ich habe ihn für einen Mann gehalten, der mit einer berufstätigen Frau leben kann, aber das war falsch. Das Schlimmste für ihn war, geschäftlich mit mir konkurrieren zu müssen. Ich mache ihm das nicht zum Vorwurf. Er konnte es so wenig ändern, wie ich etwas daran ändern konnte, daß ich nach deiner Geburt wieder arbeiten wollte. Wir hätten einfach nie heiraten sollen. Wir waren beide viel zu jung, und keiner von uns wußte wirklich, was er tat. Phoebe sieht es bei sich genauso. Sie hat David geheiratet, weil sie Jonathan erwartete und es sich damals einfach gehörte, daß man verheiratet war, wenn man ein Kind bekam. Ich habe deinen Vater aus ähnlichen Gründen geheiratet. Ich wollte mit ihm in die Staaten, und meine Eltern wollten partout nicht, daß ich nur als seine Freundin mit ihm ging.« Sie seufzte. »Jetzt kann man das nur noch bedauern.

Wir haben uns gegenseitig das Leben verpfuscht, weil wir nicht den Mut aufgebracht haben, gegen die Konventionen zu verstoßen.«

»Wenn du deine Ehe bedauerst, bedauerst du dann auch die Konsequenzen?«

»Du meinst, ob es mir leid tut, daß du geboren wurdest?«

»Natürlich«, gab Elizabeth gereizt zurück. »Das eine hängt doch mit dem anderen ziemlich eng zusammen, findest du nicht?« Der Stachel saß tief.

Diana suchte nach den richtigen Worten. »Nach deiner Geburt haben mich die Leute fast verrückt gemacht mit ihren ewigen Fragen, wem du nachschlägst, ob du mehr deinem Vater oder mir gleichst. Ich habe ihnen immer dasselbe geantwortet: weder noch. Ich konnte nicht verstehen, warum sie dich unbedingt mit einem von uns in einen Topf werfen mußten. Für mich warst du vom ersten Moment an ein eigenständiges Geschöpf mit einem eigenen Charakter und einer eigenen Art, mit den Dingen umzugehen. Ich liebe dich, weil du meine Tochter bist und wir zusammengewachsen sind, aber vor allem mag ich dich, weil du du bist. Ich mag Elizabeth Goode. Du bist ein selbständiger Mensch, nicht das Produkt einer Ehe.«

»Bin ich doch!« entgegnete Elizabeth scharf. »Ich bin das, was ihr beide, du und Dad, aus mir gemacht habt.«

Diana sah sie an. »Hör mal, du warst schon als Baby eine Rebellin. Als du gerade acht Wochen alt warst, mußte ich auf feste Nahrung umstellen, weil du ständig vor Hunger gebrüllt hast. Dein Vater hat dich die ›kleine Despotin‹ genannt, so gut hattest du uns gedrillt. Wie kommst du plötzlich auf den Gedanken, du seiest ohne alle Persönlichkeit zur Welt gekommen und hättest erst von zwei völlig unerfahrenen Menschen geformt werden müssen? Eines kann ich dir sagen, du wirst dein blaues Wunder erleben, wenn du glaubst, Säuglinge hätten keine eigene Persönlichkeit.«

Elizabeth lächelte. »Du weißt schon, was ich meine.«

»Ja«, gestand Diana ein, »das weiß ich.« Sie schwieg einen Moment. »Ich hätte mir da früher schon einmal Gedanken drüber machen sollen. Einerseits bin ich stolz darauf, eine charakterstarke, selbständige Tochter zu haben, auch wenn sie ein bißchen sehr eigensinnig ist; andererseits liege ich dir ständig damit in den Ohren, nur ja nicht dieselben Fehler zu machen wie ich.« Sie lächelte wehmütig. »Tut mir leid, Schatz. Ziemlich inkonsequent von mir.«

»Phoebe ist genauso«, bemerkte Elizabeth. »Das scheint eine häufig vorkommende mütterliche Schwäche zu sein.«

Diana lachte. »Wie äußert es sich denn bei Phoebe?«

»Ist dir das noch nie aufgefallen? Immer, wenn Jonathan etwas trinkt, markiert sie den Pegelstand in der Flasche mit einem Filzstift. Sie bildet sich ein, er hätte es nie gemerkt.«

»Nein, das ist mir nie aufgefallen«, sagte Diana überrascht. »Wie sonderbar! Warum tut sie das?«

»Weil sein Vater zu viel getrunken hat. Sie paßt auf wie ein Schießhund, daß er nicht auch damit anfängt.«

Ach, wie gut ich sie verstehen kann, dachte Diana, auch wenn ihr Verhalten objektiv betrachtet ausgesprochen töricht ist. »Versteht Jonathan, warum sie das tut?« fragte sie neugierig.

»Ich glaube schon, ja.«

»Und du, verstehst du es?«

»Ja, aber das heißt noch lange nicht, daß ihr recht habt, Phoebe und du. Ihr macht ein Riesengedöns um etwas, das wahrscheinlich überhaupt nicht eintreten wird.«

»Prost!« sagte Diana und stieß mit ihrer Tochter an. Aber wenn sie gehofft hatte, dieser erste Ansatz gegenseitigen Verstehens würde zu Vertraulichkeiten führen, so wurde sie enttäuscht. Elizabeth hatte die Dinge zu lange mit sich allein ausgemacht, um das so schnell zu ändern.

»Sie ist eine nette Frau«, sagte sie unvermittelt. »Ganz anders als du. Sie ist klein und ziemlich rundlich. Sie kocht ganz hervorragend. Dad hat ungefähr zehn Kilo zugenommen, seit er sie geheiratet hat.« Sie lächelte. »Er kriegt seine Hemdkragen nicht mehr zu. Jedenfalls war es vor drei Jahren so.«

Du meine Güte, dachte Diana, das hat er sich also gewünscht. Sie sah den schlanken jungen Mann vor sich, den sie geheiratet hatte, das schmale, gutaussehende Gesicht, die schicken Designerklamotten, und lachte leise. »Der arme Steven.«

»Er ist sehr glücklich«, protestierte Elizabeth sofort.

Diana hob zum Zeichen der Kapitulation die Hände. »Das glaube ich dir ja. Und ich bin froh darüber. Sehr froh«, sagte sie, und es war auch so.

»Ich werde wohl die Polizei fragen müssen, ob ich nach London zurückfahren kann«, meinte Elizabeth.

»Wann willst du denn fahren?«

»Morgen, gleich nach dem Mittagessen. Jon hat mir versprochen, mich zum Bahnhof zu fahren.«

»Gut, dann fragen wir morgen Walsh«, sagte Diana. »Der kreuzt bestimmt schon in aller Frühe hier auf, um mir wegen meiner Ungezogenheit von heute nachmittag noch einmal tüchtig auf die Finger zu klopfen.«

»Wirklich, Mama«, mahnte Elizabeth, als spräche sie mit einem Kind, »du mußt ein bißchen vorsichtiger sein. Du gerätst immer gleich in Rage. Ich finde, du hast ein Heidenglück gehabt, daß du so glimpflich davongekommen bist.«

»Ja«, stimmte Diana kleinlaut zu.

Elizabeth sagte plötzlich: »Jon hat sich heute auch schon geprügelt. Aber sag Phoebe nichts davon. Sie regt sich nur auf.«

»Wo war das denn?«

»In Silverborne. Irgendwelche Kerle haben ihn auf dem Foto in der Zeitung erkannt, du weißt schon, das, was an dem Abend, als Anne überfallen worden ist, vor dem Krankenhaus gemacht wurde. Sie haben ihm ›Lesbenlover‹ nachgeschrien, und da hat er einem von ihnen eins auf die Nase gegeben und ist abgehauen.« Sie lächelte. »Ich war richtig beeindruckt, als er es mir erzählt hat. Das hätte ich ihm gar nicht zugetraut.«

Diana dachte an David Maybury. O ja, Jonathan war einiges zuzutrauen.

# *18*

Innerhalb von vierundzwanzig Stunden hatte sich Anne so gründlich erholt, daß ihr der Nikotinentzug heftig zusetzte und sie ihre Absicht kundtat, das Krankenhaus zu verlassen. Jonathan protestierte energisch. »Du wärst beinahe gestorben, Anne. Wenn der Sergeant nicht gewesen wäre, wär's ausgewesen mit dir. Dein Körper braucht Zeit, um sich zu erholen und den Schock zu verarbeiten.«

»Ach, verdammt«, sagte sie, »und ich erinnere mich an gar nichts. Keine übersinnlichen Erfahrungen, kein freies Schweben unter der Zimmerdecke, keine göttlichen Lichter. So was Gemeines. Ich hätte so schön was darüber schreiben können. Das hat man nun davon, daß man Atheistin ist.«

Jonathan sah in McLoughlin so etwas wie einen Helden und nicht nur wegen Annes Rettung. »Hast du dich eigentlich bei ihm bedankt?« fragte er Anne.

Sie blickte stirnrunzelnd von ihm zu der Polizeibeamtin an ihrem Bett. »Wieso? Er hat doch nur seine Pflicht getan.«

»Er hat dir immerhin das Leben gerettet.«

»So, wie ich mich im Augenblick fühle«, versetzte sie finster, »hätte er das genausogut lassen können. Das Leben sollte mühelos und schmerzfrei und voller Spaß sein. Hier merke ich davon überhaupt nichts. Man kommt sich vor wie im Gulag, von lauter Sadisten umgeben. Die Schwester sollte man einsperren. Sie lacht jedesmal, wenn sie mir die Spritze reinhaut, und erklärt mir, es sei nur zu meinem Besten. Mann, jetzt eine Zigarette! Schmuggle mir welche rein, Jonny. Ich paff einfach unter der Decke. Da merkt's keiner.«

Er grinste. »Bis das Bett in Flammen aufgeht.«

»Siehst du, jetzt lachst du auch schon«, sagte sie anklagend. »Was ist eigentlich los mit euch allen? Wieso findet ihr das alles so komisch?«

Constable Brownlow, die auf der anderen Seite des Betts Wache hielt, kicherte unterdrückt.

Anne warf ihr einen zornigen Blick zu. »Und was Sie hier zu suchen haben, verstehe ich überhaupt nicht«, schnauzte sie. »Ich habe Ihnen alles erzählt, woran ich mich erinnern kann, und das ist gleich null.« Sie hatte bisher mit niemandem offen sprechen können, und genau deshalb hatte man ihr die Person wahrscheinlich hier hereingesetzt. Es machte sie wahnsinnig.

»Befehl ist Befehl«, erwiderte die Beamtin gelassen. »Der Inspector möchte, daß jemand zur Stelle ist, wenn Ihre Erinnerungen zurückkehren.«

Anne schloß die Augen und stellte sich vor, wie sie McLoughlin den Kragen umdrehen würde, sobald er sich hier blicken ließ.

Er seinerseits hatte alle Informationen über den Landstreicher zusammengetragen und die Beschreibung im ganzen Landkreis durchgegeben. Er rief einen Kollegen in Southampton an und bat ihn um den Gefallen, die Obdachlosenheime in der Stadt zu überprüfen.

»Wieso glauben Sie, daß er hierhergekommen ist?«

»Ist doch logisch«, erwiderte McLoughlin. »Er war in eurer Richtung unterwegs, und euer Stadtrat hat für Penner und Landstreicher mehr übrig als die meisten Leute hier in der Gegend.«

»Aber zwei Monate, Andy. Der ist bestimmt schon vor Wochen weitergetippelt.«

»Ich weiß. Aber die Beschreibung ist sehr genau. Vielleicht erinnert sich jemand an ihn. Wenn wir einen Namen hätten, würde das einiges erleichtern. Sehen Sie mal zu, was sich machen läßt, ja?«

»Ich hab im Moment ziemlich viel um die Ohren.«

»Tja, das geht uns wohl allen so? Bis bald.« Er machte allen murrenden Einwendungen ein Ende, indem er den Hörer auflegte und schnellstens, ehe der Kollege mit einem Schwall von Ausreden zurückrufen konnte, sein Büro verließ. Leichten Herzens fuhr er nach Streech Grange hinaus, um sich mit Jane Maybury zu unterhalten, die sich bereit erklärt hatte, seine Fragen zu beantworten.

Er fragte sie, ob sie lieber ihre Mutter dabeihätte, aber sie schüttelte den Kopf und sagte, nein, das sei nicht nötig. Phoebe führte sie mit einem etwas unsicheren Lächeln ins Wohnzimmer und schloß die Tür. Sie setzten sich an die hohen Fenster. Jane war sehr blaß. Sie trug eine verblichene Jeans und ein viel zu weites T-Shirt mit der Aufschrift *Bristol City* quer über der Brust. An dem kindlich zarten Körper wirkte es absurd, fand er.

Sie schien seine Gedanken zu lesen. »Es ist der Triumph der Hoffnung über die Erfahrung«, sagte sie. »Ich brauche das.«

Er lächelte. »Ich denke, das braucht jeder von uns.«

Sie lachte ein wenig nervös. »Was wollten Sie mich fragen?«

»Nur ein paar Dinge, aber zuallererst möchte ich Ihnen sagen, daß ich Sie auf keinen Fall quälen möchte. Wenn meine Fragen Sie in irgendeiner Weise aufregen, dann brauchen Sie es nur zu sagen, und wir machen Schluß. Wenn Sie das Gefühl haben sollten, Sie würden lieber mit einer unserer weiblichen Beamten sprechen, dann brauchen Sie das einfach nur zu sagen. Einverstanden?«

Sie nickte. »Ja, gut.«

Er kam auf den Abend des Anschlags auf Anne Cattrell zurück und ließ sich von ihr noch einmal berichten, wie sie beim Fernsehen mit ihrem Bruder und Elizabeth Goode durch die Geräusche splitternden Glases und seine Hilferufe aufgeschreckt worden war. »Ihr Bruder lief als erster hinunter, sagten Sie.«

»Ja. Er dachte, es sei ein Einbrecher, und sagte, Lizzie und ich sollten oben bleiben, bis er uns ruft.«

»Aber Sie sind nicht geblieben?«

»Nein. Lizzie ist gleich nach ihm hinuntergerannt, um in Dianas Wohnung nachzusehen. Wir wußten ja noch nicht, welches Fenster eingeschlagen worden war. Ich sagte, ich würde bei meiner Mutter nachsehen, und Jon ist zu Anne hinübergelaufen.«

»Und dann?«

»Meine Mutter und Diana kamen zur gleichen Zeit mit uns in die Halle. Meine Mutter ist Jon nachgelaufen. Ich habe in diesem Zimmer hier nachgesehen und Lizzie in der Küche. Als ich wieder in den Vorsaal kam, rannte meine Mutter gerade mit Decken und einer Wärmflasche im Arm die Treppe herunter und rief Diana zu, sie solle den Rettungsdienst anrufen. Dann habe ich gesagt, man müßte Fred Bescheid geben, damit er das Tor aufmacht, und meine Mutter sagte, natürlich, daran habe ich gar nicht gedacht.« Sie breitete ihre Hände aus. »Da habe ich die Taschenlampe genommen, die immer auf dem Tisch in der Halle liegt, und bin losgegangen.«

»Warum gerade Sie? Warum nicht Mrs. Goodes Tochter?«

Sie zuckte die Achseln. »Weil es meine Idee war. Außerdem war Lizzie noch nicht aus der Küche zurück.«

»Hatten Sie keine Angst? Haben Sie nicht daran gedacht, auf Miss Goode zu warten und mit ihr zusammen zu gehen?«

»Nein«, antwortete sie. »Vor wem hätte ich Angst haben sollen? Meine Mutter hatte nur gesagt, Anne gehe es nicht gut. Ich habe wahrscheinlich gedacht, sie hätte eine Blinddarmreizung oder so etwas. Ich fand's nur lästig, daß wir wegen der Reporter das Tor abschließen mußten.« Ihre Stimme wurde ein wenig lauter. »Und ich bin ja früher schon hundertmal die Auffahrt hinaufgelaufen. Auch im Dunkeln. Manchmal, wenn Fred im Pub ist, besuche ich Molly auf einen Schwatz.«

»Gut«, sagte er. »Das hört sich alles sehr logisch an.« Er lächelte ihr aufmunternd zu. »Sie sind eine gute Sprinterin. Ich hatte Riesenmühe, Sie einzuholen.«

»Ich hatte Angst um Anne«, bekannte sie. »Ich hab ihr schon oft gesagt, daß sie eines Tages Krebs bekommt und tot umfällt. Ich hatte fürchterliche Angst, genau so etwas könnte passiert sein. Deswegen bin ich so gerannt.«

»Sie haben sie sehr gern, nicht wahr?«

»Anne tut mir immer gut«, sagte sie. »Leben und leben lassen, sagt sie immer. Sie mischt sich nie ein und kritisiert auch nie, aber wahrscheinlich ist das für sie auch leichter. Sie hat keine eigenen Kinder, um die sie sich sorgen muß.«

»Meine Mutter macht sich heute noch Sorgen um mich«, log McLoughlin, der genau wußte, daß seine Mutter einzig Sorge hatte, nicht zu spät zu ihrem Bingo-Abend zu kommen.

Jane stützte das Kinn auf die Hand. »Meine Mutter ist wirklich ein Schatz«, vertraute sie ihm naiv an, »aber sie glaubt immer noch, sie müsse mich beschützen. Anne sagt ihr immer, sie solle mich doch meine eigenen Kämpfe austragen lassen.« Sie drehte eine dunkle Haarsträhne um ihren Finger.

Er schlug die Beine übereinander und ließ sich, bewußt Entspanntheit demonstrierend, tiefer in den Sessel sinken. »Kämpfe?« neckte er gutmütig. »Was müssen Sie denn für Kämpfe austragen?«

»Ach, für Sie sind das bestimmt nur Kleinigkeiten«, erwiderte sie. »Sie würden darüber lachen.«

»Das glaube ich nicht. Genausogut könnten Sie über meine Kämpfe lachen.«

»Zum Beispiel?« sagte sie. »Erzählen Sie doch mal.«

»Na gut.« Er sah ihr in das vertrauensvoll lächelnde Gesicht und dachte, gebe Gott, daß du mir nichts verraten kannst, sonst wird dieses Lächeln nie wieder erscheinen. »Den schlimmsten Kampf überhaupt habe ich mit meiner Mutter ausgefochten, als ich ungefähr in Ihrem Alter war«, sagte er. »Ich hatte heimlich meine Freundin in mein Zimmer geschmuggelt, um eine heiße Nacht mit ihr zu verbringen. Meine Mutter platzte mitten hinein ins Vergnügen.«

»Du lieber Schreck!« rief Jane. »Warum haben Sie denn nicht abgesperrt?«

»Ich hatte keinen Schlüssel.«

»Wie peinlich«, sagte Jane mitfühlend.

»Ja, das war es allerdings«, sagte er, sich erinnernd. »Meine Freundin ist schleunigst abgehauen, und ich mußte mich nackt, wie ich war, mit meiner Mutter herumschlagen. Sie stellte mich vor die Wahl: Entweder würde ich versprechen, so etwas nie wieder zu tun, oder sie würde mich splitterfasernackt vor die Tür setzen.«

»Und was haben Sie getan?«

»Raten Sie mal.«

»Sie sind splitterfasernackt abgehauen.«

Er hob die Faust mit aufgerichtetem Daumen. »Richtig.«

Sie sah ihn mit großen Augen an wie ein Kind. »Aber was haben Sie denn ohne Ihre Kleidung gemacht?«

Er lachte. »Ich habe mich im Gebüsch versteckt, bis alle Lichter auswaren, dann habe ich die Leiter aus dem Schuppen geholt und bin zu meinem Zimmer hinaufgestiegen. Das Fenster war glücklicherweise offen. Es war ganz einfach. Ich hab mich in mein Bett gelegt und erst noch eine Runde geschlafen, und am Morgen, ehe meine Mutter auf war, bin ich mit einem Koffer getürmt.«

»Haben Sie sich wieder mit ihr versöhnt?«

»O ja«, antwortete er. »Ich besuche sie jeden Sonntag zum Mittagessen. Ich glaube, sie hat die Sache hinterher bedauert, wissen Sie. Es wurde sehr still im Haus, als ich weg war.« Er schwieg einen Moment. »So, jetzt sind Sie dran«, sagte er dann.

Sie kicherte. »Das ist nicht fair. Ihr Kampf war amüsant, meine Kämpfe sind alle total erbärmlich. Zum Beispiel: Esse ich mein Kartoffelpüree, oder esse ich es nicht? Arbeite ich zuviel? Oder sollte ich lieber mehr ausgehen und mich amüsieren?«

»Und tun Sie es?«

»Ausgehen und mich amüsieren?«

Er nickte.

»Selten.« Sie verzog die Lippen zu einem zynischen Lächeln und sah plötzlich viel älter aus. »Unter Amüsement versteht meine Mutter, mit Jungens ausgehen. Aber ich finde das überhaupt nicht amüsant.« Sie kniff die Augen zusammen. »Ich mag es nicht, wenn Männer mich anfassen. Meine Mutter bedrückt das.«

»Das ist doch verständlich«, meinte er. »Sie gibt sich selbst die Schuld.«

»Aber dabei ist es nicht ihre Schuld«, entgegnete sie beinahe wegwerfend. »Wenn sie das nur endlich mal begreifen würde. Ehrlich, es ist das Schlimmste, was es gibt, mit der Schuld von anderen Leuten zurechtzukommen.«

»Was, glauben Sie, ist aus Ihrem Vater geworden, Jane?«

Die Frage hing wie ein übler Geruch zwischen

ihnen in der Luft. Jane wandte sich ab und sah zum Fenster hinaus, und er hatte schon Angst, zu ungeduldig gewesen zu sein, sie verschreckt zu haben. Er hoffte es nicht – um ihretwillen nicht und um der Ermittlungen willen nicht.

»Passen Sie auf, ich erzähle Ihnen, was an dem Abend passiert ist, an dem er fortgegangen ist«, sagte sie schließlich, den Blick weiterhin zum Fenster hinaus gerichtet. »Ich erinnere mich sehr deutlich, aber nicht einmal mein Psychiater weiß alles darüber. Manches habe ich für mich behalten, Einzelheiten, die damals nicht ins Bild paßten. Die habe ich einfach weggelassen.« Sie machte eine kurze Pause. »Ich habe seit Ewigkeiten nicht mehr daran gedacht – bis neulich abend. Und seitdem kann ich kaum noch an etwas anderes denken. Ich glaube jetzt, daß das, was ich ausgelassen habe, vielleicht wichtig war.«

Sie sprach langsam und deutlich, als käme es ihr jetzt, da sie sich entschlossen hatte, die ganze Geschichte zu erzählen, darauf an, jede Unklarheit zu vermeiden. Sie erzählte ihm, wie ihr Vater, nachdem ihre Mutter zur Arbeit gegangen war, ihr ein Bad einlaufen ließ. Das, sagte sie, war immer das Zeichen gewesen, daß er mit ihr schlafen wollte. Es war eine Gewohnheit, die er eingeführt und die sie zu akzeptieren gelernt hatte. Sie beschrieb den ganzen Ablauf sachlich, ohne einen Anflug von Gefühl. McLoughlin vermutete, daß sie das viele Male auf der Couch des Analytikers geübt hatte. Sie sprach von den Annäherungen ihres Vaters, von den Geschehnissen in ihrem Kinderzimmer, als kommentierte sie eine Schachpartie.

»Aber an dem Abend«, sagte sie, ihren dunklen Blick auf McLoughlin richtend, »hat er etwas gemacht, was er vorher nie getan hatte.«

Mit einiger Anstrengung fragte er:

»Was denn?«

»Er sagte mir, er habe mich lieb. Er hat mir das zum erstenmal gesagt.«

McLoughlin war fassungslos. So viel Schmerz und ohne ein Wort der Liebe. Doch was hätten Worte bewirkt, außer daß sie den Mann zum Heuchler gemacht hätten? »Warum halten Sie das für wichtig?« fragte er ruhig.

»Lassen Sie mich fertig erzählen«, sagte sie, »vielleicht fällt es Ihnen dann auch auf.« Bevor es diesmal zu der Vergewaltigung kam, machte er ihr ein Geschenk, das in buntes Papier eingepackt war. »Das hatte er auch noch nie getan.«

»Was war es?«

»Ein kleiner Teddybär. Ich habe damals Teddybären gesammelt. Als er fertig war«, sagte sie, den ganzen Vorfall mit vier Worten abtuend, »hat er mir über das Haar gestreichelt und gesagt, es täte ihm leid. Ich habe ihn gefragt, warum, denn er hatte sich vorher noch nie entschuldigt, aber in dem Moment kam meine Mutter herein, und er hat mir nie eine Antwort gegeben.« Sie verstummte und sah auf ihre Hände.

Er wartete, aber sie sprach nicht weiter. »Was ist dann geschehen?« fragte er nach einigen Minuten.

Sie lachte trocken. »Eigentlich gar nichts. Sie haben einander nur angesehen. Mir kam es vor wie Stunden. Dann ist er vom Bett aufgestanden und hat seine Hose hochgezogen.« Ihre Stimme war brüchig. »Es war die reinste Farce. Ich erinnere mich noch an das Gesicht meiner Mutter. Es war völlig erstarrt, wie erfroren. Sie war weiß wie ein Leichentuch, bis auf den blauen Fleck, den er ihr am Tag vorher geschlagen hatte. Erst als er aus dem Zimmer gegangen war, hat sie sich wieder bewegt. Da ist sie zu mir gekommen und hat sich neben mich aufs Bett gelegt und mich ganz fest in ihre Arme genommen. So sind wir die ganze Nacht liegengeblieben, und am Morgen war er fort.« Sie zuckte die Achseln. »Wir haben ihn nie wiedergesehen.«

»Hat sie etwas zu ihm gesagt?« fragte er.

»Nein. Das brauchte sie gar nicht.«

»Wieso?«

»Sie kennen doch den Ausdruck, ›wenn Blikke töten könnten‹.« Er nickte. »So sah ihr Gesicht aus.« Sie biß sich auf die Lippe. »Was meinen Sie?«

Die Frage traf ihn völlig überraschend. Beinahe hätte er gesagt, ich glaube, Ihre Mutter hat ihn getötet. »Wozu?« fragte er.

Sie zeigte ihre Enttäuschung. »Mir erscheint es so offensichtlich. Ich hoffte, es würde Ihnen auch auffallen.« Ihr schmales Gesicht forderte etwas von ihm, das er nicht verstand.

»Moment mal«, sagte er. »Lassen Sie mir eine Minute Zeit zum Nachdenken. Sie kennen die Geschichte in- und auswendig. Ich habe sie eben zum erstenmal gehört. Das dürfen Sie nicht vergessen.«

Er starrte in die Notizen, die er sich gemacht hatte, und zermarterte sich das Gehirn darüber, was sie von ihm erhoffte. Drei Wörter hatte er umrandet: Liebe, Geschenk, Verzeihung. Was hatten sie zu bedeuten? Was glaubte sie, warum er gesagt hatte, er habe sie lieb; warum er ihr ein Geschenk gemacht, warum er sie um Verzeihung gebeten hatte? Und warum hatte er all dies in Wirklichkeit getan? Warum sagt ein Vater seiner Tochter, daß er sie liebhat, macht ihr ein Geschenk und entschuldigt sich dann bei ihr? Er sah auf und lachte.

Es war eben doch offensichtlich. »Er hatte sowieso vor wegzugehen. Er hat Ihnen Lebewohl gesagt. Deshalb ist er spurlos verschwunden. Er hatte alles vorher arrangiert.«

Sie stieß einen tiefen Seufzer aus. »Ja, das glaube ich auch.«

Er beugte sich aufgeregt zu ihr. »Aber wissen Sie auch, welchen Grund er gehabt haben kann, plötzlich zu verschwinden?«

»Nein.« Sie setzte sich gerade und strich sich das Haar aus dem Gesicht. »Ich weiß nur eines, Sergeant: Es war nicht meine Schuld.« Langsam zog ein Lächeln über ihre Lippen. »Sie haben keine Ahnung, wie sehr mich das erleichtert.«

»Aber es hat Ihnen doch bestimmt nie jemand vorgeworfen, sein Verschwinden sei Ihre Schuld?« Die Vorstellung bestürzte ihn.

»Als ich acht Jahre alt war, erwischte mich meine Mutter mit meinem Vater im Bett. Mein Vater ist deswegen weggegangen, und meine Mutter haben die Leute zur Mörderin gestempelt. Mein Bruder, der damals zehn war, hat sich völlig verändert. Er war auf einmal kein Kind mehr, sondern nahm den Platz seines Vaters ein. Er mußte schwören, niemals auch nur ein Wort über die Ereignisse zu sagen, und hat seinen Vater nie wieder erwähnt. Die Schuld meiner Mutter ist eine

Kleinigkeit im Vergleich zu meiner.« Sie hob den Blick. »Das, was neulich abend passiert ist, war im Grund ein Glück. Jahrelang habe ich bei einem Analytiker gesessen, der sein Bestes getan hat, mir meine Schuldgefühle auszureden. Bis zu einem gewissen Grad ist es ihm gelungen. Ich habe alles einfach weggeschoben. Ich war das Opfer, ich war nicht die Täterin. Ich war von einem Menschen manipuliert worden, den ich zu respektieren hatte. Ich habe die Rolle gespielt, die mir zugeteilt wurde, weil ich zu jung war, um zu begreifen, daß ich eine Wahl hatte.« Sie hielt einen Moment inne. »Aber neulich abend, vielleicht weil ich solche Angst hatte, kam mir die ganze Erinnerung mit einer unglaublichen Klarheit. Zum erstenmal fiel mir auf, wie sich das Muster an dem Abend, an dem er weggegangen war, verändert hatte. Zum erstenmal mußte ich mir nicht ganz bewußt meine Schuldlosigkeit vor Augen halten, weil ich erkannte, daß das ganze Elend und die Ungewißheit der letzten zehn Jahre sowieso gekommen wäre, ob meine Mutter uns nun entdeckt hätte oder nicht.«

»Haben Sie ihr das alles gesagt?«

»Noch nicht. Ich sag's ihr nachher, wenn Sie weg sind. Ich wollte erst sehen, ob noch jemand die gleiche Schlußfolgerung zieht wie ich.«

»Erzählen Sie mir noch einmal, was passiert ist, als Sie zum Pförtnerhaus gelaufen sind«, bat er. »Sie sagten, Sie hätten jemanden atmen hören.«

Sie preßte die Lippen zusammen, während sie nachdachte. »Es ist jetzt alles ein bißchen verschwommen«, bekannte sie. »Ich hatte überhaupt keine Angst, bis ich zu dem langen geraden Stück kam, das zum Tor führt. Ich bin ein bißchen langsamer gelaufen, als ich um die Kurve bog, weil ich Seitenstechen bekam, und da hab ich es gehört. Es klang, als hätte jemand einen Schwall Luft ausgestoßen. Wissen Sie, so, wie wenn man ausatmet, nachdem man eine Weile die Luft angehalten hat. Ich hatte das Gefühl, das Geräusch sei sehr nahe. Ich bin so erschrocken, daß ich sofort wieder losgerannt bin. Dann hörte ich hinter mir jemanden laufen und rufen.« Sie warf ihm einen verlegenen Blick zu. »Das waren Sie. Sie haben mich zu Tode erschreckt. Jetzt bin ich nicht mal mehr sicher, ob ich überhaupt jemanden atmen gehört habe.«

»Das macht nichts«, sagte er. »Es ist nicht so wichtig. Und als Sie gesagt haben, Sie hätten geglaubt, es sei Ihr Vater, da kam das nur aus Ihrem Erschrecken? Sie haben sich nicht durch das Atemgeräusch irgendwie an ihn erinnert gefühlt?«

»Nein«, antwortete sie. »Ich kann mich ja überhaupt nicht an ihn erinnern. Ich weiß nicht einmal mehr, wie er aussah. Es ist alles so lange her, und meine Mutter hat alle Fotos von ihm verbrannt. An seinem Atem hätte ich ihn bestimmt nicht erkannt.« Sie sah schweigend zu, wie er seine Sachen zusammenpackte. »Habe ich Ihnen wenigstens weitergeholfen?«

»Aber ja.« Impulsiv nahm er ihre Hände und drückte sie kurz. »Sie haben Ihre Sache großartig gemacht, Jane. Ihre Patentante wird stolz auf Sie sein.«

Phoebe saß auf einer Gartenbank neben der Haustür, das Kinn auf die Hände gestützt, und starrte leer in die Blumenbeete, die die Kiesauffahrt säumten. »Darf ich mich zu Ihnen setzen?« fragte er.

Sie nickte.

Ein paar Minuten lang schwiegen sie beide. Dann sagte er leise: »Der Unterschied zwischen einer Festung und einem Gefängnis ist sehr fein. Und zehn Jahre sind eine lange Zeit. Meinen Sie nicht, Mrs. Maybury, daß Sie Ihre Straftat verbüßt haben?«

Sie richtete sich auf und wies mit einer kurzen Handbewegung zum Dorf hinüber. »Fragen Sie die«, sagte sie bitter. »Die haben den Stacheldraht hochgezogen.«

»Wirklich?«

Instinktiv setzte sie wie zur Abwehr ihre Brille auf. »Natürlich. Ich habe mir dieses Leben nicht ausgesucht. Aber was soll man tun, wenn sich alle gegen einen verbünden? Soll man um Freundlichkeit betteln?« Sie lachte rauh. »Das hätte ich niemals getan.«

Er blickte zu seinen Händen hinunter. »Es war nicht Ihre Schuld«, sagte er ruhig. »Jane weiß das. Er war so, wie er war. Nichts, was Sie getan oder nicht getan haben, hätte daran etwas ändern können.«

Sie zog sich in sich selbst zurück, und das Schweigen dehnte sich in die Länge. Über ihnen segelten die Schwalben, und eine Lerche jubilierte. Schließlich zog sie ein Taschentuch aus ihrem Ärmel und drückte es sich an die Augen. »Ich glaube, ich mag Sie nicht besonders«, sagte sie.

Er sah sie an. »Wir tragen doch alle Schuld – das gehört zum Menschsein. Hören Sie doch nur mal jemandem zu, der eben einen Angehörigen verloren oder eine Scheidung hinter sich hat. Sie werden immer das gleiche hören – wenn ich nur dies getan hätte … wenn ich nur das nicht getan hätte … wenn ich nur liebevoller gewesen wäre … wenn ich nur geahnt hätte … Unsere Bereitschaft zur Selbstbestrafung ist riesengroß. Der Trick besteht darin, zu wissen, wann man Schluß machen muß.« Er legte ihr sanft die Hand auf die Schulter. »Sie bestrafen sich schon viel zu lange. Sehen Sie das denn nicht?«

Sie wandte sich von ihm ab. »Ich hätte es merken müssen«, sagte sie kaum hörbar. »Er hat sie mißhandelt, und ich hätte es merken müssen.«

»Wie hätten Sie es denn merken sollen? Sie sind nicht anders als wir alle«, sagte er brutal. »Jane hat Sie geliebt und wollte Sie schützen. Wenn Sie einzig sich selbst Vorwürfe machen, nehmen Sie ihr alles, was sie für Sie tun wollte.«

Sie kämpfte gegen die Tränen und sagte lange nichts. »Ich bin ihre Mutter. Nur ich hätte sie beschützen können, aber als sie mich brauchte, war ich nicht da. Ich kann es nicht ertragen, daran zu denken.« Die Schulter unter seiner Hand zuckte.

Er überlegte nicht erst, ob es richtig war, sondern er nahm sie einfach in die Arme und ließ sie weinen. Sie weinte sicher nicht zum erstenmal, aber sie weinte zum erstenmal um ihr verlorenes Ich, um dieses Ich, das in eine zauberhafte Welt gekommen war, fasziniert und überzeugt, alles meistern zu können. Darin bestand der Triumph der menschlichen Natur, eine kleine Niederlage nach der anderen hinzunehmen und sie relativ unversehrt zu überstehen. Phoebes Tragik war es gewesen, die schlimmste Niederlage allzufrüh hinnehmen zu müssen und sich niemals von ihr erholen zu können. Er fühlte tiefes Mitleid für sie.

An der Kurve vor dem letzten geraden Stück der Auffahrt hielt er seinen Wagen an und stieg aus. Ganz nahe, hatte Jane gesagt, und das hieß wahrscheinlich, irgendwo im Rhododendron am Wegrand. Seine Suchbemühungen bisher waren enttäuschend verlaufen. Während er ein Team abkommandiert hatte, das Eishaus und Umgebung nach Hinweisen auf eine Verbindung zu Mrs. Thompson abzusuchen, war er selbst auf allen vieren auf der Terrasse herumgekrochen und hatte sich nach Spuren von Annes Angreifer umgesehen. Wenn es sich so abgespielt hatte, wie er glaubte, würden sich hinreichend Hinweise finden lassen. Aber Walsh hatte recht. Abgesehen von ein paar herausgebrochenen Ziegeln und einer Zigarettenkippe einer Marke, die weder Fred noch Anne rauchten, entdeckte er nichts: keine Waffe – er hatte jeden Ziegel und jeden Stein gewissenhaft nach Blutflecken untersucht; keine Fußabdrücke – der Boden war infolge der langen Trockenperiode ausgedörrt und hart, die Terrasse dank der besenschwingenden Molly sauber; kein Blut, nicht einmal den winzigsten Fleck, der bewiesen hätte, daß Anne vor dem Haus und nicht drinnen niedergeschlagen worden war. Er begann sich zu fragen, ob er sich nicht allzusehr auf Phoebes Gewißheit verlassen hatte – zehn Jahre waren eine lange Zeit, die Menschen änderten sich, und sie hatte selbst zugegeben, daß es nur das eine Mal passiert war. Was, wenn sie sich täuschte oder wenn sie log? Er brachte es nicht über sich, diesen beiden Alternativen weiter nachzugehen. Noch nicht.

Wieder ließ er sich auf alle viere hinunter und kroch im Schneckentempo die Auffahrt entlang. Wenn es hier etwas gab, würde es nicht leicht zu finden sein. Ein ganzer Trupp Leute hatte hier schon einmal erfolglos gesucht, aber damals hatte er sie angewiesen, sich auf den Teil weiter unten zu konzentrieren, nahe der Stelle, an der er Jane eingeholt und das Gefühl gehabt hatte, sie würden beobachtet. Auf schmerzenden Knien kroch er am linken Rand entlang, aber nach einer halben Stunde hatte er immer noch nichts entdeckt.

Schlapp setzte er sich einen Moment nieder und fluchte über die Ungerechtigkeit des Lebens. Laß mich doch nur ein einziges Mal Glück haben, dachte er. Laß mir nur einmal etwas in den Schoß fallen, ohne daß ich mich dafür halb zu Tode schuften muß.

Er ging hinüber zur rechten Seite der Auffahrt

und kroch Zentimeter um Zentimeter zur Kurve zurück. Er war schon fast wieder bei seinem Wagen, als er es fand. Schnaufend schlug er mit der Faust auf den Boden, während er knurrend den Kopf schüttelte wie ein irrer Hund. Hätte er auf der rechten Seite angefangen, so hätte er das verdammte Ding schon vor mehr als einer Stunde gefunden und sich einen Haufen Arbeit erspart.

»Alles in Ordnung, junger Mann?« fragte jemand.

McLoughlin schaute nach oben und sah Fred, der ihn besorgt betrachtete. Mit einem verlegenen Grinsen stand er auf. »Bestens«, versicherte er. »Ich hab gerade das Schwein gefunden, das Miss Cattrell beinahe umgebracht hätte.«

»Ich seh nichts«, brummte Fred mit einem skeptischen Blick auf McLoughlin.

McLoughlin kauerte nieder und teilte das Gebüsch. Er fegte Laub vom Boden weg. »Da! Schauen Sie. Die Freunde von der Spurensicherung werden sich freuen.«

Keuchend und japsend ging Fred neben ihm in die Knie. »Na, so was!« sagte er. »Ein Paddy-Clarke-Special!«

Gut verborgen unter dem Rhododendron lag eine altmodische Bierflasche aus Steingut mit dunkelbraun verkrustetem Boden. McLoughlin, der nur an ein paar anständige Fingerabdrücke gedacht hatte, warf Fred einen neugierigen Blick zu. »Was, zum Teufel, ist ein Paddy-Clarke-Special?«

Fred richtete sich schwerfällig auf. »Da ist nichts Unrechtes dabei, glauben Sie mir«, beteuerte er unglücklich. »Es ist eher ein Hobby als ein Geschäft, obwohl das Finanzamt wahrscheinlich anderer Meinung wäre. Er braut das Bier hinten in seiner Garage, in einem Nebenraum. Er nimmt nur die traditionellen Zutaten und lagert es so lange, bis es richtig ausgereift ist. Sie können sich nicht vorstellen, wie gut das schmeckt. An Paddys Special kommt kein anderes Bier ran.« Er starrte düster in die Rhododendronbüsche. »Er schenkt es nur im Pub aus und hütet die Flaschen wie seinen Augapfel. Er sagt, das Material atmet, wie das bei Glas gar nicht möglich ist, daher das unglaubliche Aroma.« Er wirkte tief beunruhigt. »Ich hab nie erlebt, daß er eine Flasche aus der Hand gegeben hat.«

»Was ist er für ein Typ? Ein Schläger?«

»Nein«, antwortete Fred überzeugt. »Bestimmt nicht. Er ist ein feiner Kerl, auch wenn meine Frau was gegen ihn hat, weil er verheiratet ist und es mit dem Eheversprechen nicht so genau nimmt. Aber Miss Cattrell niedergeschlagen?« Er schüttelte den Kopf. »Nie im Leben. Die beiden sind« – er sah weg – »Freunde, könnte man sagen.«

Ein Eintrag aus Annes Tagebuch fiel ihm ein. ›P. ist ein Rätsel. Er erzählt mir, er schläft mit fünfzig Frauen im Jahr, und ich glaube ihm. Trotzdem ist er der aufmerksamste Liebhaber, den man sich vorstellen kann.‹ – »Raucht er?«

Fred, der Paddy im Lauf der Jahre manche Zigarette zugesteckt hatte, fand die Frage merkwürdig. »Nur die Zigaretten von anderen Leuten«, sagte er argwöhnisch. »Seine Frau hat was gegen das Rauchen und ist ziemlich streng.«

McLoughlin sah den Kamin voller Zigarettenstummel vor sich. »Lassen Sie mich raten«, sagte er finster. »Er ist eine Mischung aus Rudolph Valentino, Paul Newman und Laurence Olivier.« Er öffnete seine Autotür und griff nach dem Funktelefon.

»Blödsinn«, widersprach Fred ungeduldig. »Er ist groß, dunkel, ein Lebenskünstler und auf seine Art ein gescheiter Kerl. Mich erinnert er immer an den Schauspieler, der in *Magnum* spielt.«

Scheiß auf Tom Selleck, dachte McLoughlin.

Sergeant Jones war gerade auf dem Weg hinaus, als McLoughlin in die Dienststelle kam. »Ich hab was Neues über Ihren alten Landstreicher, Andy.«

»Hm?«

»Ihr Freund, der Pastor von East Deller, hat ihn gesehen. Seine Frau sagt, sie hat ihn zu einer Tasse Tee eingeladen.«

»Weiß sie das Datum?«

»Nein, aber der Pastor erinnert sich, daß er gerade an seiner Predigt saß und sich über die Störung geärgert hat. Er schreibt seine Predigten, wie es scheint, immer samstags und schaut sich dabei im Fernsehen Sport an. Hilft das?«

»Kann schon sein, Jones. Kann schon sein.«

# 19

Am nächsten Morgen läutete das Telefon auf McLoughlins Schreibtisch. »Sie haben vielleicht Schwein, Andy. Ich hab Ihren Tippelbruder gefunden«, sagte der Kollege aus Southampton. »Ein Sergeant von der Streife hat sich durch die Beschreibung an ihn erinnert. Vor ungefähr einer Woche hat er den alten Knaben aufgelesen und ihn in ein neues Heim draußen Richtung Shirley verfrachtet. Ich kann nicht garantieren, daß er noch dort ist, aber ich geb Ihnen mal die Adresse. Dann können Sie selbst nachschauen. Er heißt Wally Ferris und ist jeden Sommer hier unten bei uns. Sergeant Jones kennt ihn seit Jahren.« McLoughlin schrieb sich die Adresse auf und bedankte sich. »Sie schulden mir ein Bier«, sagte der andere vergnügt und legte auf.

Das *Heaven's-Gate*-Heim war in einem stattlichen viktorianischen Haus untergebracht, das vor der Ankunft des Automobils wahrscheinlich sehr begehrt gewesen war; jetzt jedoch hatte es dank der stark befahrenen Durchgangsstraße, die direkt vor seiner Tür vorbeiführte, enorm an Reiz verloren.

Wally Ferris hatte abgesehen von Körpergröße und Alter keine Ähnlichkeit mit dem Mann, dessen Beschreibung McLoughlin in Umlauf gebracht hatte. Frisch gewaschene Apfelbäckchen und eine wie poliert wirkende Glatze, die von einem dünnen grauen Haarkranz umgeben war, leuchteten über einem weißen Hemd, schwarzer Hose und vorbildlich geputzten Schuhen. Er sah aus wie ein überalterter Schuljunge am ersten Schultag. Sie trafen sich im Salon, und Wally wies auf einen Sessel.

»Pflanzen Sie sich hin«, sagte er.

McLoughlin zeigte seine Enttäuschung. »Nicht nötig«, sagte er. »Ich glaube nicht, daß Sie der Mann sind, den ich suche.«

Wally machte kehrt wie der Blitz und strebte eilig der Tür zu. »Soll mir recht sein, Sportsfreund. Ich hab mit Polypen eh nichts am Hut.«

»Moment noch«, hielt McLoughlin ihn auf. »Überprüfen wir's wenigstens.«

Wally drehte sich mürrisch herum. »Entscheiden Sie sich, Mann. Ich bin sowieso nur hier, weil die Gnädige mich darum gebeten hat. Eine Hand wäscht die andere, wie man so sagt. Also, worum geht's?«

McLoughlin setzte sich. »Pflanzen Sie sich hin«, sagte er, Wally nachahmend.

»Sie wissen echt nicht, was Sie wollen, hm?« Er hockte sich auf die Kante eines entfernt stehenden Sessels.

»Wie waren Sie gekleidet, als Sie hierher kamen?« fragte McLoughlin.

»Das geht Sie 'nen feuchten Dreck an.«

»Ich kann die ›Gnädige‹ fragen«, sagte McLoughlin.

»Was interessiert Sie das überhaupt?«

»Antworten Sie einfach. Je eher Sie es tun, desto eher kann ich Sie in Frieden lassen.«

»Also gut. Grüne Jacke, brauner Hut, schwarze Schuhe, blauer Pulli, pinkrosa Hose«, zählte er auf.

»Hatten Sie die Sachen schon lange?«

»Lang genug.«

»Wie lange?«

»Ganz verschieden. Den Hut und die Jacke an die fünf Jahre, würd ich sagen.«

»Und die Hose?«

»Vielleicht 'n Jahr. Bißchen knallig, aber gesessen hat sie wirklich gut. Hey, Sie glauben doch nicht, ich hätt das Zeug geklaut? Hab ich alles geschenkt gekriegt.« Er machte ein entrüstetes Gesicht.

»Nein, nein«, sagte McLoughlin beschwichtigend. »Keine Sorge. Es geht um etwas ganz anderes. Wir suchen einen Mann, der verschwunden ist, Wally, und wir halten es für möglich, daß Sie uns weiterhelfen können.«

Wally stellte beide Füße vor seinem Sessel fest auf den Boden, bereit, jederzeit aufzuspringen und davonzulaufen. »Ich weiß gar nichts«, erklärte er im Brustton der Überzeugung.

McLoughlin hob die Hände zu einer beruhigenden Geste. »Keine Panik, Wally. Soweit wir wissen, geht es nicht um ein Verbrechen. Die Ehefrau des Mannes hat uns ersucht, ihn ausfindig zu machen. Sie hat uns gesagt, daß Sie am Tag vor seinem Verschwinden zu ihnen ins Haus gekommen sind. Uns interessiert nur, ob Sie sich daran erinnern und ob Sie vielleicht etwas gesehen oder gehört haben, was uns weiterhelfen könnte.«

Wallys triefende Augen spiegelten tiefes Mißtrauen. »Ich komm in viele Häuser.«

»Diese Leute haben Ihnen ein Paar braune Schuhe geschenkt.«

Etwas wie Erleichterung flog über das alte Gesicht. »Wenn die Frau da war, wieso kann sie Ihnen nicht selbst sagen, warum ihr Alter getürmt ist?« fragte er ganz vernünftig.

»Sie ist sehr krank geworden danach«, schwindelte McLoughlin. »Sie konnte uns fast gar nichts sagen.«

»Was hat'n der Kerl getan?«

»Gar nichts, außer daß er sein ganzes Geld verloren hat und abgehauen ist.«

Das kam bei Wally an. »Das arme Schwein. Will der überhaupt gefunden werden?«

»Ich weiß es nicht. Was meinen Sie? Seine Frau will ihn jedenfalls zurückhaben.«

Wally überlegte einige Minuten. »Mich hat keiner gesucht«, sagte er schließlich. »Manchmal wünsch ich mir, sie hätten's getan. Aber die waren froh, daß sie mich los waren. Ehrlich. Also, dann fragen Sie mal los.«

Das Ganze dauerte über eine Stunde, aber am Ende hatte McLoughlin ein klares Bild von Wallys Wanderungen in der letzten Maiwoche, jedenfalls so klar, wie der Alte es ihm zeichnen konnte, der, wie er zugab, die meiste Zeit unter Alkohol gestanden hatte. »Ich hab 'n Fünfer geschenkt gekriegt«, erklärte er. »So 'n alter Knacker in Winchester hat 'n mir in die Hand gedrückt. Hab gleich alles auf 'nen Gaul gesetzt, der Vagabund hieß. Und der Hund hat doch tatsächlich mit elf zu eins gewonnen. So viel Kohle hab ich seit Jahren nicht mehr gehabt. Drei Wochen lang hab ich in Saus und Braus gelebt.«

Den größten Teil dieser drei Wochen hatte er sich in der Gegend von Winchester herumgetrieben. Als er nur noch ein paar Pfund in der Tasche gehabt hatte, war er auf kleinen Straßen über die Dörfer in Richtung Southampton marschiert. »Ich bin gern auf dem Land«, sagte er. »Erinnert mich immer an die Radtouren in meiner Jugend.« Er erinnerte sich, in einem Pub in Streech eingekehrt zu sein. »Hat geschifft wie aus Eimern«, berichtete er. »Der Wirt war'n netter Kerl. Hat mir keine Scherereien gemacht.« Paddys Frau hingegen bezeichnete er als alte Kuh, die ihm aus nicht näher erklärten Gründen höchst unsympathisch gewesen war. Um drei Uhr hatten sie ihn in den strömenden Regen hinausgesetzt. »Scheußlich, wenn's draußen so pißt«, sagte er finster. »Ich hab mir gleich 'ne Unterkunft gesucht, die ich schon gekannt hab, und bin den Nachmittag und die Nacht da geblieben.«

»Wo war das?« fragte McLoughlin, als der Alte schwieg.

»Ich hab da nichts angestellt«, sagte Wally sofort abwehrend. »Da braucht sich keiner zu beschweren.«

»Es hat sich ja auch niemand beschwert«, versicherte McLoughlin. »Ich verrate Sie nicht, Wally. Solange Sie sich ordentlich aufführen, können Sie dort meinetwegen unterkriechen, sooft Sie wollen.«

»Da ist so ’n großes Herrenhaus, wissen Sie«, sagte Wally. »Die Mauer ist nicht hoch. Da kommt man leicht rüber. Ich war schon ’n paarmal da im Park und hab nie ’ne Menschenseele gesehen.« Er warf McLoughlin einen taxierenden Blick zu, um zu sehen, ob er interessiert war. Er war es. »Und da beim Wald ist so ’ne Art Höhle«, fuhr er fort. »Ich hab keine Ahnung, wozu sie da ist, aber drinnen werden Ziegelsteine gelagert. Die Tür sieht man nicht vor lauter Sträuchern und Gestrüpp, aber man kann leicht hinter den Büschen reinkriechen. Ich nehm mir immer einen Haufen Farn mit, damit ich gut liege. Hey, was schauen Sie so komisch?«

McLoughlin schüttelte den Kopf. »Oh, kein Grund. Mich interessiert das nur. Haben Sie eine Ahnung, an welchem Tag Sie dort waren, Wally?«

»Das weiß der Himmel.«

»Und Sie haben niemanden gesehen, als Sie im Park waren?«

»Keine Menschenseele.«

»War es dunkel in der Höhle?«

»Na, Strom gibt’s da nicht, wenn Sie das meinen, aber solange es hell ist, sieht man ganz gut.

Natürlich nur, wenn die Tür angelehnt ist«, fügte er hinzu.

McLoughlin überlegte, wie er die nächste Frage formulieren sollte. »Und die Höhle war leer bis auf die Ziegelsteine, von denen Sie gesprochen haben?«

»Worauf wollen Sie raus?«

»Auf gar nichts. Ich möchte mir nur ein klares Bild machen.«

»Da schon. Da war sie leer.«

»Und was passierte am nächsten Morgen?«

»Na, ich bin ungefähr bis mittags geblieben.«

»In der Höhle?«

»Nee, im Wald. War so richtig schön friedlich. Dann hab ich 'n bißchen Hunger gekriegt. Ich bin über die Mauer und hab geschaut, ob ich irgendwo was zu essen krieg.« Er hatte an mehrere Türen geklopft, jedoch ohne großen Erfolg.

»Warum haben Sie sich nicht mit Ihrem Gewinn etwas zu essen gekauft?« fragte McLoughlin fasziniert.

Wally prustete verächtlich. »Na, hören Sie mal!« sagte er. »Wieso soll ich für was zahlen, was ich umsonst kriegen kann? Whisky geben die Leute nicht her. Außerdem hatte ich nicht mehr viel von meinem Gewinn übrig.«

Er hatte eine Gruppe Häuser am Rand von

Streech gefunden, wo eine ›alte Scharteke‹ ihm ein belegtes Brot mitgegeben hatte. Die Siedlungshäuser, dachte McLoughlin. »Haben Sie es noch woanders versucht?« fragte er.

»So 'ne Junge hat mich weitergeschickt. Die hat mir direkt leid getan. Hatte mindestens zehn brüllende Kinder in ihrem Wohnzimmer.« Nach diesem Mißerfolg hatte er Streech abgeschrieben und war weitermarschiert. Nach ungefähr einer Stunde war er zum nächsten Dorf gekommen. »An den Namen erinnere ich mich nicht, aber es war ein Pfarrhaus da. Ein Pfarrhaus ist immer gut.« Er hatte die Frau des Pastors mobilisiert und ihr eine Tasse Tee und ein Stück Kuchen abgeschwatzt. »Ganz nette Frau, aber sie wollte mir gleich 'ne Predigt halten. Das ist der Haken bei Pfarrhäusern. Man kriegt zwar immer was zu essen, aber ohne Predigt kommt man da nie raus. Ich bin ziemlich schnell wieder abgedampft.« Es hatte wieder zu regnen angefangen. »Komisches Wetter war das, kann ich Ihnen sagen. Die meiste Zeit war's brüllend heiß, aber dazwischen gab's immer mal 'n Riesengewitter.« Er hatte sich nach einem Unterschlupf umgesehen. »Keine Chance. Lauter nette kleine Kästen mit pieksauberen Garagen. Das war nichts für mich. Aber dann hab ich ein Haus entdeckt, das 'n bißchen größer war, 'n Stück zurückgesetzt. Na, schauen wir uns mal um, hab ich mir gedacht. Vielleicht gibt's hinten einen Schuppen. Ich schleich mich also in den Garten, und tatsächlich, da steht 'n prima Geräteschuppen, und nirgends ist ein Mensch zu sehen. Ich mach die Tür auf und husch rein.« Er hielt inne.

»Und?« hakte McLoughlin nach.

Durchtriebenheit blitzte in den Augen des Alten auf. »Ich hab den Eindruck, ich erzähl Ihnen da 'ne ganze Menge interessanter Sachen, Mann. Was springt für mich dabei raus?«

»Ein Fünfer«, antwortete McLoughlin, »wenn die Informationen es wert sind.«

»Zehn«, sagte Wally. Er warf einen Blick zur geschlossenen Tür und beugte sich dann vertraulich näher zu McLoughlin. »Ehrlich gesagt, hier fällt mir langsam die Decke auf 'n Kopf. Die Gnädige ist ganz in Ordnung, aber Spaß gibt's hier keinen. Sie verstehen, was ich meine. Mit 'nem Zehner könnt ich mir mal 'nen schönen Tag machen. Ich bin jetzt schon 'ne volle Woche hier, Herrgott noch mal. Da war's ja im Knast lustiger.«

McLoughlin überlegte, ob es moralisch zu verantworten sei, Wally die Mittel zu liefern, *Heaven's Gate* den Rücken zu kehren, und kam zu dem Schluß, daß Wally so oder so kurz davor war, auszurücken. Zehn Pfund waren wenigstens ein kleines Startkapital. »In Ordnung«, sagte er. »Was passierte also, als Sie in den Geräteschuppen kamen?«

»Zuerst hab ich geschaut, ob ich was finde, wo ich mich draufsetzen kann. Ich wollt mir's bißchen gemütlich machen. Und da tret ich doch fast auf diesen Typen, der sich hinter 'n paar Kartons versteckt hat. Wie der spitzgekriegt hat, daß ich ihn gesehen hab, hat er sich gleich aufgespielt und wollt mir befehlen, schleunigst sein Grundstück zu verlassen. Ich frag ihn ganz freundlich, wieso ich ihm glauben soll, daß er der Eigentümer ist, wo er sich doch selber im Schuppen versteckt hat. Da ist er wütend geworden und hat zu schimpfen angefangen. Und mittendrin kommt plötzlich 'ne Frau durch die Tür aus der Küche und will wissen, was los ist. Ich erklär's ihr, und sie sagt, der Typ sei ihr Mann und war nur im Schuppen, weil er 'nen Pinsel sucht.«

Wally schnitt ein Gesicht. »Die müssen mich für blöd gehalten haben. Die Pinsel lagen alle sauber aufgereiht auf 'nem Arbeitstisch auf der Seite. Der Typ hatte sich im Schuppen versteckt, da wett ich was. Na, ich hab jedenfalls gemerkt, daß die zwei mich schnellstens loswerden wollten, und die Gelegenheit hab ich mir nicht entgehen lassen. Sollen sie ruhig ein bißchen bluten, hab ich mir gedacht. Ich hab 'ne Flasche Whisky, 'n anständiges Paar Schuhe und zehn Pfund rausgeholt. Ich wollt ihnen noch 'n bißchen mehr rauskitzeln, aber da sind sie sauer geworden, und ich bin lieber abgehauen. Ist das der Mann, den Sie suchen?«

McLoughlin nickte. »Klingt so. Können Sie ihn beschreiben?«

Wally krauste die Stirn. »Ungefähr eins fünfundsiebzig, dick, graue Haare. Kleine Füße für 'n Mann. Die Schuhe, die sie mir mitgegeben haben, haben elend gedrückt.«

»Wie sah die Frau aus?«

»'ne Maus mit 'nem wehleidigen Gesicht, aber 'n echter Besen. Die ist vielleicht auf uns losgegangen, auf ihren Alten und mich, weil wir Lärm gemacht hätten.« Er machte plötzlich ein nachdenkliches Gesicht. »Dabei haben wir nur geflüstert.« Er schüttelte den Kopf. »Echt Verrückte, die zwei.«

McLoughlin triumphierte. Haben wir Sie doch erwischt, Mrs. Thompson, dachte er. »Wohin sind Sie danach gegangen?«

»Hm«, machte Wally. »Es hatte zwar aufgehört zu regnen, aber ich hatte so 'n Gefühl, daß gleich wieder 'n Gewitter kommt. Ich hab mir gedacht, ich hab 'ne Flasche Whisky, aber kein gemütliches Örtchen, wo ich sie trinken kann. Wenn ich weitermarschiere, wer weiß, ob ich für die Nacht 'nen trockenen Unterschlupf find. Also bin ich zu der Höhle zurück und bin da über Nacht geblieben.« Er schielte McLoughlin aus dem Augenwinkel an. »Am nächsten Tag sag ich mir, ich hab 'n paar Eier in der Tasche und hab seit Tagen nichts Ordentliches mehr gegessen. Machen wir uns also mal auf den Weg nach Silverborne. Da ist 'n nettes Cafe an der Straße –«

»Haben Sie etwas zurückgelassen?« unterbrach McLoughlin.

»Zum Beispiel?«

»Zum Beispiel die Schuhe.«

»Die hab ich im Wald weggeschmissen«, sagte Wally geringschätzig. »Die verdammten Dinger haben so gedrückt. Da ist Erfahrung gut. Ein junger Spund hätte die alten Schuhe weggeschmissen, ehe er die neuen richtig ausprobiert hat. Und dann hätte er Qualen gelitten, bis er andere aufgetrieben hätte.«

McLoughlin steckte sein Notizbuch ein. »Sie waren eine große Hilfe, Wally.«

»Fertig?«

McLoughlin nickte.

»Wo ist mein Zehner?«

McLoughlin nahm eine Zehn-Pfund-Note aus seiner Brieftasche und strich sie glatt. »Passen Sie auf, Wally, ich gebe Ihnen jetzt zehn Pfund als Zeichen meiner Gutgläubigkeit, aber ich möchte, daß Sie noch eine Nacht hierbleiben, weil ich vielleicht noch einmal mit Ihnen sprechen muß. Wenn Sie bleiben, komme ich morgen mit einem zweiten Zehner wieder.« Er hielt dem Alten den Geldschein hin. »Abgemacht?«

Wally sprang auf und schnappte sich den Schein. »Kann ich mich da drauf verlassen?«

»Ich gebe Ihnen einen Schuldschein, wenn Sie wollen.«

Wally machte Anstalten, auf den Teppich zu spucken, und überlegte es sich in letzter Minute anders. »Auf den bin ich ungefähr so scharf wie auf'n Glas Wasser«, sagte er. »Okay, ich bin einverstanden. Aber wenn Sie morgen nicht in aller Frühe hier sind, hau ich ab.« Er kniff die Augen zusammen. »Sagen Sie bloß der Gnädigen nichts. Ich hab für diese Woche genug von guten Werken. Die wissen hier nicht, wann sie einen mal in Ruhe lassen müssen.«

McLoughlin lachte. »Sie können sich auf mich verlassen, Wally.«

»Ich habe Ihr *Muster* gefunden«, sagte McLoughlin mit einem Anflug von Ironie zu Walsh, »als ich die Häuser markierte, deren Bewohner uns gesagt hatten, daß sie den Landstreicher gesehen hatten.« Er wies auf kleine rote Kreuze auf dem Plan, der vor ihnen lag. »Sie erinnern sich, Nick Robinson hatte zwei Aussagen. Eine von der Frau im Clementine Cottage, die sagte, der Landstreicher sei an ihrem Haus vorbeigekommen und im Pub verschwunden. Das heißt, daß er aus der Richtung von Winchester kam. Die nächste Aussage erhielten wir vom Wirt des Pubs, der sagte, der Alte sei geblieben, bis sie für den Nachmittag zumachten, und dann an der Gutsmauer entlang abmarschiert, mit anderen Worten, in Richtung East Deller.« Er zog mit dem Finger die eingezeichnete Straße nach. »Die nächsten Berichte über den Landstreicher bekamen wir von Constable Williams. Er sagte, eine alte Frau habe ihm ein Brot gegeben und eine junge Frau habe ihn abgewiesen, weil ihr kleiner Sohn gerade Geburtstag feierte. Die beiden Frauen wohnen in der Siedlung, die westlich von Streech an der Straße nach East Deller liegt. Der Tag war, wie uns die junge Frau gesagt hat, der siebenundzwanzigste Mai. Aber Mrs. Thompson hat uns erzählt, der Alte sei am vierundzwanzigsten bei ihnen gewesen. Das würde heißen, daß er aus irgendeinem Grund einen Bogen geschlagen hatte und drei Tage später aus der Richtung von Winchester nach Streech kam.«

Walsh raffte die letzten Überreste seiner Autorität zusammen und verbrämte sie mit aller Würde, die er aufbringen konnte. »Ich habe mir das selbst gründlich durch den Kopf gehen lassen«, log er. »Die Tatsache, daß wir die Schuhe auf dem Gutsgelände gefunden haben, läßt genau darauf schließen.«

»Da stimme ich zu. Deshalb brauchten wir einen zusätzlichen Hinweis auf East Deller, wenn möglich mit Datum. Jones war drüben und hat sich umgehört. Er hat mit unserem Freund, dem Pastor, gesprochen, und der erzählte ihm, er habe gerade an seiner Predigt geschrieben, als der Landstreicher im Pfarrhaus aufkreuzte. Der Pastor konnte kein Datum nennen, aber er schreibt seine Predigten immer am Samstag. Gut, somit haben wir also genaue Daten nur von zwei Personen: von Mrs. Thompson den vierundzwanzigsten Mai, einen Mittwoch, und von der Frau in der Siedlung den siebenundzwanzigsten, den Tag der Geburtstagsfeier, einen Samstag. Wally behauptet steif und fest, er sei von der Siedlung in Streech direkt nach East Deller getippelt, erst zum Pfarrhaus, dann zu den Thompsons. Das heißt, er war am Samstag dort, am siebenundzwanzigsten Mai. Warum hat Mrs. Thompson uns ein falsches Datum genannt?«

»Machen Sie schon weiter«, befahl Walsh ungeduldig.

»Weil wir trotz ihrer Lüge nachgewiesen hatten, daß die Schuhe ihrem Mann gehörten, und sie erklären mußte, wieso sie nicht mehr in ihrem Besitz waren. Sie entschied sich diesmal für die Wahrheit, oder zumindest die halbe Wahrheit, und gab uns sogar die Möglichkeit, die Geschichte zu überprüfen, indem sie uns eine Beschreibung des Landstreichers lieferte. Sie wissen, wir haben ihr nicht gesagt, wo wir die Schuhe gefunden hatten. Sie mußte annehmen, wir hätten sie von dem Landstreicher selbst bekommen.« Er sammelte seine Gedanken. »Nun konnte sie natürlich ziemlich sicher sein, daß der Landstreicher, wenn wir ihn finden sollten, uns sagen würde, daß er ihren Mann gesehen hatte. Hätte sie uns also das richtige Datum seines Besuchs angegeben, so hätten wir erfahren, daß ihr Mann noch frisch und munter in East Deller lebte, nachdem sie ihn bereits vermißt gemeldet hatte. Und damit wäre ihr Alibi hinübergewesen. Darum datierte sie den Besuch des Landstreichers einfach drei Tage vor. Es war ein Risiko, aber es hätte sich beinahe gelohnt. Wally hatte keinen Schimmer, wann er in East Deller war, und wenn nicht der Kindergeburtstag gewesen wäre, ginge es uns jetzt genauso. Niemand sonst kann sich an ein genaues Datum erinnern.« Er hielt einen Moment inne. »Das wird ein ziemlicher Schock für sie werden, wenn wir ihr sagen, wo Wally die Schuhe weggeworfen hat. Bestimmt hat sie sich nicht mal in ihren wildesten Alpträumen vorgestellt, daß er sie ausgerechnet am Schauplatz des von ihr geplanten Verbrechens deponieren würde.«

Walsh stand auf. »Ausgleichende Gerechtigkeit, würde ich sagen. Aber ich würde gern wissen, wie sie ihren Mann dazu überredet hat, sich versteckt zu halten, und wie sie ihn in das Eishaus gelotst hat.«

»Lassen Sie Ihren Charme spielen, dann sagt sie es uns wahrscheinlich«, meinte McLoughlin.

# 20

Mrs. Thompson öffnete die Tür mit einem Lächeln des Willkommens. Sie war zum Ausgehen gekleidet. Das adrette blaue Kostüm und die weißen Handschuhe wirkten allerdings jämmerlich altmodisch, als hätte sie mit dem Ende der fünfziger Jahre jedes Gespür für Mode verloren. Zwei Koffer standen hinter ihr im Flur. Das Rouge auf den Wangen und der Lippenstift auf dem Mund verliehen dem Gesicht eine falsche Frische, aber als sie die versammelten Polizeibeamten erblickte, verzog sich ihr Mund beinahe weinerlich.

»Oh«, hauchte sie enttäuscht. »Ich dachte, es sei der Pastor.«

»Dürfen wir hineinkommen?« fragte Walsh höflich.

»Sie sind so viele«, flüsterte sie. »Hat der Teufel Sie geschickt?«

Walsh nahm sie beim Arm und schob sie ins Haus hinein, so daß seine Männer folgen konnten. »Wollen wir nicht ins Wohnzimmer gehen, Mrs. Thompson? Es ist doch ungemütlich, hier zwischen Tür und Angel zu stehen.«

Sie leistete nur schwachen Widerstand. »Was hat das zu bedeuten?« sagte sie kläglich mit Tränen in den Augen. »Bitte rühren Sie mich nicht an.«

McLoughlin hakte seine Hand unter ihren anderen Arm, und gemeinsam führten sie sie ins Wohnzimmer und drückten sie in einen Sessel. Während McLoughlin bei ihr blieb, eine Hand fest auf ihrer Schulter, um sie am Aufstehen zu hindern, teilte Walsh seine Leute zu einer gründlichen Durchsuchung von Haus und Garten ein. Dann hielt er ihr kurz seinen Ausweis unter die Nase, steckte ihn wieder ein und setzte sich ihr gegenüber.

»Mitten im Aufbruch zum Erholungsurlaub am Meer, Mrs. Thompson?« sagte er jovial.

Sie schüttelte McLoughlins Hand ab, blieb aber sitzen. »Ich erwarte jeden Moment den Pastor. Er will mich zum Bahnhof bringen«, erklärte sie würdevoll.

»Dann kommen wir am besten gleich zur Sache«, meinte Walsh. »Wir wollen ihn doch nicht warten lassen.«

»Was tun Sie hier? Warum durchsuchen Ihre Leute mein Haus?«

Walsh legte die Hände aneinander wie zum Gebet und stützte das Kinn auf die Fingerspitzen. »Sie erinnern sich an den Landstreicher, von dem Sie uns berichtet haben, Mrs. Thompson?« Sie nickte kurz. »Wir haben ihn gefunden.«

»Gut. Dann wissen Sie jetzt, daß ich über Daniels Großzügigkeit die Wahrheit gesagt habe.«

»O ja. Er sagte uns, Mr. Thompson habe ihm außerdem eine Flasche Whisky und zehn Pfund gegeben.«

Die leidvollen Augen leuchteten freudig auf. »Ich habe Ihnen ja gesagt, daß Daniel ein Heiliger war. Er hätte dem Mann sein letztes Hemd gegeben, wenn er darum gebeten hätte.«

McLoughlin setzte sich in den Sessel neben Walsh und beugte sich aggressiv vor. »Der Landstreicher heißt Wally Ferris. Ich habe mich lange mit ihm unterhalten. Er sagt, Sie und Ihr Mann hätten ihn schnell loswerden wollen, deshalb seien Sie so großzügig gewesen.«

»Diese Undankbarkeit«, entrüstete sie sich mit bebenden Lippen. »Wie sagt unser Herr? ›Gebet, so wird euch gegebene.‹ Mein armer Daniel, er hat sich durch seine Güte gewiß einen Platz im Himmelreich verdient. Von diesem Landstreicher kann man das nicht behaupten.«

»Er erzählte mir außerdem«, fuhr McLoughlin unbeeindruckt fort, »er habe Ihren Mann draußen im Schuppen entdeckt, wo er sich versteckt gehalten habe.«

Sie kicherte hinter vorgehaltener Hand wie ein Backfisch. »In Wirklichkeit«, entgegnete sie und sah ihm dabei direkt in die Augen, »war es genau umgekehrt. Daniel fand den, der sich im Schuppen versteckt hatte. Er wollte sich einen Pinsel holen und stolperte über ein Lumpenbündel hinter einem Stapel Kartons. Sie können sich vorstellen, wie erstaunt er war, als das Bündel plötzlich zu sprechen anfing.«

Ihre Worte klangen überzeugend, und McLoughlin befiel plötzlicher Zweifel. Hatte er sich allzu blind auf einen alten Mann verlassen, der, wie er selbst eingestanden hatte, fast ständig im Alkoholrausch lebte? »Wally behauptet, es habe geregnet an dem Tag, an dem er in Ihrem Schuppen war. Ich habe mich beim örtlichen Wetteramt erkundigt und erfahren, daß es am Mittwoch, dem vierundzwanzigsten Mai, keinen Tropfen geregnet hat. Die Gewitter setzten erst zwei Tage später ein und hielten mit Unterbrechungen über die folgenden drei Tage an.«

»Der arme Mann«, murmelte sie. »Ich habe Daniel gleich gesagt, wir sollten versuchen, ihn zu einem Arzt zu bringen. Er war betrunken und sehr verwirrt. Er fragte mich zum Beispiel, ob ich seine

Schwester sei. Er dachte, ich wäre endlich gekommen, um ihn zu holen.«

»Aber, Mrs. Thompson«, bemerkte Walsh scheinbar überrascht, »wenn er betrunken war, warum haben Sie ihm dann eine Flasche Whisky gegeben? Haben Sie damit nicht noch zu seinem sowieso schon ernsten Alkoholproblem beigetragen?«

Sie verdrehte die Augen zum Himmel. »Er hat uns unter Tränen angefleht, Inspector. Stand es uns da zu, ihm diesen Trost zu verweigern? Richtet nicht, und ihr werdet nicht gerichtet werden. Wenn dieser arme Mensch sich dafür entschieden hat, sich mit Alkohol umzubringen, habe ich nicht das Recht, ihn dafür zu verdammen.«

»Aber Sie haben das Recht, den Prozeß zu beschleunigen, wie?« warf McLoughlin sarkastisch ein.

»Er war ein trauriger alter Mann. Sein einziger Trost war der Whisky«, sagte sie ruhig. »Es wäre grausam gewesen, ihm diesen Trost zu verweigern. Wir haben ihm Geld für Essen gegeben, Schuhe für seine Füße, und wir haben ihn beschworen, Hilfe gegen seine Sucht zu suchen. Viel mehr konnten wir nicht tun. Ich habe ein reines Gewissen, Sergeant.«

»Wally behauptet, er sei am Samstag, dem siebenundzwanzigsten Mai hier gewesen«, bemerkte Walsh in beiläufigem Ton.

Sie runzelte die Stirn und überlegte einen Moment. »Aber das kann nicht stimmen«, erklärte sie mit echter Verwunderung. »Daniel war noch hier. Hatten wir nicht festgestellt, daß es der vierundzwanzigste war?«

McLoughlin fand ihre Vorstellung faszinierend. Sie schien alle Erinnerung an den Mord aus ihrem Gedächtnis gestrichen und sich selbst davon überzeugt zu haben, daß die Geschichte, die sie erzählte, die Wahrheit war. Wenn das zutraf, würden sie die größten Probleme haben, sie vor Gericht zu stellen. Wenn sie ihren Verdacht nur auf Wallys Aussage und deren Bestätigung durch die junge Frau aus der Siedlung stützen konnten, hatten sie überhaupt keine Chance. Sie brauchten ein Geständnis.

»Das Datum wird von einer unabhängigen Zeugin bestätigt«, sagte er zu ihr.

»Wirklich?« hauchte sie. »Wie sonderbar. Ich kann mich gar nicht erinnern, jemanden in seiner Begleitung gesehen zu haben, und wir wohnen hier ja so abgelegen.« Sie spielte mit ihrem Kreuz und sah ihn vorwurfsvoll an. »Wer kann das denn sein?«

Walsh räusperte sich geräuschvoll. »Würde es

Sie interessieren, wo wir die Schuhe Ihres Mannes gefunden haben, Mrs. Thompson?«

»Nicht besonders. Dem, was Sie gesagt haben, entnehme ich, daß der Landstreicher – Wally – sie einfach weggeworfen hat. Das tut mir weh, wenn ich an Daniels Güte denke.«

»Sie sind überzeugt davon, daß er tot ist?«

»Er hätte mich niemals verlassen«, kam die ewig gleiche alte Leier. Sie zauberte eines ihrer Spitzentüchlein hervor und tupfte sich die Tränen aus den Augen.

»Wir haben die Schuhe im Wald von Streech Grange gefunden, nicht weit vom Eishaus«, sagte Walsh und beobachtete sie scharf.

»Ach ja?« sagte sie höflich.

»Wally hat die Nacht vom siebenundzwanzigsten Mai im Eishaus verbracht und die Schuhe im Wald liegen gelassen, als er am nächsten Morgen weitergezogen ist.«

Sie senkte das Tüchlein und blickte neugierig von einem zum anderen. »Ist das von irgendwelcher Bedeutung?« fragte sie verständnislos.

»Sie wissen doch wohl, daß wir im Eishaus von Streech Grange eine Leiche gefunden haben?« bemerkte McLoughlin brutal. »Es ist die Leiche eines Mannes, der zwischen fünfzig und sechzig Jahre alt war, korpulent, graues Haar, etwa einen Meter fünfundsiebzig groß. Der Mann wurde vor zwei Monaten ermordet, ungefähr um die Zeit, als Ihr Mann verschwand.«

Sie fiel aus allen Wolken. Eine Fülle verschiedener Gefühle spiegelte sich in ihrem Gesicht. Die beiden Männer beobachteten sie scharf, aber wenn Schuld darunter war, so war sie unmöglich herauszufiltern. Im Vordergrund stand jedenfalls Verblüffung. »Ich hatte keine Ahnung«, sagte sie. »Überhaupt keine Ahnung. Kein Mensch hat mir etwas gesagt. Wer ist der Tote?«

McLoughlin sah Walsh an und zog verzweifelt eine Augenbraue hoch. »Es stand in allen Zeitungen, Mrs. Thompson«, sagte Walsh. »Das Fernsehen hat darüber berichtet. Das müssen Sie doch mitbekommen haben. Der Tote befindet sich in einem Zustand der Verwesung, der es uns bisher unmöglich gemacht hat, ihn zu identifizieren. Wir haben jedoch gewisse Vermutungen.« Er sah sie scharf an.

Sie holte so mühsam Luft, als machte ihr das Atmen Schwierigkeiten. Das Rouge auf ihren Wangen glühte. »Ich habe keinen Fernsehapparat«, sagte sie. »Daniel hat die Zeitung immer im Büro gelesen und mir abends, wenn er nach Hause kam, das Neueste erzählt.« Sie rang nach Luft. »Mein Gott«, sagte sie und drückte eine Hand auf ihre

Brust. »Sie haben es mir alle verheimlicht, weil sie mich schonen wollten. Ich hatte keine Ahnung. Kein Mensch hat mir ein Wort gesagt.«

»Sie hatten keine Ahnung, daß wir den Toten gefunden hatten, oder keine Ahnung, daß es überhaupt einen Toten gab?«

Sie brauchte einen Moment, um das Angedeutete zu verarbeiten. »Keine Ahnung, daß es einen Toten gab, natürlich«, sagte sie dann bissig und preßte ihre Lippen zu gewohnter Verkniffenheit zusammen. Sie wandte sich Walsh zu. »Jetzt verstehe ich Ihr Interesse an Daniels Schuhen«, sagte sie. »Sie vermuten, daß sie irgendwie mit diesem Toten zu tun haben, den Sie gefunden haben.«

»Vielleicht«, erwiderte er vorsichtig.

Triumph leuchtete in ihren Augen auf. »Aber der Landstreicher hat doch bewiesen, daß es nicht so sein kann. Sie sagen, er hat die Nacht vom siebenundzwanzigsten in diesem – wie nannten Sie es?«

»Eishaus.«

»In diesem Eishaus verbracht. Ich kann mir nicht denken, daß er geblieben wäre, wenn dieser Tote da drinnen gelegen hätte. Er muß also die Schuhe weggeworfen haben, ehe der Tote dahin kam.« Sie schien sich etwas zu entspannen. »Ich kann keinen Zusammenhang sehen, höchstens einen merkwürdigen Zufall.«

»Sie haben völlig recht«, stimmte Walsh zu. »In diesem Sinn besteht kein Zusammenhang.«

»Warum stellen Sie mir dann alle diese Fragen?«

»Ein merkwürdiger Zufall hat uns zu dem Landstreicher geführt, Mrs. Thompson, und weiter zu einigen interessanten Fakten, die Sie und Ihren Mann betreffen. Wir können beweisen, daß er sich zwei Tage, nachdem Sie ihn vermißt gemeldet hatten und damit außerhalb der Zeit, für die Sie ein Alibi haben, noch lebend in diesem Haus aufgehalten hat. Seitdem ist Ihr Mann nicht mehr gesehen worden, und vor einer Woche haben wir, weniger als sechs Kilometer entfernt, einen unidentifizierbaren Toten gefunden, auf den seine Beschreibung paßt. Um es ganz offen zu sagen, wir haben allen Anlaß zu vermuten, daß Sie Ihren Mann am achtundzwanzigsten Mai oder später ermordet haben.«

Ihre Oberlippe zuckte. »Der Tote kann gar nicht Daniel sein.«

»Wieso nicht?« fragte McLoughlin.

Sie schwieg.

»Wieso nicht?« fragte er noch einmal.

»Weil ich vor ungefähr zwei Wochen einen Brief

von ihm bekommen habe.« Ihre Schultern sackten nach unten, und sie begann wieder zu weinen. »Es war ein gemeiner Brief voller Vorwürfe. Wie überdrüssig er meiner sei, was für eine schlechte Frau ich –«

»Würden Sie uns den Brief bitte zeigen?« unterbrach McLoughlin.

»Das kann ich nicht«, antwortete sie schluchzend. »Ich habe ihn verbrannt. Es war ein so böser und häßlicher Brief.«

Es klopfte kurz, dann trat ein uniformierter Beamter ins Zimmer. »Wir haben Haus und Garten durchsucht, Sir.« Auf Walshs fragenden Blick schüttelte er den Kopf. »Nichts bis jetzt. Bleibt uns noch das Zimmer hier und Mrs. Thompsons Koffer. Sie sind abgeschlossen. Wir brauchen die Schlüssel.«

Mrs. Thompson packte ihre Handtasche und drückte sie an sich. »Ich gebe Ihnen die Schlüssel nicht. Ich erlaube nicht, daß Sie in meinen Koffern herumwühlen. Ich habe meine Unterwäsche darin.«

»Holen Sie eine Beamtin«, befahl Walsh. Er neigte sich Mrs. Thompson zu. »Tut mir leid, aber Sie haben keine Wahl. Wenn es Ihnen lieber ist, werde ich die Beamtin bitten, die Koffer hier hereinzubringen. Dann können Sie zusehen, während sie den Inhalt untersucht.« Er streckte seine Hand aus. »Die Schlüssel bitte.«

»Also gut, meinetwegen«, sagte sie unwirsch und holte zwei kleine Schlüssel an einem weißen Bändchen aus ihrer Handtasche. »Ich finde dieses Vorgehen unerhört. Ich werde mich beim Chief Constable beschweren.«

Kein Wunder, daß sie ihre Unterwäsche nicht zeigen wollte, dachte Walsh, als er die frivolen schwarzen Spitzendessous sah, die seiner Meinung nach eher in ein Bordell gehört hätten als in die Koffer dieser faden Person. Doch er wußte aus beruflicher Erfahrung, daß häufig gerade die Frauen, von denen man es am wenigsten erwartete, eine Vorliebe für extravagante Wäsche hatten. Seine eigene Frau war ein gutes Beispiel. Jeden Abend ihres Ehelebens war sie in fließender Seide oder weichem Satin zu Bett gegangen, einzig für ihn, wie er geglaubt hatte. Und lange Zeit hatte er sich alle Mühe gegeben, sich dieser Ehre würdig zu erweisen, bis Jahre entrüsteter Zurückweisung ihn endlich gelehrt hatten, daß Mrs. Walsh sich nicht seinetwegen in Reizwäsche hüllte, sondern allein zu ihrem ganz persönlichen Privatvergnügen.

Die Polizeibeamtin sperrte die Koffer wieder ab und schüttelte den Kopf. »Nichts, Sir.«

»Das habe ich Ihnen ja gesagt«, bemerkte Mrs.

Thompson. »Ich verstehe überhaupt nicht, was Sie suchen.«

»Ihre Handtasche bitte.«

Sie überließ sie ihnen mit einer empörten Grimasse. Die Beamtin leerte den Inhalt auf den Couchtisch, tastete das weiche Leder gründlich ab, sah dann die verschiedenen Gegenstände durch. Sie warf Walsh einen fragenden Blick zu. »Scheint in Ordnung zu sein, Sir.«

Er bedeutete ihr, Mrs. Thompson die Tasche zurückzugeben. »Möchten Sie lieber draußen warten, während wir das Zimmer hier durchsuchen, Mrs. Thompson?« fragte er.

Sie drückte sich tief in ihren Sessel und umklammerte das Polster unter sich, als machte sie sich zum Kampf bereit. »Nein, Inspector, das möchte ich nicht.«

Sobald die Beamten mit der Durchsuchung begonnen hatten, setzte Walsh das Verhör fort. »Sie haben also, wie Sie sagen, einen Brief von Ihrem Mann bekommen. Warum haben Sie das nicht früher schon erwähnt?«

Sie wich zurück und drückte sich seitlich in ihren Sessel. »Weil mir außer meinem Stolz nichts geblieben war. Ich wollte nicht, daß die Leute erfahren, wie gemein er mich behandelt hat.« Sie betupfte ihre trockenen Augen.

»Wo war der Brief abgestempelt?« fragte McLoughlin.

»In London, glaube ich.«

»Er hatte ihn vermutlich mit der Hand geschrieben«, meinte er. »Eine Schreibmaschine hatte er sicher nicht zur Verfügung.«

Sie nickte. »Ja.«

»Wie sah der Umschlag aus?«

Sie überlegte einen Moment. »Weiß.«

McLoughlin lachte. »Damit kommen Sie nicht durch, Mrs. Thompson. Wir werden Ihren Briefträger fragen. In so einem kleinen Dorf wie diesem hier haben Sie bestimmt seit Jahren denselben Briefträger. Wahrscheinlich ist es der Mann, der den kleinen Laden mit Postamt bei der Kirche führt. Er hatte in letzter Zeit sicher großes Interesse an den Briefen, die Sie bekommen haben. Es wird sich zeigen, ob Sie tatsächlich einen Brief von Ihrem Mann bekommen haben, Mrs. Thompson.«

Sie sah an ihm vorbei zu der Beamtin, die ihr Sideboard durchsuchte. »Fragen Sie den Briefträger, Sergeant. Sie werden sehen, daß ich die Wahrheit sage.« Ihre Stimme klang aufrichtig, aber ihr Blick war kalt und berechnend. »Wenn ich gewußt hätte, was Sie vermuten, hätte ich Ihnen schon bei Ihrem ersten Besuch von dem Brief erzählt.«

McLoughlin stand auf. Er neigte sich zu ihr vor und stützte sich mit den Händen auf die Armlehnen ihres Sessels. »Wieso waren Sie so erschrocken, als Sie von dem Toten im Eishaus hörten? Wenn Sie wissen, daß Ihr Mann am Leben ist, hätte Sie das doch gar nicht zu berühren brauchen.«

»Der Mann bedroht mich«, schrie sie Walsh an. »Das will ich nicht.« Sie kroch tief in ihren Sessel.

»Zurück, Andy.«

»Mit Vergnügen.« Ohne Vorwarnung griff er ihr mit der Hand unter den Arm und trat ruckartig zurück. Sie flog aus dem Sessel, versuchte sich von ihm loszureißen, spuckte ihm wütend ins Gesicht. Er hielt ihren wedelnden Arm fest, wich einem Schlag ihrer freien Hand aus und fühlte warmen Speichel in seinem Gesicht. »Der Sessel, Sir«, rief er. »Sie hat da was versteckt.«

»Hab's schon.«

McLoughlin packte sie bei beiden Armen und wich zurück, um ihren Fußtritten auszuweichen. »Los, kommen Sie her«, rief er zwei Beamten ungeduldig zu. »Die schlägt mich ja grün und blau. Wer hat die Handschellen, verdammt noch mal?«

»Sie Schwein!« kreischte sie. »Sie elender Mistkerl.« Noch einmal spuckte sie ihn an, und ekelhafterweise traf ihn ihr Speichel direkt auf der Lippe.

Die beiden Constables legten ihr Handschellen

an und stießen sie auf das Sofa hinunter. Sie sah zu, wie McLoughlin sich den Speichel vom Gesicht wischte, und lachte schrill. »Geschieht Ihnen ganz recht. Hoffentlich kriegen Sie die Pest.«

»Jetzt habe ich erst mal Sie gekriegt«, versetzte er kalt. Er wandte sich Walsh zu. »Was ist es?«

Walsh reichte ihm einen dünnen Umschlag. »Sie muß ihn heimlich aus ihrer Handtasche gezogen haben, als wir ihre Reizwäsche bewundert haben.« Er lachte gut gelaunt. »Alles umsonst, Mrs. Thompson. Wir hätten das auf jeden Fall gefunden.«

McLoughlin öffnete den Umschlag. Er enthielt zwei Billetts für einen Flug nach Marbella am selben Abend. Sie waren auf Mr. und Mrs. Thompson ausgestellt. »Wo hat er sich denn die ganze Zeit versteckt gehalten?« fragte er sie.

»Sie können mich mal!«

»Aber Mrs. Thompson! Mrs. Thompson!« rief es schockiert von der Tür her. »Ich bitte Sie, nehmen Sie sich ein wenig zusammen.«

Sie lachte. »Ach, verpissen Sie sich, Sie alberner Pinscher.«

»Ist sie verrückt geworden?« fragte der Pastor entsetzt.

»Könnte man so nennen«, erwiderte Walsh vergnügt.

# 21

Anne lachte, als McLoughlin ihr die Geschichte erzählte. Ihr Gesicht hatte wieder Farbe bekommen, und ihre dunklen Augen versprühten Leben. Als einzige Erinnerung an den Überfall trug sie ein leuchtend rot-weiß gepunktetes Tuch, das sie sich nach Seeräubermanier um den bandagierten Kopf gebunden hatte. Entgegen allen ärztlichen Empfehlungen hatte sie am Vortag das Krankenhaus auf eigene Verantwortung verlassen. Phoebe hatte sich dem Unausweichlichen gebeugt und sie nach Hause geholt, nachdem sie ihr das Versprechen abgenommen hatte, daß sie genau das tun würde, was ihr gesagt wurde. Anne hatte das Versprechen bereitwillig gegeben. »Hauptsache, ich bekomme eine Zigarette«, sagte sie.

Was sie allerdings nicht wußte, war, daß Phoebe die Verantwortung für ihre Sicherheit übernommen hatte. »Wenn sie das Krankenhaus verläßt, Mrs. Maybury«, hatte Walsh erklärt, »können wir weder Mrs. Cattrell noch Sie beschützen. Wir haben nicht genug Leute, um Streech Grange ständig zu überwachen. Ich werde ihr raten, im Krankenhaus zu bleiben. Geradeso, wie ich Ihnen geraten habe, sich eine andere Wohnung zu suchen.«

»Sparen Sie sich Ihre Worte, Inspector«, sagte Phoebe mit Verachtung. »Streech ist unser Zuhause. Wenn wir uns auf Ihren Schutz verlassen müßten, wären wir sowieso aufgeschmissen.«

Walsh zuckte die Achseln. »Sie sind töricht, Mrs. Maybury.«

Diana, die sich mit ihnen im Zimmer befand, ging in die Luft. »Mein Gott, Sie sind wirklich das Letzte«, schrie sie ihn an. »Vor zwei Tagen noch haben Sie Phoebe kein Wort geglaubt. Und jetzt, nur weil Sergeant McLoughlin sich die Mühe gemacht hat, nach Spuren zu suchen, erklären Sie sie für töricht, weil sie nicht auf Ihren Rat hin sofort die Flucht ergreift. Soll ich Ihnen mal was sagen: Das einzige, was sich in den letzten zwei Tagen geändert hat, sind Ihre sturen Ansichten.« Sie stampfte wütend mit dem Fuß auf. »Weshalb sollten wir heute davonlaufen, wenn wir gestern und vorgestern geblieben sind? Die Gefahr ist die gleiche. Und wer, glauben Sie wohl, hat uns die ganze Zeit beschützt?«

»Wer denn, Mrs. Goode?«

Sie wandte ihm den Rücken zu.

»Wir haben uns selbst beschützt«, sagte Phoebe kalt, »und wir werden es auch weiterhin tun. Die Hunde sind unser bester Schutz.«

Anne lag in ihrem Lieblingssessel, die Füße auf einem Hocker, um die Schultern eine alte gesteppte Jacke, hinter dem Ohr einen Bleistift.

Was andere von ihr dachten, schien ihr egal zu sein. Die Botschaft war einfach: Ich bin, was ihr seht. Nehmt mich also so, wie ich bin, oder laßt es bleiben. McLoughlin fragte sich, ob diese Einstellung einem gesunden Selbstbewußtsein entsprang oder totaler Gleichgültigkeit. Ganz gleich, er wünschte, er hätte selbst von beidem etwas mehr gehabt. Er brauchte immer noch die Anerkennung anderer.

»Und wo hatte sich Mr. Thompson versteckt gehalten?« fragte sie ihn.

»Sie wollte es uns nicht sagen, aber es war nicht schwer, ihn zu finden. Er kam pünktlich wie die Maurer zum Flugzeug nach Marbella.«

»Mitsamt dem Geld, mit dem sie durchbrennen wollten?«

McLoughlin nickte. Nachdem Daniel Thompson erst festgenommen und von Wally Ferris identifiziert worden war, hatte er sich kooperativ gezeigt. Die Idee, sagte er, hatten sie aus einem Buch, in dem das Luxusleben britischer

Schwindler an der spanischen Riviera geschildert wurde. Thompsons Firma ging schlecht, und er hatte sich bei seiner Frau darüber beschwert, daß er sich abrackern müsse, um sie irgendwie über Wasser zu halten, während andere, die vor dem gleichen Problem standen, einfach mit dem Kapital durchbrannten und sich einen Platz an der Sonne suchten. Sie brauchten es doch nur genauso zu machen, meinte Mrs. Thompson. Sie hatten keine Kinder, sie hatte England nie gemocht, verabscheute East Deller und hatte nicht die geringste Lust, die nächsten zehn Jahre jeden Penny zweimal umzudrehen, nur um zu verhindern, daß Daniels Firma Pleite machte. »Das Verblüffendste war«, sagte Thompson, »wie leicht es war, die Leute zu überreden, in durchsichtige Heizkörper zu investieren. Mir hat das gezeigt, wieviel Geld und wie wenig Verstand die Leute hier im Süden haben.«

»Woraus hätten Sie denn die durchsichtigen Heizkörper hergestellt?« fragte McLoughlin neugierig.

»Aus hitzebeständigem Glas«, antwortete Thompson. »Genau wie die Auflaufformen und Schüsseln, die man in der Küche verwendet. Man hätte noch Farbe ins Wasser geben können, das hätte sicher gut ausgesehen.«

»Mrs. Goode meinte, es hätte eine revolutionäre Neuheit sein können.«

Der heilige Daniel seufzte. »Tja, das ist eben die Ironie an der Sache. Es kann leicht sein, daß sie recht hat. Ich habe mich für diese Idee entschieden, weil sie einerseits durchführbar erschien, andererseits so absurd war, daß man mit einer Pleite rechnen mußte. Können Sie sich vorstellen, wie erstaunt ich war, als das Ganze ganz ohne Werbung ins Rollen kam? Aber da war es natürlich schon zu spät. Das Geschäft in einen Erfolg zu verwandeln, hätte mich vor enorme Schwierigkeiten gestellt. Außerdem war Maisie – meine Frau«, erklärte er hilfreich, »schon ganz versessen auf die Costa del Sol. Schade eigentlich«, meinte er mit träumerischem Blick. »Wir hätten vielleicht alle ein Vermögen verdient, und uns dann als gemachte Leute in den sonnigen Süden zurückziehen können.«

»Wozu haben Sie sich eigentlich die Mühe mit der Vermißtenanzeige gemacht? Warum haben Sie beide nicht einfach Ihre Sachen gepackt und sich aus dem Staub gemacht?«

Thompson strahlte. »Na, das hätte doch sofort Verdacht erregt«, sagte er, »und wir wollten den Spaniern keinesfalls auffallen. Die sind nämlich heute auch nicht mehr so locker, wie sie schon mal waren. Solange Maisie blieb, tat sie allen nur leid, weil sie so einen inkompetenten Schwächling geheiratet hatte.«

»Und wo waren Sie in den vergangenen zwei Monaten?«

»In East Deller«, antwortete er, als verwunderte ihn die Frage. »Erst die letzten zwei Nächte bin ich in ein Hotel gezogen, damit Maisie in Ruhe packen konnte. Ihre Besuche wurden langsam ein bißchen ungemütlich.«

»Sie haben sich in Ihrem eigenen Haus versteckt gehalten?«

Er nickte. »Das war das sicherste. Nachdem die Polizei Haus und Garten das erste Mal durchsucht hatte, hat Maisie mich in meinem Hotel angerufen. Ich bin dann in der Nacht vom sechsundzwanzigsten nach Hause gekommen und habe mich oben auf dem Speicher eingerichtet. Wir hielten das für das sicherste.«

»Aber Wally hat Sie in Ihrem Schuppen gesehen«, widersprach McLoughlin.

»Ja, das war mein Pech«, meinte er. »Wir hielten den Schuppen für das beste Versteck, weil man von dort aus am ehesten fliehen konnte, falls unerwartet die Polizei auftauchen sollte. Aber natürlich konnte da auch am ehesten jemand hereinplatzen. Das wäre aber auch nicht so schlimm gewesen, weil ich hinter einem Stapel Kartons versteckt war. Da hätte mich normalerweise kein Mensch gesehen«, erklärte er. »Das Pech war, daß der alte Tippelbruder selbst ein Versteck gesucht hat. Ich weiß nicht, wer von uns mehr erschrocken ist, als er die Kartons weggezogen hat.«

»Die Polizei hat zwei Durchsuchungen vorgenommen«, sagte McLoughlin. »Wie kommt es, daß man Sie auch beim zweiten Mal nicht gefunden hat?«

»Weil wir die Durchsuchung erwartet haben. Wir haben uns überlegt, daß die Polizei Maisie am ehesten glauben würde, wenn sie eine überraschende Durchsuchung machte und nichts fand. Darum hat Maisie einen anonymen Brief geschrieben. Das Warten war nervenaufreibend, aber als Ihre Leute anrückten, waren wir vorbereitet. Ich bin einfach über den Zaun in den Nachbargarten gestiegen und habe mich dort hinter einem Busch versteckt, bis Maisie mir wieder grünes Licht gegeben hat.«

Er lächelte liebenswürdig. Er war, wie Diana gesagt hatte, wie eine Dampfwalze gebaut. Das Lächeln teilte sein rundes Gesicht in zwei füllige Halbmonde. »Danach hatten wir Ruhe, bis Sie mit den Schuhen kamen.«

»Aber Sie haben ein ziemliches Risiko auf sich

genommen«, meinte McLoughlin. »Sind denn nicht dauernd irgendwelche Nachbarn oder Bekannten vorbeigekommen?«

»Nein, nachdem Maisie ihren peinlichen sexuellen Wahn entwickelt hatte, nicht mehr«, sagte Thompson. »Die Frauen kamen aus reiner Menschenfreundlichkeit noch ein paar Tage, um nach ihr zu sehen, aber dann war's vorbei. Wenn's peinlich wird, bleiben die Leute schnell weg. Maisie hätte Schauspielerin werden sollen, das hab ich immer schon gesagt.«

»Und von der Leiche im Eishaus wußte sie wirklich nichts? Ich kann es kaum glauben.«

»Das war ziemlich blöd«, sagte Thompson und zeigte zum erstenmal Verärgerung. »Sie konnte doch nicht plötzlich ihre Gewohnheiten ändern. Wenn sie einen Fernseher gemietet oder eine Zeitung abonniert hätte, hätten die Leute geglaubt, sie nähme wieder am Leben Anteil. Das hätte ihr Image verpfuscht, verstehen Sie?«

McLoughlin nickte. »Und niemand sagte ihr etwas, weil alle fürchteten, der Tote seien Sie.«

Daniel nickte seufzend.

»Warum haben Sie Ihre Abreise so lange hinausgeschoben? Sie hätten doch schon vor Wochen abfliegen können.«

»Wir waren geldgierig«, gestand Thompson.

»Wir wollten das Geld aus dem Hausverkauf. Für so ein Grundstück bekommt man gut und gern eine Viertelmillion. Das wäre der Guß auf dem Kuchen gewesen. Wir hatten es so geplant, daß Maisie immer depressiver werden sollte, bis es sich für sie schließlich von selbst als Lösung angeboten hätte, das Haus zu verkaufen und sich etwas Kleineres zu suchen, wo sie nicht dauernd an die glücklichen Zeiten mit mir erinnert wurde. Keiner hätte da unangenehme Fragen gestellt. Ich vermute eher, alle wären froh gewesen, sie loszuwerden. Mit dem Geld im Koffer wollten wir dann die Fähre nach Frankreich nehmen und von dort nach Spanien weiterreisen.«

»Und Sie wollten Ihre eigenen Pässe benutzen?«

Thompson nickte.

»Sie waren vermißt gemeldet, Mr. Thompson. Man hätte Sie aufgehalten.«

»Ach, das glaube ich nicht, Sergeant«, widersprach er gelassen. »In sechs Monaten hätte kein Hahn mehr nach mir gekräht, und bei dem Betrieb auf der Fähre wären wir mit unserem Allerweltsnamen wahrscheinlich überhaupt nicht aufgefallen. Im übrigen, was hätte man mir vorwerfen sollen? Meine Frau hätte bestätigt, daß ich wieder aufgetaucht war, ein Verbrechen hatte ich nicht begangen, ein Haftbefehl wartete auch nicht auf mich. Also?« Er neigte den Kopf zur Seite und sah McLoughlin belustigt an.

»Da haben Sie recht«, bekannte McLoughlin.

»Ich war nicht besonders geschäftstüchtig«, fuhr Thompson fort. »Das gebe ich offen zu. Aber niemand hat infolge meines Versagens sehr viel Geld verloren.« Er faltete die Hände auf seinem runden Bauch. »Meine Angestellten haben alle wieder Arbeit gefunden. Die zuständigen Stellen haben sich bereit erklärt, ihnen die Versicherungsbeiträge gutzuschreiben, die ich mir so unüberlegt – wie soll ich sagen? – geborgt habe, um die Firma über Wasser zu halten. Das ist meinem stellvertretenden Geschäftsleiter zu verdanken. Er hat das für die Leute ausgehandelt, wie Maisie mir berichtet hat. Prachtvoller Bursche, großes Organisationstalent und absolut integer. Er hat die Bescherung, die ich angerichtet habe, in Ordnung gebracht und den Konkurs angemeldet. Natürlich hat er Maisie am Telefon ein paar harte Sachen über mich gesagt, nannte mich einen dilettantischen Pfuscher, aber das nehme ich ihm nicht übel.« Er schnippte ein Stäubchen von seinem Jackett. »Die Anleger sind ein geschäftliches Risiko eingegangen, das sich für sie leider nicht gelohnt hat, aber sie haben mittlerweile ihre Verluste abgeschrieben und sich lukrativeren Projekten zugewandt. Es hat mir sehr leid getan, sie enttäuscht zu haben.«

»Moment mal«, sagte McLoughlin scharf. »Sie haben sie nicht nur enttäuscht. Sie haben ihr Geld unterschlagen.«

»Wer sagt das?«

»Das haben Sie selbst zugegeben.«

»Wann?«

McLoughlin sagte zu Constable Brownlow, die alles mitgeschrieben hatte: »Suchen Sie die Stelle heraus, an der er sagte, sie seien durch die britischen Schwindler, die in Spanien sich einen schönen Lenz machen, auf die Idee gekommen.«

Sie blätterte zurück. »Er hat aber nicht gesagt, daß *er* ein Schwindler ist, nur, daß seine Firma schlecht ging.«

»Blättern Sie weiter«, sagte McLoughlin. »Er hat gesagt, es sei ein Kinderspiel gewesen, die Leute zu überreden, ihr Geld in das Heizkörperprojekt zu stecken.«

»Das war's auch«, bestätigte Thompson. »Die Idee war ja auch gut.«

»Verdammt noch mal!« explodierte McLoughlin. »Sie haben gesagt, sie sei absurd genug gewesen, um mit einer Pleite rechnen zu müssen.«

»Ja, und das hat sich ja auch als richtig erwiesen. Genau das ist passiert.«

»Sie haben nicht Bankrott gemacht, weil das Projekt sich nicht verkaufen ließ. Sie haben das Geld für sich genommen. Sie haben selbst gesagt, es hätte ein großer Erfolg werden können.«

Thompson seufzte tief. »Und das wäre es sicher auch geworden, wenn ich ein bißchen mehr Geschäftssinn hätte. Ich hab's Ihnen doch erklärt, ich bin einfach nicht geschäftstüchtig genug. Das ist mein Problem. Haben Sie vor, uns festzunehmen, Sergeant?«

»Ja, Mr. Thompson, das habe ich vor.«

»Mit welcher Begründung?«

»Da wird sich schon eine finden lassen.«

»Wo denn?«

»Bei einer Ihrer Gläubigerinnen, Mrs. Goode.«

»Ich werde meinen Anwalt beauftragen, einen außergerichtlichen Vergleich mit ihr zu schließen«, meinte er unerschüttert. »Das ist viel vernünftiger als lange Auseinandersetzungen vor Gericht.«

»Und Ihre Frau kriege ich mit tätlichem Angriff.«

»Die arme Maisie. Sie wissen doch, daß sie nicht bei Verstand ist.« Er zwinkerte McLoughlin vergnügt zu. »Die meiste Zeit weiß sie nicht, was sie tut. Ärztliche Behandlung wird bei ihr viel mehr ausrichten als eine Strafverfolgung. Da wird mir der Pastor sicher zustimmen.«

»Sie sind zwei richtige Gauner.«

»Harte Worte, Sergeant. Die Wahrheit ist, daß ich ein Feigling bin, der der Enttäuschung der Leute, die ihm vertraut hatten, nicht ins Auge sehen konnte. Darum bin ich davongelaufen und habe mich versteckt. Armselig, ich weiß, aber doch wohl kaum ein Verbrechen.« Sein Blick war fest und aufrichtig, aber sein Doppelkinn zitterte: McLoughlin wußte nicht, ob aus Reue oder vor Vergnügen.

Als er zum Ende seines Berichts kam, lachte Anne so heftig, daß ihr alles weh tat. »Haben Sie sie laufenlassen?«

Er grinste verlegen. »Die waren wie zwei Aale. Jedesmal, wenn man glaubte, man hätte sie erwischt, flutschten sie einem aus der Hand. Sie sind jetzt zu Hause, aber in zwei Wochen müssen sie wegen Behinderung der Polizei vor Gericht. Ich habe mir inzwischen Thompsons Stellvertreter geschnappt, der eine Riesenwut im Bauch hat, und habe ihm gesagt, er soll mit einem Prüfer die Bücher durchgehen und nach Unterschlagungen suchen.«

»Die findet er bestimmt nicht«, meinte Anne, sich die Augen wischend. »Mr. Thompson scheint ein echter Profi zu sein. Er hat das Geld wahrscheinlich längst in einer hübschen Villa in Spanien angelegt.«

»Möglich.« McLoughlin streckte die Arme über den Kopf und sank dann mit Behagen in seinem Sessel zusammen. Er war wieder die ganze Nacht auf den Beinen gewesen und dementsprechend müde.

Jane hatte Anne erklärt, McLoughlin habe den falschen Beruf. Wieso? hatte Anne gefragt. Weil er für die Probleme anderer übersensibel sei. Anne betrachtete ihn durch den Rauch ihrer Zigarette. Ihr fehlte Janes Naivität, darum war ihre Beurteilung von Gefühlen ungetrübt. Er reizte sie vielleicht als Mann, aber das hatte keinen Einfluß auf ihre Objektivität. Nicht übermäßige Sensibilität für andere plagte ihn, ihrer Meinung nach, sondern übermäßige Empfindlichkeit, was die eigene Person anging, eine Falle in Annes Augen, in die viel zu viele Männer hineinstolperten. Wenn man von der Gesellschaft um jeden Preis akzeptiert werden wollte, hieß das, sich selbst in eine Zwangsjacke zu stecken. Es hätte sie interessiert, wann McLoughlin das letzte Mal über sich selbst gelacht hatte – wenn überhaupt je. Das Leben, dachte sie, war für ihn eine Folge von Hürden, von denen jede sauber genommen werden mußte. Eine zu berühren, wäre Versagen gleichgekommen.

»Was denken Sie?« fragte er.

»Ich habe mir überlegt, warum Männer sich so ernst nehmen.«

»Ich wußte nicht, daß sie das tun.«

»Ich überlege gerade, ob mir je einer begegnet ist, der es nicht tut. Ihr Mr. Thompson könnte als Kandidat in Frage kommen.« Sie sah ihn an. »Die Probleme der Frau gründen auf ihrem biologischen Programm. Ohne ihre Bereitschaft, eine neue Generation hervorzubringen und großzuziehen, würde die Spezies aussterben. Ihre Frustrationen entspringen der Weigerung der Spezies, die Opfer anzuerkennen, die sie für das Allgemeinwohl bringt. Da gibt es keine dankbare Regierung, die die Frau dafür bezahlt, daß sie rund um die Uhr im Dienst der Familie ist; sie bekommt keinen Magistergrad dafür, daß sie die Kinder zu guten Staatsbürgern erzieht; neun- von zehnmal danken die Kinder ihr die Anstrengungen überhaupt nicht, sondern werfen ihr noch vor, sie hätten schließlich nicht darum gebeten, geboren zu werden.« Sie streifte die Asche ihrer Zigarette im Aschenbecher ab und lachte leise. »Als Mutter führt man ein Hundeleben. Es gibt keine Management-Struktur, kein unabhängiges Schiedsgericht, keine Kündigungsvorschriften für Wiederholungstäter und keine Aussichten auf Beförderung. Emotionale Erpressung und sexuelle Belästigung sind an der Tagesordnung.« Ihre Augen blitzten, als sie sich vorbeugte. »Kein Mann würde das auf die Dauer aushalten. Seine Selbstachtung würde vor die Hunde gehen.«

Im stillen schimpfte sich McLoughlin einen Idioten. Er hätte seinem ersten Eindruck trauen und um diese Frau einen weiten Bogen machen sollen. Gab es, dachte er, wirklich einen so großen Unterschied zwischen ihr und seiner Frau? Die Beschwerden waren die gleichen, nur klangen sie aus Annes Mund besser formuliert. Er gelobte sich für jetzt und alle Ewigkeit strikte Enthaltsamkeit. Er hatte weder Lust noch Energie, jedesmal, wenn er mit einer Frau schlafen wollte, erst einen Krieg zu führen. Wenn der Preis für das Vergnügen die Kapitulation war, dann konnte er auch ohne auskommen.

Er stand abrupt auf und ließ seiner angestauten Wut und Enttäuschung freien Lauf. »Ich will Ihnen mal was sagen, *Ms* Cattrell. Ich habe die Nase voll vom Gejammer der Frauen. Dauernd heult ihr uns vor, wie gut wir Männer es haben und wie schlecht wir euch behandeln.« Er ging zum Kamin und stützte beide Hände auf den Sims. »Glauben Sie denn, Ihr Geschlecht ist das einzige, das unter seinem biologischen Programm leidet? Haben Sie eine Ahnung, was es kostet, eine Frau zum Geschlechtsverkehr zu überreden?

Nicht nur Geld, nein! Anstrengung, emotionale Bindung und die Schmach regelmäßiger Zurückweisung. Wenn ein Mann seinen Beitrag zum Wohl der Gesellschaft leisten möchte, muß er sein Leben in Ketten verbringen und sich zu Tode schuften, um seine Frau zu versorgen und bei Laune zu halten, damit sie erstens bereit ist, seine Kinder zur Welt zu bringen, und zweitens, sich angemessen um sie zu kümmern, wenn sie da sind.« Er drehte sich zu ihr um. »Es ist demütigend und entwürdigend«, sagte er mit Bitterkeit. »Mein Fortpflanzungsinventar unterscheidet sich in nichts von dem eines Hundes. Uns beide treibt die Natur, unser Sperma im Schoß eines fruchtbaren Weibchens abzulegen, nur braucht der Hund keine Rechtfertigung dafür zu geben, warum er das tun möchte; ich hingegen schon. Denken Sie daran das nächste Mal, wenn Sie sich über die männliche Selbstachtung mokieren wollen. Sie ist äußerst fragil. Sie haben ganz recht, ich nehme mich ernst. Das muß ich auch. Nur in meinem Büro haben Verhaltensregeln noch Geltung; nur im Büro muß ich mich nicht dauernd krummlegen, um die Ziele zu erreichen, die mir gesetzt wurden.«

Sie nahm einen Apfel aus der Schale, die neben ihr stand, und warf ihn ihm zu. »Bravo, McLoughlin. Gleich werden Sie mir sagen, Sie wären viel lieber eine Frau.«

Er sah sie an, bemerkte die Erheiterung in ihrem Gesicht und lachte. »Stimmt. Das hätte ich tatsächlich beinahe gesagt. Sie treiben mich wirklich auf die Palme.«

»Nein«, widersprach sie lächelnd. »Ich hole Sie auf die Erde zurück. Das Leben ist doch von Anfang bis Ende eine einzige Farce, hier und da vielleicht mit einer Spur schwarzem Humor gewürzt. Wenn es anders wäre, hätte sich die gesammelte Menschheit längst aufgehängt. Kein Mensch könnte siebzig Jahre fortgesetzter Tragödie ertragen. Jane hat mir versprochen, mir folgenden netten Spruch auf den Grabstein zu setzen, wenn ich mal – voraussichtlich an Krebs – sterbe: ›Hier ruht in Frieden Anne Cattrell. Sie hat sich durchs Leben gelacht. Daß der Scherz auf ihre Kosten ging, hat ihr kaum was ausgemachte.‹ Ohne Zynismus geht es nicht.« Sie warf einen zweiten Apfel in die Luft und fing ihn auf. »Schreiben Sie sich das hinter die Ohren, McLoughlin. Dann sind Sie bald ein glücklicher Mensch.«

Er setzte sich, den Apfel zwischen den Zähnen, und zog seine Aktentasche zu sich heran. »Sie sind nicht nur zynisch«, sagte er, den Apfel aus dem Mund nehmend.

»Wie kommen Sie darauf?«

»Ich habe Ihr Tagebuch gelesen.« Er öffnete die Aktentasche und nahm den dünnen Band heraus.

Sie sah ihn neugierig an. »Und hat es Ihnen gefallen?«

»Sollte es mir denn gefallen?«

»Nein. Es ist nicht zur Veröffentlichung bestimmt.«

»Ein Glück«, sagte er freimütig. »Es braucht nämlich einiges an Bearbeitung.«

Sie sah ihn wütend an. »Ach, und das können ausgerechnet Sie beurteilen?« Sie war tief verletzt. Das Schreiben war ihr wichtig, auch wenn sie nur für sich selbst schrieb.

»Ich kann lesen.«

»Ich kann einen Pinsel halten. Das macht mich noch nicht zur Kunstsachverständigen.« Sie sah demonstrativ auf ihre Uhr. »Sollten Sie sich nicht langsam wieder daranmachen, Ihren Mordfall aufzuklären? Soweit ich feststellen kann, haben Sie immer noch keine Ahnung, wer der Tote aus dem Eishaus ist oder wer mir eins über den Schädel gegeben hat.« Es konnte ihr piepegal sein, was er dachte, er war nur ein läppischer Bulle, wieso fühlte sie sich also, als hätte er ihr einen Magenschwinger verpaßt?

Er aß seinen Apfel. »P. gehört rausgestrichen«, sagte er. »P. verpatzt alles.« Er warf ihr das Tagebuch in den Schoß. »Das Fleischermesser liegt noch auf der Dienststelle und wartet auf Ihre Unterschrift. Das hier habe ich gleich an mich genommen, damit Friar es nicht rausschmuggelt und die ungehörigen Stellen kopiert.« Er saß mit dem Rücken zum Fenster, und seine Augen verrieten nichts. Sie konnte nicht erkennen, ob er scherzte.

»Schade. Friar hätte es vielleicht zu würdigen gewußt.«

»Erzählen Sie mir von P., Anne.«

Sie musterte ihn mißtrauisch. »Was wollen Sie wissen?«

»Könnte er Sie überfallen haben?«

»Nein.«

»Bestimmt nicht? Vielleicht ist er der eifersüchtige Typ. Sie sind mit einer seiner speziellen Bierflaschen niedergeschlagen worden, und man hat mir erzählt, die gibt er nie aus der Hand.«

Sie hätte leugnen können, daß P. und Paddy derselbe waren – die Vorstellung einer Begegnung McLoughlins mit dem P., über den er gelesen hatte, erschreckte sie –, aber es wäre feige gewesen, und feige war Anne nie. »Ich bin ganz sicher«, sagte sie. »Haben Sie mit ihm gesprochen?«

»Noch nicht. Wir haben die Befunde erst heute morgen bekommen.« Spuren von Annes Haar und Blut hatten eindeutig bewiesen, daß die Flasche die Tatwaffe war. Alle anderen Ergebnisse waren jedoch enttäuschend gewesen. Einige verwischte Fingerabdrücke am Flaschenhals und ein bruchstückhafter Fußabdruck. Damit ließ sich nichts anfangen.

Anne wünschte, sie wüßte, was ihm durch den Kopf ging. War er ein harter Richter? Würde er verstehen können, daß Paddy allein dadurch, daß er immer wiederkam, ganz gleich wie unregelmäßig, das Leben in Streech erträglich machte? Sie bezweifelte es. McLoughlin war, auch wenn er sich im Moment so stark zu ihr hingezogen fühlte, im Grunde ein konventioneller Mensch. Die Faszination würde nicht anhalten, das wußte sie. Früher oder später würde er in sein altes Rollenverhalten zurückfallen, und dann würde sie für ihn nur noch eine flüchtige Verirrung bleiben. Und es würde wieder einmal Paddy sein, der sie daran erinnerte, daß die Mauern von Streech Grange nicht undurchdringlich waren. Tränen drängten sich in ihre Augen. »Er ist ein guter Mensch«, sagte sie, »und er versteht alles.«

Wenn McLoughlin verstand, so zeigte er es nicht. Er ging, ohne sich zu verabschieden.

Paddy schleppte hinter dem Pub leere Bierfässer. Er musterte McLoughlin fragend, während er mühelos ein weiteres Faß auf den Stapel hievte. »Was kann ich für Sie tun?«

»Sergeant McLoughlin, Kriminalpolizei Silverhorne.« McLoughlin hatte sich einen gutgewachsenen, athletischen Adonis mit unwiderstehlichem Charme vorgestellt. Die Realität präsentierte einen großen, übergewichtigen Mann in einem ausgeleierten Pullover und schlabberiger Hose. Das Feuer der Eifersucht verlor beträchtlich an Hitze. Er hielt Paddy ein Foto der Steingutflasche hin, das im Labor gemacht worden war. »Kennen Sie die?«

Paddy warf einen kurzen Blick auf die Aufnahme. »Kann schon sein.«

»Ich habe gehört, daß Sie Ihr Spezialbier in diesen Flaschen abfüllen.«

Einen Moment nahmen sie mißtrauisch Witterung auf wie zwei kampfbereite Hunde. Dann entschloß sich Paddy, einen Rückzieher zu machen. Er zuckte gutmütig die Achseln. »Stimmt, sieht aus wie eine von meinen Flaschen«, sagte er. »Aber das ist ein reines Hobby. Ich schreibe an einem Buch über traditionelle Bierbrauerei, weil ich nicht möchte, daß die alten Methoden ganz in Vergessenheit geraten.« Sein Blick war aufrichtig, ohne jede Falschheit. »Ab und zu lad ich die Stammgäste zu einer Kostprobe ein, um ihre Meinung zu hören.« Er sah McLoughlin abwartend an. Als der nicht reagierte, fügte er hinzu: »Gut, ja, ich hab auch ab und zu mal einen Unkostenbeitrag verlangt. Das ist schließlich ein teures Hobby.« Das beharrliche Schweigen des anderen irritierte ihn. »Verdammt noch mal, Mann, haben Sie und Ihre Leute im Augenblick eigentlich nichts Wichtigeres zu tun, als sich über mein Bier den Kopf zu zerbrechen? Woher haben Sie die Flasche überhaupt? Dem Kerl werd ich das Fell über die Ohren ziehen.«

»Stimmt es, daß Sie die Flaschen nie aus der Hand geben, Mr. Clarke?« fragte McLoughlin kalt.

»Ja, das stimmt, und wenn ich den Kerl erwische, der die hier mitgehen lassen hat, kann er was erleben. Wer war's?«

McLoughlin tippte auf den dunklen Rand rund um den Flaschenboden. »Das ist Blut, Mr. Clarke. Miss Cattrells Blut.«

Paddy schien zu erstarren. »Was soll das heißen?«

»Mit dieser Flasche wurde Anne Cattrell niedergeschlagen. Ich dachte, Sie könnten mir vielleicht sagen, wie sie in ihren Garten gekommen ist.«

Paddy öffnete den Mund, als wollte er etwas erwidern, dann ließ er sich plötzlich auf das nächste Bierfaß fallen. »Um Gottes willen! Die Flaschen haben ein Riesengewicht. Ich habe gehört, es geht ihr wieder gut, aber – du meine Güte!«

»Wie ist die Flasche in ihren Garten gekommen, Mr. Clarke?«

Paddy achtete nicht auf ihn. »Robinson hat mir erzählt, daß sie einen Schlag auf den Kopf bekommen hat. Ich dachte, es sei eine Gehirnerschütterung. Die verdammten Schmierfinken reden dauernd von Gehirnerschütterung.«

»Wer sind die verdammten Schmierfinken?«

»Na, die Journalisten.«

»Sie hatte einen Schädelbruch.«

Paddy starrte zu Boden. »Geht es ihr wieder besser?«

»Der Täter hat sie mit einer Ihrer Flaschen niedergeschlagen.«

»Verdammt, Mann, ich hab Sie was gefragt!« Paddy sprang ärgerlich auf. »Geht es ihr wieder besser?«

»Ja. Aber wieso interessiert Sie das so sehr? Haben Sie vielleicht stärker zugeschlagen, als Sie wollten?«

Paddys Gesicht lief rot an. Er warf einen Blick zur Küchentür und senkte die Stimme. »Sie sind auf der falschen Fährte. Anne ist eine Freundin von mir. Schon seit Ewigkeiten. Sie kann Ihnen sagen, daß ich ihr niemals was antun würde.«

»Es war dunkel. Vielleicht haben Sie sie mit Mrs. Goode oder Mrs. Maybury verwechselt?«

»Quatsch, die kenn ich genauso lange. Mann, das sind alles meine Freundinnen.«

McLoughlin sperrte den Mund auf. »Alle drei?«

»Ja.«

»Wollen Sie mir sagen, daß Sie mit allen dreien schlafen?«

Paddy hob abwehrend die Hände. »Leise, Mann. Wer hat was von schlafen gesagt? Es ist verdammt einsam da oben. Ich leiste jeder von Zeit zu Zeit mal ein bißchen Gesellschaft, das ist alles.«

McLoughlin lachte, während die letzten Flammen der Eifersucht in sich zusammenfielen und erloschen. »Wissen sie das?«

Paddy spürte, daß die Feindseligkeit sich verflüchtigt hatte, und grinste. »Keine Ahnung. So was fragt man nicht.« Er faßte einen schnellen Entschluß. »Erlaubt's Ihnen Ihr Gewissen, mein Spezialbier zu probieren? Besser, wir trinken das Zeug, ehe es vom Finanzamt beschlagnahmt wird.

Und ich geb Ihnen dabei eine Liste aller meiner Stammgäste. Fremde kriegen von mir nichts. Ich kenne jeden von meinen Spezialkunden persönlich. Das Schwein, das Sie suchen, muß einer von ihnen sein, und ich glaube, ich weiß auch schon, wer. In diesem Dorf gibt es nur einen, der für so was blöd und gemein genug ist.«

Er führte McLoughlin durch den Hof in das Hinterzimmer der Garage, wo der satte Duft von gärendem Malz ihm in die Nase stieg. »Ich hab mir ehrlich gesagt schon oft überlegt, ob ich nicht ganz legal ins Brauereigeschäft einsteigen sollte. Vielleicht ist das der Anstoß, den ich gebraucht habe. Meine Frau kann die Lizenz für das Pub übernehmen, die ist sowieso der bessere Wirt.« Er nahm zwei Flaschen, öffnete sie und goß sehr bedächtig und sorgsam eine tiefgoldene, schäumende Flüssigkeit in zwei hohe, gerade Gläser. Eines reichte er McLoughlin. »Hören Sie gut zu, Sergeant.« Seine Augen lächelten verschmitzt. »Nehmen Sie sich Zeit, nähern Sie sich so an, wie Sie sich einer Frau annähern würden. Langsam, liebevoll, geduldig und mit großem Respekt. Wenn Sie das nämlich nicht tun, liegen Sie nach drei Schlukken flach und wissen nicht, wie Ihnen geschehen ist.«

»Ist das Ihr Geheimnis?«

»Richtig.«

McLoughlin hob sein Glas. »Prost.«

Der Brief wartete auf Sergeant Robinsons Schreibtisch, als er am Morgen ins Büro kam. Die Handschrift auf dem Umschlag war kindlich und unförmig. Abgestempelt war der Brief hier im Ort. Er riß ihn begierig auf und breitete das linierte Papier vor sich auf dem Schreibtisch aus. Der anonyme Brief von Eddie Staines.

*›Sie haben nach ner Frau gefragt, wann und so. Es war ein Sontag. Das weis ich, weil meine Freundin fromm ist und erst nich wollte, weil sie vorher bei der Heiligen Kommunion war. Muß der 14. Mai gewesen sein, weil nämlich am 12. mein Geburtztag ist und das war so ne Art verspätetes Geschenck.*

*Wir habens im Wald von Grange gemacht wie immer. Nach 12 sind wir gegangen, an der Mauer von der Farm entlang. Da haben wirs auf der andern Seite so jammern und weinen hören. Meine Freundin wollte abhaun, aber ich bin raufgesprungen, weil ich sehn wollte, wass es war. Sie haben sich getäuscht. Es war ein Mann und keine Frau und er hat hin und her gewackelt und dauernd seinen Kopf angeschlagen. Tohtal verrückt, wenn sie mich fragen. Ich hab ihn mit der Taschenlampe angeleuchtet und gefragt, ob er krank ist. Er hat gesagt, verpiß dich, und da sind wir abgehaun. Ich habe die Beschreibung von dem Toten gesehn. Die stimmt. Jedenfalls hat er lange graue Haare gehabt. Ich hab bis vor kurzem nich mehr dran gedacht. Ich hab den nämlich gekannt. Der Name ist mir nicht eingefallen, aber das Gesicht hab ich gekannt. Ich mein, es war einer, den man nich jeden Tag sieht. Jetzt würd ich sagen, es war der Mayberry. Das ist alles.‹*

Mit Gedanken an Beförderung im Kopf rief Sergeant Robinson Walsh an. Einen Moment lang hatte er Skrupel wegen seines Versprechens, den Namen nicht zu verraten – es war jetzt unmöglich, Eddies Identität geheimzuhalten –, aber die Bedenken verflüchtigten sich rasch. Eddie hatte ja auch nicht gedroht, ihm die Eier abzuschneiden.

# 22

McLoughlin stieß die Glastür des Polizeireviers auf. Paddys Spezialbier, langsam, liebevoll und mit großem Respekt genossen, versenkte sein Hirn in feine Alkoholnebel. »Auf in den Kampf«, brüllte er. »Wo ist Monty? Ich brauche Truppen.«

Der diensthabende Sergeant grinste belustigt. Es bestand tatsächlich eine gewisse äußere Ähnlichkeit zwischen dem schmächtigen Walsh und Montgomery. »Draußen beim Manöver.«

»Scheiße!«

»Es hat einer die Leiche identifiziert.«

»Und?«

»David Maybury. Der Inspector ist total ausgeflippt.«

Der Schock trieb McLoughlin den Alkoholdunst aus dem Hirn. Gott verdamm mich, dachte er, das kann nicht sein. Er hatte diese Frauen liebgewonnen, und der Schmerz seiner Liebe zu ihnen nagte an ihm wie eine halbverhungerte Ratte. »Wohin ist er?«

Der andere schüttelte den Kopf. »Keine Ahnung. Vermutlich den Zeugen vernehmen. Er und Nick sind hier vor ungefähr zwei Stunden abgezischt wie die Feuerwehr.«

»Er täuscht sich.« Seine Stimme war rauh. »Das ist nicht Maybury. Sagen Sie ihm das, wenn er vor mir zurückkommen sollte, okay?«

Wohl kaum, dachte der Sergeant, während er dem zornigen jungen Mann nachblickte, der mit der Schulter die Tür aufstieß und hinausrannte. Wenn McLoughlin sich unbedingt selbst das Grab schaufeln wollte, sollte er das tun. Er hatte nicht die Absicht, mit ihm hineinzuspringen. Er sah auf seine Uhr und stellte erleichtert fest, daß seine Schicht fast um war.

McLoughlin zerrte Anne aus ihrem Sessel und schüttelte sie, bis ihre Zähne aufeinanderschlugen. »War es David Maybury?« schrie er sie an. »Los, war er's?«

Sie sagte nichts. Mit einem Fluch stieß er sie von sich. Die Jacke glitt von ihren Schultern, und sie stand in einem Herrenpyjama vor ihm, der ihr viel zu groß war. Sie sah merkwürdig rührend aus, wie ein Kind, das gern groß sein möchte.

»Ich weiß es nicht«, sagte sie ruhig. »Die Leiche war unkenntlich. Aber ich glaube nicht, daß es David war. Es ist unwahrscheinlich, daß er nach zehn Jahren zurückgekommen ist, immer vorausgesetzt, daß er noch lebte.«

»Treiben Sie keine Spielchen mit mir, Anne«, sagte er zornig. »Sie haben den Toten gesehen, ehe er zu verwesen begann. Wer war es?«

Sie schüttelte den Kopf.

»Jemand hat ihn identifiziert und behauptet, es sei David Maybury.«

Sie leckte sich die Lippen, sagte aber nichts.

»Helfen Sie mir doch!«

»Ich kann nicht.«

»Können Sie nicht oder wollen Sie nicht?«

»Spielt das eine Rolle?«

»Ja«, antwortete er bitter. »Für mich spielt es eine Rolle. Ich habe Ihnen vertraut. Ich habe Ihnen allen vertraut.«

Ein Schatten flog über ihr Gesicht. »Das tut mir leid.«

Er lachte rauh. »Es tut Ihnen leid? Wie reizend.« Er packte wieder ihre Arme. Seine Finger drückten ihr ins Fleisch. »Begreifen Sie denn nicht, Sie kaltschnäuzige Person? Ich habe Ihnen vertraut. Ich bin für Sie in die Bresche gesprungen. Sie sind mir etwas schuldig, verdammt noch mal.«

Sehr lange blieb es still. Als sie sprach, war ihre Stimme schneidend scharf. »Du meine Güte, McLoughlin, kein Mensch soll sagen können, daß die Cattrell ihre Schulden nicht bezahlt.« Sie zog die Kordel ihrer Pyjamajacke auf und ließ die Hose zu Boden fallen. »Bitte. Bedienen Sie sich. Das ist doch das einzige, was Sie von Anfang an interessiert hat, stimmt's? Ein guter Fick. Genauso wie Ihr Boß vor zehn Jahren.«

Unter seinen Füßen brach der Boden ein. Er legte seine Hände an ihren Hals und streichelte das weiche, weiße Fleisch.

»Sie haben das nicht gewußt?« Ihre Augen glitzerten, als sie ihre Hände zwischen seine Handgelenke schob und sie auseinanderdrückte, um sich aus seiner Umklammerung zu befreien. »Das miese Schwein machte Phoebe einen Antrag – ein sauberer Schlußstrich unter das Ermittlungsverfahren gegen einmal wöchentlich Bumsen. Ganz so vulgär hat er es natürlich nicht ausgedrückt. Er hat's ein bißchen verbrämt.« Sie ahmte Walshs Stimme nach. »Sie sind so allein und schutzlos. Ich möchte Sie beschützen. Ihre Schönheit rührt mich. Sie verdienen etwas Besseres als diesen brutalen Kerl, Ihren Mann.« Ihre Lippen kräuselten sich spöttisch. »Sie hat ihm eine Abfuhr erteilt und ihm gesagt, was er mit seinem Schutz machen kann.« Ein schriller Ton verzerrte ihre Stimme. »Mein Gott, war sie naiv. Nicht einen Moment lang hat sie daran gedacht, daß dieser Mann ihre Zukunft in seinen Händen hielt.«

»Ich glaube das nicht.«

Sie ging zum Sessel und nahm sich eine Zigarette aus der Packung, die auf der Armlehne lag. »Warum nicht?« fragte sie kühl, während sie ihr Feuerzeug anknipste. »Bilden Sie sich vielleicht ein, Sie hätten ein Monopol darauf, mit Mordverdächtigen ins Bett hüpfen zu wollen?« Ihre Augen verspotteten ihn. »Weiß der Himmel, was es ist, aber wir scheinen etwas sehr Reizvolles an uns zu haben. Vielleicht ist es die Ungewißheit.«

Er schüttelte den Kopf. »Was meinen Sie, als Sie sagten, er habe ihre Zukunft in den Händen gehalten? Sie sagten, sie sei naiv gewesen.«

»Ja, Herrgott noch mal«, rief sie verächtlich. »Wer hat denn in die Welt hinausposaunt, Phoebe habe ihren Mann umgebracht? Wer hat die Presse informiert, McLoughlin?«

Er sah sehr nachdenklich aus. »Sie hätte klagen können.«

»Gegen wen?«

»Die Zeitungen.«

»Es sind nie direkte Beschuldigungen erhoben worden. Sie waren nicht so plump, sie eine Mörderin zu nennen. Sie bezeichneten sie als ›leidenschaftliche Gärtnerin‹, und zwei Zeilen weiter berichteten sie, daß die Polizei nunmehr die Blumenbeete umgrabe. Und die Tips hatten sie alle von Ihrem Boß!«

»Warum hat sie keine Beschwerde eingereicht?« Er sah den Ausdruck auf ihrem Gesicht und hob abwehrend die Hände. »Sagen Sie es nicht. Ihr Wort gegen seines, und er war Inspector der Kriminalpolizei.« Er verfiel für einen Moment in Schweigen. »Und was passierte dann?«

Sie zog an ihrer Zigarette und sah ihn zornig an. »Walsh konnte nicht liefern, weil David ja nicht ermordet worden war, also wurden die Ermittlungen schließlich fallengelassen. Aber da ging der Spaß erst richtig los. Sie wurde Zielscheibe einer hundsgemeinen Verleumdungskampagne, und kein Mensch in diesem gottverdammten Kaff hier hat auch nur einen Finger für sie gerührt. Sie war am Rand eines Nervenzusammenbruchs, als ich hier eingezogen bin. Jonny, der damals elf war, hatte angefangen, wieder ins Bett zu machen, und Jane …« Sie sah ihm forschend ins Gesicht. »Und genauso wird es wieder werden. Dieser Schweinehund wird Phoebe ein zweites Mal den Wölfen zum Fraß vorwerfen!« Sie sah sehr bleich aus unter dem roten Tuch.

»Warum haben Sie mir das alles nicht gleich zu Beginn erzählt?«

»Hätten Sie mir geglaubt?«

»Nein.«

»Und jetzt?«

»Vielleicht.« Er rieb sich nachdenklich das Kinn, während er sie ansah. »Sie sind eine gute Journalistin, Anne. Hätten Sie nicht darüber schreiben und Phoebe entlasten können?«

»Sagen Sie mir, wie ich das machen soll, ohne Jane in die Geschichte zu verwickeln, und ich tue es sofort. Phoebe würde sich lieber auf dem Scheiterhaufen verbrennen lassen, als ihre Tochter der allgemeinen Sensationslust preiszugeben. Und ich übrigens auch.« Sie nahm einen tiefen Zug. »Außerdem ist es kein richtiges Alibi. Jane hätte ja eingeschlafen sein können.«

Er nickte. »Wieso sind Sie dann so sicher, daß er das Haus lebend verlassen hat?«

Sie wandte sich ab, um ihre Zigarette auszudrükken. »Wieso sind *Sie* so sicher?« Sie drehte sich zu ihm um. »Denn das sind Sie doch, nicht wahr?«

»Ja.«

»Weil jetzt jemand behauptet, der Tote aus dem Eishaus sei David?«

»Nein.«

»Warum dann?«

Er sah sie einen Moment schweigend an. »Weil Sie sich freiwillig in Streech Grange eingekerkert haben. Daher weiß ich, daß er das Haus lebend verlassen hat.«

»Ich weiß nicht, wovon Sie reden.«

»Sie sind eine gottverdammte Lügnerin!«

»Hören Sie endlich auf! Das sagen Sie dauernd«, fuhr sie ihn ärgerlich an. »Außerdem friere ich.«

»Dann ziehen Sie sich doch was an«, meinte er vernünftig, bückte sich nach der Pyjamahose und warf sie ihr zu. Er sah ihr beim Anziehen zu. »Sehr verlockend, Cattrell«, murmelte er, »aber ich bin nur wegen der Wahrheit gekommen. So eine Wahrheit hatte ich allerdings nicht erwartet.«

Er fuhr zum Labor und suchte Dr. Webster in seinem Büro auf. »Ich bin zufällig gerade vorbeigekommen«, sagte er, »und wollte mal hören, ob Sie neue Erkenntnisse über unseren Toten haben.«

Wenn Dr. Webster dieses Vorgehen etwas unorthodox fand, so ließ er es sich jedenfalls nicht merken. »Ich habe hier einen umfassenden Bericht«, sagte er und schlug mit der flachen Hand auf einen Hefter, der auf dem Schreibtisch neben ihm lag. »Er ist heute morgen fertig geworden. Sie können eine Kopie mitnehmen, wenn Sie wollen.« Er lachte. »Ich fürchte allerdings, daß George wenig Freude daran haben wird, aber so ist das nun mal. Er drängt auf schnelle Urteile, und die sind dann nicht immer zutreffend. Haben Sie inzwischen Fortschritte gemacht?«

McLoughlin winkte ab. »Kaum. Unser wahrscheinlichster Kandidat hat sich als quicklebendig entpuppt. Jetzt tappen wir wieder im dunkeln.«

»In dem Fall wird Ihnen das, was ich da mit viel Arbeit zusammengebastelt habe, wahrscheinlich auch nicht viel helfen. Geben Sie mir eine Beschreibung, oder noch besser, ein Foto, und ich kann ja oder nein sagen. Aber ich kann Ihnen nicht sagen, wer der Mann ist. George ruft mich jeden Tag an und verlangt Ergebnisse, aber Wunder brauchen ihre Zeit. Mit frischen Leichen läßt sich was anfangen, aber um so ein paar Fetzen altes Schuhleder einzuordnen, braucht man Geduld.«

»Wie steht's mit Maybury?«

Der Pathologe brummte ungeduldig. »Ihr seid alle besessen von dem Kerl. Maybury ist es auf keinen Fall. Sie können George ausrichten, daß ich ein zweites Gutachten eingeholt habe, und der Kollege stimmt mit mir überein. Fakten sind nun mal Fakten«, knurrte er, »und in diesem Fall lassen sie keinen Spielraum zur Interpretation.«

McLoughlin atmete tief durch. »Woher wissen Sie das?«

»Der Mann ist zu alt. Ich habe die Röntgenaufnahmen genauestens studiert. Die Verknöcherung ist wesentlich weiter fortgeschritten, als ich zunächst glaubte. Ich bin jetzt sicher, daß wir es mit einem Sechzig- bis Siebzigjährigen zu tun haben.

Sechzig ist die unterste Grenze. Und wie alt wäre Maybury jetzt? Vierundfünfzig, fünfundfünfzig?«

»Vierundfünfzig.«

Webster ergriff den Hefter und entnahm ihm einige Fotografien. »Ich spreche mich in meinem Bericht gegen eine Verstümmelung aus, aber das ist nur eine Meinung, und ich bin durchaus bereit, mich eines Besseren belehren zu lassen. Es sind da einige Kerben im Knochen, die von einem scharfen Messer stammen könnten, aber meiner Ansicht nach sind sie anderen Ursprungs.« Er wies auf eine der Aufnahmen. »Eindeutig Rattenkot.«

McLoughlin nickte. »Sonst noch etwas?«

»Ich bin mir nicht sicher, wie er umgekommen ist. Es wäre wichtig zu wissen, ob er zum Zeitpunkt seines Todes bekleidet war. Haben Sie da schon was gefunden?«

»Nein.«

»Ich habe eine Menge Erde vom Boden rund um die Leiche abgeschabt. Wir haben die Proben analysiert, aber die enthaltene Menge Blut ist minimal.«

McLoughlin runzelte die Stirn. »Und?«

»Nun, das macht es mir sehr schwer, mit Gewißheit zu sagen, wie er umgekommen ist. Wenn er nackt war und erstochen wurde, wäre der Boden mit Blut durchtränkt gewesen. Wäre er bekleidet gewesen und erstochen worden, so hätten die Kleider den größten Teil des Bluts aufgefangen. Sie müssen seine Kleider finden.«

»Moment mal, Doktor. Sie sagen, wenn er nackt war, kann er nicht erstochen worden sein?«

»Ja, das ist im wesentlichen richtig. Es besteht eine geringe Chance, daß Tiere den Boden abgeleckt haben, aber das wird niemals schlüssig zu beweisen sein.«

»Weiß Chief Inspector Walsh das?«

Webster blickte ihn über die Ränder seiner Brillengläser scharf an. »Warum fragen Sie?«

McLoughlin fuhr sich durch das Haar. »Weil er es nicht erwähnt hat.« Oder hat er es doch erwähnt? McLoughlin konnte sich nur an sehr weniges von dem erinnern, was Walsh an jenem ersten Abend gesagt hatte. »Okay. Nehmen wir an, er war nackt. Wie ist er dann umgekommen?«

Webster schob die Lippen vor. »Altersschwäche. Unterkühlung. Das läßt sich aus dem wenigen, was noch da ist, nicht entnehmen. Ich konnte keine Spuren von Barbituraten oder Asphyxie finden, aber …« Er zuckte die Achseln und tippte auf die Fotografien. »Schuhleder. Finden Sie mir die Kleider. Dann kann ich Ihnen mehr sagen.«

McLoughlin stemmte die Hände auf den Schreibtisch und krümmte die Schultern. »Wir sind bei unseren Ermittlungen davon ausgegangen, daß es sich um Mord handelt und daß der Mann Messerstiche in den Bauch bekommen hatte. Jetzt sagen Sie mir, daß er eines natürlichen Todes gestorben sein kann. Haben Sie eine Ahnung, wie viele Stunden ich in der letzten Woche an dem Fall gearbeitet habe?«

Webster lachte leise. »Ungefähr halb so viele wie ich, schätze ich. Ich bin nämlich überhaupt nicht mehr zur Ruhe gekommen. Wir kriegen nicht jeden Tag so etwas zu sehen. Die meisten Leichen verfügen über wenigstens neunzig Prozent ihrer Bestandteile, wenn sie zu uns kommen. Aber wie dem auch sei, solange Sie nicht ein Bündel sauberer, unversehrter Kleider präsentieren können, um mir nachzuweisen, daß ich mich irre, halte ich Tod durch Erstechen für das Wahrscheinlichste. Alte Männer, die pudelnackt durch den Wald streifen, um ein Eishaus zu finden, in dem sie langsam erfrieren können, sind mir noch nicht untergekommen.«

McLoughlin richtete sich auf. »Okay. Sonst noch Überraschungen?«

»Hm. Ich habe mir gestern das Eishaus noch einmal angesehen. Es war jetzt über eine Woche versiegelt, und die Temperatur ist erheblich gefallen. Die Tür ist uralt, aber sie schließt immer noch perfekt. Ich war beeindruckt. Offensichtlich eine ungewöhnlich effiziente Art, Eis zu lagern. Sehr kalt und sehr steril. Das muß sich da drinnen Monate gehalten haben.«

»Und?«

Webster richtete seine Aufmerksamkeit auf einige Briefe, die vor ihm lagen. »Ich habe mal Spekulationen darüber angestellt, in welchem Zustand er sich befunden hätte, wenn die Tür geschlossen geblieben wäre, bis der Gärtner ihn fand.« Er kritzelte seinen Namen auf den obersten Brief. »Meiner Ansicht nach in einem erstaunlich guten. Das hätte mich schon interessiert. Rein wissenschaftlich, natürlich.«

Er sah auf. McLoughlin war mitsamt dem Bericht verschwunden.

Sergeant Bob Rogers, der nach zweitägiger Pause zur Nachmittagsschicht gewechselt und jetzt Wachdienst hatte, blickte auf, als McLoughlin zur Tür hereinkam. »Ah, Andy! Sie kommen gerade richtig.« Er hielt die Beschreibung von Wally Ferris hoch, die im ganzen Landkreis herausgegeben worden war. »Es geht um den Landstreicher, den Sie suchen.«

»Ich hab ihn schon gefunden. Sobald ich beim Inspector war, fahr ich noch einmal zu ihm.«

»Gut, dann können Sie ihn gleich mitbringen. Er steht auf unserer Vermißtenliste.«

McLoughlin ging langsam auf Rogers zu. »Sie haben Wally Ferris auf der Vermißtenliste? Aber der tippelt doch schon seit Jahren.«

Rogers drehte die Liste so, daß McLoughlin sie lesen konnte. »Da, schauen Sie. Die Beschreibung hier paßt haargenau auf die, die Sie ausgegeben haben.«

McLoughlin überflog den Text. »Hat Walsh das gesehen?«

»Ich hab's ihm am ersten Abend hingelegt.«

McLoughlin griff zum Telefon. »Tun Sie mir einen Gefallen, Bob. Wenn Sie das nächste Mal mitkriegen, daß ich zu verkatert bin, um nachzuprüfen, was dieser Kerl macht, dann hauen Sie mir hier eine drauf.« Er tippte sich an die Kinnspitze.

Er saß in Walshs Büro und beobachtete die Rauchfäden, die zwischen den schmalen, blutlosen Lippen hervorquollen. Unmerklich hatte das Gesicht sich verändert. Wo Autorität es einst mit Klugheit und Jovialität ausgestattet hatte, hatte Verachtung seine Bosheit aufgedeckt. Abgerissene Sätze drangen gelegentlich zu McLoughlin durch – »eindeutig Maybury« … »junge Mann ihn erkannt …«,

»zwei Wochen im Eishaus …«, »Landstreicher muß ihn dort gesehen haben …«, »Sie haben das völlig übersehen …«, »schreibe einen Bericht …«, »häusliche Probleme sind keine Entschuldigung für Ihre Nachlässigkeit« –, aber der größte Teil dessen, was gesagt wurde, rauschte an ihm vorbei. Er starrte Walsh unverwandt an und dachte an die Zähne hinter dem Lächeln.

Walsh stieß mit seiner Pfeife ärgerlich nach McLoughlin. »Sergeant Robinson bringt jetzt Wally Ferris hierher, und das verspreche ich Ihnen, diesmal gibt es keine Fehler.«

McLoughlin richtete sich ein wenig auf. »Was wollen Sie tun? Ihm ein Foto von Maybury zeigen und andeuten, daß er der Tote ist? Wally wird Ihnen sofort zustimmen, nur um schnellstens hier herauszukommen.«

»Staines hat den Mann schon identifiziert. Wenn wir von Wally eine Bestätigung bekommen, ist die Sache gelaufen.«

»Wie alt ist Staines?«

»Um die fünfundzwanzig.«

»Er war also fünfzehn, als er Maybury das letzte Mal gesehen hat. Und er behauptet, ihn im Dunkeln erkannt zu haben? Das nimmt Ihnen kein Gericht ab.«

»Der Fall ist klar«, behauptete Walsh gelassen.

»Wir haben ein Motiv und eine Gelegenheit und dazu eine Fülle von Indizien. Verstümmelung zum Zweck der Identitätsverschleierung, Lammknochen, um Tiere ins Eishaus zu locken, das Entfernen der Kleider, um die Ermittlungen zu erschweren, die Beseitigung von Spuren und Hinweisen durch Fred Phillips. Wenn wir das alles ihr präsentieren und dazu die positiven Identifizierungen, wird sie endlich ihr Geständnis ablegen, denke ich.«

McLoughlin rieb sich das unrasierte Kinn und gähnte. »Sie vergessen die gerichtsmedizinischen Befunde. Die lassen sich nicht so leicht manipulieren. Webster wird sich hüten, für Sie zu lügen.«

Walsh fuhr hoch. »Was soll das heißen?«

»Das wissen Sie genau – *Sir.* Der Tote war zu alt, um Maybury sein zu können. Und was ist aus dem Blut geworden?«

Walsh musterte ihn feindselig. »Verschwinden Sie!« knurrte er.

McLoughlins dunkles Gesicht zeigte spöttische Erheiterung. »Wollen Sie ihren Verteidiger auch jedesmal hinausschicken, wenn er eine vernünftige Frage stellt?«

»Das Blut war an den Kleidern und ist vermutlich mit ihnen vernichtet worden«, sagte Walsh mühsam beherrscht. »Was Websters Interpretation seiner Schädelaufnahmen angeht, so handelt es sich eben nur um eine Interpretation. Die Diskrepanz zwischen seiner Position und meiner beträgt sechs Jahre. Ich sage vierundfünfzig. Er sagt sechzig. Er täuscht sich. Und jetzt machen Sie, daß Sie rauskommen.«

McLoughlin stand achselzuckend auf, griff in seine Tasche und zog ein gefaltetes Blatt Papier heraus. »Die Vermißtenliste«, sagte er und legte sie auf den Schreibtisch. »Ich habe mir eine Fotokopie gemacht. Das hier ist Ihre. Behalten Sie sie zur Erinnerung.«

»Ich habe sie gesehen.«

McLoughlin starrte auf die rosige Kopfhaut, die durch das dünne Haar schimmerte. Er erinnerte sich, diesen Mann einmal gemocht zu haben. Aber das war lange vor Annes Enthüllungen gewesen. »Das habe ich gehört. Bob Rogers hat sie Ihnen an dem Abend gezeigt, an dem die Leiche gefunden wurde. Der Fall, wenn es je ein Fall war, hätte spätestens am nächsten Morgen abgeschlossen sein müssen.«

Walsh starrte ihn einen Moment an, dann nahm er das Blatt und faltete es auseinander. Dieselben fünf Namen und Beschreibungen standen darauf, jedoch mit einem ›Gefunden‹ quer über Daniel Thompsons Kästchen. Die beiden jungen

Frauen schieden aufgrund ihres Geschlechts von vornherein aus; somit blieben der Asiate, Mohammed Mirahmadi, der zu jung war, und der halbseidene Keith Chapel, 68 Jahre alt, der fünf Monate zuvor, mit einer grünen Jacke, einem blauen Pullover und einer pinkfarbenen Hose bekleidet, aus seinem Pflegeheim verschwunden war. Eine eiskalte Hand drückte Walshs Eingeweide zusammen. Er legte das Blatt auf den Schreibtisch. »Der Landstreicher tauchte erst am folgenden Tag auf«, murmelte er. »Und woher soll dieser alte Kerl von Streech Grange und dem Eishaus gewußt haben?«

McLoughlin deutete mit dem Zeigefinger auf den Kasten. »Sehen Sie sich die Initialen an«, sagte er. »Keith Chapel. K. C., gesprochen Key-Si. Ich habe in seinem Heim angerufen und mit einem der Pfleger gesprochen. Der Alte hat unentwegt von einer Autowerkstatt gebabbelt, die ihm einmal gehört hat und sehr gut ging, bis er sie verkaufen mußte, weil eine Frau Lügen über ihn verbreitet hat, die alle seine Kunden vertrieben haben. Das war Ihnen alles bekannt. Verdammt noch mal, Sie selbst haben doch Mrs. Goode aufgefordert, alles noch einmal zu erzählen.«

»Ich hatte nur gerüchteweise von der Sache gehört«, murmelte Walsh. »Ich habe den Mann nie kennengelernt. Zu der Zeit, als Maybury verschwand, hat er schon nicht mehr hier gelebt. Ich habe immer gedacht, Casey sei ein Name. Alle sprachen immer von Casey. So steht's auch in der Akte.«

»Ja, so steht's in der Akte. Dafür, daß Sie nur gerüchteweise von der Geschichte gehört haben, haben Sie verdammt viel Wind um sie gemacht. Tolle Story, schade, daß man nichts beweisen kann. Darauf lief es doch raus, wie?«

»Ich kann doch nichts dafür, wenn die Leute hier glaubten, sie habe ihre Eltern umgebracht. Wir haben nur aufgeschrieben, was sie uns erzählt haben.«

»Von wegen! Sie haben es ihnen doch erst suggeriert. Herrgott noch mal, Sie haben die Geschichte neulich abend extra für mich noch mal aufgewärmt. Und ich habe sie geglaubt.« Er schüttelte den Kopf. »Was hat sie Ihnen denn getan? Hat sie Sie ausgelacht? Hat sie Sie einen alten Lustmolch genannt? Gedroht, zu Ihrer Frau zu gehen?« Er wartete einen Moment. »Oder hat sie sich vor Ihnen geekelt?«

»Sie sind suspendiert«, flüsterte Walsh. Seine Hände zitterten.

»Weshalb? Weil ich die Wahrheit aufgedeckt habe?« Er schlug mit der flachen Hand auf die

Vermißtenliste. »Sie elendes Schwein! Sie hatten die Stirn, mir Nachlässigkeit vorzuwerfen. Bei der Hose hätte es bei Ihnen klingeln müssen. Sie ist Ihnen zweimal innerhalb von zwölf Stunden beschrieben worden. Wie viele Männer gibt es, die pinkfarbene Hosen tragen, hm? Sie wußten, daß ein alter Mann mit einer pinkfarbenen Hose vermißt gemeldet worden war. Und es war nicht schwierig, Wally zu finden. Wenn ich diese Information gehabt hätte, als ich mit ihm gesprochen habe …« Er schüttelte zornig den Kopf und griff nach seiner Aktentasche. »Hier ist Dr. Websters endgültiger Befund.«

Er warf ihn auf den Schreibtisch. »Angesichts der Tatsache, daß Wally K. C.'s Kleider soweit in Ordnung fand, daß er sich mit ihnen einkleidete, können wir wohl annehmen, daß sie weder von einem Messer zerfetzt noch mit Blut durchtränkt waren. Der arme Kerl ist wahrscheinlich an Unterkühlung gestorben.«

»Er ist schon vor fünf Monaten verschwunden«, stieß Walsh hervor. »Wo war er in den ersten zwei Monaten?«

»Auf einer Bank in einem U-Bahnhof, vermute ich, wie die anderen armen Hunde, für die unsere Scheißgesellschaft nichts übrig hat.«

Walsh bewegte ruhelos die Hände. »Und Maybury? Da Sie ja alle Antworten wissen – wo ist Maybury?«

»Ich habe keine Ahnung. Macht sich wahrscheinlich in Frankreich das Leben schön. Er scheint dort durch sein Geschäft Kontakte genug gehabt zu haben.«

»Sie hat ihn umgebracht.«

McLoughlin kniff die Augen zusammen. »Der Kerl ist abgehauen, als das Geld knapp wurde, und hat sie mit zwei kleinen Kindern sitzenlassen. Das Verschwinden war geplant, verdammt noch mal.« Er schwieg einen Moment. »Mir fällt nicht ein einziger Grund ein, warum er ihr etwas Böses hätte wünschen sollen, aber wenn er's getan hat, hätte ihm nichts Besseres passieren können, als daß so ein Schwein wie Sie daherkommt.« Er ging zur Tür.

»Was haben Sie vor?« Die Worte waren kaum zu hören.

McLoughlin antwortete nicht.

Im Korridor stieß er auf Nick Robinson und Wally Ferris. Er gab dem Alten einen freundschaftlichen Klaps auf die Schulter. »Die Unterhose hätten Sie ihm wenigsten lassen können, Sie alter Gauner.«

Wally trat unbehaglich von einem Fuß auf den

anderen und schielte die beiden Beamten von unten herauf an. »Komm ich vor Gericht?«

»Weswegen denn?«

»Ich hab nichts Unrechtes getan, ehrlich nicht. Patschnaß war ich von dem verdammten Regen, und er hat da mucksmäuschenstill in der Ecke gehockt. Ehrlich gesagt, ich hab's erst gar nicht geschnallt, daß er tot war. Ich hab gedacht, er wäre einer wie ich, aber halt nicht ganz richtig im Kopf. Gibt viele von der Sorte, die zuviel Sprit getrunken haben und nicht genug Whisky. Ich hab mich ganz gut mit ihm unterhalten.« Er zog ein trauriges Gesicht. »Er hat gar keine Unterhose angehabt, Mann. Er hat nichts gehabt außer den Sachen, die er schön gefaltet neben sich auf dem Boden liegen hatte.« Er warf McLoughlin einen verschlagenen Blick zu. »Ich hab mir gedacht, ist doch nichts dabei, wenn ich mir die Sachen nehme, wo er sie ja sowieso nicht mehr braucht. Ich hab sie über meine eigenen angezogen.«

Nick Robinson, der sich vergeblich bemüht hatte, Wally zum Reden zu bringen, lachte verächtlich. »Sie meinen, der saß da splitterfasernackt und mausetot, und Sie haben sich mit ihm unterhalten?«

»Na ja, er war wenigstens ein Mensch«, brummte Wally, »und es hat 'ne Weile gedauert, bis ich mich an die Dunkelheit in der Höhle gewöhnt hatte. In meinem Gewerbe sieht man die komischsten Sachen.«

»Vor allem weiße Mäuse, vermute ich.« Robinson sah McLoughlin fragend an. »Was soll das alles mit den Kleidern?«

»Das erfahren Sie schon noch. Wally, was glauben Sie, woran er gestorben ist?«

»Weiß der Himmel. An der Kälte, nehm ich an. In der Höhle ist es eiskalt, wenn die Tür zu ist, und er hatte sogar noch 'n Ziegelstein davorgelegt. Ich hab ganz schön Kraft gebraucht, um sie aufzukriegen. War alles ganz friedlich. Er hat sogar gelächelt.«

Robinson starrte ihn an. »Aber es war doch alles voller Blut.«

Wally war schockiert. »Da war kein bißchen Blut. Ich wär nicht geblieben, wenn da Blut gewesen wäre. Er hat richtig gut ausgesehen, bißchen weiß vielleicht, aber das war ganz natürlich. Es war finster vom Regen draußen.« Er rümpfte die Nase. »Gestunken hat's ein bißchen, aber das hab ich ihm nicht übelgenommen. Ich hab wahrscheinlich selber auch nicht gerade wie 'ne Rose geduftet.«

Wie aus einem Samuel-Beckett-Stück, dachte McLoughlin. Zwei alte Männer sitzen im Halbdunkel – der eine nackt und tot, der andere, durchnäßt und betrunken, schwatzt munter darauf los. Er zweifelte keinen Moment daran, daß Wally die Nacht mit K. C. verbracht und ihm vergnügt alles mögliche erzählt hatte. Wally redete gern. War er sehr erschrocken, als er im nüchternen Morgenlicht erkannte, daß er mit einer Leiche Zwiesprache gehalten hatte? Wahrscheinlich nicht. Wally hatte bestimmt schon viel Schockierendes erlebt. »Und haben Sie die Tür wieder zugemacht, als Sie gegangen sind?«

Der Alte zupfte nachdenklich an seiner Unterlippe. »Zuerst schon.« Er schien die Frage gründlich zu überdenken. »Das heißt, als ich das erste Mal gegangen bin, hab ich sie zugemacht. Ich hab mir gedacht, daß er seinen Frieden haben will, sonst hätte er keinen Backstein vor die Tür geschoben. Dann hat der Typ im Geräteschuppen mir den Whisky geschenkt, und ich hab 'n bißchen was getrunken, und da hab ich mir so meine Gedanken über ein ordentliches Begräbnis gemacht und so. Irgendwie ist es mir falsch vorgekommen, daß der gar keine Chance haben sollte, ein paar gute Worte über sich zu hören. Ich persönlich würd's auch nicht so wollen. Drum bin ich noch mal zurück und hab die Tür aufgemacht. Hab mir gedacht, daß er dann eher gefunden wird.«

Es wäre grausam gewesen, dachte McLoughlin, ihm zu sagen, daß er durch das Öffnen der Tür die Hitze, die Hunde, die Ratten und die Verwesung eingelassen hatte. Er hoffte, Walsh würde es nicht tun.

»Und das«, schloß Wally entschieden, »ist alles, was ich weiß. Kann ich jetzt gehen?«

»Wohl kaum«, sagte Nick Robinson. »Der Inspector möchte Sie erst noch sprechen.« Er umfaßte fest Wallys Arm und sah McLoughlin fragend an. »Wie wär's, wenn Sie mich aufklären?«

McLoughlin grinste boshaft. »Sagen wir einfach, Sie sind schiefgewickelt, alter Knabe.«

## 23

Er wohnte in einem modernen Kasten, der zu einer großen Wohnanlage im Nordwesten von Silverborne gehörte. Ein Haus sah aus wie das andere, und die Individualität der Bewohner drückte sich allenfalls in der Farbe der Haustür aus. Ihm hatte das einmal genügt. Bevor er Streech Grange gesehen hatte.

»Hallo, Andy«, sagte Kelly. Sie stand mit der Bürste in der Hand unsicher an der Spüle in der Küche, damit beschäftigt, das schmutzige Geschirr zu spülen, das er zehn Tage lang nicht angerührt hatte. Er hatte vergessen, wie schön sie war und wie leicht dieser herrliche Körper ihn einmal in Erregung versetzt hatte.

»Hallo.«

»Freust du dich, daß ich da bin?«

Er zuckte die Achseln. »Klar. Hör mal, laß das Geschirr ruhig stehen. Das mache ich übers Wochenende. Ich war diese Woche kaum zu Hause.«

»Ich weiß. Ich habe versucht, dich anzurufen.«

Er ging zum Kühlschrank und nahm ein Stück Käse heraus. Er hielt es ihr hin. »Möchtest du?« Sie schüttelte den Kopf, also verdrückte er das ganze Stück, bevor er auf seine Uhr sah. »Ich muß nur schnell telefonieren, duschen, und dann bin ich wieder weg.« Er machte eine Armbewegung, die das ganze Haus umfaßte. »Laß dir Zeit und nimm dir, was du willst.« Er lächelte ohne Feindseligkeit. »Laß mir nur meine Bücher und meine zwei Schiffsbilder, okay? Du hast sowieso immer gesagt, das seien nur Staubfänger.« Und sie genau wie mich ins Gästezimmer ausgelagert, vollendete er im stillen.

Er war schon auf dem Weg zur Treppe, als sich sein Gewissen meldete und er sich noch einmal umdrehte. »Wirklich, laß das Geschirr stehen. Ich mach das schon.« Er lächelte wieder. »Du ruinierst dir nur deine Nägel.«

Ihre Lippen zitterten. »Mit Jack und mir, das war nichts.« Sie lief ihm nach und drückte den Kopf mit dem duftenden Haar an seine Brust. »Ach, Andy, du hast mir gefehlt. Ich möchte wieder nach Hause. Ich möchte so gern wieder nach Hause.«

Eine schreckliche Lethargie bemächtigte sich seiner, eine Lethargie, wie sie vielleicht ein Ertrinkender in dem Moment verspürt, in dem er aufgibt. Er starrte über ihren Kopf hinweg in die Ferne, suchte nach rettenden Strohhalmen. Es gab keine. Ein, zwei Sekunden lang hielt er sie im Arm, dann löste er sich behutsam. »Dann komm nach Hause«, sagte er. »Es ist genausogut dein Zuhause wie meines.«

»Du bist mir nicht böse?«

»Gar nicht. Ich bin froh.«

Ihre herrlichen Augen leuchteten wie Sterne. »Deine Mutter meinte, du würdest böse sein.«

Strohhalme, dachte er, waren ohne Nutzen für einen Ertrinkenden. Es war das unstillbare Verlangen nach Leben, das rettete. »Ich dusche jetzt noch rasch, dann gehe ich«, sagte er. »Die Bücher und die Bilder hole ich morgen. Und vielleicht die Platten, die ich vor unserer Heirat gekauft habe.« Er warf einen Blick ins Wohnzimmer, auf den chromblitzenden Couchtisch, den hellen Teppich, die Stores, die weiße Kunststoffschrankwand und die Sitzgruppe in zarten Pastellfarben, und er dachte, hier hat nie jemand gelebt. Er schüttelte den Kopf. »Sonst will ich nichts haben.«

Sie faßte ihn am Arm. »Du bist doch böse.«

Sein dunkles Gesicht verzog sich zu einem Lächeln. »Nein, ich bin froh. Ich habe einen Tritt in den Hintern gebraucht. Ich hasse dieses Haus. Ich habe es immer gehaßt. Es ist so« – er suchte nach einem Wort – »steril.« Er sah sie mitleidig an. »Wie unsere Ehe.«

Sie grub ihre Finger in seinen Arm. »Ich hab ja gewußt, daß du mir das vorhalten würdest, du gemeiner Kerl. Aber es ist nicht meine Schuld. Du wolltest genausowenig Kinder wie ich.«

Er schob ihre Hände weg. »Das war nicht die Art von Sterilität, die ich gemeint habe.«

»Du hast eine andere«, sagte sie bitter.

Er ging zum Telefon, zog einen Zettel aus seiner Tasche und wählte die Nummer, die darauf stand. »McLoughlin«, sagte er. »Wir haben den Toten identifiziert. Richtig, in sämtlichen Zeitungen, gleich morgen früh. Dann wird er sich schön ruhig verhalten, wenn er auch nur einen Funken Verstand hat. Ja, es muß heute abend sein. Aber genau, ich will's ihm geben. Sagen wir einfach, ich nehme das, was er getan hat, ganz persönlich. Also, können Sie das schaffen?« Er lauschte einen Moment. »Gut. Ich bin um zehn bei Ihnen.« Er sah auf und erwiderte Kellys Blick.

Die Augen unter den getuschten Wimpern waren voll Tränen. »Wohin gehst du?«

»Ich weiß noch nicht. Vielleicht nach Glasgow.«

Aus den Tränen wurde Wut, und in ihrer Wut fiel sie über ihn her, wie sie das immer getan hatte. »Jetzt gibst du diese Scheißarbeit auf? Ich hab dich jahrelang umsonst angefleht, und jetzt machst du's, weil dich eine andere darum bittet.«

»Niemand bittet mich darum, Kelly. Und ich habe die Arbeit nicht aufgegeben. Noch nicht.«

»Aber du hast es vor.«

»Vielleicht.«

»Wer ist die Frau?«

Er wurde sich bewußt, daß er ihr weh tun wollte, es mußte also doch noch Gefühl dasein. Sieben Jahre, wie steril auch immer, hatten ihre Spuren hinterlassen. »Sie ist meine Rose«, sagte er, »meine rote, rote Rose.«

Und Kelly, die im Lauf der Jahre genug von dem verhaßten Robert Burns gehört hatte, um ein Leben lang davon zu zehren, krampfte sich angstvoll das Herz zusammen.

Phoebe rüttelte Diana sachte an der Schulter, um sie zu wecken. »Wir haben Besuch«, flüsterte sie. »Ich brauche Hilfe.« Irgendwo in der Dunkelheit hinter ihr war das Knurren der Hunde zu hören.

Diana sah sie blinzelnd an. »Mach Licht«, sagte sie schlaftrunken.

»Nein, sie sollen nicht merken, daß wir wach sind.« Sie packte Dianas Morgenrock. »Komm schon, Diana, steh auf.«

»Hast du die Polizei angerufen?« Diana setzte

sich auf und schob die Arme in ihren Morgenrock.

»Das hat gar keinen Sinn. Der Spuk wird längst vorbei sein, auf die eine oder andere Art, ehe die Polizei kommt.« Phoebe knipste eine kleine Taschenlampe an und richtete den Strahl zu Boden. »Komm schon«, drängte sie. »Wir haben nicht viel Zeit.«

Diana schlüpfte in ihre Hausschuhe und folgte ihr. »Warum sind die Hunde drinnen? Und wo ist McLoughlin?«

»Er ist heute abend nicht gekommen.« Sie seufzte. »Ausgerechnet an dem Abend, an dem wir ihn brauchen, kommt er nicht.«

»Und was willst du tun?«

Phoebe hob die Flinte, die sie vor Dianas Zimmertür abgestellt hatte. »Ich helfe mir mit der hier«, sagte sie, schon auf dem Weg nach unten. »Und ich möchte nicht aus Versehen die Hunde erschießen. Darum habe ich sie reingeholt. Die können sich nützlich machen, wenn diese Schweine es schaffen sollten, ins Haus zu kommen.«

»Mannomann«, murmelte Diana, »du hast doch nicht etwa vor, jemanden umzubringen?«

»Sei nicht albern.« Sie schlich durch den Vorsaal in ihr Wohnzimmer. »Ich will den Kerlen angst machen. Sie haben mich das letzte Mal nicht vertrieben, und sie werden mich jetzt nicht vertreiben.« Sie wies Diana zur einen Seite der Terrassentür, knipste die Taschenlampe aus und stellte sich auf der anderen Seite auf. »Paß genau auf. Wenn du drüben an der Terrasse jemanden siehst, dann sag's mir.«

»Das wird mir noch leid tun«, murmelte Diana, als sie den Vorhang leicht beiseite zog und in die Finsternis hinausspähte. »Ich sehe überhaupt nichts. Woher weißt du, daß sie draußen sind?«

»Benson ist durchs Kellerfenster gekommen und hat mich geweckt. Ich habe ihm das damals beigebracht, nachdem diese Kerle mich das erste Mal einschüchtern wollten.« Sie kraulte den alten Hund am Kopf. »Du bist ein ganz gescheiter Bursche, stimmt's? Ich habe das schon jahrelang nicht mehr mit dir geübt, und trotzdem hast du's nicht vergessen.« Hedges, der zur Zeit von David Mayburys Verschwinden noch gar nicht geboren war, kauerte zu Phoebes Füßen, jeden Muskel angespannt, um sofort zu reagieren, wenn er an der Reihe war. Phoebes Blick schweifte suchend über die breite Terrasse. »Deine Augen werden sich gleich an die Dunkelheit gewöhnt haben.«

»Da ist jemand«, sagte Diana plötzlich. »Bei der Mauer rechts. Siehst du ihn?«

»Ja. Und da kommt noch einer. Drüben bei Annes Flügel.« Sie faßte die Flinte fester. »Kannst du die Tür aufmachen, ohne Lärm zu machen?«

Einen Moment zögerte Diana, dann zuckte sie die Achseln und begann vorsichtig, den Schlüssel zu drehen. Phoebe, sagte sie sich, kannte die Hölle. Sie war schon dort gewesen. Sie würde freiwillig kein zweites Mal dorthin zurückkehren. Und wir stehen mit dem Rücken zur Wand, dachte sie. Wir sind in einer Situation, in der jeder, selbst ein Karnickel, die Zähne zeigt. »Okay«, flüsterte sie, als das Schloß leise aufschnappte. Wieder spähte sie um den Vorhang herum nach draußen. »Oh, mein Gott«, hauchte sie. »Es sind Massen.«

Schwarze Gestalten lungerten am Ende der Terrasse wie eine Horde Affen, aber es war eine Beleidigung für die Affen, sie mit diesen Typen zu vergleichen. Nur der Mensch, dieses einzigartige, mit Logik und Verstand begabte Wesen, erfreut sich daran, anderen Geschöpfen Schmerz zuzufügen. Diana schluckte.

»Massen bestimmt nicht. Höchstens sechs. Wenn ich ›jetzt‹ sage, reißt du die Tür ganz weit auf.« Phoebe lachte ironisch. »Wir werden mal die alte Jagdregel auf die Probe stellen und warten, bis wir das Weiße ihrer Augen sehen. Das wollte ich immer schon mal ausprobieren.«

Die Horde draußen bewegte sich hin und her,

schob sich am Rand der Terrasse zusammen und trennte sich wieder. »Was tun sie?« fragte Diana.

»Sie reißen oben Ziegelsteine heraus, glaube ich. Zieh den Kopf ein, wenn sie anfangen, damit zu werfen.«

Einer schien der Anführer zu sein. Mit den Armen gab er seiner Truppe Anweisungen, schickte die erste Hälfte zur einen Seite der Terrasse und die zweite zur anderen Seite. »Jetzt«, flüsterte Phoebe hastig. »Ich will nicht, daß sie sich aufteilen.«

Diana drehte den Knauf und riß die Tür auf. Blitzartig huschte Phoebe hinaus. Ihre Gestalt verschmolz mit den Schatten. Sie hatte den Gewehrschaft schon an ihre Schulter gehoben und war dabei, ihr Ziel ins Auge zu fassen, als sich eine Hand auf ihren Mund legte und eine zweite ihr das Gewehr entriß.

»Lieber nicht, Madam«, flüsterte Fred ihr leise ins Ohr. Er hielt seine Hand fest auf ihren Mund gedrückt und zwang sie, den Unterarm auf ihre Schulter gepreßt, in die Knie. Lautlos legte er die Flinte auf die Steinplatten, zog Phoebe wieder hoch, faßte sie um die Taille und hob sie, als wöge sie nicht mehr als eine Feder, in die Höhe, um sie durch die Tür wieder ins Wohnzimmer zu bugsieren. Er spürte Dianas Gegenwart und flüsterte warnend: »Ganz leise. Und machen Sie bitte die Tür zu.«

»Aber Fred –« begann sie.

»Tun Sie, was ich sage, Mrs. Goode. Oder möchten Sie, daß Madam etwas zustößt?« Wortlos tat Diana, was er gesagt hatte.

Obwohl Phoebe zu kratzen und zu beißen versuchte, schleppte Fred sie ohne viel Federlesens durch das Zimmer und schob sie in den Vorsaal hinaus. Diana lief ihm nach. »Was tun Sie da?« fragte sie zornig und trommelte ihm mit geballten Fäusten auf Schultern und Rücken. »Lassen Sie Mrs. Maybury sofort los.«

Benson und Hedges, von Dianas Ton aufgeschreckt, warfen sich auf Freds Beine.

»Die Tür bitte auch noch, Mrs. Goode.«

Sie packte ihn beim schütteren Haar und zog kräftig. »Lassen Sie sie los!« zischte sie.

Mit einem Stöhnen des Schmerzes fuhr er herum, verscheuchte die Hunde, schleppte beide Frauen mit sich und stieß die Tür mit dem Fuß zu. Sekunden später zersprangen klirrend die Fenster der Terrassentür. »So«, sagte er gutmütig, ließ Phoebe behutsam zu Boden und zog seine Hand von ihrem Mund. »Jetzt sind wir in Sicherheit, denke ich. Bitte, Mrs. Goode, das tut wirklich ziemlich weh. – Danke.« Er zog ein Taschentuch heraus und wickelte es um einen blutenden Finger. »Brave Burschen«, murmelte er, die Hunde kraulend. »So gehört sich's. Ich kann nicht behaupten, daß es mir nichts ausmacht, daß wir jetzt noch ein Fenster neu machen müssen, aber diesmal werden wir dafür sorgen, daß es bezahlt wird.« Er öffnete die Tür. »Würden Sie mich entschuldigen, Madam? Ich möchte bei dem Spaß gern dabeisein.«

Sprachlos sahen ihm die beiden Frauen nach, wie er ins Wohnzimmer zurückkehrte, schnell über die Scherben eilte und auf die Terrasse hinaustrat. Jenseits bot sich, vom Mond hell erleuchtet, eine Szene, wie Hieronymus Bosch sie gemalt haben könnte. Ein groteskes Gemenge miteinander verschlungener Gestalten wogte in scheußlichem, lärmendem Durcheinander auf dem Rasen. Als Fred mit lautem Schlachtgebrüll über die Terrasse rannte und sich ins Getümmel stürzte, begriff Phoebe plötzlich, was los war, pfiff Hedges und wies auf einen Flüchtigen, dem es gelungen war, sich aus dem Gewühl zu entfernen. »Los, Hedges, faß!« Aufgeregt kläffend raste Hedges über den Rasen, brachte den Mann zum Stolpern und umrundete ihn mit Triumphgeheul. Benson trottete auf die Terrasse hinaus, setzte sich bequem und hob die weiße Schnauze, um in das Freudengeheul einzustimmen.

Der Lärm war ohrenbetäubend.

»Männer!« rief Diana kopfschüttelnd, und Phoebe fing an zu lachen.

# 24

Das Getümmel war von kurzer Dauer. Als es Diana einfiel, im Wohnzimmer Licht zu machen, hatten die Vandalen bereits das Handtuch geworfen und wurden von McLoughlin, dem jungen Constable Williams, der außer Dienst war, von Jonathan, Fred und Paddy Clarke über die Terrasse getrieben.

»Hinein!« befahl McLoughlin kurz. »Sie sind alle festgenommen.«

Im hellen Licht der Deckenbeleuchtung aller finsteren Bedrohlichkeit beraubt, entpuppte sich die Horde als ein wenig einnehmendes Häufchen schwitzender Jugendlicher mit mürrischen Gesichtern. Diana kannte alle vom Sehen, aber mit Namen nur Eddie Staines und den neunzehnjährigen Peter Keller, Dilys' Sohn und Emmas Bruder. Sie sah die jungen Männer fassungslos an. »Was haben wir Ihnen denn getan? Die meisten von Ihnen kenne ich nicht einmal.«

Keller war ein gutaussehender junger Mann, groß, sportlich; der ehemalige Schüler eines Nobelinternats, der jetzt in Silverborne in der Drukkerei seines Vaters arbeitete, grinste höhnisch, ohne ihr zu antworten. Eddie Staines und die anderen vier hielten die Blicke beharrlich zu Boden gerichtet.

»Das ist eine verständliche Frage«, sagte McLoughlin ruhig. »Was haben diese Frauen Ihnen getan?«

Keller sah ihn an. »Welche Frauen?« fragte er herausfordernd. »Meinen Sie die Lesben da?«

Kellers Stimme, kultiviert, ohne einen Anflug von Dialekt, erregte McLoughlins Interesse. Sie klang anders als die rauhen Arbeiterstimmen, die er draußen im Garten gehört hatte. Mit einem leichten Kopfschütteln brachte er Diana, die etwas erwidern wollte, zum Schweigen. »Ich meine Mrs. Maybury und ihre Freundinnen«, sagte er im gleichen ruhigen Ton. »Was haben sie Ihnen getan?« Er blickte aufmerksam in die abweisenden Gesichter. »Na schön, fürs erste werden wir Sie wegen gewaltsamen Angriffs auf die Eigentümer von Streech Grange festnehmen.«

»Wir haben sie überhaupt nicht angerührt«, protestierte Eddie Staines.

»Schnauze!« fuhr Keller ihn an.

»Wen haben Sie nicht angerührt?«

»Na, sie. Mrs. Maybury.«

»Das habe ich auch nicht behauptet.«

»Was soll dann der Quatsch mit dem gewaltsamen Angriff?«

»Sie ist nicht die Eigentümerin von Streech Grange«, erklärte McLoughlin. »Mr. Jonathan Maybury und seine Schwester sind die Eigentümer.«

»Ach so.« Eddie runzelte die Stirn. »Wir haben gedacht, das Gut gehört den Lesbenweibern.«

McLoughlin zog eine Augenbraue hoch. »Sprechen Sie von Mrs. Maybury?«

»Was ist'n mit Ihnen los? Sind Sie 'n bißchen schwer von Kapee?«

»Ich habe den Eindruck«, entgegnete McLoughlin milde, »das könnte man eher von Ihnen sagen. Eddie Staines, richtig?«

»Ja.«

»Halt endlich deine große Klappe, du Idiot«, knirschte Keller.

Ein kalter Glanz trat in McLoughlins Augen. »Sie hatten recht, Paddy. Dieser aufgemotzte kleine Pinscher hat hier das Sagen. Was hat er denn für ein Problem?«

»Seine Mutter«, antwortete Paddy lakonisch.

Der Junge warf ihm einen mörderischen Blick zu.

Paddy zuckte gleichgültig die Achseln. »Du tust

mir leid, Junge. Wenn du nur halb soviel Grips hättest wie deine Schwester, wärst du heil davongekommen. Du hättest dieser dummen Ziege mit ihrem falschen Ehrgeiz gesagt, sie soll dir den Buckel runterrutschen, und wärst ein normaler Mensch geblieben.«

Er sah McLoughlin an. »Haben Sie schon mal den Ausdruck gehört, wenn der Bettler aufs Roß kommt? Ein Bettler erbt ein bißchen Geld, kauft sich ein Pferd, damit er sich über die andren erheben kann, und muß dann feststellen, daß er das verdammte Vieh nicht reiten kann. Da haben Sie Dilys Keller. Die hat sich's Genick gebrochen, als sie zu hoch hinauswollte und mit der Familie nach Streech gezogen ist. Daran war ja eigentlich nichts auszusetzen. Wir leben in einem freien Land. Aber wenn man auch nur einen Funken Verstand hat, behandelt man nicht das eine Ende vom Dorf wie den letzten Dreck, weil man sich über die Leute erhaben fühlt, und kriecht dabei den anderen förmlich in den Hintern. Auf die Art und Weise macht man sich bei allen unbeliebt.«

Peters Gesicht verzerrte sich vor Wut. »Blöder Hund!« zischte er.

Paddy ignorierte es. »Die Leute haben natürlich über sie gelacht. Logisch.« Er strich sich das Kinn. »Sie ist eine ausgeprochen dumme Frau.

Ging überall mit ihrem lächerlichen Stammbaum hausieren und hat nicht begriffen, daß Klasse keine Reklame braucht.« Sein Blick verweilte kurz bei Peter. »Du brauchst wahrscheinlich eine Übersetzung, was, Junge? Je mehr Klasse einer hat, desto weniger Wind braucht er darum zu machen.«

Peter ballte die Fäuste. »Hören Sie doch auf, Paddy. Sie sind doch sowieso nichts anderes als irischer Dreck.« McLoughlin hatte den merkwürdigen Eindruck, daß der Junge die Szene genoß.

Paddy lachte. »Ich nehm das als Kompliment, Junge. Es ist lange her, daß einer mein irisches Blut bemerkt hat.« Er wich geschickt einem blitzschnellen Faustschlag aus. »Menschenskind«, sagte er verärgert. »Du bist wahrhaftig noch dümmer als deine Mutter, trotz deiner hochherrschaftlichen Schulbildung und den Fürzen, die sie dir in den Kopf gesetzt hat.« Er drohte Phoebe spielerisch mit dem Finger. »Das ist alles deine Schuld, meine Liebe. Du hast sie zum Gespött gemacht, und das sollte man bei den Dilys Kellers dieser Welt lieber nicht tun. Da werden sie nämlich giftig.«

Phoebe sah ihn verblüfft an. »Wieso? Ich kenne sie doch kaum. Wir hatten einmal einen Zusammenstoß am Dorfteich, aber da war ich viel zu zornig, um zu lachen.«

»Vor Davids Verschwinden«, erinnerte er sie.

»Eigentlich hat er erst den Schaden angerichtet. Er hat die Geschichte im Pub erzählt, und im Nu war sie im ganzen Dorf herum.«

Phoebe starrte ihn verständnislos an und schüttelte den Kopf.

Er beugte sich hinunter, um dem alten Labrador, der zu seinen Füßen lag, die Ohren zu kraulen. »Weißt du nicht mehr? Als Benson noch jung und unternehmungslustig war? Dilys hat ihn erwischt, wie er ihre Pekinesenhündin besprungen hat.« Er zwinkerte belustigt. »Sie hat dich angerufen und dich zur Schnecke gemacht, weil du nicht besser auf ihn aufpaßt.«

»Ach, du lieber Gott!« Phoebe schlug sich mit der Hand vor die Stirn. »Diese alte Geschichte? Aber das war doch nur ein Witz«, protestierte sie. »Willst du etwa behaupten, sie hat das persönlich genommen? Das war doch auf ihren Hund gemünzt. Das Tier war läufig, und sie hat es hinausgelassen.«

Paddy grinste nur.

Phoebes Stimme zitterte. »Außerdem war es ihre eigene Schuld. Sie hat Benson dauernd einen unanständigen Hund genannt.« Ganz unbewußt ahmte sie Dilys Kellers gezierte Sprechweise nach. »›Ihr unanständiger Hund sollte sich schämen, Mrs. Maybury.‹ Gott, war das komisch. Sie brachte es nicht über sich zu sagen, daß Benson es mit ihrer Hündin getrieben hatte.« Sie wischte sich die Augen mit dem Ärmel. »Schließlich habe ich gesagt, es täte mir sehr leid, aber wie sie wohl wisse, könne man unanständige Hunde nicht davon abhalten, ihre Nase in muffige Keller zu stecken.« Sie sah auf, begegnete Dianas Blick und platzte laut heraus.

Eddie Staines, der nicht an übermäßiger Intelligenz litt, aber einen gutentwickelten Humor besaß, grinste breit. »Hey, das ist gut! Die Story hab ich noch nie gehört. Echt Klasse! Aua!« Er krümmte sich zusammen, als Peter Kellers Stiefelspitze ihn genau zwischen den Beinen traf. »Spinnst du, Mann?« stöhnte er und taumelte nach rückwärts.

McLoughlin beobachtete die kleine Szene amüsiert. »Ach, und von da an hieß Dilys wohl die muffige Keller?«

Paddy lachte. »Für ein paar Monate jedenfalls. Und das war schlimm. Die nimmt sich selbst einfach zu ernst. Wenn einen der Ehrgeiz fast auffrißt, ist für Humor wenig Platz.« Sein Blick ruhte auf dem bitterbösen Gesicht des Jungen. »Und das gilt für dich genauso, mein Junge.«

Mehr, das wußte McLoughlin, konnte Paddy Clarke für ihn nicht tun. Er hatte Peter Keller von Anfang an in Verdacht gehabt und ihn McLoughlin deshalb auf diese Weise vorgeführt; aber daß der Junge Anne tatsächlich niedergeschlagen hatte, konnte er sowenig beweisen wie seinen Verdacht, daß Dilys die Urheberin der Verleumdungskampagne gegen Phoebe war. »Sie ist viel zu gerissen«, hatte er an diesem Morgen gesagt. »Sie ist krankhaft eifersüchtig. Solchen Typen begegnet man ab und zu. Im allgemeinen sind es Frauen, immer solche, die sich minderwertig fühlen, und ihre Bosheit richtet sich immer gegen Angehörige ihres eigenen Geschlechts. Sie sind echt bösartig. Und häufig richtet sich ihre Gemeinheit gegen die eigene Tochter.«

»Aber warum hat sie sich ausgerechnet Mrs. Maybury ausgesucht?« hatte McLoughlin gefragt.

»Weil sie die ›First Lady‹ von Streech war und ihr Bullen sie in den Dreck gezogen habt. Zehn Jahre lang hat Dilys sich ins Fäustchen gelacht, daß sie auf Mrs. Maybury von Streech Grange herunterschauen konnte, und sie hat dafür gesorgt, daß sich daran nichts änderte.«

»Was hat sie getan?«

»Ein bösartiges Gerücht nach dem anderen in die Welt gesetzt, natürlich. Nachdem Ihre Leute mit Phoebe fertig waren, waren die Leute hier bereit, alles zu glauben, und Geschichten von Mord und Totschlag waren noch das Harmloseste, was Dilys ihnen eingeblasen hat.«

»Sie leben ja wirklich in einer Kloake, Paddy«, sagte McLoughlin ruhig.

Paddy Clarke überraschte ihn. »Wenn das so ist, dann ist es Phoebes Schuld«, erklärte er. »Sie stand schließlich im Mittelpunkt des Ganzen. Ob nun Recht oder Unrecht, jeder normale Mensch hätte verkauft und sich was anderes gesucht. Streech Grange ist den Preis nicht wert, den sie dafür zahlen mußte.«

Falsch, Paddy, dachte McLoughlin. Für sie war es den Preis wert, und sie würde ihn weiter zahlen. Doch die wahren Kosten werden von den Leuten getragen, die sie liebten. Mit plötzlicher Verärgerung sah er zu ihr hinüber. Diese verdammte Frau! Die Leute liebten sie entweder oder sie haßten sie. Dazwischen schien es nichts zu geben.

»Okay«, sagte er unvermittelt in die Stille hinein. »Sie« – er wies mit dem Finger auf Eddie Staines – »werden sich jetzt erst einmal ein paar harte Fakten anhören. Sie scheinen zwar die Weisheit nicht gerade mit Löffeln gefressen zu haben, aber heller als dieser Holzkopf hier müssen Sie auf jeden Fall sein.« Er warf einen finsteren Blick auf Keller, dann hielt er einen Finger hoch. »Erstens, Eddie: Mrs. Maybury hat ihre Eltern nicht getötet. Mr.

und Mrs. Gallagher sind ums Leben gekommen, weil die Bremse ihres Wagens nicht funktionierte, und die Bremse funktionierte nicht, weil K. C. den Wagen nicht ordnungsgemäß überholt hat. Hätte er es getan, so hätte er die defekte Bremsleitung entdeckt. Kapiert?«

»Ja, aber wer hat sie denn dann kaputtgemacht«, widersprach Eddie triumphierend. »Das ist doch die Frage.«

»Lesen Sie den Bericht des Coroners«, sagte McLoughlin müde. »Mr. Gallagher brachte den Wagen damals zu K. C, *weil* er den Eindruck hatte, daß mit der Bremse etwas nicht stimmte. Er hat einen entsprechenden Zettel geschrieben, und dieser Zettel, in seiner Handschrift, liegt bei den Akten. K. C. hat die Notiz einfach ignoriert.« Er hob einen zweiten Finger. »Zweitens: Mr. David Maybury hat vor zehn Jahren gesund und wohlbehalten dieses Haus verlassen. Niemand hat ihn ermordet. Er ist getürmt, weil er Mrs. Mayburys ganzes Geld durchgebracht hatte und keine Lust hatte, für seinen Lebensunterhalt zu arbeiten.«

»Hat doch keiner das Gegenteil behauptet. Ich hab den Mann ja vor drei Monaten selbst gesehen. Jetzt ist er allerdings tot.« Eddie sah zu Phoebe hinüber. »Das haben Sie ihm fein heimgezahlt.«

McLoughlin hielt den dritten Finger hoch. »Drittens, Eddie: Der Mann war nicht David Maybury.«

Er machte ein skeptisches Gesicht. »Ach, nein?«

»Nein. Es war K. C. Und da gibt's nichts dran zu rütteln. Das ist eine Tatsache.«

Lange sagte Eddie gar nichts. Sehr langsam ging ihm ein Licht auf. »Hey, Mann, da können Sie recht haben. Ich hab doch gewußt, daß ich ihn kenn. Aber Ihr Inspector war so verdammt sicher, daß es Maybury ist.«

Paddy lachte verächtlich. »Verdammt sicher sind sich immer nur Idioten und Politiker. Aber das ist ja so ziemlich das gleiche.«

Man konnte den Verlauf von Eddies Gedanken beinahe Schritt für Schritt von seinem Gesicht ablesen. »Trotzdem, ich seh da keinen Unterschied. Wir sind wieder da, wo wir angefangen haben. Wenn's diesmal K. C. war, den sie um die Ecke gebracht hat, dann ist doch logisch, daß sie vor zehn Jahren ihren Alten umgebracht hat. Sie haben doch nur geglaubt, sie hätt's nicht getan, weil ich gedacht hab, der Alte war der Maybury. Verstehen Sie?«

»Ich verstehe«, sagte McLoughlin. »Aber die ganze Geschichte stinkt. Ist Ihnen mal der Gedanke gekommen, daß Sie, wenn es diesmal Maybury gewesen wäre, zehn Jahre lang eine unschuldige Frau gepiesackt hätten?«

»Aber sie hat doch ihre Eltern –« Er brach ab, als sein Hirn seine Zunge einholte. »Na ja, wie ich schon gesagt hab, wir sind wieder da, wo wir angefangen haben.«

»Im Gegenteil. Mrs. Maybury hat K. C. nicht getötet, Eddie. Das haben Sie getan.«

»So ein Quatsch!«

»Er wurde nicht ermordet. Er ist an Unterkühlung, Hunger und Verwahrlosung gestorben. Sie waren der letzte, der ihn lebend gesehen hat. Wenn Sie ihm geholfen hätten, wäre er jetzt nicht tot. Er brauchte Hilfe, und Sie haben sie ihm nicht gegeben.«

»Jetzt hören Sie mal her, Mister. Wollen Sie mir vielleicht was anhängen? Der Inspector hat gesagt, er ist erstochen worden.«

War es ein Wunder, daß Phoebe sich, auf der einen Seite von Keller, auf der anderen von Walsh bedrängt, in ihre Festung zurückgezogen hatte? Ohne einen Funken Bedauern demontierte er Walsh und seine dreißigjährige Polizeikarriere. »Der Inspector hat ein paar Leute geschmiert und ist unverdient befördert worden«, erklärte er unverblümt. »Das kommt bei der Polizei genauso vor wie in anderen Organisationen. Für den Pfusch, den er hier gemacht hat, wird man ihn in Rente schicken.«

»Wau!« sagte Eddie, tief beeindruckt von einer derartigen Offenheit eines Polizeibeamten.

»Du Dummkopf«, knurrte Peter Keller. »Der will dich doch nur einwickeln.«

McLoughlin achtete nicht auf ihn. »Viertens, Eddie«, fuhr er fort, »und wenn Sie mit dem Gesindel, mit dem Sie befreundet sind, hier heraufkommen, weil es Ihnen Spaß macht, Lesben zu schikanieren, dann sind Sie auf dem falschen Dampfer. Auf Streech Grange gibt es keine Lesben. Ich weiß nicht, woher Sie das haben.«

»Das weiß doch jeder.« Eddie fühlte sich sichtlich unbehaglich. »Die drei Lesben. Die drei Hexen. Das sagen doch alle.«

Sein Blick flog zu Peter Keller. »Ich persönlich hab eh nichts gegen Lesben.«

»Ach so.« McLoughlin richtete seine Aufmerksamkeit auf Keller. »Sie sind also derjenige, der was gegen Homosexualität hat.« Er gähnte plötzlich und rieb sich die Augen. »Und wie kommt das? Hat's auf dem Internat, auf dem Sie waren, jemand bei Ihnen versucht?« Er sah, wie die Nasenflügel des Jungen plötzlich zu beben begannen, und grinste. »Sagen Sie bloß, es hat Ihnen Spaß gemacht, und jetzt müssen Sie mit allen Mitteln das Gegenteil beweisen.«

»Beschissene Perverse!« zischte Keller. »Da kriegt man ja das Kotzen.« Er spie vor Phoebe aus. »Scheißperverse. Eingesperrt gehören die.« Ein tiefer Brunnen des Abscheus schien überzufließen. »Ich hasse sie!«

In McLoughlins dunklen Augen leuchtete Feindseligkeit auf. Blitzschnell trat er zu Keller und drückte ihm eine Hand auf den Mund. Er bohrte Finger und Daumen in das weiche Fleisch der Wangen und zog den Jungen so auf die Zehenspitzen. »Ich finde Sie ausgesprochen widerlich«, sagte er leise. »Sie sind nichts weiter als ein ekelhafter kleiner Psychopath, und wenn's nach mir ginge, würden Leute wie Sie eingesperrt, nicht solche wie Oscar Wilde. Ihr einziger Beitrag zum *Wohl* unserer Gesellschaft besteht doch darin, daß Sie Ihre verdammten Vorurteile und Ihre unterentwickelte Intelligenz an kommende Generationen weitergeben.« Er drückte Keller noch ein Stück weiter in die Höhe. »Außerdem gefällt es mir gar nicht, wenn Sie diese Frauen als pervers bezeichnen. Haben Sie mich verstanden?«

Keller wollte etwas sagen, doch die Worte blieben ihm im Hals stecken. McLoughlin bohrte seine Finger noch tiefer, und Keller nickte heftig.

»Gut.« McLoughlin ließ ihn los und stieß ihn weg. Dann wandte er sich Eddie Staines zu. »So, Eddie, Sie haben jetzt hoffentlich kapiert, was los ist. Ich will mal davon ausgehen, daß Sie wirklich geglaubt haben, die Leute hier hätten was angestellt.«

Eddies Gesicht runzelte die Stirn vor ängstlicher Aufmerksamkeit. »Hey, Mister, ich bin bloß mitgekommen, weil ich für Gerechtigkeit sorgen wollte. Das war der echt einzige Grund.« Er wies auf die anderen Jugendlichen. »Das gilt für uns alle. Wir haben gehört, daß Sie sie wieder laufenlassen wollen. Der Schwulenhaß, das ist Peters Tick.« Er warf einen scheuen Blick auf Phoebe und Diana. »Mensch, ich versteh das sowieso nicht. Wenn Sie keine Homos sind, warum sagen Sie dann nichts dagegen?«

Diana verdrehte die Augen. »Das habe ich mich auch schon gefragt.« Sie drehte sich zu Phoebe um. »Ich hab's total vergessen, Phoebe, warum sagen wir nichts dagegen?«

Phoebe lachte. »Sei nicht albern.« Sie sah Eddie an und hob hilflos die Hände. »Wir hatten überhaupt keine Wahl. Es spricht ja kaum ein Mensch mit uns. Die, die es tun, wissen über uns Bescheid. Die, die es nicht tun, vermuten, was sie vermuten wollen. Sie haben vermutet, daß wir homosexuell sind. Wie hätten wir Ihnen das Gegenteil beweisen sollen? Und hätten Sie dann besser von uns gedacht, wenn Sie gewußt hätten, daß wir Männer vorziehen?«

»Ich schon«, erklärte Eddie mit einem bewundernden Augenzwinkern. »Ganz bestimmt. Aber«, fuhr er nachdenklich fort, »jetzt wissen wir immer noch nicht, was Ihrem Mann passiert ist. Wenn er nur abgehauen ist, weil keine Kohle mehr da war, warum hat er Ihnen dann nicht geholfen, wie er gelesen hat, was die mit Ihnen machen? Ein Anruf bei den Bullen hätte genügt.«

Seinen Worten folgte unbehagliches Schweigen.

»Sie reden, als hätte der Mann ein reines Gewissen«, sagte McLoughlin schließlich. Er sah, wie Jonathans starres Gesicht bleich wurde. Verdammt noch mal, dachte er, man kann machen, was man will, immer setzt man sich in die Nesseln. »Die Sache wird noch untersucht, Eddie, darum haben wir keine Einzelheiten an die Presse weitergegeben. Aber eines kann ich Ihnen immerhin sagen: Sobald der Mann wieder aufkreuzt, wird er unter Anklage gestellt.« Er zuckte die Achseln. »Im Moment, das können Sie mir glauben, paßt es ihm bestens in den Kram, wenn alle Welt ihn für tot hält. Er ist ein Schuft. Und eines Tages werden wir ihn schnappen.«

Selbst Paddy schien beeindruckt.

»Wau!« sagte Eddie wieder. »Mannomann!« Er zermalmte mit dem Fuß eine Glasscherbe. »Hey, Mrs. Maybury«, sagte er, »die Fenster da, die machen wir Ihnen neu.« Er wies auf die Jugendlichen, die hinter ihm standen. »Wir machen hier alles sauber und setzen neue ein. Das ist echt das mindeste, was wir tun können.«

»Sie können mehr tun, Eddie«, sagte McLoughlin freundlich. »Wir brauchen Namen. Fangen wir mit dem Anschlag auf Miss Cattrell an. Wer war der Täter?«

Eddie schüttelte bedauernd den Kopf. »Ich kann's mir denken, genau wie Sie, aber wenn Sie Beweise brauchen, kann ich Ihnen nicht helfen.« Er deutete auf einen seiner Freunde. »Bob und ich waren an dem Abend mit zwei Mädchen im Kino. Was die anderen gemacht haben, weiß ich nicht.«

Die anderen reagierten sofort. »Ich war daheim und hab ferngesehen. Mit meinen Eltern.« – »Mensch, Eddie, ich war bei deiner Schwester. Das weißt du doch.« – »Ich hab's auch erst am nächsten Morgen gehört. Genau wie du.«

McLoughlin blickte zu Paddy Clarke hinüber und fand in dessen Augen seine eigene Enttäuschung gespiegelt. Die Wahrheit hatte einen unverwechselbaren Klang. »Und Sie?« fragte er Peter Keller, obwohl er schon wußte, daß dem Burschen nichts nachzuweisen sein würde. »Wo waren Sie?«

Keller grinste. »Ich war den ganzen Abend mit meiner Mutter zusammen. Bis kurz vor Mitternacht. Dann bin ich ins Bett gegangen. Sie gibt's Ihnen schriftlich, wenn Sie sie höflich drum bitten.« Er reckte seinen Mittelfinger in die Höhe und zeigte dann damit auf Paddy. »Da haben Sie Ihre beschissene Bettlergeschichte, Sie Arsch.« Er lachte. »Alle Hochachtung, die Falle, die Sie uns gestellt haben, war so auffällig, daß sie sogar ein Blinder mit Krückstock durchschaut hätte. Sie halten mich wohl für total blöd, was? Glauben Sie vielleicht, ich hab die Bude hier nicht ausspioniert und die zahmen Bullen gesehen, die hier überall rumgekrochen sind?« Er lachte wieder.

»Warum sind Sie dann gekommen?« fragte McLoughlin kalt und griff nach den Handschellen in seiner Jackentasche. »Es gibt Ihnen wohl einen Kick, verhaftet zu werden?«

»Auf jeden Fall gibt's mir einen Kick, euch Kretins dabei zuzusehen, wie ihr Mist baut. Das ist jederzeit eine Nacht in der Zelle und ein kleines Bußgeld wert. Ein Jux war's. Mein Vater wird schon für den Schaden geradestehen.«

Einen Moment lang war es still. Dann sagte Jonathan, der drinnen am zersplitterten Fenster stand, mit eisiger Stimme: »Na wunderbar. Und ich stehe für den Schaden gerade, den ich dir gleich antun werde.«

Alle waren so überrascht, daß keiner sich rührte. Sie sahen wie in Zeitlupe, daß Jon durch das Zimmer ging, die Flinte seiner Mutter entsicherte, Keller den Lauf zwischen die Beine rammte und abdrückte. Die Explosion war ohrenbetäubend. Durch eine dichte Staubwolke sahen sie den schreiend aufgerissenen Mund des Jungen, sahen die Pfütze, die sich auf dem Boden unter ihm sammelte.

Voller Entsetzen wollte McLoughlin eingreifen, doch ein Paar kräftiger Arme legte sich um seine Brust und hielt ihn zurück. »Jon!« brüllte er. »Um Gottes willen! Das ist der doch nicht wert.«

»Lassen Sie ihn, Sir.« Es war Freds Stimme. »Auf diesen Moment hat er lange gewartet.«

Fassungslos sah McLoughlin zu, wie Jonathan Maybury Peter Keller an die Wand drängte und ihm die Flinte in den schreiend geöffneten Mund stieß.

## 25

Innerhalb einer Stunde waren drei Streifenwagen eingetroffen, um die Missetäter auf die Wache zu bringen. Constable Gavin Williams hatte die Aufsicht übernommen, allerdings nur widerstrebend. »Das ist doch Ihr Job, Sarge«, protestierte er. »Sie sollten die Burschen einlochen.«

»Nein, machen Sie das mal. Ich hab hier noch was zu tun.«

»Und was mach ich mit Maybury, Sarge?«

McLoughlin verschränkte die Arme und sagte nichts.

»Keller sagt bestimmt was.«

»Soll er.«

»Sollten wir Maybury nicht festnehmen?«

»Weswegen denn? Weil ganz unbeabsichtigt die Flinte losgegangen ist?«

»Damit kommen Sie nie durch. Eddie weiß ganz genau, daß es nicht unbeabsichtigt war.«

McLoughlin lachte vergnügt. »Ich denke, Sie werden feststellen, daß Eddie ziemlich ernüchtert ist, was den guten Peter Keller angeht. Abgesehen von allem anderen, fühlt er sich von dem Kerl verschaukelt und ist deswegen stocksauer. Er hat mir gesagt, er und seine Freunde haben überhaupt nicht gesehen, wie es zu dem Unfall kam.«

Williams war sichtlich nicht wohl bei der Sache. »Und was soll ich sagen, Sarge?«

»Das ist Ihre Sache, Gavin. Ich kann Ihnen leider nicht helfen. Als die Kanone losging, stand ich mit dem Rücken zu Keller und habe Namen und Adressen der Einbrecher aufgenommen. Und danach konnte ich vor lauter Staub nicht mal die eigene Hand vor den Augen sehen.«

»Ach, verdammt!«

»Ich dachte, Sie seien dabei gewesen, die Namen und Adressen der Zeugen aufzuschreiben, Gavin. Das ist in solchen Fällen doch das Standardverfahren.«

Der Constable verdrehte die Augen. »Und wie wollen Sie Kellers Geständnis erklären? Wenn's nur ein Unfall gewesen wäre, hätte der sich doch nicht selber den Strick um den Hals gelegt. Mann, der hat sich doch vor Angst in die Hose gemacht.«

McLoughlin gab ihm einen freundschaftlichen Klaps auf die Schulter. »Tatsächlich, Gavin? Wie gesagt, ich hab vor lauter Staub überhaupt nichts gesehen. Mich dürfen Sie nicht fragen, was ihn zum Reden gebracht hat. Vielleicht war's einfach der Schreck über den Schuß. Da reagiert jeder anders drauf. Ich hab in dem Moment jedenfalls überhaupt nichts gesehen, aber gehört hab ich prima. Vielleicht so eine Art Kompensationseffekt. Gesehen hab ich null, aber gehört hab ich jedes Wort, das dieser Schweinehund gesprochen hat.«

Williams schüttelte den Kopf. »Mir war beinahe das Herz stehengeblieben. Ich hab gedacht, der Doktor hätte ihm die Eier weggeschossen.«

Ich auch, dachte McLoughlin, ich auch. Und Peter Keller offenbar ebenfalls. Überwältigt von Jonathans Angriff und betäubt vor Schreck über den krachenden Schuß aus der Flinte, deren Ladung völlig harmlos in die Wohnzimmerwand eingeschlagen war, hatte er jämmerlich zu flennen begonnen, als Jonathan ihm den Flintenlauf gegen die Zähne gedrückt und gedroht hatte, ein zweites Mal abzudrücken. »Ich wollte es nicht«, hatte er gekreischt. »Ich hab mich doch nur ins Haus geschlichen. Ich wollte es nicht. Ich wollte es nicht«, sprudelte er hervor. »Aber sie ist zurückgekommen. Die blöde Kuh ist zurückgekommen. Da hab ich zuschlagen müssen.«

Jonathans Finger am Abzug der Flinte verkrampften sich. »Und jetzt will ich wissen, wie das vor neun Jahren war.«

»Mensch, helft mir doch! Hilf mir doch einer!« Seine Hose war mit Urin durchtränkt.

»Los, rede!« brüllte Jonathan ihn an. Sein Gesicht war weiß vor Wut. »Wer hat damals unser Haus verwüstet? Wer war es?«

»Mein Vater«, schrie Keller schluchzend. »Mein Vater und ein paar von seinen Freunden. Sie waren betrunken.« Er riß voller Angst die Augen auf, als Jonathan den Finger am Abzug krümmte. »Nein! Es ist doch nicht meine Schuld. Es ist nicht meine Schuld. Es war mein Vater.« Seine Augen verdrehten sich plötzlich, und er sackte zusammen.

Jonathan senkte die Flinte und sah zu McLoughlin hinüber. »Wir haben nie erfahren, wer das damals war. Meine Mutter, Jane und ich haben uns im Keller eingeschlossen und gewartet, bis sie wieder weg waren. Ich hatte in meinem ganzen Leben noch nie solche Angst. Wir konnten sie oben herumbrüllen und die Möbel zertrümmern hören. Ich dachte, sie würden uns umbringen.« Er schüttelte den Kopf und sah zu dem zuckenden Jungen hinunter. »Ich habe mir geschworen, daß ich es ihnen heimzahlen würde, wenn ich je herausbekommen sollte, wer sie waren. Sie haben das Haus als Toilette benützt und überall an die Wände mit Tomatenketchup ›Mörderin‹ geschrieben. Ich war erst elf. Ich hab geglaubt, es sei Blut.«

McLoughlin schüttelte Freds große Hände ab und klopfte sich den Staub aus den Kleidern. »Das wäre ja beinahe schiefgegangen, Jon? Was ist denn da passiert, um Gottes willen? Sind Sie auf einer Glasscherbe ausgerutscht?«

»Genau so war's, Sergeant«, sagte Fred ruhig. »Ich hab's gesehen. Hätte schlimm enden können, wenn Jon nicht die Nerven behalten hätte.«

»Dann lassen Sie das verdammte Ding verschwinden, ehe es noch einmal losgeht.« Er wartete schweigend, während Fred Jonathan die Flinte abnahm und öffnete, um die zweite Patrone zu entfernen. »Los, Keller, stehen Sie auf. Stellen Sie sich nicht so an. Sie können von Glück reden, daß Dr. Maybury so gescheit war, den Lauf nach unten zu halten.« Er riß den Jungen auf die Beine und legte ihm Handschellen an. »Sie sind verhaftet. Constable Williams verliest Ihnen gleich Ihre Rechte.«

Keller heulte immer noch. »Er wollte mich umbringen.«

»Na, das ist doch wirklich der Gipfel der Undankbarkeit«, sagte Paddy, während er sich Mörtelbröckchen aus dem Haar schüttelte. »Jon schießt sich beinahe in den eigenen Fuß, damit dem Kerl nichts passiert, und dem fällt nichts Besseres ein, als ihn zu beschuldigen.« Er sah Jonathan in das kalkweiße Gesicht, erkannte die Gefahrensignale und zwinkerte Fred mit einer Kopfbewegung zur Tür zu.

Ruhig nahm Fred Jonathan beim Arm und führte ihn zur Tür in den Vorsaal. »Ich schlage vor, wir sehen uns jetzt mal im Haus um. Ist mir gar nicht sympathisch, daß Miss Cattrell ganz allein oben ist.« Er schloß fest die Tür hinter sich und dem Jungen.

Eine halbe Stunde, dachte McLoughlin, und es erschien ihm wie eine Ewigkeit. Nachdenklich sah er den jungen Constable an. »Ich kann Ihnen nicht helfen, Gavin. Sie sind ein guter Polizeibeamter, und es steht mir nicht zu, Ihnen zu sagen, was Sie zu tun haben. Sie müssen selbst entscheiden.«

Der junge Mann warf einen Blick ins Wohnzimmer, wo Fred und Phoebe dabei waren, Ordnung zu machen. »Eigentlich hab ich heute abend nur wegen Fred und seiner Frau mitgemacht. Die zwei sind echt in Ordnung. Ich hätt's nicht richtig gefunden, sie diesen Kerlen auszuliefern.«

»Der Meinung bin ich auch«, sagte McLoughlin trocken.

Williams runzelte die Stirn. »Also, wenn Sie mich fragen, Sarge, der Chief Inspector muß in dieser Sache einiges erklären. Sie hätten mal hören sollen, was Molly erzählt hat, wie es hier ausgesehen hat, als sie ihre Stelle bei Mrs. Maybury angetreten haben. Das Haus war völlig zerstört. Mrs. Maybury und die beiden Kinder hausten in einem Zimmer oben, das Miss Cattrell und der Junge, Jonathan, einigermaßen saubergemacht hatten. Molly sagt, Mrs. Maybury und die Kleine, Jane, waren völlig verstört. Noch nach drei Monaten konnte man überall im Haus den Urin riechen, hat Molly mir erzählt, und der Schimmel auf dem Tomatenketchup hatte angefangen, in die Wände einzudringen. Sie haben Wochen gebraucht, um das Haus sauberzukriegen. Was hat der Chef gegen die Leute, Sarge? Warum hat er ihnen nicht geglaubt?«

Weil er es sich nicht leisten konnte, dachte McLoughlin. Walsh selbst hatte ja damals das Klima des Hasses geschaffen, das es erlaubte, diese Frau und ihre zwei kleinen Kinder zu terrorisieren. Für ihn war Phoebe immer schuldig gewesen. Er hatte sie mit seiner Feindseligkeit erbarmungslos verfolgt, und das hatte dazu geführt, daß schließlich auch andere begonnen hatten, sich als strafende Richter aufzuspielen, weil es ihm nicht gelang, ihr etwas nachzuweisen. »Er ist ein kleinkarierter Mensch, Gavin«, war alles, was er sagte.

»Also, mir gefällt das jedenfalls nicht, und ich werde meinen Mund nicht halten. Ich habe Molly gefragt, warum sie damals nicht die Polizei geholt haben, und wissen Sie, was sie gesagt hat? Weil Mrs. Maybury gewußt hat, daß sie vom Feind keine Hilfe erwarten kann.« Er scharrte ein wenig verlegen mit dem Fuß. »Ich unternehme in Zukunft ab und zu mal was mit Molly und Fred. Nur so. Um ihnen zu zeigen, daß wir nicht alle Feinde sind.«

McLoughlin sah den Constable, der den Kopf gesenkt hatte, lächelnd an.

»Ich hab gehört, sie bäckt einen hervorragenden Sandkuchen.«

»Einmalig, echt!« Die jungen Augen blitzten. »Sie sollten ihn mal probieren.«

»Werd ich tun.« Er schob den jungen Mann zur Haustür. »Es kann Eddie und seinen Kumpeln nicht schaden, wenn sie die Nacht in der Zelle verbringen. Sperren Sie sie also ruhig ein. Den Papierkram können wir morgen auch noch erledigen, falls Mrs. Maybury Anzeige erstatten sollte. Ich glaube aber nicht, daß sie das machen wird. Sie hat heute abend den ersten Schritt zu einer Aussöhnung getan.«

»Und Keller?«

»Den können Sie für mich auf Eis legen. Ich

komme morgen in aller Frühe und nehme seine Aussage dann selbst auf. Hören Sie, Gavin?«

»Ja.«

»Er hätte so oder so geredet. Er hätte der Versuchung nicht widerstehen können. Er ist zu eitel und zu arrogant, um lange den Mund halten zu können. Sie werden es sehen. Morgen wird er uns ohne jeden Druck sein ganzes Herz ausschütten.«

Dem Constable schien eine Last von der Seele zu fallen. »Gut. Soll ich sonst noch was erledigen?«

»Ja, rufen Sie in zwei Stunden seine Eltern an, sagen wir, so um drei, und sagen Sie ihnen, daß wir ihren Sohn festgenommen haben. Sie sollen auf die Dienststelle kommen. Aber lassen Sie sie auf keinen Fall mit ihm sprechen. Lassen Sie sie die Nacht durch warten, bis ich komme. Sagen Sie ihnen nur, daß er zehn Jahre Hetze und Verleumdung gestanden hat. Ich will sie richtig mürbe haben.«

Williams sah ihn zweifelnd an. »Aber nach zehn Jahren ist da doch gerichtlich nichts mehr zu machen.«

»Nein.« McLoughlin grinste. »Aber das brauchen sie ja nicht gleich zu wissen. Sie sollen ruhig ein paar Stunden schwitzen.«

Auch Paddy schien den Weg nach Hause nicht

finden zu wollen. »Ihr müßt jetzt aus eurer Klausur herauskommen«, sagte er zu Phoebe und Diana. »Die Tür ist jetzt mit Gewalt aufgebrochen worden. Und das ist gut so. Es wird Zeit, daß ihr euch mal ein bißchen Mühe gebt. Wie wär's denn morgen im Pub. Wäre doch kein schlechter Start.« Er schüttelte McLoughlin die Hand. »Hängen Sie Ihren Job an den Nagel, Andy, und steigen Sie mit mir ins Brauereigeschäft ein.«

»Ich habe vom Bierbrauen keine Ahnung.«

»Das ist auch nicht nötig. Das ist meine Domäne. Sie bauen den Vertrieb auf, schaffen die Kunden ran, bringen das Ganze ins Rollen. Dafür wären Sie der richtige Mann. Ich brauche jemand, dem ich vertrauen kann.«

McLoughlin lachte. »Sie meinen, jemand, dem das Finanzamt vertraut? Nein, Paddy, Sie sind mir ein zu großer Anarchist. Innerhalb von drei Monaten wäre ich ein Wrack und würde mich ständig verzweifelt zu erinnern versuchen, was ich als nächstes vertuschen muß.«

Paddy versetzte ihm lachend einen Puff an die Schulter. »Überlegen Sie sich's, Sportsfreund. Ich würde mich jedenfalls freuen.« Dann ging er.

Jonathan hatte sich in einen tiefen Sessel zurückgezogen. Dort saß er in verlegenem Schweigen, tunlichst die Blicke der anderen meidend.

Sein Zorn war längst verraucht, und er versuchte verzweifelt, sich mit dem, was er Peter Keller angetan hatte, auseinanderzusetzen. Er konnte keine Entschuldigung für seine Gewalttätigkeit finden.

Fred hüstelte höflich. »Wenn Sie mich jetzt nicht mehr brauchen, Madam«, sagte er zu Phoebe, »gehe ich zurück ins Pförtnerhaus. Meine Frau und Jane wollen sicher wissen, was passiert ist.«

Jane hatte in den letzten Nächten bei Molly im Pförtnerhaus übernachtet, wenn Fred mit McLoughlin und Constable Williams im Park Wache hielt.

»Ach, Fred«, sagte Phoebe reuig, »verzeihen Sie mir. Ich habe natürlich nie wirklich geglaubt, daß Sie zu denen gehören. Es war der Schock. Das glauben Sie mir doch, ja? Ich fahre morgen mit Ihnen zum Arzt, dann lassen Sie sich eine Tetanusspritze geben.«

Fred sah auf seine verbundene Hand hinunter, die Phoebe und Diana unter Tränen und Entschuldigungen gereinigt, desinfiziert und verbunden hatten. »Wenn Sie darüber auch nur noch ein einziges Wort verlieren, Madam«, sagte er streng, »muß ich leider kündigen. Wenn ich etwas hasse, dann ist es überflüssiges Getue. So, und jetzt gehe ich.«

»Ich fahre Sie«, sagte Phoebe augenblicklich.

»Mir wär's lieber, unser Herr Doktor fährt mich, wenn Ihnen das recht ist. Ich wollte ihm nämlich eine Frage stellen.«

Die Tür schloß sich hinter den beiden Männern.

Phoebes Augen waren feucht. »So etwas wie Fred und Molly gibt's kein zweites Mal«, sagte sie. »Sie haben das alles weiß Gott nicht verdient, und trotzdem sind sie mit uns durch dick und dünn gegangen. Verdammt noch mal, Diana«, fuhr sie energisch fort. »Morgen lasse ich mich mal im Pub blicken. Einer muß den Anfang machen, warum also nicht ich? Fred geht seit Jahren hinüber, und außer Paddy spricht kein Mensch mit ihm. Das wird sich ändern. Dafür werde ich sorgen.«

Diana sah ihrer Freundin in das wildentschlossene Gesicht. »Wie denn? Willst du sie mit deiner Flinte bedrohen, bis sie klein beigeben und mit dir reden?«

Phoebe lachte. »Unsinn! Ich werde einfach die Vergangenheit begraben.«

»Wenn das so ist, komme ich mit.« Sie sah McLoughlin an. »Können wir das wohl wagen? Jetzt ist doch alles vorbei, nicht wahr? Der Inspector war sehr kurz angebunden am Telefon, aber er schien uns freigesprochen zu haben.«

Er nickte. »Sie sind freigesprochen.«

»War es Selbstmord?« fragte Phoebe.

»Das glaube ich nicht. Er war ein verwirrter alter Mann, dessen Erinnerungen an Streech alle seine anderen Erinnerungen überlebt hatten. Ich glaube, er ist zum Sterben hierher zurückgekehrt.«

»Aber woher kann er vom Eishaus gewußt haben?«

»Aus der Broschüre, die Ihr Mann damals drukken ließ. Er hat K. C. sicher welche zum Verteilen in seiner Tankstelle gegeben. Auf dem Papier hat K. C. sich hier im Park wahrscheinlich besser ausgekannt als Sie.«

»Aber daß er sich nach so langer Zeit noch erinnert hat!«

»So ist das menschliche Gedächtnis nun mal beschaffen«, warf Diana ein. »Alte Menschen können sich an jede Einzelheit aus ihrer Kindheit erinnern, aber was sie gefrühstückt haben, wissen sie nicht mehr.« Sie schüttelte den Kopf. »Ich habe den Mann nicht gekannt, aber ich fand es immer furchtbar, was er Phoebes Eltern angetan hat und wie er danach Phoebe durch seine Lügen in Verruf gebracht hat. Trotzdem« – sie zuckte die Achseln –, »so zu sterben, so allein und verlassen. Das ist schon traurig. Es klingt vielleicht albern, aber wenn er sich wenigstens nicht nackt ausgezogen hätte. Das macht alles noch schlimmer, fast so, als wollte er auf die Vergeblichkeit seines Lebens hinweisen. Nackt kommen wir auf diese Welt, und nackt gehen wir wieder aus ihr hinaus. Als sei alles, was dazwischenlag, für ihn sinnlos gewesen.«

McLoughlin streckte sich. »Ich würde das nicht überinterpretieren, Mrs. Goode. Der einzige, der weiß, daß der Tote nackt war, ist Wally. Ich habe den Verdacht, der Alte schämt sich einfach. Es ist ein großer Unterschied, ob man ein paar abgelegte Kleider an sich nimmt, die nicht mehr gebraucht werden, oder ob man einen Toten auszieht, um ihm seine Sachen zu stehlen.« Er sah auf seine Uhr. »Sonst noch etwas?«

»Wir möchten Ihnen danken«, sagte Phoebe.

»Wofür?«

»Für alles, was Sie für uns getan haben. Für Jonathan. Und Jane. Für Anne. Und für uns.«

Er nickte und wandte sich zur Tür. Die beiden Frauen wechselten einen Blick.

»Sie werden doch mal wieder vorbeikommen?« fragte Diana hastig.

Er lachte leise. »Wenn es nicht anders geht.«

»Was soll das heißen?«

»Ich glaube«, sagte Phoebe lächelnd, »das soll heißen, daß er gar nicht vorhat zu gehen.«

Der Schuß und der nachfolgende Tumult hatten Anne aus dem Tiefschlaf in einen leichteren Schlummer versetzt, der von bunten Träumen in Technicolor belebt war. Es waren keine Alpträume, es war eine endlose Parade von Orten und Gesichtern, manche nur vage erinnert, die in surrealistischem Nebeneinander über ihre innere Leinwand flimmerten. Und irgendwo klopfte McLoughlin irritierend an die Doppelfenster einer mächtigen Zitadelle und erklärte ihr, sie müßten die Scheibe zu zweit hochheben, sonst würden sie unter ihr begraben werden.

Mit einem Ruck setzte sie sich auf und sah ihn an. Ihre Nachttischlampe brannte. »Ich habe geträumt, Jon und Lizzie hätten geheiratet«, sagte sie, und griff diese eine Erinnerung aus dem Wust anderer heraus, die sich für immer verflüchtigten.

Er zog sich den Korbstuhl heran und setzte sich. »Das werden sie vielleicht tun, wenn man ihnen Zeit läßt und Raum zum Atmen.«

Sie ließ sich das durch den Kopf gehen. »Ihnen entgeht aber auch nichts, hm?«

»Kommt darauf an. Wir haben den Kerl geschnappt, der Sie überfallen hat.« Er streckte seine langen Beine aus. »Und Paddy möchte mit mir zusammen eine Brauerei gründen.«

Sie lächelte. »Mögen Sie ihn?«

»Er ist ein Gauner.«

»Aber Sie mögen ihn?«

Er nickte. »Er ist ein guter Typ. Ich mag ihn wirklich gern.«

»Und – steigen Sie in die Brauerei ein?«

»Eher nicht. Ich hätte Angst, von seinem Spezialbier abhängig zu werden.« Er sah sie prüfend an. »Jon fährt morgen nach London zurück. Er bat mich, Sie zu fragen, ob Sie Ihre Liebesbriefe zurückhaben wollen. Er sagt, er kann versuchen, sie herauszufischen, ehe er fährt.«

Sie starrte auf ihre Hände. »Wissen Sie, wo er sie versteckt hat?«

»Soweit ich verstanden habe, stecken sie in der hohlen alten Eiche hinter dem Eishaus. Er ist sich nicht ganz sicher, ob er sie wieder rausholen kann, und scheint deshalb ein bißchen beunruhigt zu sein. Er hat mich gebeten, ihm zu helfen.« Er sah ihr forschend ins Gesicht. »Soll ich das tun, Anne?«

»Nein. Mir ist es lieber, sie bleiben da, wo sie sind.« Sie hob den Kopf und sah ihn an. »Wenn ich wieder auf den Beinen bin, besorge ich mir einen Sack Zement und schmiere ihn in jede Ritze der Eiche, damit die verdammten Dinger nie wieder zum Vorschein kommen. Ich mußte Jon bitten, sie zu verstecken – er war als einziger da, als Walsh mich hinausführte –, aber es wäre schrecklich, wenn der sie zu Gesicht bekäme. Ach Gott, ich wollte, es *wären* Liebesbriefe.« Sie verstummte.

»Was sind es für Papiere?«

»Fotos.«

»Von David Maybury?« Sie nickte. »Nachdem Phoebe ihn getötet hatte?« Sie nickte nochmals. »Eine Ihrer berühmten Rückversicherungen, nehme ich an.«

Sie seufzte. »Ich konnte nicht glauben, daß es nie herauskommen würde. Darum habe ich alles fotografiert; für den Fall, daß die Leiche gefunden und Phoebe vor Gericht gestellt würde.« Ihr Gesicht verdunkelte sich. »Ich habe sie selbst entwikkelt. Es sind grauenvolle Bilder: David zwei Wochen, nachdem Phoebe ihn getötet hatte; Phoebe so außer sich, daß man sie kaum wiedererkennt; das Haus, wie die Vandalen es zurückgelassen hatten; die Gruft, die ich im Keller gebaut habe. Ich will die Dinger nie wieder sehen.«

»Erzählen Sie es mir, Anne.«

Sie holte tief Luft. »David kam an dem Abend nach dem Überfall zurück. Es war abzusehen gewesen, daß er eines Tages wieder auftauchen würde, aber daß er sich ausgerechnet diesen Abend aussuchte ...« Sie schüttelte den Kopf. »Er hatte natürlich keine Ahnung, was geschehen war. Er hätte sich sicher nicht sehen lassen, wenn er es gewußt hätte. Die Türen waren mit Möbelstapeln verbarrikadiert, darum kam er durch das Kellerfenster herein. Phoebe war in der Küche und hörte ihn unten im Dunkeln herumstolpern.« Sie sah ihn an. »Sie müssen begreifen, wie verängstigt sie war. Sie glaubte, diese besoffenen Schweine seien zurückgekommen, um sie und die Kinder zu töten.«

»Ich glaube, ich kann es mir vorstellen.«

»Sie packte den schwersten Gegenstand, den sie finden konnte, das Beil zum Holzhacken, das neben dem Ofen stand, und als er durch die Kellertür kam, spaltete sie ihm den Kopf.«

»Hat sie ihn erkannt?«

»Ob sie wußte, daß es David war, als sie ihn tötete, meinen Sie? Ich glaube nicht. Es ging alles viel zu schnell. Aber hinterher hat sie ihn natürlich erkannt.«

Sie schwiegen beide.

»Aber da hätten Sie doch die Polizei holen können«, sagte er schließlich. »Nach den Zerstörungen, die zuvor in der Nacht im Haus angerichtet worden waren, hätte sie sich auf Notwehr berufen können. Sie wäre ohne Schwierigkeiten freigesprochen worden.«

Anne starrte auf ihre Hände. »Ich hätte es getan, wenn ich von allem gewußt hätte. Aber Jon hat mich erst vierzehn Tage später angerufen.« Sie nahm die Hände vor die Augen, als könnte sie so die alptraumhaften Bilder ausblenden. »Phoebe hat keinerlei Erinnerung an diese zwei Wochen. Das einzige, was sie vernünftigerweise tat, ehe sie in Schock verfiel, war, Davids Leiche die Kellertreppe hinunterzustoßen und die Tür zu verriegeln. Die Kinder haben nie etwas erfahren. Jon hat mich nur angerufen, weil sie sich und die Kinder zwei Wochen lang in ihrem Schlafzimmer eingesperrt gehalten hat. Sie lebten von Konserven, die sie aus der Speisekammer mitgenommen hatte. Er nahm ihr den Schlüssel ab, als sie schlief, schlich sich aus dem Schlafzimmer und rief so lange bei mir an, bis ich mich endlich meldete.«

Ihr schossen die Tränen in die Augen bei der Erinnerung. »Er war erst elf, ein kleiner Junge, und er sagte, er gäbe sich wirklich Mühe, aber es müßte sich ein ›Großer‹ um Jane und seine Mama kümmern.« Sie wischte sich die Tränen aus den Augen. »Entschuldigen Sie. Ich kann's nicht ändern, ich muß jedesmal weinen, wenn ich daran denke. Er muß entsetzliche Angst gehabt haben. Ich bin sofort hergefahren.«

Sie sah plötzlich sehr müde aus. »Ich konnte

nicht zur Polizei gehen, McLoughlin. Sie hatte völlig den Verstand verloren, und Jon und Jane bekamen kaum ein Wort heraus. Ich glaubte, Phoebe selbst habe das Haus in Trümmer gelegt, *nachdem* sie David getötet hatte. Es war unmöglich festzustellen, was zuerst stattgefunden hatte. Und wenn ich schon so dachte, was meinen Sie wohl, was für Schlüsse Walsh gezogen hätte? Ich hatte nur eins im Kopf: die Kinder. Darum hatte Phoebes Vater mich gebeten, als er mich als Treuhänderin einsetzte. Und für die Kinder war es am wichtigsten, daß sie ihre Mutter behielten.« Sie seufzte. »Ich kaufte über einen Zeitraum von mehreren Tagen kleine Mengen von Backsteinen bei Heimwerkergeschäften in ganz Süd-Hampshire. Ich konnte immer nur so viele kaufen, wie in Phoebes Auto hineinpaßten. Ich wagte nicht, sie liefern zu lassen. Dann hab ich mich unten im Keller eingesperrt und David hinter einer Wand eingemauert. Er ist immer noch dort. Die Wand ist nie angerührt worden. Diana war unten und hat nachgesehen, nachdem Fred den Toten im Eishaus gefunden hatte. Wir hatten furchtbare Angst, er wäre irgendwie rausgekommen.«

»Weiß Fred Bescheid?«

»Nein. Nur Diana, Phoebe und ich.«

»Und Phoebe weiß, was sie getan hat?«

»O ja. Es dauerte eine Weile, aber schließlich hat sie sich an alles erinnert. Vor ungefähr vier Jahren wollte sie ein Geständnis ablegen. Wir haben es ihr ausgeredet. Jane – sie war damals vierzehn – wog gerade mal zweiundzwanzig Kilo. Diana und ich haben ihr klargemacht, daß sie auf das Kind Rücksicht nehmen müsse.« Wieder holte sie tief Luft. »Das hieß natürlich, daß wir Streech Grange niemals verkaufen konnten. Bei den heutigen Tendenzen hätte der Käufer bestimmt im Keller sämtliche Wände herausreißen lassen, um eine Sauna einzubauen.« Sie lächelte schwach. »Manchmal war es völlig unerträglich. Aber wenn ich mir die drei heute ansehe, weiß ich, daß sich das alles gelohnt hat.«

Er nahm ihre Hand. »Was kann ich da noch groß dazu sagen? Höchstens eines: Wenn ich Ihnen das nächste Mal vorschreibe, wie Sie Ihr Leben zu führen haben, dann erinnern Sie mich daran, daß Sie das selbst am besten wissen.« Er spielte mit ihren Fingern. »Mit den Aufnahmen vom Haus könnte ich Walsh und Keller fertigmachen für das, was sie Phoebe angetan haben.«

»Nein!« widersprach sie augenblicklich. »Kein Mensch weiß von ihrer Existenz. Nur Sie und ich. Phoebe und Diana wissen nichts. Lassen wir sie, wo sie sind. Phoebe würde es sowieso nicht wollen. Walsh hatte recht. Sie hat David wirklich getötet.«

Er nickte und wandte sich ab. Es verging eine Weile, ehe er sprach. »Meine Frau ist heute abend zurückgekommen.«

Sie zwang sich zu lächeln. »Sind Sie froh?«

»Ja.« Sie wollte ihm taktvoll ihre Hand entziehen, aber er ließ es nicht zu.

»Dann freue ich mich für Sie. Was glauben Sie, wird es diesmal klappen?«

»O ja. Ich spiele mit dem Gedanken, aus der Polizei auszuscheiden. Was halten Sie davon?«

»Das wird zu Hause sicher einiges erleichtern. Die Scheidungsrate bei Polizeibeamten ist ja enorm hoch.«

»Vergessen Sie mal das Allgemeine. Geben Sie mir einen ganz persönlichen Rat.«

»Das kann ich nicht«, entgegnete sie. »Diese Entscheidung müssen Sie allein treffen. Wichtig ist, denke ich, daß Sie sicher sind, daß Sie auf Dauer mit ihr leben wollen.« Sie warf ihm einen scheuen Blick zu. »Ich habe mich übrigens getäuscht. Mittlerweile denke ich, die Polizei ist doch der richtige Platz für Sie. Sie wäre auf jeden Fall um einiges ärmer, wenn Sie gehen würden.«

Er nickte. »Und Sie? Was haben Sie jetzt vor?«

Sie lächelte. »Ach, das Übliche. Ich werde ein

paar Zitadellen erstürmen und ein, zwei Bildhauer verführen.«

Er lachte. »Würden Sie mir vorher mal einen Abend unten im Keller zur Hand gehen ? Ich denke, es ist an der Zeit, daß die Wand eingerissen wird und David Maybury dieses Haus für immer verläßt. Keine Angst. Es wird schon nicht so schlimm werden. Nach neun Jahren dürfte kaum noch etwas übrig sein, und diesmal lassen wir ihn ordnungsgemäß verschwinden.«

»Wäre es nicht besser, die Finger davon zu lassen?«

»Nein.«

»Wieso nicht?«

»Weil Sie und Diana auf immer und ewig an dieses Haus gebunden sein werden, Anne, wenn Phoebe nicht von dem Kerl befreit wird.«

Sie horchte tief in sich hinein. Wie wenig er verstand. Sie würden für immer zusammengekettet sein. Dieser Zustand hatte einfach zu lange angedauert. Sie hatten das Vertrauen verloren, einen neuen Anfang zu wagen.

Er stand auf und drückte ihre Hand. »Tja, dann will ich mich mal auf den Weg ins Bett machen.«

Sie nickte, einen unnatürlichen Glanz in den Augen. »Leben Sie wohl, McLoughlin. Ich wünsche Ihnen Glück. Wirklich.«

Er rieb sich die Wange. »Sie könnten mir wohl nicht zufällig ein Kopfkissen leihen? Und vielleicht eine Zahnbürste?«

»Wozu?«

»Ich bin obdachlos, Anne. Ich habe Ihnen doch erzählt, daß meine Frau zurückgekommen ist. Ich habe nicht die Absicht, noch einmal sieben Jahre mit einer Frau zu verbringen, deren Lieblingsfarbe Beige ist. Darum bin ich gegangen.« Er sah, wie sie lächelte. »Ich hab gedacht, ich kriech erst mal bei einer Freundin unter.«

»Bei was für einer Freundin?«

»Hm, ich weiß auch nicht. Wir wär's mit einer zynischen, egoistischen Person, die ein intellektueller Snob ist, beziehungsunfähig, sich nicht anpaßt und häufig aneckt?«

Sie lachte. »Das trifft alles auf mich zu!«

»Natürlich. Wir haben viel gemeinsam. Die Beschreibung trifft auch auf mich zu.«

»Sie fänden das Leben hier unerträglich.«

»Genau wie Sie. Wie wär's mit Glasgow?«

»Was würden wir denn dort tun?«

»Experimentieren, Cattrell, experimentieren.«

Ihre Augen blitzten. »Würden Sie es akzeptieren, wenn ich nein sage, McLoughlin?«

»Nein.«

»Worauf warten Sie dann noch?«

*Die Autorin*

Minette Walters arbeitete lange als Redakteurin in London, bevor sie Schriftstellerin wurde. Sie hatte bereits eine Reihe von Kurzgeschichten und Novellen veröffentlicht, bevor sie mit *Im Eishaus* ihr begeistert gefeiertes Romandebüt gab. Das Buch wurde von der *Crime Writers Association* zum »Besten Krimi-Erstling« des Jahres gewählt.

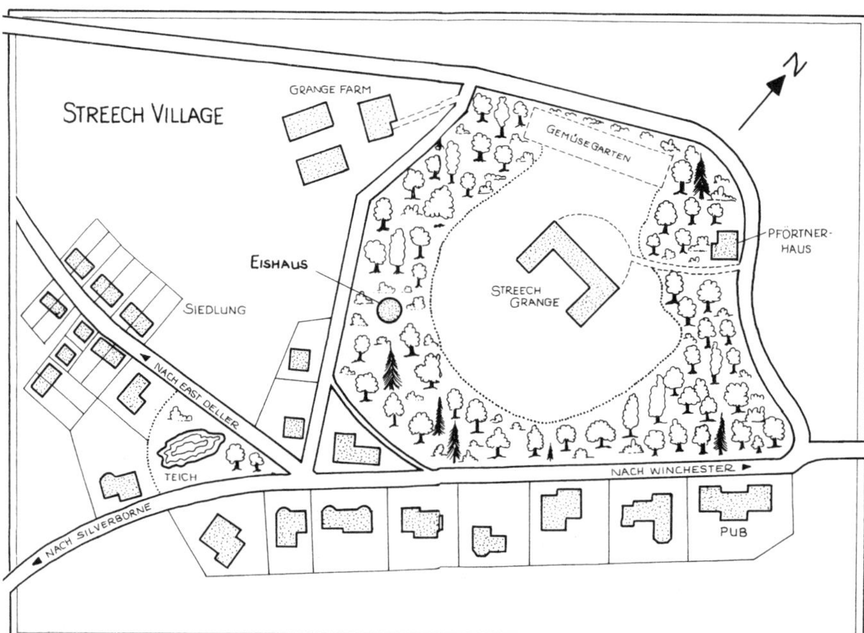